Marc Ritter
Stieranger

PIPER

Zu diesem Buch

Der Garmisch-Partenkirchner Lokalreporter Karl-Heinz »Gonzo« Hartinger hat sich von seinen Verwicklungen in die letzten Fälle »Josefibichl« und »Herrgottschrofen« erholt, und zur weiteren Genesung gleich zwei neue Vorsätze gefasst: giftige Substanzen zu vermeiden und seine Kondition durch regelmäßige Langstreckenläufe zu verbessern. Doch gerade letzterer wird ihm zum Verhängnis, als der jungdynamische Anzeigenkunde Oliver Klammert aus München die Redaktion des Garmisch-Partenkirchner Tagblatts um eine Führung durch Garmisch bittet – joggenderweise. Nachdem alle Redakteure der Lokalzeitung ausgesprochene Passivsportler sind, fällt das Los auf Hartinger.

Doch als sich die beiden Männer ein paar Tage später gemeinsam zum Stieranger, einer Wiese im Ortsteil Garmisch, direkt vor dem Grand Hotel Sonnenbichl, begeben, ist Hartinger ehe er sichs versieht raus aus der Genesungsphase und mitten in den Ermittlungen um einen neuen Fall...

Marc Ritter, geboren 1967 in München, wuchs in Garmisch-Partenkirchen auf, wo er nach dem Abitur Zivildienst machte und für eine Garmisch-Partenkirchner Lokalzeitung über Politik, Sport und Nachtleben berichtete. Zum Studium von Germanistik, Politikwissenschaften und Werbepsychologie sowie einer Marketingausbildung kehrte er nach München zurück. Ritter arbeitete als Manager für große deutsche und amerikanische Print- und Online-Medien und ist seit mehreren Jahren als Unternehmensberater tätig. Er wohnt mit seiner Familie in München.

Marc Ritter

Stieranger

Kriminalroman

Piper München Zürich

Mehr über unsere Autoren und Bücher:
www.piper.de

Von Marc Ritter liegen bei Piper vor:
Josefibichl
Herrgottschrofen
Stieranger

FSC
www.fsc.org
MIX
Papier aus verantwortungsvollen Quellen
FSC® C083411

Originalausgabe
1. Auflage April 2014
2. Auflage Februar 2015

Umschlaggestaltung und -motiv: Hauptmann & Kompanie Werbeagentur AG, Zürich
Satz: Kösel Media GmbH, Krugzell
Gesetzt aus der Stempel Schneider Medium
Papier: Munken Print von Arctic Paper Munkedals AB, Schweden
Druck und Bindung: CPI books GmbH, Leck
Printed in Germany ISBN 978-3-492-30434-4

Der Tiger gähnt. Er käm so gern geloffen …
Doch seines Käfigs Stäbe halten dicht.
Und ließ der Wärter selbst die Türe offen:
Man geht ja nicht.
Kurt Tucholsky

Kapitel 1

Das Werdenfelser Land präsentierte einen oskarverdächtig schönen Herbst. Die Laubbäume, die hier und dort zwischen den Fichten und Tannen der niedrigen Vorberge hervorlugten, leuchteten ihr helles Gelb und ihr sattes Rot in die Postkartenkulisse. Darüber ragten die grauen, steilen Felsen des Wettersteins in den Himmel. Dessen Blau war von zarten weißen Wolkenfähnchen durchzogen, die der Föhn vor sich hertrieb. Die Spitzen der Kalkfelsen waren noch schneefrei. Der Bergsommer hatte seine Tätigkeit bis in den September ausgedehnt.

Karl-Heinz Hartinger radelte entgegen den Vorschriften der Straßenverkehrsordnung durch die Fußgängerzone des Ortsteils Garmisch. In den Kopfhörern erklang ein Best-of der Joni-Mitchell-Songs, die er vor dreißig Jahren auf eine Musikkassette überspielt hatte. Er philosophierte in Gedanken darüber, welches das größere Wunder war: dass das schmale Tonband in der BASF-Kassette oder der Sony-Walkman die Zeiten überstanden hatte. Ein Phänomen, eines Artikels im Feuilleton der Zeitung aus der Stadt würdig. Doch Wunder sollte man nicht verstehen wollen, dachte er sich. Er lauschte seiner mittlerweile siebzigjährigen Lieblingssängerin, während er auf dem genauso alten Miele-Fahrrad der Witwe Schnitzenbaumer erhobenen Hauptes durch seinen Heimatort Garmisch-Partenkirchen radelte, und blickte hinauf in die Wälder. Dabei träumte er sich in das Herkunftsland Joni Mitchells, nach Kanada, wo die Blätter Ende September genauso bunt aussahen wie in den Alpen. Beseelt hielt er auf die Konditorei Krönner zu. Von Weitem wehte ihm ein Croissant-Duft um die Nase, der sein Glück an diesem Donnerstagmorgen ins Unendliche gesteigert hätte …

Hätte da nicht in der Mitte der Straße eine Radlstreife der Garmisch-Partenkirchner Polizei auf grün-weiß lackierten Mountainbikes gestanden. Ein Polizist und seine Kollegin reckten beide ihre mit Kellen bewehrten Hände nach oben, um ihn aufzuhalten.

»Was gibt's, Sheriff?«, grüßte Hartinger den ihm unbekannten Uniformierten. Die Polizistin kannte Hartinger. Auch ihr gönnte er einen für seine Gewohnheiten und sein spezielles Verhältnis zur Garmisch-Partenkirchner Ordnungsmacht netten Spruch: »Servus, Natalie. Fesche Haxen hast du in den Radlerhosen. Viel besser als in der sackartigen Uniform, die sie euch geben.« Er bewegte den Kopf nach links, um die Angesprochene von der Seite anzusehen. Diese wusste genau, dass er ihren Hintern musterte. Dessen Ausmaße konnten im vierten Jahrzehnt seiner Existenz die Abstammung aus dem örtlichen Genpool nicht verheimlichen. »Sauber, ich mein, für dein Alter«, sagte Hartinger. »Respekt.« Er konnte es sich nicht verkneifen, dem zwiefotzigen Kompliment einen Zungenschnalzer folgen zu lassen.

Die Angesprochene grinste schief. »An dir ist der letzte harte Winter auch nicht spurlos vorübergegangen, Gonzo. Und die vierzig bis fünfzig vorher ebenfalls nicht.« Sie richtete ihre Augen auf seinen Bauch, der sich unter dem karierten Hemd breitmachte.

Hartinger zog die Wampe ein und beendete die Frotzeleien. Er stieg vom Rad, ging einen Schritt auf die Beamten zu und tat vertraut: »Wen suchts ihr? Kann ich helfen?«

»Sie suchen wir«, antwortete der junge Beamte.

»Gefunden!«, jubelte Hartinger. »Unsere Polizei ist großartig! Ich sag's ja, solche Spürnasen gibt's eigentlich nur im Krimi. Also, im Groschenroman halt. Dass ihr genau auf meinem Arbeitsweg eine Straßensperre aufbaut – Leistung. Sollen wir noch eine Verfolgungsjagd anschließen? Für euer Protokoll? Ich fahr euch nicht weg, versprochen. Nur bis vorn zum Bischoffseck. Ihr müssts nicht schwitzen, Ehrensache. ›Wir konnten Karl-Heinz Hartinger, der auf dem ungeölten Vorkriegsrad flüchtete, mit unseren Hightechgeräten in der Fußgängerzone stellen – ohne Schusswaffengebrauch!‹ Das liest sich gut im Polizeibericht, oder?«

Der Polizist fuhr unbeirrt fort. »Sie sagen es: Fußgängerzone. Sie fahren in dieser Fußgängerzone Rad. Mit Kopfhörern. Beides verboten. Jetzt würde ich gerne eine Funktionskontrolle an Ihrem … ähem, Fahrrad vornehmen.«

»Einen Schmarren. Kein Mensch ist unterwegs in eurer Fußgängerzone. Es ist halb acht am Morgen. Die Läden sind alle zu! Da ist es wurscht, ob ich da radele, weil, ist eh keiner unterwegs. Außer euch natürlich.«

»Macht nichts, Gesetze gelten immer.«

»Und für jeden«, assistierte Natalie Berchtenbreiter dem jungen Kollegen mit einem zufriedenen Lächeln.

»Ihr wisst schon, dass ich da mit dem Radl durchgefahren bin, als der Autoverkehr noch zweispurig hin- und herraste?«, empörte sich Hartinger. »Ich hab ein Gewohnheitsrecht. So, jetzt Schluss mit der Gaudi, ich brauch ein Croissant. Muss in die Arbeit. Mein erster Fototermin ist heut um acht.« Hartinger schwindelte. Er wollte vor allen anderen in der Redaktion sein, um sich die besten Termine des Tages vor dem Fotografenkollegen Meerbusch vom Terminbrett zu klauben. Doch das ging die Polizei nun weiß Gott nichts an.

»Interessiert uns nicht«, beharrte der Polizist. »Ihre Ausweispapiere, bitte.«

»Natalie, sag ihm, dass der Spaß irgendwo ein Loch hat! Überhaupts, wer iss'n der?«

»Polizeimeister Buchheimer mein Name.«

»Tja, tut uns leid«, erklärte Natalie Berchtenbreiter. »Seit gestern in der Zeitung stand, dass die Garmisch-Partenkirchner Polizei die Radler im Ort nicht unter Kontrolle hat, haben wir Befehl, gegen Radl-Rambos vorzugehen.«

»Radl-Rambos? Ich bin quasi umgefallen, so langsam war ich. Ich hab das Radl praktisch geschoben. Schauts es euch an: Ist das ein Rambo-Radl? Und: Wer schreibt so etwas in unsere Zeitung rein?«

»Wer liest denn da seine eigene Zeitung nicht?«, neckte Natalie Berchtenbreiter ihren ehemaligen Schulkameraden Hartinger. Seit er einmal im Kolpingsheim mit einer Colaflasche in der Hose Schieber mit ihr getanzt hatte, was dazu geführt hatte, dass sie kreischend den Discokeller verlassen und jahrelang darob gehänselt worden war, war das Verhältnis zwischen den beiden recht getrübt. Seit gut dreißig Jahren also.

»Ich bin für die Bilder zuständig, nicht für die Buchstaben!«, wehrte sich Hartinger.

»Euer Chefredakteur war's. Der hat einen Kommentar geschrieben, weil in der Fußgängerzone zweimal diesen Sommer ein Tourist von einem Einheimischen mit dem Radl umgenietet wurde. Angeblich. Ob unsere Polizei die wenigen Touristen, die der Ort anzieht, auch noch zur Jagd freigibt und ob hier die Verkehrsregeln aus dem Wilden Westen herrschen, lauter so Sachen. Kannst dir denken, dass das den Bernbacher Ludwig nicht amüsiert hat.«

»Mei, der Bernbacher … Wie gesagt, ich schreib so was nicht. Außerdem: Die Läden haben jetzt zu! Da hupft kein Touri nicht raus.«

»Können wir bitte die Funktionsprüfung vornehmen?«, mischte sich Polizeimeister Buchheimer in die Unterhaltung ein und wagte es, seine Hand an Hartingers Lenker zu legen.

Hartinger dachte kurz darüber nach, ob er sich nicht auf den Sattel des Schnitzenbaumer-Radls schwingen und durch die Achenfeldstraße abhauen sollte, die nach links aus der Fußgängerzone hinausführte. Doch wahrscheinlich hätte ihn der junge Mann mit dem nagelneuen 21-Gang-Polizei-Bike nach dreißig Metern gestellt. »Machts doch, was ihr wollts!«, schimpfte er, schmiss den Drahtesel gegen die nächste Laterne und verschwand in der Konditorei. »Ich bin Ehrenbürger dieser Gemeinde – ich werd' mich beschweren!«, zürnte er nach draußen, während er den Verkaufsraum betrat. Dort bestellte er zwei Butterhörnchen, legte kommentarlos das Geld auf den Tresen und verlangte den Chef. Als der in der weißen Konditorenkleidung aus der Backstube kam, sagte Hartinger: »Franz, ich muss heute hinten raus.«

Der Konditor ließ ihn durch den Personalausgang abhauen.

Kapitel 2

Zehn Minuten später kam Hartinger zu Fuß in der Redaktion des Garmisch-Partenkirchner Tagblatts an. Der ungewollte Fußmarsch hatte seinen Grant mit jedem Schritt gesteigert. Der schöne Spätsommermorgen war ihm vom Auftritt der Berchtenbreiter Natalie samt ihrem Jungbullen gründlich vergällt worden. Weil dem Herrn Polizeiinspektionsleiter Bernbacher ein Artikel im Tagblatt nicht gefallen hatte, wurde Dienst nach Vorschrift gemacht. Typisch. Und dann war ausgerechnet er, der von Geburt an mit der Obrigkeit auf Kriegsfuß stand, aber Mitarbeiter dieser Zeitung war, den Diensthabenden in die Falle gegangen. Logisch, dass die sich ein Loch ins Knie gefreut hatten, als sie gesehen hatten, wer da auf einem Radl, dessen Licht schon seit den frühen Fünfzigern nicht mehr funktionierte und dessen Bremse noch einen Gummiklotz von oben auf den Vorderreifen drückte – oder drücken sollte, denn dieser Klotz war sicher in den Wirren der letzten Tage des Zweiten Weltkrieges abhanden gekommen –, durch die Fußgängerzone auf sie zugestrampelt war. Und wer war schuld? Der Habersetzer, der Klugscheißer, weil er jeden Schmarrn in die Zeitung reinschrieb, der ihm sauer aufstieß. Wahrscheinlich war er selbst, als er durch die Shoppingmeile getapst war, der blinde Fisch, von einem Radlfahrer *dant* genommen worden, wie man hier sagte. Hatte wieder seine Brille auf dem Schreibtisch vergessen, der Trottel … So was war sein Chef, dem er für jedes Foto, das gedruckt wurde, dankbar sein durfte … Hartinger steigerte sich in seinen Zorn hinein. Na, dem würde er es kochen, dem Habersetzer. Schade, dass der Lulatsch um diese Zeit noch nicht im Büro war. Hatte der nicht nötig. Bezog ein feistes Gehalt.

Da reichte es, wenn man so um halb zehn in der Redaktion aufkreuzte, um seinen Käse in die Tastatur zu hämmern …

Mit dieser Saulaune schloss Hartinger den im Hof des Zeitungshauses gelegenen Mitarbeitereingang auf und stieg die Stiege hinauf in den ersten Stock. Wie erwartet, war zu dieser Uhrzeit noch kein Redakteur, keine Praktikantin und – gottlob! – kein Kollege Meerbusch am Werk. Hartinger stapfte direkt zur Terminwand, an der die Fotoaufträge für die beiden Tagblatt-Fotografen hingen. Er wollte sich die besten – sprich am schnellsten abzuarbeitenden – Vormittags-Jobs abholen, diese hinter sich bringen und dann den Rest des Tages die Sonne an einem der Seen im Garmisch-Partenkirchner Umland genießen. Ja, das hatte er sich jetzt verdient. Vielleicht konnte er da wieder auf andere Gedanken kommen. Und seine gute Laune würde ihn wiederfinden. Genau, dachte er sich, während er den letzten Bissen des zweiten Croissants hinunterwürgte, er würde sich schnellstens an den Geroldsee oder in die Braxenbucht des Eibsees begeben, wo er hoffen durfte, noch die eine oder andere Nackte anglotzen zu können, die die letzten Sonnenstrahlen mit ihrem makellosen Körper einfing. Bald würde sich die kalte Jahreszeit breitmachen, die in den Bergen von Oktober bis Juni reichte, und die Grazien würden sich unter Schichten von Funktionskleidung und Daunenjacken verstecken. Ein Dreivierteljahr lang.

Das Telefon am Fotografentisch neben dem Terminboard klingelte. Nicht wenige im Ort kannten diese Durchwahl, dennoch war es ungewöhnlich, dass morgens um acht Uhr jemand anrief, denn es war nicht mit der Anwesenheit eines der beiden Fotografen zu rechnen. Hartinger blickte auf das Display und schnaufte durch. Redaktionsleiter Peter Habersetzer rief aus dem zweiten Stock herunter. Was der um diese Uhrzeit wollte? Na, der kam ihm gerade recht. Der würde sich was anhören können. Hartinger riss den Hörer vom Apparat. »Was ist?«, blaffte er hinein.

»Entschuldigen Sie, Herr Hartinger, ich habe Sie kommen gehört. Hätten Sie ein paar Minuten für mich? Es wäre großartig, wenn Sie es einrichten könnten, nur drei Minütchen, ja?«, flötete Habersetzer in die Leitung. Seit Hartinger nach der bösen Sache mit dem Müll- und Bauunternehmer Anton Brechtl und der Rettung des Bürgermeisters Hans Meier die Ehrenbürgerurkunde verliehen worden war, war er wer. Nicht nur war die Kündigung, die die Zeitung ihm gegenüber ausgesprochen hatte, zurückgenommen worden, der karriereorientierte Redaktionsleiter behandelte ihn seitdem mit ausgesuchter Höflichkeit. Doch derart gesäuselt hatte er noch nie.

»Hm«, raunzte Hartinger. Er knallte den Hörer auf und stiefelte nach oben.

Habersetzer riss seine Bürotüre auf, noch bevor Hartinger durch Hämmern mit den Handknöcheln seinen ersten Zorn auf den Chef abreagieren konnte. Er wollte daraufhin direkt auf ihn losplärren, kam aber nicht zu mehr als einem »Was für einen Schmarrn über Radler und Touristen …« Dann bemerkte er, dass Habersetzer nicht allein in seinem Arbeitszimmer war. Auf der Couch, die in der Ecke des Büros stand, saß ein Mann.

»Herr Hartinger, wenn ich Sie mit Herrn Klammert bekannt machen dürfte«, stellte der Redaktionsleiter die beiden einander vor.

Hartinger nickte und äußerte nichts außer »Hm«. Widerwillig nahm er die Hand entgegen, die sich ihm von der Couch aus entgegenstreckte.

»Oliver Klammert. Freut mich sehr«, sagte der Mann, der gute zehn Jahre jünger als Hartinger aussah. Er schien drei Klassen besser gewandet, als man sich in Garmisch-Partenkirchen einkleiden konnte. Der Mann kam von auswärts, das war klar.

»Hm«, wiederholte Hartinger.

»Herr Hartinger, setzen Sie sich bitte«, lud Habersetzer ihn ein. »Herr Klammert ist ein Freund unseres Verlages. Also des Verlegers.«

Diese Information war nicht geeignet, Hartingers Sympathie für den geschniegelten Fremden zu wecken. Im Gegenteil. Mit einem deutlich zweifelnden »Hm« quittierte er sie.

»Also eher ein Freund der gesamten Verlegerfamilie, wenn ich richtigliege«, plapperte Habersetzer nervös weiter, als ginge es um seinen Job. »Herr Klammert ist an einigen Internet-Start-Ups beteiligt, die die Tochter unseres Herrn Verlegers so überaus erfolgreich betreibt.« Es ging also wirklich um Habersetzers Job, dachte Hartinger. Mit einem »M-hm« ließ er vernehmen, dass er nicht nur akustisch verstanden hatte.

»Außerdem hat Herr Klammert eine Gemeinsamkeit mit Ihnen, lieber Herr Hartinger.«

»Hm?« Hartinger zog erstaunt die Augenbrauen hoch.

»Er läuft sehr gern – gell, Herr Klammert, tun Sie? – und da habe ich gedacht, es wäre großartig, Sie würden ihn einmal – aber natürlich nur, wenn es in Ihren Terminplan passt, Herr Hartinger, die Arbeit geht vor, ist klar –, also, wenn es möglich wäre, auf eine – wie sagen Sie immer? –, eine Ihrer Ortsrunden, die Sie rennen, Sie wissen schon, mitnehmen könnten, ich meine: Wie wäre es mit heute Nachmittag? Da würde es dem Herrn Klammert gut passen, ich meine, stimmt doch, oder, Herr Klammert? Können Sie, Herr Hartinger, ich meine, da können Sie doch, oder?«

Es musste Habersetzer wirklich viel daran liegen, dass diesem smarten Jüngelchen ein schönes Berglauferlebnis zuteilwurde, dachte Hartinger. Er war kein Unmensch und erlöste seinen Redaktionsleiter. Doch bevor er mit einem »Hm, von mir aus« dem Plan zustimmte, der ihn seiner Ausblicke auf die Schönen an den Bergbadegewässern berauben würde, ließ er eine quälend lange Pause entstehen, wobei er Habersetzer tief in die Augen blickte. Wir sprechen uns noch, und das wird teuer, bedeutete dieser Blick.

»Wunderbar, Herr Hartinger, ich meine, wunderbar, Karl-Heinz, ich habe ganz vergessen ... Wir sind ja jetzt – gell? –, seitdem Sie ... Quatsch, seitdem *du* wieder bei uns bist, nach der Zeit im Krankenhaus ... Das habe ich Ihnen schon gesagt – gell, Herr Klammert? –, dass unser Karl-Heinz, dass er Ehrenbürger der Marktgemeinde ist, weil er den Herrn Bürgermeister vor dem sicheren Verbrennungstod gerettet hat.«

Oliver Klammert ging nicht auf die Lobpreisungen Habersetzers ein. »Sagen wir, um 14 Uhr im Partenkirchner Posthotel? Dort bin ich abgestiegen.«

»In Ordnung«, bestätigte Hartinger.

»Ich bin Ihnen sehr dankbar, Herr Hartinger«, sagte Oliver Klammert.

»Hm. Also, um zwei.« Hartinger erhob sich, nickte in die Runde und verdrückte sich, bevor noch weitere Spezialaufträge auf ihn zukommen konnten.

Draußen vor der Redaktion hielt ein Streifenwagen der Polizeiinspektion Garmisch-Partenkirchen. Hartinger sah durch das Fenster des Treppenhauses zwei Beamte aussteigen. Er rannte hinab in den ersten Stock, schnappte seine Fototasche, flitzte ins Erdgeschoss und verschwand durch den Hinterausgang auf den Parkplatz. Vorn klingelten die Polizisten an der Anzeigenannahme, deren Tür sich zur Straße hin befand. Natürlich war dort vor neun Uhr niemand anzutreffen, der die Türe hätte öffnen können. »Deppen«, murmelte Hartinger, schüttelte den Kopf und kraxelte über den Jägerzaun aufs Nachbargrundstück.

Kapitel 3

»Ich weiß, dass Sie das nicht gern machen, und ich weiß es umso mehr zu schätzen.« Die SMS von Oliver Klammert kam um zwölf Uhr auf Hartingers Handy an. Klar. Habersetzer hatte ihm Hartingers Nummer gegeben. Klammert überließ offenbar nichts dem Zufall. Er wollte die Dinge kontrollieren, vor allem die Menschen, die ihn umgaben. Das entsprach dem Bild, das sich Hartinger von ihm nach einer ausführlichen Internetrecherche und einem Telefonat mit Kurt Weißhaupt in München von dem Unternehmer gemacht hatte.

In den frühen 1990ern hatte der ehemalige Banklehrling aus Kassel zwei Semester Wirtschaft in München studiert und hatte dann sein Studium hingeschmissen, um nach Amerika zu gehen. Er war direkt ins Silicon Valley im Süden von San Francisco gefahren, hatte reihum bei den dort entstehenden Internetfirmen Praktika absolviert und die ersten – noch äußerst überschaubaren – Aktienpakete der Yahoos, Ebays und Amazons erworben. Diese waren plötzlich ein Vielfaches seines Einsatzes wert gewesen und hatten Oliver Klammert zu einem ziemlich reichen jungen Mann gemacht. Er hatte aber dieses Geld sofort wieder in Unternehmen des Neuen Marktes investiert und spätestens mit dem Börsengang von EM.TV seinen Status von reich auf steinreich verbessert. Rechtzeitig vor dem Platzen der Internetblase im Jahr 2001 hatte er seine Gewinne realisiert und war dazu übergegangen, die in Amerika erfolgreichen Geschäftsmodelle des Internets auf Europa zu übertragen. In Deutschland, später auch Frankreich, Italien, Skandinavien und vor allem in Russland, hatte er Kopien der großen US-Internetfirmen aus dem Boden gestampft, um diese dann an eben jene Unternehmen verkaufen zu können, als sie sich mit eigenen Niederlassungen in der Alten Welt hatten ausbreiten wollen. Oliver Klammerts Kopien von Stellenmarktportalen oder Schuhversendern waren immer schon vor ihren Originalen da gewesen. Für die Amerikaner war es einfacher gewesen, ihre eigenen Klone zu kaufen, als sich gegen sie durchsetzen zu müssen. Klammert schien wie König Midas alles, was er anfasste, in Gold zu verwandeln. Allerdings war er mit einigen Investments in China gescheitert, wo die Verhältnisse nicht ganz so einfach lagen. Hier musste man die Kinder der Kader ins Geschäft mit einbeziehen, was Klammert zuerst verpasst, dann aber schnell nachgeholt hatte.

Mittlerweile wurde sein Privatvermögen auf über zwei Milliarden Dollar geschätzt, wobei die Werte seiner unüberschaubaren Beteiligungen je nach Marktlage noch wesentlich wertvoller beschrieben wurden. Dabei sei, so entnahm es Hartinger den wenigen Porträts, die die Wirtschaftspresse anzubieten hatte, Klammert ein relativ bescheiden auftretender Mensch geblieben, der nicht wie Software-Milliardäre amerikanischen Zuschnitts mit teuren Hochseejachten oder Einstieg in Raumfahrtunternehmen von sich reden machte. Er hielt sogar seine Wohltätigkeitsaktionen aus der Öffentlichkeit und ließ sich nicht mit hungernden Kindern in Afrika fotografieren. Er stiftete Dorfbrunnen und Schulen in Ghana und der Elfenbeinküste.

»Ich habe den einmal bei uns gesehen, als er sich einen Nachmittag lang überlegt hat, unsere gesamte Zeitung zu kaufen«, hatte Kurt Weißhaupt berichtet, der ehemalige Lokalchef der Süddeutschen Zeitung und damit Hartingers Boss zu dessen Münchner Zeit. »Ich dachte eigentlich, der ist der Sekretär oder Assistent, der auf seinen Zampano wartet, bis ich kapiert hab, dass er das selbst war. Klammert hat uns wohl nicht gekauft, weil wir ihm zu altmodisch waren. Schade eigentlich, jetzt müssen wir uns mit schwäbischen Rechtsanwälten rumschlagen«, hatte Weißhaupt sein Resümee beendet.

Hartinger musste das nicht erzählt werden. Er hatte schließlich seinen Job als Polizeireporter bei der großen Zeitung verloren, nachdem er einem dieser neuen Manager Prügel angedroht hatte. Aber das war auch schon wieder fast vier Jahre her. Er hatte sich in seiner neuen alten Heimat Garmisch-Partenkirchen eingerichtet. War vom Paria zum Ehrenbürger aufgestiegen. Wenn ihm das mal einer vorausgesagt hätte … Nur die Steuerschulden, die nahmen täglich Raum in seinen Gedanken ein. Ob er die jemals würde abstottern können?

Jedenfalls hatte er an diesem Tag einem milliardenschweren Unternehmer seine Heimat joggenderweise zu zeigen. Eine Aufgabe, die ihm zu seinen Münchner Zeiten, als er höchstens zwischen Taxi und Schumann's Bar zu Fuß gegangen war, niemand zugetraut hätte. Die Frage war, ob er sich das zutrauen konnte. Er brachte noch immer zwei Zentner auf die Waage, und sein Laufpartner sah so aus, als wöge er knapp mal die Hälfte. Hartinger hatte in dem Moment, als ihn Habersetzer gebeten hatte, mit Klammert laufen zu gehen, gewusst, dass das ein harter Job werden würde. Aber auch, dass er dem Redaktionschef zehnmal so viel für eine Ortsrunde aus den Rippen leiern konnte wie für ein Foto von einem Friseurjubiläum, das er sonst an diesem Tag geknipst hätte.

Er hatte telefonisch zweihundert Euro für eine Runde rund um Garmisch-Partenkirchen mit Habersetzer vereinbart – und von diesem den Tipp erhalten, er möge doch um die Ordnungshüter einen weiten Bogen machen. Hartinger hatte kurz klargestellt, dass er die Malaise mit den ihn suchenden Polizisten einzig und allein dem Leitartikel aus der Feder Habersetzers zu verdanken habe. Und dass dieser bitte schön dafür zu sorgen habe, dass sein wichtigster Mitarbeiter unbehelligt aus der Sache herauskomme. In seiner Dachgeschosswohnung in der Dreitorspitzstraße war die Polizei bislang aber nicht aufgekreuzt.

Hartinger hatte also wieder einmal alles in seinem eigenen Sinne bestens geregelt. Locker joggend kam er im Partenkirchner Posthotel an. Von seiner Wohnung unterm Dach der Witwe Schnitzenbaumer hatte er bis in die Ludwigstraße nur fünf Minuten Laufstrecke zu absolvieren. Genau vier Minuten vor zwei zeigte die Uhr über der Rezeption, als er die Lobby betrat.

»Herr Professor Klammert erwartet Sie in Suite 201«, begrüßte ihn die hinter dem Empfangstresen stehende hübsche Ostdeutsche, die sehr gut in ihr Dienstlandhausdirndl passte, wie Hartinger fand. Diese Mandy würde er sich merken. *Professor* Klammert – über diesen Titel hatte Hartinger gar nichts gelesen. Vielleicht hatte er es aber auch *über*lesen. Es war ja üblich geworden, dass Wirtschaftsgrößen durch generöses Spendenverhalten gegenüber einer Privatuni eine Honorarprofessur erwarben, doch mittlerweile waren den meisten der Schleichprofessoren diese Titel schon wieder peinlich. Hartinger beschloss, diese Schwäche seines Kunden bei der richtigen Gelegenheit anzusprechen. *Kunden* – wie er dieses Wort schon hasste: Er war Journalist, der hatte keine Kunden.

»Der Herr Professor erwartet uns in der Suite. Na sauber. So tief sind wir gesunken, Hartinger«, murmelte er vor sich hin. »Gut, zweihundert Euro pro Joggingrunde sind zweihundert Euro.« Hartinger nahm sich vor, nicht darüber nachzudenken, ob sein Schützling so viel in der Sekunde oder in der Minute verdiente, als er die Treppen zum zweiten Stock erklommen hatte und an die Tür von Suite 201 klopfte.

Nichts tat sich. Hartinger klopfte wieder und setzte die Knöchel ein bisschen deutlicher ein. Nichts. »Herr Klammert?«, rief er gegen die Türe, doch dahinter blieb es still. Er wartete ein paar Sekunden, dann klopfte er erneut. Nichts. Er rief noch einmal den Namen des Zimmergasts. Aber es tat sich nichts.

Die Zimmertüren des Posthotels waren noch nicht mit Kartenlesegeräten ausgestattet und wurden per Schlüssel versperrt. Hartinger drückte auf Verdacht die Klinke nach unten. Wider seiner eigenen Erwartung ließ sich die Tür öffnen. Hartinger schob sie einen Spalt weit auf. Was würde ihn wohl erwarten? Bei seinem Riecher für Leichen, die sich ihm regelrecht in den Weg legten, war es beinahe schon wahrscheinlich, dass er in dieser Suite ein Blutbad vorfinden würde. Mit einem aufgeschlitzten Internetmilliardär in der Mitte der unappetitlichen Szenerie.

»Herr Klammert, sind Sie da?«, rief Hartinger durch den Spalt nach innen. Als er wieder keine Antwort erhielt, nahm er sich ein Herz und stieß die Tür ganz auf, betrat den Vorraum der Suite – und erstarrte. Ein gelblich weißer Hund in der Größe eines neugeborenen Kalbs und mit einem Kopf, so groß wie eine Wassermelone, fletschte ihn an und zeigte sein beeindruckendes Gebiss. Hartinger sah die sich unter den hochgezogenen Lefzen vorschiebenden Zahnreihen. Waren das rote Fleischfetzen zwischen den Zähnen? Hartinger bewegte sich langsam rückwärts, aber das schien das Monster als Einladung zu sehen, sich ihm zu nähern. War Oliver Klammert von seinem eigenen Wachhund zerrissen worden? Hartinger versuchte, seinen Blick von den schwarz funkelnden Augen des Untiers zu lösen, um in der Suite irgendetwas ausmachen zu können. Er konnte von seiner Position aus nur einen Teil des Raums einsehen, doch er hatte freien Blick auf die Couch mit Blumenmuster, und auf der lag kein zerfleischter Mann, was Hartinger aber nicht beruhigte. Vielleicht hatte sich der Hund im Bad über seinen Herren hergemacht.

»Ruhig, ganz ruhig«, sagte er mit möglichst unaufgeregter Stimme, was schon deswegen schwierig war, weil ihm das Herz bis zum Hals schlug.

Hartinger spürte in seinem Rücken plötzlich ein weiteres Lebewesen. Jemand oder etwas hatte sich hinter ihm bewegt, da war er sicher. Hartinger fuhr herum, sah Oliver Klammert und drehte sich in der gleichen Sekunde wieder zurück zum Hund, denn der hatte sicher schon zum Sprung angesetzt, um ihn von hinten niederzureißen. Er wollte wenigstens seine Hände zwischen sich und das Beißwerkzeug des Mordsviechs bekommen.

»Bärli, ist dir warm, was hechelst du denn so?«, fragte Klammert von hinten.

Der Hund fuhr sein Gebiss ein, wedelte mit dem Schwanz und trottete zu Hartinger. Hartinger zog einen angebissenen Energieriegel aus der Innentasche der Laufhose und gab sie dem Monster. Das überschlug sich beinahe vor Freude und begann umgehend, ihm die nackten Waden abzuschlecken.

»Diese Riegel gehen gar nicht«, mahnte Klammert.

»Mir tun die manchmal gut.«

»Ihnen vielleicht, aber für mein Bärli sind die Gift.«

»Oh, sorry.« Hartinger zwinkerte seinem neuen Freund auf vier Pfoten zu. Er wusste, was er ab jetzt immer in der Tasche haben würde.

»Tut mir sehr leid, ich war im Yoga-Raum und habe ein paar Lockerungsübungen gemacht«, entschuldigte sich Klammert. »Hat Bärli Sie erschreckt?«

»Bärli? I wo! Ich wollte ihm gerade meinen Unterschenkel zum Mittagessen anbieten, aber wir waren uns noch nicht einig, ob er den rechten oder den linken bevorzugt.«

»Das überrascht mich. Er ist nämlich Veganer. Gegen Fleisch jeglicher Art ist er allergisch. Hört sich komisch an, ist aber so. Bärli wird streng ayurvedisch ernährt. Darum bitte ich Sie, ihm keine Riegel oder sonst irgendwas zu geben.« Klammert verzog keine Miene, als er dies sagte, und ging an Hartinger vorbei in seine Suite. »Nur noch die Laufschuhe angezogen, und wir können los. Kommen Sie rein, Herr Hartinger.«

»Ayurvedisch? Dieser Koloss?«, staunte Hartinger. »Was es nicht alles gibt.« Er erneuerte die geheime Abmachung mit Bärli durch ein weiteres Augenzwinkern. Der Hund schien ihn zu verstehen, denn er drückte seinen massigen Körper gegen seine Knie.

»Wobei wir es mit Menschenfleisch noch nicht versucht haben, gell, Bärli? Nein, das haben wir noch nicht. Was kostet ein Kilo von Ihrer Wade, Herr Hartinger?« Klammert machte ein erschreckend ernstes Gesicht, als er das sagte.

Bärli auch.

»Nicht käuflich, tut mir leid.«

»Ich würde sagen: Kommt auf den Preis an, richtig, Herr Hartinger? Der bestimmt Angebot und Nachfrage.«

»Wenn Sie's sagen …«

»Nun, ich hab nur zwei Semester Wirtschaft studiert. So was bringen sie einem da bei.«

Hartinger schwieg. Hatte seine »Laufkundschaft« einen an der Klatsche?

»Komm, Bärli, Herr Hartinger zeigt uns mal das Tal«, sagte Klammert zu seinem Hund und tätschelte ihm den Kopf, der sich ungefähr in Höhe von Hartingers Hüfte befand.

»Der kommt mit?«

»Der rennt uns in Grund und Boden, glauben Sie mir, Herr Hartinger.«

»Ohne Zweifel. Eine Leine nehmen Sie nicht mit?«

»Eine Leine … Bärli, der Herr Hartinger meint, du kannst nicht gehorchen. Was sagst du dazu? Haben wir schon mal eine Leine gebraucht, Bärli? Haben wir nicht, gell?«

Hartinger verdrehte die Augen. Na, das würde was werden. »Es sind unter Umständen andere Leute unterwegs. Schafe. Rinder. Kinder.«

»Mag er alles nicht. Die Allergie!«

Hartinger zweifelte jetzt nicht mehr: Klammert hatte definitiv einen an der Klatsche. Zweihundert Euro sind zweihundert Euro, sagte er sich im Stillen – und laut zu Klammert: »Auf geht's. Was wollen Sie sehen?«

»Ganz einfach: alles. Gibt es einen Weg, auf dem Sie mir den ganzen Ort zeigen können? Beide Hälften, die Umgebung, die Berge ringsum und so weiter?«

»Klar. Große Panoramarunde. Hasental, Kramerplateau, Rießersee, Skistadion, Riedhänge und wieder zurück. Dauert aber mindestens zwei Stunden.«

»Kein Problem für uns, gell, Bärli?« Klammert strahlte und tätschelte Bärli den Kopf.

Hartinger fürchtete, dass dies auf ihn nicht zutraf. Außerdem wollte er diesen lukrativen Job auf mehrere Nachmittage ausdehnen. »Vielleicht sollten wir uns mehr Zeit nehmen«, schlug er vor. »Dann kann ich Ihnen unterwegs auch mehr erklären. Oder sind Sie nur heute in Garmisch-Partenkirchen?«

»Nein, ich bin ab jetzt immer da«, sagte Klammert mit diesem Heute-gehört-mir-die-Welt-und-morgen-auch-Lächeln, das er schon in der Früh in Habersetzers Büro zur Schau getragen hatte.

Hartinger wusste nicht, wie er diese Nachricht bewerten sollte. Was wollte so ein Typ in seinem Heimatort? Alles aufkaufen und zubauen? Es war in den letzten Jahrzehnten schon Bausünde an Bausünde gereiht worden. Aber schlimmer ging immer. Klammert war also ein Feind. Allerdings: Wenn Hartinger es schlau anstellte und den Klammert zu seinem Dauerlaufpartner machte, sprang sicher der eine oder andere Euro für ihn heraus. »Was ist der eigentlich?«

Hartinger deutete auf den Hund. Er würde den Tarif bei Habersetzer auf 250 Euro heraufsetzen. Pro Stunde. Es war nie die Rede davon gewesen, dass er mit einem fleischallergischen Ayurveda-Monster leinenlos durch Garmisch laufen sollte.

»Dogo Argentino, Mastiff, Pyrenäenberghund. Ein süßer Mischling eben.«

»Mastiff. Dogo. Hört sich eher gefährlich als süß an. Schaut, ehrlich gesagt, auch so aus.«

»Gefährlich ist nur der Hund, der falsch aufgezogen wird. Allerdings: Der Pyrenäenberghund hat einen unbändigen Schutztrieb, da brauchen wir uns vor nichts zu fürchten. Gell, Bärli? Brauchen wir nicht.«

»Aha.«

»Sie haben Erfahrung mit Hunden?«

»Eigentlich weiß ich nur, dass sie vorne beißen und hinten … Na ja, das weiß ja jeder.«

»Was keiner weiß: Aus dem Unterfell des Pyrenäenberghundes wird Wolle hergestellt. Bis zu achtzig Prozent wärmer als Schafswolle. Sie sollten sein Winterfell sehen, aber das hat er derzeit natürlich nicht. Wächst erst ab November. Dann auf einen Schlag. Er bekommt eine Mähne wie ein Löwe. Gell, Bärli? Die bekommst du.«

»Interessant. Also los, wir laufen dort drüben an der Kirche vorbei nach oben in Richtung Josefibichl, und da kann ich Ihnen schon einmal den ersten Überblick geben, Herr Klammert.«

»Oliver. Unter Sportsfreunden: Olli.«

»Karl-Heinz. Unter Sportsfreunden: Gonzo.«

»Ich weiß.«

Die beiden gaben sich die Hand, dann joggten sie schon im Hotelflur los. Bärli trottete dem ungleichen Paar nach, das nicht nur vierzig Kilo an Gewicht, sondern auch anderthalb Köpfe an Größe trennte.

Kapitel 4

»Ja, es wäre großartig, den Mann zufriedenzustellen, da haben Sie ganz und gar recht, Herr Habersetzer.« Bürgermeister Hans Wilhelm Meier hatte seine Geschäftsmiene aufgesetzt. Beflissen nickte er, während er den Ausführungen seines Gesprächspartners am Telefon lauschte.

»... vollkommen, ja, werde ich sofort veranlassen. Gut, dass wir ihn zum Ehrenbürger ... Ja genau, vorausschauend, gell, sagen Sie auch? Richtig ... Wer hätte das gedacht ... Mei, man weiß nie, wen es wann nach oben spült, und wen ... Genau, Herr Habersetzer ... Ja, stimmt: wichtig für den Ort. So ein Mann wie der Klammert, vollkommen korrekt. Gutes Gespür haben Sie da ... Nein, um Gottes willen, dem Gruber? ... Nein, da werde ich einen Teufel tun. Sie sicher auch ... Nein, da haben wir kein Interesse. Hernach kommt der mit seinem Tempelschmarrn ... Ja, da haben Sie vollkommen recht, nicht vermittelbar heutzutage. Kopftuchdebatte, nein, wollen wir keine hier am Ort ... Gott bewahre, Herr Habersetzer ... Nur halt den Bernbacher Ludwig ... Mhm, einfangen, ja, ganz so einfach wird das nicht ... Der fühlt sich in seiner Polizistenehre gekränkt ... Was meinen Sie, ein Porträt über ihn? Ganzseitig? Hm, an sich eine gute Idee, Herr Habersetzer, aber ... Meinen Sie nicht, das sieht ein bissl arg gekauft aus ... Ich meine ... Nicht gerade zufällig könnte das aussehen, nach dem Radlartikel ... Mhm, da haben wir was auszubaden, gell, Herr Habersetzer? ... Jaja, wir *zwei* haben da was auszubaden, ganz recht, aber geschrieben hab ich das ja nicht, wenn ich das auch mal ... Das nächste Mal, wissen Sie, da könnten Sie schon vorher bei mir ... Nein, Sie müssen mir nicht Ihre Leitartikel vorlegen. Wo kämen wir denn da hin,

Herr Habersetzer? Ich bitte Sie … Ich mein nur, wegen Befindlichkeiten … Jaja, schon klar, kann ja jedem mal die Hutschnur platzen, wenn man sieht, wie die rasen, die Burschen … Vollkommen korrekt, die reinsten Rambos, darum haben wir ja diesen Artikel … Ja, weiß ich schon, dass Sie den Bernbacher nicht persönlich gemeint haben … Ach so, Sie persönlich hat einer dant genommen … Ja, das ist was anderes, warum haben Sie das nicht gesagt? Da hätte ich doch eine Großfahndung … Ich mein, der Bernbacher Ludwig hätte den schon zur Strecke gebracht, den Radl-Rambo, den elendigen. Hm … Mhm … Ja, interessant … Mhm, eine Serie? Eine Serie über die wichtigen Männer in der Gemeinde … Richtig. Da könnten Sie ihn schon einbetten, den Bernbacher Ludwig … Wundervolle Idee, könnte direkt von mir … Nein, anfangen, anfangen würd ich nicht direkt mit ihm … Vielleicht eher die tapferen Kommandanten unserer hervorragendst ausgestatteten Wehren … Hm … Oder nein, lieber nicht … Mit welchem fängt man da wieder an? … Doppelporträt Garmischer und Partenkirchner Feuerwehrkommandant … Ja, da werden Sie schon eine Doppelseite brauchen, mindestens … Und wen stellen Sie dann da rechts und wen links hin … Gefährliche Sache, Herr Habersetzer, echt gefährlich … Hm, mit wem könnte man anfangen, wen gibt's nur einmal am Ort? … Lassen Sie uns einmal nachdenken … Was meinen Sie? … Was? Mich? Ah, gehens zu, Herr Habersetzer, über mich gibt's doch nichts, was die Leute nicht eh wissen … Ja, wenn Sie meinen … So eine Homestory kann nicht schaden … Wahlkampfzeiten … Ja, haben Sie schon recht … Nein, natürlich nicht in meinem Haus auf Zypern, sondern hier, hier im Ort … Die Leute kämen ja auf falsche Gedanken … Wie meinen Sie? … Den Aufmacher der Serie über mich und dann gleich die nächste Woche den Bernbacher drannehmen und ihn wissen lassen, dass er gleich nächste Woche drankommt, damit er den Hartinger ab sofort in Ruhe lässt? … Gute Idee … Ich soll ihm das … Ja, das kann ich schon, logisch … Ich hoff ja nur, er macht da mit … Weil, bestechlich ist er natürlich nicht, unser Polizeichef … Nein, niemand bei uns ist bestechlich, eh klar … Wer, wenn nicht ich, wüsste das am besten … Okay, ich ruf ihn an. Aber – eins noch, Herr Habersetzer. Das Porträt vom Ludwig, so groß … Ich mein, eine drei viertelte, oder sagen wir: eine halbe Seite reicht da ja, sonst schaut's ja eher zu dick aufgetragen aus … Genau, Herr Habersetzer, wir verstehen uns … Über mich anderthalb oder zwei Seiten? Der Mensch im Amt und im Privatleben? Ach wo, das ist ja auch übertrieben … Ich bin ja eh jeden Tag in Ihrer Zeitung … Ja, in Gottes Namen, wenn Sie meinen, dann machen Sie, ja, auch beim Sporteln. Aber bitte ordentlich fotografieren. Jessas, das macht doch dann nicht der Hartinger? … Stimmt, der Meerbauch, den gibt's ja auch noch … Wie? Meerbusch, ja, genau, Busch. Gottlob … Ja, so bekommen wir das sicher wieder hin. Und der Bernbacher lässt den Hartinger in Ruhe … Ja, die Flensburger Punkte, ob er ihm die … Also, ich seh zu, was ich machen kann, gell, Herr Habersetzer? Also, alles klar. Ich ruf ihn an, den Bernbacher … Ja, jetzt gleich … Wiederhören, Herr Habersetzer … Ja, ich melde mich, servus …«

Bürgermeister Hans Wilhelm Meier legte auf und wunderte sich. So servil hatte er den Chefredakteur des Tagblatts noch nie erlebt. Natürlich war der aus Niederbayern reingeschwappte Habersetzer weder als Revoluzzer auf die Welt gekommen, noch einer geworden, sonst wäre er ja nicht bei der Heimatzeitung. Aber dieses Gespräch gerade eben … Ein Musterbeispiel von Unterwürfigkeit, wie es der Bürgermeister gerne sah. Konnte noch was werden aus dem Mann. Dieser Klammert, der am Vortag im Posthotel Partenkirchen samt Hund eingezogen war, wie ihm seine Zuträger sofort berichtet hatten, musste unglaublich wichtig für Habersetzer sein.

Hans Wilhelm Meier drückte eine Kurzwahltaste am Telefon. Während er darauf wartete, dass der oberste Polizist seines Ortes am anderen Ende der Leitung abnahm, gab er den Namen Oliver Klammert in das Suchfenster seines Internetbrowsers ein. Was er da las, gefiel ihm. Denn er las von Geld. Von viel Geld. Und zu Geld hatte der Erste Bürgermeister Hans Wilhelm Meier schon immer eine besondere Affinität gehabt. Leider hatte er es nicht so erfolgreich angehäuft wie das Objekt seiner Recherche, doch immerhin hatte er selbst es zu einem Haus auf Zypern gebracht, zu dem man auch »Villa« sagen konnte, ohne sich des Größenwahns schämen zu müssen. Natürlich hatte sein Bürgermeistergehalt nicht komplett dazu ausgereicht, dieses Kleinod zu errichten. Doch es gab eine sehr fruchtbare Zusammenarbeit mit einem stadtbekannten Bauunternehmer, der in die Lücke gesprungen war, die der vor zwei Jahren auf tragische Weise ums Leben gekommene Anton »Bagger-Toni« Brechtl hinterlassen hatte. Über das Innenverhältnis zwischen ihm und diesem Bauunternehmer, dem frisch im Landl angekommenen Italiener Federico Uanasso, gab es nichts, was die Wählerschaft oder überhaupt jemand jemals erfahren musste. Gleiches galt hinsichtlich einiger Firmen auf den englischen Kanalinseln und in Liechtenstein.

In der Polizeiinspektion an der Münchner Straße wurde das Telefon abgenommen. Endlich.

»Mensch, Ludwig, schön, dass ich dich noch erwisch, so kurz vor Feierabend.« Die Uhr auf dem Display des Bürgermeistertelefons zeigte 13:57, ein, wie Meier fand, großartiger Zeitpunkt, um dem stets entsetzliche Überarbeitung zur Schau stellenden Chefpolizisten einen blöden Spruch bezüglich des Rufes der Garmischer Polizei als Faulenzertruppe reinzudrücken. »Jetzt rat mal, wen ich gerade am Telefon gehabt hab?«

»Mei, Hansi, was weiß denn ich, bin ich die Sphinx oder der Lauch?«

»Jauch, Ludwig, Jauch heißt der.«

»Von mir aus. Ich schau ja kaum fern, weil, ich sitz nämlich Tag und Nacht an meinem Schreibtisch und schieb Überstunden und pass auf die Einwohner und Besucher unseres Orts auf, wie du dich erinnern kannst, wobei es das reinste Wunder ist, dass ich vor lauter Arbeitsüberlastung nicht schon lang einem Herzkasperl erlegen bin. Sicher die gute Luft in unserem Luftkurort. Also, war er's?«

»Wer? Was war wer?«

»Ja, der Jauch halt.«

»Wieso jetzt der Jauch?«

»Mei o mei, Hansi, musst auch mal Urlaub machen. Wen, in drei Teufels Namen, hast du angerufen?«

»Ich? Niemand.«

»Oder wer dich? Ist ja auch wurscht: Mit wem hast du telefoniert?«

»Ach so, jetzat. Ja, der Dings, mit dem ... na, wie heißt der jetzt?«

»Du, Hansi, ich sag's ungern. Aber die Zeit eines leitenden bayerischen Polizeibeamten ist knapp bemessen.«

»Der von der Zeitung halt. Der Chef von denen. Der ...«

»... Habersetzer.«

»Genau.«

»Sag's halt gleich.«

»Ja, wenn du mich so drausbringst, mit deinem Lauch.«

»Jauch.«

»Was? Ja, von mir aus. Auch wurscht. Also, auf alle Fälle hab ich was ganz Großartiges rausgehandelt für dich, Ludwig. Ich mein natürlich, für die gesamte bayerische Polizei als solche und die Inspektion Garmisch-Partenkirchen im

Speziellen. Eine komplette Wiedergutmachung und Rehabililatata … Weißt schon, halt ein positives Porträt über dich.«

Garmisch-Partenkirchens oberster Polizist Ludwig Bernbacher schwieg.

»Ludwig, bist noch da? Hörst? Ein Porträt!«

»Ein Passbuildl von mir? In der Zeitung?«

»Schmarrn! Eine Würdigung deiner Person und Leistungen als Vorsteher der Polizeiinspektion Garmisch-Partenkirchen, in der du alles einmal darstellen kannst, auf mindestens einer halben Seite! In der Heimatzeitung dieses unseres wunderschönen Landls!«

»Aha.«

»Super, oder? Dann hört oder liest die Bürgerschaft einmal direkt von dir, also quasi aus be-ru-fens-tem Munde, welche enormen Spitzenleistungen ihr da den ganzen Tag – und vor mir aus auch die Nacht – da drinnen verbringts, ich mein vollbringts, da drinnen in eurer Polizeiinspektion. Weil, ganz ehrlich, Ludwig, von außen sieht das ja kein Mensch.«

»Ist das jetzt schon wieder so eine Kritik, von wegen wir lassen uns zu wenig sehen im Ort und sitzen uns nur unsere Hintern in den Uniformhosen platt?«

»Ludwig!« Der Bürgermeister tat empört. »Also, weisst, Ludwig! Von mir würdest du so was gar nie nicht zu hören bekommen.« Meier war froh, dass das Gedankentelefon noch nicht erfunden war. Denn sonst hätte sein Gegenüber an dieser Stelle nur gehört: »Genau!«

»Hm«, grmpfte Bernbacher in den Apparat. »Wollt's nur mal wissen. Weil, wir haben nicht umsonst die geringsten Verbrechenszahlen bayernweit und dabei eine der höchsten Aufklärungsquoten. Und das bei einer Million Übernachtungen im Jahr! Was meinst du, was da in anderen Ländern los wär? Stell dir das mal in Polen vor. Italien. Was da an Autoaufbrüchen passieren würd. Ha? Was meinst? Wie viel? Taschendiebstahl! Stündlich! Und bei uns: nichts dergleichen!«

»Ja, Ludwig, großartig, jetzt hör mir doch mal zu …«

Bernbacher war nicht zu bremsen. »Und da kommt der dahergelaufene Redakteur, dieser Schmierfink, der keinen ordentlichen bayerischen Polizeibericht lesen kann, geschweige denn einen überhaupt zu Papier brächte, kommt der daher, dieser niederbayerische Grattler, und schreibt auf Seite eins von seinem Schmierblatt, in das man nicht einmal einen toten Fisch einwickeln kann, weil dann der tote Fisch vor lauter Grausen zum Leben erwacht und davonrennt, schreibt doch der Depp da rein, dass wir – Hansi, wir, die Polizei! Lass dir das einmal auf der Nase zergehen –, dass also wir dran schuld sind, dass so wenige Touristen nach Garmisch-Partenkirchen kommen, weil wir nicht darauf aufpassen, dass nicht irgendwelche Idioten mit dem tiefer gelegten Mountainbike durch die Fußgängerzone holzen. Wir!«

Hans Wilhelm Meier hatte nicht geahnt, dass der Groll des Polizisten Bernbacher so tief saß. Habersetzers Artikel vom Vortag hatte wohl größere Verwerfungen in der Polizeiinspektion verursacht. »Ja, Ludwig, Sauerei, sag ich auch, vor allem, weil das ja gar nicht stimmt mit den wenigeren Touristen, weil unser Tourismuschef müht sich ja von Herzen, sehr talentiert, der Mann. Aber was willst machen? Die Presse …«

»Das sag ich dir, was ich da mach: Jeden von diesen Schreiberlingen werd ich auf Schritt und Tritt überwachen, dass die meinen werden, Nordkorea wär ein schönes Land zum Auswandern, das sag ich dir. Heut in der Früh ist uns schon der Hartinger ins Netz gegangen. Fahrradfahren in der Fußgängerzone, freihändig, mit Beschallung beider Ohren, auf einem verkehrsuntüchtigen Fahrzeug, Widerstand gegen die Staatsgewalt, anschließende Flucht, zweimal. Da kommt ganz schön was zusammen. Bei dem seiner Vorgeschichte kann ich mir vorstellen, dass der endlich seiner gerechten Strafe zugeführt wird, der Saukerl, der ganz greislige. Der kennt die JVA Stadelheim ja schon von innen, da wird er bald wieder seine Zelle beziehen können!«

»Ludwig, aber das Schafott bleibt im Keller, das kommt nicht auf den Mohrenplatz«, machte sich Meier lustig.

»Hansi, das ist kein Spaß. Der Hartinger hat eh einiges auf dem Kerbholz. Ab jetzt wird durchgegriffen in meiner Gemeinde, das Lässie-fähr ist vorbei.«

»Das was? Wurscht. Jedenfalls das ist *meine* Gemeinde, damit wir uns da einig sind, gell? Also, jetzt mach mal eine Pause und hör zu! Der Hartinger ist leider wichtig für diesen Ort. Er hat mir das Leben gerettet und ist Ehrenbürger. Punkt eins. Punkt zwei: Er ist seit heute früh das persönliche Kindermädel von einem äußerst wichtigen Neubürger dieser unserer wunderschönen Gemeinde. Und ich wünsche, dass diesen beiden Menschen überall, wohin sie auch kommen, der rote Teppich ausgerollt und keine Kertür aufgerissen wird, wo sie dann verschwinden. Verstehst du, um den Hartinger geht's mir nicht, aber der andere, ein gewisser Oliver Klammert, der kann noch ganz wichtig für mich … ich mein', *für uns* werden.«

»Und deswegen soll ich tatenlos zusehen, wie das Recht in dieser Gemeinde gebrochen wird, und vielleicht sogar Unrecht vertuschen? Während die Pressemeute gleichzeitig über uns herfällt?«

Bürgermeister Meier hatte weder Zeit noch Lust für weitere Ausführungen und sagte es direkt: »Genau.« Nach einer kurzen Pause der Überraschung am anderen Ende der Leitung fügte er hinzu: »Der Hartinger hat ab sofort Narrenfreiheit. Zumindest so lange, wie er sich um den Klammert kümmert, und das kann seine Zeit dauern. Doch danach ist er von mir aus wieder zum Abschuss freigegeben. Aber, Ludwig, erst auf mein Signal hin.«

Ludwig Bernbacher schnaubte wie ein andalusischer Bulle, kurz bevor er in die Arena stürmt. In Gedanken zählte er bis zehn, dann zischte er: »Auf deine Verantwortung, Hans Wilhelm Meier. Und nur, weil's du bist. Und dein Porträt, das kannst du dir … Und der Habersetzer auch, nur dass du's weißt! Wenn ich ruhighalte, dann nur für den Segen unseres Ortes. Und weil wir bei wieder mehr Touristen, die der Klammert hoffentlich bringt, auch wieder mehr Planstellen bekommen, bevor wir hier alle wie die Hamster aus dem Radl fallen.«

»Ich werd es in der Partei weitertragen, dass ihr dringend mehr Leute braucht, Ludwig. Aber nicht, dass sie mir dich wegbefördern! Menschen mit Weitblick und Tatkraft braucht dieses Tal. Und du musst ja auch denken: Wenn ich einmal nicht mehr als Bürgermeister zur Verfügung stehen sollte, weil Landrat oder Landtag oder was weiß ich, wozu sie mich noch überreden werden – du weißt ja, weg will ich niemals aus diesem wunderschönen Fleckl, aber Dienst am Volk, da kann sich unsereiner ja nicht ewig entziehen –, wenn's also dumm läuft, muss ich nach München, stell dir vor, vielleicht sogar als Minister oder Staatssekretär. Jedenfalls, wer ist denn dann der Nächste auf der Liste hier im Ort? Hamma doch schon alles besprochen …«

»Passt scho, Hansi. Kannst dem Hartinger sagen, er braucht sich nicht zu verstecken. Aber sehen tun wir alles, gell? Dass das klar ist.«

»Eh klar, Ludwig, eh klar. Alles klar.« Bürgermeister Meier rang sich ein »Danke« ab, dann legte er auf, um sich direkt im Anschluss die Hände zu reiben. Zufrieden erhob er sich aus seinem Chefsessel, ging hinüber zum Erkerfenster des weitläufigen Büros und blickte über die Rathauskreuzung in Richtung der Ludwigstraße, wo er Oliver Klammert im Posthotel wusste. Er riss die Tür zum Vorzimmer auf und schrie: »Christina, machst mir einen Termin mit Oliver Klammert, wohnhaft Posthotel Partenkirchen, zum Abendessen. In ein gescheites Restaurant. Na ja, in das beste, das wir hier halt so haben.«

Kapitel 5

»Das dort hinten, das Hotel, da laufen wir hin!« Oliver Klammert musste nicht einmal kurz Luft holen, um seinen Plan Hartinger mitzuteilen.

»Sonnenbichl – Grand Hotel«, presste Hartinger zwischen zwei Atemzügen hervor.

»Möchte ich mir ansehen.«

Hartinger blieb stehen. »Was, jetzt?«, brüllte er Klammert hinterher, der einfach weiterlief. Neben Hartinger machte Bärli Sitz, um ihm sofort den Schweiß von den Waden zu lecken. »Das ist tierischer Schweiß, ich weiß nicht, ob du das verträgst«, mahnte Hartinger seinen neuen Fan, dann setzte er sich wieder in Bewegung. Bärli trottete hintendrein.

Eine kurze steile Auffahrt führte zum Grand Hotel Sonnenbichl hinauf. Klammert wartete bereits oben. Er stütze die Hände auf ein niedriges Geländer und dehnte die Waden.

Hartinger blieb neben ihm stehen und tat es ihm gleich. Dass Bärli die Gelegenheit nutze, um sich an Hartingers Schweißströmen gütlich zu tun, störte nur Hartinger. »Wieso schmecke gerade ich ihm so gut?«, fragte er in die Landschaft hinein. Eine Antwort von Klammert erwartete er nicht.

»Weil du dich nicht mit Antimückenspray eingesprüht hast, schätze ich«, sagte Klammert dennoch. Er hatte wohl auf alles eine logische Erklärung. Er drehte sich um und blickte das hellgelbe Gebäude an. »Das ist ja ein toller Kasten!«, staunte er. »Und diese großartige Wiesenlandschaft direkt davor … Wie aus dem Bilderbuch. Mit diesem wunderschönen einzeln stehenden Baum!«

»Das ist der Stieranger«, klärte Hartinger ihn auf.

»Großartiger Name!«, schwärmte Klammert.

»Unverkäuflich, kann ich dir gleich sagen. Gehört der Garmischer Weidegenossenschaft. Ist traditionell die Wiese, auf die sie ihre Jungstiere stellen, bevor sie auf die Alm kommen.«

»Und wieso sollte sie unverkäuflich sein?«, fragte Klammert wieder mit diesem eiskalten Gesichtsausdruck, den er immer aufsetzte, wenn es um Geld und Wert ging.

»Weil es sich nicht um die Waden eines abgebrannten Fotografen, sondern um eine Wiese der Garmischer Weidegenossenschaft handelt, ganz einfach. Die müssen nichts verkaufen, die wollen nichts verkaufen. Und an jemanden wie dich schon zweimal nicht. Außerdem: Außenbereich. Da darfst du höchstens einen Heustadel hinstellen.«

»Wer sagt denn, dass ich da irgendwas hinstellen will? Ist ja eine noch bessere Nachricht, dass hier niemand bauen darf. Das Hotel finde ich viel interessanter«, sagte Klammert.

»Ich glaube, da könntest du jetzt reingehen und es gegen deine Turnschuhe tauschen, wenn du nur die Schulden übernimmst. Die suchen schon seit Ewigkeiten einen solventen Käufer. Seit der Scheich seine Anteile verkauft hat, geht's damit ganz schön talwärts«, wusste Hartinger.

»Der Scheich, aha.«

»Der Emir von Al-Weyh Dabai, dem hat der Schuppen mal gehört. Der hat um die Ecke ein kleines Wochenendhäusl, und wenn er Besuch bekam, hat er die Leute hier einquartiert. Aber er war lange nicht mehr da, vielleicht gefällt es ihm in einer anderen seiner Residenzen besser.«

»Interessant, interessant. Dann gehen wir jetzt rein und schauen uns das von innen an.«

Hartinger sah erst an Klammert, dann an sich hinab. »So, in den kurzen Jogginghosen?«

Doch sein Laufkunde, wie er Klammert in Gedanken nannte, war schon unterwegs in Richtung Hoteleingang. Als Laufbursche, diese Bezeichnung hatte er für sich selbst gewählt, ging Hartinger unverzüglich hinterher. Bärli folgte hechelnd.

Im Hotel warf sich der Hund sofort auf den kühlenden Marmorboden. Klammert stand bereits vor dem Concierge, und Hartinger sah gerade noch, wie er ihm einen Fünfziger zusteckte. Der Mann musste mit einem Bündel Scheine in der Jogginghose unterwegs sein. Der Concierge verschwand hinter einer Tür, auf die in goldenen Plastikletterrn »Direktion« geklebt war.

»Der Direktor kommt gleich«, sagte Klammert zu Hartinger.

»Hm«, antwortete Hartinger, dem ansonsten selten etwas peinlich war. Doch in schweißverklebten engen Jogginghosen vor dem Direktor eines Hotels zu stehen, der ihn von vielen Fototerminen her nur in Jeans und Hemd kannte, war selbst ihm unangenehm. Doch er wusste, dass es keinen Sinn hatte, um Vertagung des spontan anberaumten Termins zu bitten.

Da stand auch schon der Hoteldirektor vor ihnen, im dunklen Nadelstreifanzug und mit breiter Krawatte und buntem Einstecktuch. »Herr Professor Klammert, wie schön, Sie wieder bei uns zu haben. Schallinger, Sie erinnern sich vielleicht, sehr angenehm«, sagte er und hielt Klammert die Hand hin.

»Das ist Herr Hartinger.«

»Wir kennen uns. Jeder hier kennt Gonzo Hartinger, den rasenden Reporter«, sagte Schallinger mit schleimigem Grinsen. Er ließ den Blick einen Tick zu angewidert über die schwitzigen haarigen Beine Hartingers schweifen, um als hundertfuchzigprozentiger Hotelier-Profi durchzugehen. Sein Verbindlichkeit heuchelndes Hoteldirektorlächeln hatte er jedoch sofort wieder parat, als er zu Klammert zurückschaute: »Womit kann ich dienen?«

Hartinger blickte Klammert von der Seite an. Was sollte diese Joggingshow, wenn Klammert im Grand Hotel Sonnenbichl bereits genächtigt hatte?

»Ich würde mir gern Ihr Haus noch einmal ansehen«, sagte Klammert. »Von oben bis unten.«

»Planen Sie nun doch die große Veranstaltung? Moment, ich erinnere mich, eine Partei wollten Sie doch gründen, im August, als Sie schon einmal da waren, ist das nicht so?«

»Leider hat sich das zerschlagen. Haben Sie etwas von Herrn Zuleger gehört seither?«

»Dem freundlichen Herrn aus Österreich? Nein, leider. Er hat sich nicht einmal ausgecheckt bei uns. Ist einfach verschwunden. An dem Tag, an dem auch Sie abgereist sind, wenn ich mich richtig erinnere. Soll ich einmal im System nachsehen?«

»Nicht so wichtig. Hauptsache, Sie sind nicht auf der Rechnung sitzen geblieben?«

»Aber Herr Professor, Sie haben doch für die gesamte Gruppe großzügigerweise die Rechnung übernommen.«

»Ach ja? Dann ist ja alles gut.«

»Jedenfalls schön, dass günstige Winde Sie so schnell wieder nach Garmisch zurückgebracht haben, Herr Professor.«

»Keine Winde. Ich werde Ihr Hotel kaufen.«

Dem Hotelier fiel das Gesicht aus der Fassung. Erst nach zwei langen Sekunden bekam er den Mund wieder zu. »Haha, das ist lustig, wie bei Dagobert Duck«, versuchte er einen Scherz.

Hartinger lauschte amüsiert dem Dialog, der das Zeug dazu hatte, ein historischer zu werden, und den sich seine Enkel noch an den Stammtischen des Garmisch-Partenkirchen des Jahres 2110 erzählen würden.

Klammert tat so, als habe er den Sinn der Worte nicht verstanden. »Herr Uanasso und ich unterzeichnen morgen den Vertrag.«

Schallinger fiel das gerade erst wieder geordnete Gesicht noch mal nach unten. Niemand außer ihm wusste, dass das Hotel vor einem guten Jahr in das Eigentum des italienischen Bauunternehmers übergegangen war, der in Garmisch-Partenkirchen unter der Hand alles aufkaufte, was es aufzukaufen gab. Der Deal war in Wiesbaden über die Bühne gegangen, wo die Investmentgesellschaft saß, deren Anteilseigner den Spaß an dem Zuschussgeschäft verloren hatten, den das Grand Hotel Sonnenbichl für sie bedeutete.

Auch Hartinger riss die Augen auf und starrte Klammert an. Der Mann überraschte ihn im Viertelstundentakt. Enzo Uanasso der Eigentümer des Grand Hotels Sonnenbichl? Hartinger wurde aus Klammert einfach nicht schlau. Aber das würde sich schon noch ergeben.

»Können wir jetzt also, bitte?«, drängte Klammert. »Zeit ist Geld, Herr Direktor Schallinger.«

»Jawoll, Herr Professor«, buckelte Schallinger, machte auf dem Absatz kehrt und stiefelte zum Aufzug. Dort angekommen, schlug er vor: »Fangen wir mit den Suiten an.« Er drückte auf den Liftknopf.

»Fangen wir mit dem Schwimmbad an. Da sieht man zuerst, wo es schimmelt«, widersprach Klammert. Es schien nicht das erste Hotel zu sein, das er auf seine Werthaltigkeit prüfte.

»Wie Sie wünschen.« Schallinger ließ seinen beiden Gästen den Vortritt in die gerade angekommene Aufzugskabine.

Eine halbe Stunde später hatten sie das Schwimmbad, eine Auswahl an Zimmern und Suiten und die Küche inspiziert. Hoteldirektor Schallinger war zuerst immer einsilbiger geworden, je mehr Schwachstellen Klammert mit gezieltem Blick entdeckte und unumwunden ansprach. Offensichtlich wusste er nicht, wie ihm geschah. Sollte sein Hotel innerhalb kürzester Zeit zwei Inhaberwechsel mitmachen? Und wäre er am Schluss noch Direktor dieses Hotels? Besonders um diese Frage kreisten seine Gedanken. Schließlich entschied er sich wohl dafür, seine Zukunft in den Händen Klammerts zu sehen, und nannte von sich aus einige Missstände, die dringend behoben werden mussten. »Es gibt schon ein paar schwache Stellen im Mauerwerk«, bemerkte er abschließend.

»Das werden meine Bauingenieure herausfinden. Ich möchte mir das Dach noch ansehen.«

»Das Dach?«, staunte Schallinger.

»Das Dach. Sie haben doch ein Dach?«

»Selbstverständlich. Okay, das Dach. Da muss ich aber den Schlüssel für den Dachboden erst holen.«

»Tun Sie, was Sie tun müssen.«

Nachdem Schallinger seine beiden Besucher mitsamt ihrem furchterregenden Hund im Flur des vierten Stockes stehen gelassen hatte und im Aufzug verschwunden war, konnte Hartinger nicht mehr an sich halten. »Was machst du da?«

»Ich besichtige dieses Hotel, weil ich es morgen kaufen werde.«

»Aber wieso dieses Tamtam mit Jogging und von wegen du kennst dich hier nicht aus? Dass der Kasten dem Uanasso gehört, weiß bei uns kein Mensch.«

»Es ist besser, man kündigt sich nicht an, wenn man so ein Geschäft durchziehen will. Und wenn man das Personal testen möchte. Und es ist auch besser, man hat seine Hausaufgaben gemacht. Solche Verkäufe stehen im elektronischen Bundesanzeiger. Es ist also kein Geheimnis, wem das Hotel gehört.«

»Mhm.«

»Aber Sie machen Ihre Sache wirklich gut … Ich meine, *du* machst deine Sache sehr gut als Leibwächter, Gonzo«, grinste Klammert.

»Leibwächter? Dazu hast du doch dieses Viech … Ich meine, den Bärli.«

»Der tut doch keiner Fliege was zuleide. Wenn der an einem Kinderspielplatz vorbeitrottet, dann muss ich den vor den Kindern schützen.«

»Vielleicht liegt's an der Ernährung, dass er so penetrant friedfertig ist.«

»Kann sein, aber lieber ist er mir so. Und wenn er Fleisch frisst, kratzt er sich die ganze Nacht. Da kann kein Mensch neben ihm schlafen.«

»Neben …?«

»Ich lebe seit Jahren von meiner Mutter getrennt. Irgendeinen Ansprechpartner braucht man ja«, öffnete Oliver Klammert sein Herz.

»Ja, wie wär's mit einer Frau – oder von mir aus mit einem Mann?«, fragte Hartinger unverblümt.

Bevor Klammert antworten konnte, stand der Hoteldirektor vor ihnen. Er war mit einem Mann im taubenblauen Arbeitsmantel aus dem Aufzug gestiegen und sagte: »Es war schon seit Ewigkeiten niemand mehr auf dem Dachboden, sagt Herr Gierbinger. Unser Hausmeister, wenn ich bekannt machen darf. Herr Professor Klammert, Herr Hartinger. Wir dürfen da nichts lagern, Feuerpolizei, verstehen Sie?«

»Jaja«, sagte Klammert ungeduldig.

Hausmeister Gierbinger schloss die Tür zu dem Gang auf, von dem aus man durch eine Deckenluke in den riesigen Speicher des alten Hotels gelangen konnte. »Bitte, darf ich vorgehen?«, fragte Schallinger. Hartinger, Klammert und Bärli folgten dem Hotelier. »Herr Gierbinger, könnten Sie mal bitte die Luke öffnen?«

Wortlos ging der kantige Mann, dessen absolute Unabkömmlichkeit schon die vielen Stifte und Schraubenzieher in der Brusttasche seines grauen Mantels bezeugten, in die dunkle Ecke des Ganges, holte eine lange Holzstange hervor, an deren Ende sich ein Metallhaken befand, und zog damit die Klappe aus der Decke herunter. Er entriegelte eine Leiter, die auf der Innenseite der Klappe angebracht war, und ließ sie mit einigem Quietschen nach unten rutschen.

Bereits als der erste Lufthauch aus dem Speicher zu ihnen herabwehte, wurde Bärli für seine Verhältnisse geradezu hyperaktiv. Er fletschte die Zähne, zog wie ein süchtiger 13-jähriger Klebstoffschnüffler die Luft durch die Nase, um sie sofort wieder auszustoßen und gleich wieder einen neuen tiefen Zug zu nehmen, stellte seine Vorderläufe auf die drittunterste Leitersprosse und kletterte dann hinauf, schneller, als es ihm jemals irgendjemand zugetraut hätte. Der zentnerschwere Koloss schien sich durch einen Geruch, den nur er wahrnehmen konnte, in eine behände kraxelnde Hauskatze verwandelt zu haben. Er wuchtete seine Hinterbeine auf die unterste Sprosse, und kaum zwei Sekunden und drei Sätze später war er in der Dunkelheit des Dachbodens verschwunden, noch bevor Klammert und Hartinger wie aus einem Mund »Bärliiii!« schreien konnten. Man hörte ihn durch den Fehlboden des Speichers nach rechts davonstürmen, dann war auch schon Hartinger auf der Leiter und sprintete ihm nach. Klammert folgte auf dem Fuß.

»Siebenschläfer oder irgend so ein Viechzeugs wird er jagen«, murmelte Hausmeister Gierbinger ungerührt.

Das beruhigte Hoteldirektor Schallinger nur bedingt, und er stieg hinterher ins Dunkle seines Dachbodens. »Gibt es da ein Licht?«, rief er nach unten, und der bräsige Gierbinger ließ sich herab, drei Meter in Richtung Tür zurückzugehen, um dort einen Schalter zu betätigen.

Oben glimmten drei funzelige Glühbirnen in ihren verspinnwebten Fassungen auf. Hartinger blickte in die Richtung, in die der Hund verschwunden war, sah ihn aber nirgends. Alles, was es zu sehen gab, war das Gebälk einer beeindruckenden Dachkonstruktion, die gar nicht aufzuhören schien. Natürlich war trotz der feuerpolizeilichen Vorgaben im Laufe der Jahrzehnte einiges an alten Möbeln, Bettgestellen und sonstigem Kruscht hier oben gelandet. Hinter irgendeinem dieser Sperrmüllhaufen musste sich der flüchtige Bärli verkrochen haben.

Hartinger und Klammert gingen den Gang nach rechts, den die Dachbalken und die zwischen sie gestapelten Dinge in der Mitte des Bodens offen ließen. Kaum hatten sie die ersten fünfzehn Meter zurückgelegt, wusste Hartinger, was den Hund so begeistert hatte, denn der Geruch von Verwesung stieg ihm in die Nase. Als ehemaliger Polizeireporter konnte er diesen Gestank schneller einordnen als Klammert.

Hartinger deutete auf seine Nase und sagte: »Ein totes Tier.«

Klammert zog tief die Luft ein. »Ja, jetzt riech ich es auch. Aber das mag er ja gar nicht.«

»Hm. In dem Zustand offenbar schon«, analysierte Hartinger und ging weiter.

Klammert blieb bewusst zwei Meter hinter ihm. Es war ein Schock für ihn, dass sein Bärli sich an toten Tieren laben sollte. »Aber der Bärli ist doch streng vegan erzogen und kein … Aasfresser!«

Hartinger reagierte nicht. Er ging immer seiner Nase nach und hörte bald das Schmatzen eines aasfressenden großen Hundes, das von links hinter einer Batterie von alten Nachtkästchen herrührte. Da es unwahrscheinlich war, dass hier oben ein anderer Hund hauste, musste es sich wohl um Bärli handeln. Ayurvedisch hin, vegan her, er fraß etwas Totes. Etwas großes Totes.

Hartinger wies Klammert mit einem Handzeichen an, stehen zu bleiben. Mittlerweile war der Gestank so stark, dass der Hundebesitzer ein Taschentuch vor Mund und Nase hielt. Hartinger war Verwesungsgeruch, der nur in Krimis als »süßlich« beschrieben wird, gewohnt und ging dessen ungeachtet weiter auf das Geschmatze zu. Nun hörte er auch das wilde Gesumm. Ihm schwante nichts Gutes. Er linste hinter die aufgetürmten Nachtkästchen und sah dort Bärli, wie er im Halbdunkel …

»Bärli!«, brüllte Hartinger, dann warf er die Nachtkästchen beiseite, damit er schneller zum Hund gelangen konnte. »Kruzifix, Sauviech, verrecktes! Ja, gibt's denn das auch, verdammter Schafscheiß!«, fluchte er. Er packte Bärli am Halsband, nicht wissend, ob der sich das gefallen ließe, dass er, ausgerechnet wenn er zum ersten Mal an einer verwesenden menschlichen Leiche naschen durfte, davon weggerissen wurde. »Rufen Sie den Hund ab!«, befahl er Klammert.

»Bärli, Fuß!«, rief Klammert hinter dem Taschentuch hervor.

Tatsächlich drehte sich der Mischling um und schlurfte schmatzend zu seinem Herrchen. Tausende von Schmeißfliegen, die er aufgescheucht hatte, wandten sich wieder ihrem Hauptjob zu, der Eiablage zwischen den unzähligen weißen Larven jüngerer Generationen ihrer eigenen und anderer Insektenarten. Sie alle zusammen fraßen sich durch die Überreste menschlichen Gewebes.

»Eine Leiche!«, ließ Hartinger die Gesellschaft auf dem Dachboden wissen. »Rufen Sie die Polizei, Herr Schallinger! Sagen Sie, es handelt sich um einen Leichnam in Phase drei nach Lee Goff. Die können also das Blaulicht auslassen. Der bewegt sich von allein hier so schnell nicht mehr weg.«

Kapitel 6

»Ich kenn Sie. Sie sind der Mann, der damals da oben in Vordergraseck die Polizeiaktion geleitet hat.«

»Schön, dass Sie sich an mich erinnern, Herr Hartinger. Schneider, Bernd Schneider, Bayerisches Landeskriminalamt.«

»Ja, das war was, damals …«

»Wie ich sehe, gehen Sie weiter Ihrem Hobby nach und finden Leichen, die keiner finden will«, schmunzelte der Ermittler.

»Dass Sie gar nicht in dem Fall mit den Knochen am Herrgottschrofen dabei waren.«

»Ich kann nicht überall sein. Der Freistaat ist groß. Das Böse lauert überall.«

»Hm. In diesem Freistaat scheint's ihm besonders gut zu gefallen, dem Bösen.«

»Jedenfalls, Herr Hartinger, als Verdächtiger scheiden Sie diesmal ja wohl aus. Laut der Insektenlarvenbestimmung unserer Entomologen liegt die Leiche seit sechs Monaten auf dem Dachboden. Also seit April. Da waren Sie auf Journalistenreise auf diesem Kreuzfahrtdampfer. Nicht doof, übrigens, die Touristiker. Die erhalten sich also die Freundschaft der Journaille.«

»Mei, der erste Urlaub seit vier Jahren, da wird man sich schon mal einladen lassen dürfen. Und ich hab natürlich berichtet von dort. Aber deswegen verhören Sie mich ja nicht, Herr Schneider. Oder? Ist ja *noch* nicht verboten. Und der Bundespräsident bin ich ja nicht.«

»So weit kommt's noch. Wie kommen Sie denn übrigens darauf, dass ich Sie verhöre? Ein Verhör sieht ganz anders aus. Aber wem sag ich das. Wir unterhalten uns hier unter

Profis. Sie haben immerhin den Zustand der Leiche schneller erkannt als unsere Spurensicherer. Na ja, kein Wunder bei Ihrer Erfahrung, Herr Hartinger.«

»Passt schon. Also, was wollen Sie von mir?« Hartinger war es nicht gewöhnt, dass ihm Angehörige des bayerischen Polizeiapparates Honig ums Maul schmierten. Da war etwas im Busch.

»Ich wollte Ihnen die Zusammenarbeit anbieten.«

»Wie meinen Sie das? Sie geben mir Informationen des Landeskriminalamts, die ich in der Zeitung veröffentliche?«

»Fast. Nur anders herum. Sie als in Garmisch-Partenkirchen bestens verdrahteter Lokaljournalist geben mir Informationen, die nicht in der Zeitung stehen.«

»Aber Sie haben doch hier Ihre Fußtruppen der verdienten Polizeiinspektion Garmisch-Partenkirchen! Was brauchen Sie mich da noch?«, spottete Hartinger.

»Sie wissen schon, wozu ich Sie brauche. Und, wenn unsere Kooperation gut läuft, wer weiß, ob nicht doch einmal eine Ladung Informationen von meinem Laster in Ihren Garten fällt, Herr Hartinger. Immerhin sind Sie, wie ich höre, seit heute gar nicht mehr nur Lokalfotograf, sondern zum Chefreporter der Zeitung in Sachen Sonnenbichl-Leiche avanciert.« Bernd Schneider hob die Sonnenbrille auf die Stirn und blickte Hartinger direkt in die Augen.

Hartinger konnte es kaum fassen. Gerade mal vor einer knappen Viertelstunde hatte ihn Redaktionsleiter Habersetzer von seiner Beförderung in Kenntnis gesetzt, die er wohl auch seiner Bedeutung in Sachen Oliver Klammert zu verdanken hatte. Und nun wurde er bereits von einem Polizisten darauf angesprochen. Hatte LKA-Mann Schneider die Büros der Zeitung verwanzt und war er hier gesessen, um das Gespräch zwischen Hartinger und Habersetzer mitzuhören? Dreihundert Meter Luftlinie von der Redaktionsstube entfernt auf der Terrasse des Wirtshauses am Mohrenplatz? Ach ja … Hartinger schoss in den Kopf, dass ebendieser Schneider damals in Vordergraseck in ein Satellitentelefon gesprochen hatte. War der vielleicht in Wahrheit von einem Geheimdienst? Und wenn ja, von welchem? Gab es irgendetwas, was diese Schnüffler mittlerweile nicht mithörten? Die Frage war rhetorisch, und wenn sie einer Antwort bedurft hätte, wusste Hartinger wie jeder andere Bürger aus der Zeitung: Nein, es gab nichts, was sie nicht mithörten oder mitlasen.

Hartinger beschloss, noch vorsichtiger mit diesem Schneider umzugehen, als er das von Haus aus getan hätte. Mit einem »Hm« und gleichzeitigem Kopfnicken stimmte er nicht dem Vorschlag seines Gegenübers direkt zu, lehnte ihn aber auch nicht ab.

»Habe ich Ihre uneingeschränkte Unterstützung, Herr Hartinger?«, bohrte Schneider nach.

»Wollen Sie mich jetzt als Polizist anstellen? Oder als Spion? Wie hoch fallen denn meine Pensionsansprüche aus?«, giftete Hartinger.

»Herr Hartinger. Gonzo. Darf ich Gonzo sagen?«

»Unterstehen Sie sich. Das dürfen Freunde.«

»Na gut. Karl-Heinz, wenn Sie darauf bestehen. In unseren Kreisen spricht man sich mit Vornamen an.« Der Schnösel nahm genüsslich einen Schluck von seiner Latte macchiato, stellte das Glas wieder ab und grinste Hartinger an.

Der wäre ihm am liebsten mit dem Hintern voraus ins Gesicht gesprungen. Mit was für Arschlöchern hatte er es nur sein ganzes Leben lang zu tun? In irgendeiner früheren Existenz musste er etwas ganz Schlimmes verbrochen haben. Zum Zeichen seines Protests zog er lautstark den Rotz nach oben, beförderte ihn mit einem kehligen Laut nach vorn in die Mundhöhle, platzierte ihn auf der Zunge und spie ihn in einen der nebenstehenden Blumenkästen, die die Terrasse einfriedeten. »Sorry. Meine Kinderstube. Sie sehen, wir passen nicht zusammen.«

»Lassen Sie doch dieses Theater, Herr Hartinger.«

Hartinger erfüllte es mit dem größten Glück, dass sich dieser Schnüffler offenbar doch nicht getraute, ihn zu duzen, und ihn weder mit Gonzo noch mit Karl-Heinz ansprach.

»Hören Sie gut zu.« Schneider beugte sich ganz weit über den Tisch und flüsterte Hartinger zu. »Wir kriegen Sie. Es ist ernst. Sie waren schon einige Zeit in Untersuchungshaft. Sie wissen, wie schnell das geht. Sie waren in einen Mord verwickelt. Wenn ich es mir recht überlege, sogar in zwei. Überlegen Sie sich dreimal, ob Sie sehen wollen, wie Ihr Sohn aufwächst, oder nicht. Wir wissen, dass es damals einen Deal zwischen Ihnen und der Staatsanwaltschaft gegeben hat.«

»Dann wissen Sie mehr als ich.«

»Hartinger, lassen Sie den Scheiß. Wir wissen es, okay?«

»Wenn es einen Deal gegeben hätte – ich betone: hätte –, dann würde die Enthüllung doch einen Skandal in der Justiz auslösen.«

Schneider lachte schallend. »In der bayerischen Justiz? Da ist ein handfester Skandal ein Beförderungsgrund. Ach was, das Kriterium, ohne das Sie nie Vorsitzender Richter werden. Zumindest, was die Strafjustiz betrifft.«

Hartingers Glücksgefühl verflog, so schnell es ihn angesprungen hatte. Er starrte auf den Kaffeehaustisch in den leeren Aschenbecher, als wäre der eine Glaskugel, die ihm sagen könnte, wie er sich zu verhalten hatte. Lange überlegen musste er nicht, denn es stimmte, was dieser Unsympath ihm geflüstert hatte. Wenn er wollte, weswegen er nach Garmisch-Partenkirchen gekommen war, nämlich in Ruhe alt werden und darauf achten, dass sein Sohn bessere Entscheidungen im Leben treffen und es leichter haben würde, dann konnte er es sich nicht leisten, in den bayerischen Justizmühlen zerrieben zu werden. Er wusste sehr genau, dass die weder langsam noch besonders gründlich mahlten. Genau das machte sie für Leute wie ihn, die chronisch gegen den Strom schwammen, so gefährlich. Und natürlich hatte man ihn damals aus der U-Haft entlassen, obwohl die Beweise gegen ihn sprachen. Das Problem war gewesen, dass die Beweise auf sehr seltsamen Wegen zustande gekommen waren. Aber mit ein wenig Zeit konnten sie das sicher in ihre Richtung drehen. Und wenn er ehrlich zu sich selbst war: Wen würde es schon interessieren, wenn ein kleiner gescheiterter Provinzknipser in der Justizvollzugsanstalt Stadelheim oder Straubing verschimmelte? Würde für ihn jemand eine Bürgerinitiative gründen? Dotti vielleicht. Nein, nicht vielleicht, sie würde mit Sicherheit alle Hebel in Bewegung setzen. Aber wären diese Hebel lang genug, um etwas zu bewirken?

»Na schön. Was wollen Sie?«, knurrte Hartinger, den Blick immer noch fest auf den Boden des Aschenbechers gerichtet.

»Gut, das freut mich, Herr Hartinger, dass Sie sich vernünftig zeigen. Als Zeichen unserer guten Zusammenarbeit gebe ich Ihnen sogar jetzt gleich eine erste Information.«

Hartinger hob den Blick wieder und sah Schneider ins Gesicht. Was für ein seltsamer Typ. Erst erpresste er ihn mit einem Leben hinter Gittern, und eine Minute später plauderte er aus dem Nähkästchen der Ermittlungsbehörden.

»Wir wissen immer noch nicht, wen Sie da gefunden haben. Nichts. Keine Ahnung. Nicht mal eine Idee haben wir.«

»Tolle Info. Danke. Nicht zu viel auf einmal, bitte, das kann ich mir nicht alles merken.«

»Sie wissen ganz genau, dass das schon einmal eine

große Menge von Menschen ausschließt. Nämlich die, über die wir etwas wissen. Und das sind wirklich viele.«

»Die Algorithmen Ihrer Rasterfahndung habe ich noch nie verstanden. Werde ich auch nie.«

»Müssen Sie auch nicht. Verstehen Sie einfach nur: keine DNA, keine Fingerabdrücke, kein Zahnvergleich, nichts. Wir haben jetzt drei Tage alle Datenbanken durchforstet. Glauben Sie mir, wir sind da mittlerweile gut vernetzt. Europaweit.«

»Glaub ich unbesehen.«

»Den Mann, den Sie gefunden haben, gibt es nicht.«

»Zumindest nicht in Europa.«

»Korrekt.«

»Kann also ein Ami sein oder ein Südamerikaner, ein Russe. Bleiben also noch ein paar übrig.«

»Zumindest ist es ein männlicher Kaukasier, das stimmt, davon gibt's schon ein paar. Aber leider liegen Sie falsch: Wir haben auch die Daten der Amerikaner und Russen durchsuchen lassen. Wir kooperieren auch mit denen ganz gut, wenn es um die praktischen Dinge geht.«

Das war allerdings eine neue Information für Hartinger. Er hatte zwar vermutet, dass die Empörung der deutschen Politiker nach dem NSA-Skandal gespielt war und die sowieso wussten, dass die Amerikaner alle anderen ausspähten. Doch wenn Schneider recht hätte, dann hätte … Moment, wer gleich noch mal? Das Bayerische Landeskriminalamt? Nein, das war doch zu lächerlich … Jedenfalls hatte jemand in Schneiders Behörde, welche auch immer das war, Zugang zu Polizeicomputern in Amerika, Russland und weiß der Teufel wo.

Klar war auch eine Sache: Wenn dieser Aufwand getrieben wurde, dann musste eine ganz dicke Sache ins Rollen gekommen sein. Wegen einer x-beliebigen Feld-Wald-und-Wiesen-Leiche wurde sicher nicht der Spionageapparat der Bundesrepublik Deutschland und angrenzender Supermächte angeworfen. Das bedeutete aber wiederum auch: Bernd Schneider war ganz sicher nicht nur Leitender Ermittler des Landeskriminalamts. Er war zumindest im Nebenberuf Geheimdienstler. Hartinger wurde auch bewusst, dass er selbst ziemlich tief in der Geschichte mit drinsaß, wenn einer wie Schneider es nicht einmal für nötig hielt, diese undurchsichtigen Jobverhältnisse vor ihm zu verbergen – im Gegenteil, wenn er ihm das alles auch noch unverblümt erzählte.

Das bewies tatsächlich: Lieber Gonzo Hartinger, sei dir bewusst, dass du ganz schnell weg vom Fenster bist, wenn du deine große Klappe nicht hältst. Oder es bedeutete, dass dieser Schneider ein großmäuliger Spinner war. Aber den Eindruck hatte Hartinger nicht. Er verfluchte sich. Hätte er sich doch bloß geweigert, mit diesem Klammert …

Jessas, genau, der Klammert. Der war schon so ein Typ, wegen dem da gleich ein als LKA-Beamter getarnter Geheimdienstler durch die Alpenkulisse sprang. Der Klammert war nicht von schlechten Eltern. Beteiligungen an US-Internetunternehmen, China-Aktivitäten … Was wusste Hartinger denn, wo der seine Finger noch überall drinhatte. Allmählich wurde ihm diese ganze Gaudi unheimlich – und begann auch Spaß zu machen, denn noch mehr als seine Abneigung gegen den Staatsapparat war seine Neugierde angesprungen.

»Wenn ich Sie wieder aus Ihren Gedanken in die Jetztzeit holen darf …«, unterbrach Bernd Schneider Hartingers Hirntätigkeit. »Der Mann wurde da nicht zufällig gefunden.«

»Sie meinen …?«

»Ich meine gar nichts. Ich will herausfinden, mit wem was und wer warum zu tun hat. Und Sie werden mir dabei helfen, Herr Hartinger.«

»Hm.«

»Wir können ja noch nicht mal sagen, ob der Mann da oben unterm Dach umgebracht wurde, und wenn, wie. Oder ob er sich umgebracht hat. Er kann ja auch einfach so gestorben sein.«

»Er klaut den Schlüssel zum Gang, geht rauf auf den Dachboden, bringt sich um, jemand sieht die Leiter, denkt nicht nach, klappt sie nach oben, und der Mann wird vergessen?«

»Unwahrscheinlich, aber möglich. Wenn Sie und Klammert ...«

»... und der Hund ...«

»... genau, und der Hund. Wären Sie da nicht herumgestolpert, hätte man in drei Jahren ein Skelett gefunden, und damit Ende Gelände.«

»Haben Sie nicht eben gesagt, dass es kein Zufall war?«

»Ich habe gesagt, ich weiß nichts. Natürlich ist es kein Zufall, dass der Mann da liegt. Nichts ist Zufall. Aber sehen Sie sich das Obduktionsergebnis an, Hartinger, Sie können so was ja lesen. Nichts steht da drin. Gar nichts. Da, bitte: ›Aufgrund der fortgeschrittenen Zersetzung der Leiche sowie der Fressschäden kann weder ein natürlicher Tod noch eine Fremdtötung oder eine Eigenverletzung, die zum Tode geführt haben könnte, mit Sicherheit angenommen oder ausgeschlossen werden.‹ Die Fliegen und Käfer haben ganze Arbeit geleistet. Und der eine oder andere Siebenschläfer, der dort oben haust, wohl auch. Nicht zu vergessen ...«

»... der Hund.«

»Sie sagen es. Er hat ihm wohl das Gesicht oder das, was nach sechs Monaten Zersetzung und Larvenbefall davon übrig war, mit einem herzhaften Bissen vom Schädel gezuzelt.«

»Man kann es ihm nachsehen. Er bekommt zu Hause nichts Gescheites.«

Bernd Schneider zog am Strohhalm der mittlerweile erkalteten Latte macchiato und musste aufstoßen. »Na, das Vieh hat was gut, immerhin hat es die Leiche gefunden. Also, Hartinger – fangen Sie an. Graben Sie sich dorthin, wo einer wie ich niemals hinkommt. Ich will wissen, was es mit diesem Hotel auf sich hat. Und mit diesem Klammert. Gehen Sie mit ihm zum Joggen. Erfüllen Sie ihm jeden Wunsch. Bringen Sie ihn an den richtigen Stammtischen unter, beschaffen Sie ihm dralle Almhüttenwirtinnen, was immer er will. Machen Sie ihn zum Partenkirchner, wenn's sein muss.«

»Garmischer reicht schon«, nuschelte Hartinger.

»Wie? Ach ja, das Obduktionsergebnis. Kriegen Sie.« Schneider fummelte am Smartphone herum. »Ich maile es Ihnen gerade. Rufen Sie mich an, wenn Ihnen daran etwas unklar ist. Ciao.«

Bernd Schneider stand auf, zog einen Zwanziger aus der Hosentasche und steckte sein Smartphone wieder ein. Den Geldschein ließ er großspurig auf dem Tisch liegen, bevor er in Richtung Parkgarage verschwand. Ein reichlich lockerer Umgang mit geheimen Ermittlungsakten für einen Schlapphut, dachte Hartinger. Aber wenn eh jeder jeden ausspähte … Natürlich würde er Schneider nicht anrufen, wenn er etwas am Bericht der Gerichtsmedizin nicht verstehen sollte. Er hatte eine viel bessere Quelle, die ihm Autopsiebefunde ausdeutschen konnte. Über Nacht, sozusagen.

Kapitel 7

Während Dotti unter der Dusche stand, machte es sich Hartinger im Bett bequem. Er rutschte ein Stück nach oben Richtung Kopfende, schlug das Kissen in der Mitte um und drückte es sich im Rücken zurecht. Dann nahm er das oberste Buch von dem Stapel auf dem Nachtkästchen und blickte auf den violetten Einband mit dem Dalí-Bild der Hinteransicht einer zerstückelten Nackten in der Mitte. *Robert J. Stoller. Perversion: Die erotische Form von Hass.* Sie beschäftigte sich also damit. Sie las Fachliteratur über das, was sie ihr angetan hatten. Nur reden wollte sie offenbar nicht darüber. Er hatte am Abend zuvor erneut den Versuch gewagt, sie darauf anzusprechen. Doch sie hatte das Thema gewechselt, bevor es überhaupt zu einem geworden war.

Seit anderthalb Jahren, seit der Sache, in die sie da hineingeraten war, ohne auch nur das Geringste dafür zu können, besuchte er sie regelmäßig. Das erste Mal, gleich nachdem er aus dem Krankenhaus entlassen worden war. Sie war viele Wochen vor ihm wiederhergestellt, ihre Verletzungen waren nur oberflächlich gewesen. Jedenfalls die Verletzungen an ihrem Körper, die Schnitte in ihrer Haut. Doch welche Wunden ihre Seele davongetragen hatte, das hatte die Ärzte im Krankenhaus nicht interessiert.

Eigentlich hatte er sie dieses Mal nur besucht, weil er die Obduktionsergebnisse mit ihr besprechen wollte. Sie war Pathologin am Institut für Rechtsmedizin der Universität München. Der Leichnam aus dem Grand Hotel Sonnenbichl war in ihr Institut geliefert worden. Natürlich wusste er, dass sie seit der Sache in Garmisch vor anderthalb Jahren nur noch in der Verwaltung arbeitete. Sie war ja am

Abend vor der Entführung zur Stellvertretenden Verwaltungsdirektorin bestellt worden. Und der neue Chef hatte daran nichts geändert. Also hatte sie sich auf den Papierkram gestürzt und erst einmal die Finger von den Leichen gelassen. Vielleicht, so vermutete Hartinger, hatte sie Angst, sich selbst dort zu sehen auf dem kalten Edelstahltisch. Denn es hatte nicht viel gefehlt, und sie wäre dort gelandet. Wenn man sie jemals gefunden hätte.

Hartinger hatte sich gerade erneut die feinen Narben, die die Rasierklingen auf ihrem Bauch und den Oberschenkeln hinterlassen hatten, aus allernächster Nähe ansehen können, bevor sie sich im Doppelbett in der Schwabinger Wohnung von Dr. Dorothee Allgäuer verausgabt hatten. So, als wäre nichts gewesen. Und doch war ja etwas, was es nicht ganz so sein ließ, wie es gewesen war.

»Du brauchst eine Lesebrille, so weit, wie du das weghalten musst.« Sie stand am Fußende des Bettes.

Hartinger hatte sie nicht kommen gehört, er hatte sich in seine Gedanken und in das seltsame Dalí-Bild verloren. Ihre langen braunen Haare waren nass, sie hatte sich in ein Handtuch gewickelt, dessen unteres Ende das Allerheiligste verdeckte. Hartinger musterte die schöne Frau und wünschte sich, dass sie ewig so dastehen würde. Genau da, wo sie in diesem Moment stand. Mit dem Licht der milden Herbstsonne, das sie von der Seite durch das Schlafzimmerfenster anschien und ihrem Gesicht auf der von ihm beleuchteten Seite die Zerbrechlichkeit von Bisquitporzellan verlieh, während die andere Hälfte im diffusen Halbdunkel der Wohnung um zehn Jahre reifer wirkte.

Hartinger schaute zurück auf das Buch. *Die erotische Form von Hass*. So etwas hätte früher als Studienlektüre auf dem Schreibtisch der Frau Dr. Allgäuer gelegen. Jetzt lag es neben dem Bett. Suchte sie einen Weg, die hasserfüllten Erlebnisse in Körperlichkeit umzumünzen? War er das

Vehikel dazu? Er würde sie nicht fragen. Und er zwang sich, auch nicht länger darüber nachzudenken. Es gab genug Probleme, mit denen er sich ablenken konnte.

Wahrscheinlich war er im Moment gerade dabei, wieder um dreißig Euro ärmer zu werden. Draußen ging sicher gerade eine Verkehrsüberwacherin am Volvo vorbei und ließ ein Ticket aus dem Apparat schnurren, das sie ihm genüsslich unter den Scheibenwischer klemmen konnte. Denn sein Auto stand wie immer in dieser Gegend illegal. Er hatte keinen der begehrten grünen Anwohnerausweise. Der Gedanke brachte ihn auf die Dotti-Situation zurück, ohne dass er es gewollt hatte. Dotti hatte einen grünen Anwohnerausweis. Dotti wohnte hier. Allein. Ohne ihn. Er pendelte hin und her, wenn es ihm und ihr danach war. Sie würde nie wieder einen Fuß auf Garmisch-Partenkirchner Boden setzen, das war klar, ohne dass sie es zu sagen brauchte. Unklar war, warum sie nicht ihre Beziehung begradigten. Hartinger hätte längst bei ihr einziehen können. Doch auch darüber sprachen sie nicht.

Dotti selbst wunderte sich ebenfalls. Für sie grenzte es an ein Wunder, dass dieser Gonzo Hartinger aus Garmisch nicht nur einen Genesungsbesuch bei ihr abstattete, sondern regelmäßig die A95 gen Norden zuckelte, um sie zu besuchen. Natürlich hatten sie dann immer ausgiebigen Sex, der hatte ihre Beziehung ja von Anfang an bestimmt. Aber doch war es mehr als eine reine Bumsgeschichte, war sie sich sicher. Vielleicht sollte sie ihn doch einmal darauf ansprechen, ob er seinen Lebensmittelpunkt nicht wieder aus seiner Bergheimat in die große Stadt verlegen wollte. Eine Anstellung würde er hier schon bekommen. München boomte. Einen Job in der Gastronomie würde Gonzo mindestens ergattern. Er musste ja eigentlich nur beschäftigt werden, damit er von der Straße weg war. Sie verdiente selbst genug. Sie könnten sich zum Autorenpaar zusammentun. Sie würde die widerlichsten Fälle aus der Pathologie mit nach Hause bringen, und er könnte blutrünstige Thriller daraus stricken. Die Leute standen auf so was.

»Der Leichnam dort draußen …«, begann Hartinger.

»Dich interessiert totes Fleisch also mehr als mein frisches rosa Gewebe«, schmollte sie.

»Das hatte ich als Vorspeise. Jetzt brauch ich ein Stück, gut abgehangen, mit ordentlich Hautgout.«

»Damit kann ich nicht dienen. Ich arbeite nicht mehr in der Küche, sondern im Backoffice.«

»Dazu später. Jetzt erst mal die Leiche vom Dachboden.«

»Du meinst, ich hätte Zeit, mir all die Fälle anzusehen? Ich bin für Excel-Listen und Anträge zuständig.«

»Dotti, bitte.«

»Hm, was ist es dir wert? Gehst du mit mir dafür in die Oper?«

»Oooch, komm, nicht gleich Höchststrafe. Ich hab ja nur ein paar Fragen.«

»Na gut. Aber in die Oper gehen wir trotzdem.«

»Sicher. Irgendwann. Also, wie kann es sein, dass ihr den Mann nicht identifizieren könnt?«

»Keine DNA, keine Fingerabdrücke, kein Zahnprofil. So einfach. Schau auf die Website des LKA, da gibt es immer Bilder von unbekannten Toten. Ist ganz normal. Ich sag dir: Da ist ein Einbrecher aus irgendeinem osteuropäischen Land übers Dach ins Hotel eingestiegen und hat ein Sterbchen gemacht. Vielleicht ein ganz simpler Herzinfarkt.«

»Ihr Gerichtsmediziner solltet keine Schlüsse ziehen, sondern die Fakten auftischen.«

»Und ihr Lokaljournalisten solltet Friseurladeneröffnungen und Autohausjubiläen fotografieren und nicht an unbekannten Leichen herumfummeln.«

»Nun, ich hab die Leiche nun einmal gefunden. Da hab ich ein gewisses Erstermittlungsrecht.« Hartinger konnte

Dotti zu diesem Zeitpunkt auf keinen Fall sagen, dass er eigentlich im Auftrag von Bernd Schneider tätig war, also des Landeskriminalamtes, beziehungsweise eines darüberstehenden Geheimdienstes, den er nicht einmal kannte. Schneider erwartete auch nicht diese Art von Informationen von ihm, die konnte er sich selbst beschaffen. Doch Hartinger legte nun einmal Wert darauf, eine Sache gründlich zu durchschauen.

»Wenn wir irgendetwas Spannendes herausfinden, dann erfährst du es als Erster, Schatz«, säuselte Dotti, die mittlerweile in schwarze Spitzenwäsche und ein schwarzes Abendkleid geschlüpft war.

»Was hast du vor? Hast du noch einen Termin?«, wunderte sich Hartinger.

»Wir beide haben einen Termin. Wie ich schon sagte: die Oper.«

Hartingers Gemüt verfinsterte sich schlagartig, doch er versuchte, sich nichts anmerken zu lassen. »Aha. Und was wird gespielt?«

»›Rigoletto‹.«

»Hm. Muss das sein? Ich wollte mit dir mal wieder schön essen gehen. Il Mulino. Wie früher.«

»Lass früher früher sein. Ein dunkler Anzug, weißes Hemd, schwarze Schuhe in deiner Größe befinden sich in der Ankleide.«

»Das ist nicht dein Ernst. Apropos Ernst: Ich habe noch eine dringende Verabredung mit Ernst Weißhaupt. Im Schumann's. Ist echt wichtig. Er hat immer geheime … Geheiminformationen. Wenn *du* schon nichts für mich hast.«

»Prima. Weißhaupt geht auch mit.«

»Wie bitte?«

»Ernst Weißhaupt sitzt auf dem Sitz zwischen uns. Sonst fingerst du mich den ganzen Abend an.«

»Du nimmst Weißhaupt als Abstandshalter mit in die Oper?«

»Anstandsherr hört sich besser an. Aber das ist nicht der Grund, warum ich ihn eingeladen habe. Ich will etwas von ihm. Er muss einen Artikel über den Modernisierungsbedarf unseres Instituts in der Süddeutschen unterbringen.« Dotti stand mittlerweile vor dem Schminkspiegel und legte sich ein sündiges Dunkelrot auf die Lippen.

Hartinger schälte sich aus dem Bettzeug und machte sich auf den Weg ins Bad. Wenn sein ehemaliger Chef und väterlicher Freund Ernst Weißhaupt mit von der Partie war, dann war Zuspätkommen keine Option. »Na toll. Schön, was man alles so beiläufig über seine Abendgestaltung erfährt«, moserte er, während er seinen massigen Körper in die Duschkabine hievte.

»Großartig, mein Schatz, dass du so flexibel bist«, flötete Dotti. »Los, mach dich hübsch. In sechs Minuten steht das Taxi vor der Tür. Wenn du bis dahin fertig angezogen bist, dann erzähl ich dir, welche Strahlenbelastung wir an deiner Leiche vom Hoteldachboden gemessen haben.«

Hartinger drehte vor Überraschung den Duschhebel auf Eiskalt und schrie laut auf. »Ihr habt *was*?«, kam es aus dem Badezimmer.

»Erst waschen, schön mit Seife, und zwar auch dort, wo's haart! Dann die Wangen glatt rasieren und ab in den schwarzen Anzug! Du hast noch fünf Minuten und dreißig … neunundzwanzig … achtundzwanzig …«

Kapitel 8

Hartinger konnte nicht schlafen. Er rotierte zwischen den Laken und dachte unentwegt darüber nach, was er tags zuvor in München erfahren hatte.

Zunächst war da die Erkenntnis, dass eine Oper wie »Rigoletto« gar nicht so einschläfernd war, wenn man sich vorher das Programmheft durchgelesen hatte und einigermaßen wusste, um was es ging. Natürlich hätte die Bestuhlung im Bayerischen Nationaltheater bequemer sein können, doch die Aufführung an sich musste er als rundherum gelungen bezeichnen. Nicht, dass er irgendeine fundierte Ahnung davon gehabt hätte, warum er dem einen oder anderen Sänger, dem Dirigenten und dem Orchester bei den zahlreichen Vorhängen sein lautes »Bravo« entgegengeschmettert hatte. Er hatte sich einfach vom Publikum anstecken lassen und mitgebrüllt.

Zweitens hatte er nach langer Zeit wieder einmal die Gelegenheit gehabt, die Blicke von Frauen zwischen achtzehn und achtzig auf sich zu spüren, auch das hatte gutgetan. Schuld daran war die Kombination aus seinem Siebentagebart und dem perfekt geschnittenen Anzug, den ihm Dotti besorgt hatte. Sie selbst hatte schnell bemerkt, wie er damit von den Damen verstohlen aus den Augenwinkeln oder offen gemustert worden war, und sie hatte es bereut, ihren Alpen-Herkules in vorzeigbare Form gebracht zu haben. Immer enger hatte sie sich an ihn gedrückt, auch als sie in den Pausen mit Kollegen aus dem Institut im Untergeschoss bei Sekt und Kanapees Small Talk hatte halten müssen. Sie hatte es auch nicht gestattet, dass Kurt Weißhaupt zwischen ihnen saß, wie sie angedroht hatte. Hartinger hatte brav auf dem Sitz zu ihrer Rechten zu sitzen.

Und sie war es, die, während sich auf der Bühne das Drama des Hofnarren von Mantua entwickelte, ihre Hand besitzergreifend in seinem Schoß vergrub.

Die dritte Erkenntnis war eigentlich keine. Aber es war dann doch immer wieder beeindruckend, zu sehen, wie sich ein alter Mann wie Kurt Weißhaupt von einer Opern-einladung, drei Gläsern Schaumwein und vier tiefen Blicken einer schönen Frau in seine wässrigen Augen verleiten ließ, alle Prinzipien des Journalismus über Bord zu werfen. Natürlich würde er dafür sorgen, dass sich der Lokalaufmacher der Süddeutschen – »noch in dieser Woche, am besten am Freitag oder am Samstag, da lesen das mehr Leute!« – mit dem Modernisierungsstau des Instituts für Rechtsmedizin der Universität München beschäftigen würde. Es wäre doch gelacht, wenn da nicht umgehend die Millionen aus dem Säckel des bayerischen Kultus- oder auch des Justizministeriums rieseln würden, hatte er bei ihrer Sitzung in Schumann's Bar lautstark angegeben, die sie dem Opernbesuch angeschlossen hatten. Gleich am nächsten Morgen werde er seinen Einfluss als beratender Chefrentner geltend machen, und wehe, wenn die nicht spurten, da würde er schon wissen, wie den jungen Leuten da draußen im Zeitungsturm am Rande der Autobahn beizukommen sei. Leichen über Leichen wisse er da bei einigen im Keller liegen, wer wann wo auf Kosten welcher PR-Agentur in welchem Luxushotel kostenlos abgestiegen sei – und auch größtenteils, mit welcher Begleitung –, und da sei es doch ein Leichtes für ihn, welches Thema auch immer zu lancieren.

Hartinger hatte sich die Angebereien seines Exchefs nicht lange anhören können, er hatte sich vom Tisch in der Ecke, der Weißhaupts Hoheitsgebiet war, an die Bar zurückgezogen, um den Barkeeper über die neuesten Geschichten der Reichen und Schönen auszuflascheln. Doch auch daran hatte er bald das Interesse verloren und Dotti zum Aufbruch gedrängt.

Nein, er war den ganzen schönen Münchner Opernabend mit etwas anderem geistig beschäftigt gewesen, und auch während er jetzt zwischen den Laken rotierte, beschäftigte ihn dieser Gedanke. Wie kam eine verstrahlte Leiche in den Speicher des Grand Hotels? Wo hatte sich da jemand kontaminiert? War dieser jemand, über den es keinerlei Daten gab, an der Strahlenkrankheit gestorben, oder war dieser Mann ohne Herkunft wegen strahlenden Materials umgebracht worden? Nachdem sich von offizieller Seite niemand darum kümmerte, musste Hartinger das wohl selbst tun. Er konnte am besten beim Laufen denken und zog kurz vor Mitternacht seine schnellen Schuhe an, um auf einer Ortsrunde Klarheit in seine Gedanken zu bekommen.

Dieser Plan ging schnell auf. Kaum, dass er draußen auf der Dreitorspitzstraße in den gemütlichen Trab gefallen war, ging ihm auf, wen er fragen konnte. Den Professor Geisler natürlich, den er vor knapp zwei Jahren bei seinem kurzen Aufenthalt in der Justizvollzugsanstalt Stadelheim kennengelernt hatte. Der war Atomphysiker. Ihn galt es zu besuchen und mit den Werten, die ihm Dotti liefern würde, zu konfrontieren. Geisler hatte nichts mehr zu verlieren, denn er saß lebenslang.

Hartinger machte eine Gedankennotiz: Brief an Professor Geisler schreiben, damit der ihn zu sich in die JVA Stadelheim einlud. Das war der offizielle und einzige Weg, einen Gefangenen zu besuchen, wie Hartinger wusste. Gleich nach dem nächtlichen Lauf würde er handschriftlich den entsprechenden Brief verfassen. Am Morgen würde er ihn dann in den Briefkasten werfen.

Hartinger trottete durch das schlafende Partenkirchen, lief über die Mittenwalder Straße, die unbefahren im Mondschein lag wie eine vierspurige Autobahn am autofreien Sonntag, huschte über die Kankerbrücke und lief am rechten Ufer des schmalen Bachs durch die Hammerschmiedgasse. Deren Name erinnerte an längst vergangene Zeiten, als hier das Herz der uralten Siedlung Partenkirchen gewesen war. Das Wasser der Kanker hatte hier die Schmiede angetrieben, und nach getaner Arbeit, wenigstens einmal im Monat, hatten sich die Bauern und Handwerker im öffentlichen Bad in der Badgasse hygienisch auf Vordermann gebracht. Dieses alte Partenkirchen war Geschichte, heute wälzte sich der Verkehr auf der Hauptstraße, und selbst der Schmied hatte zu Hause eine Wellnessdusche aus dem Baumarkt installiert. Wenn es ein Datum gab, das das endgültige Ende der bäuerlichen Kultur dieser Gegend markierte, dann der Tag, an dem der letzte Partenkirchner Bäcker seine Backstube zum letzten Mal zuschließen würde, weil sich die ach so traditionsbewussten Einheimischen allesamt lieber ihre Brezen beim Discount-Backshop holten. Und dieser Tag lag in nicht allzu ferner Zukunft, sinnierte Hartinger, als er hinter der ehemaligen Bäckerei Braun vorbeijoggte. Hier hatte es bis vor Kurzem die besten Maurerweckerl diesseits des Urals gegeben, doch mangels Nachwuchses hatte der Bäcker den Betrieb einstellen müssen.

Bitterkeit stieg in Hartinger auf. Als er klein gewesen war, hatte das alte Wannenbad noch bestanden, war die Kanker regelmäßig übergegangen, hatte neben dem Gasthaus Zur Linde in der kleinen Poststation der uniformierte Beamte die Briefe per Hand gestempelt. »Jaja, früher, da war alles aus Holz«, sagte Hartinger zu sich, als er am ehemaligen Edeka-Laden vorbeikam, in dessen Schaufenster grelle Aufkleber pappten, mit denen ein Teppichlager um Kunden buhlte. Sarkasmus war die einzige Art, wie er mit dem Kulturverfall seiner Heimat – und wahrscheinlich auch mit seinem eigenen Altern – umgehen konnte. Als er kurz darauf das mächtige stählerne Gerüst am Pfarrheim erblickte, das die neumodischen Feuerschutzbestimmungen dem alten Gebäude aufgezwungen hatten, wurde ihm ein bisschen schlecht.

Er rettete sich durch stures Geradeauslaufen durch die Badgasse, vorbei am Gasthof zum Rassen, über den Kirchplatz und die Stufen in die Pfarrgasse hinauf. Leider hatte er ganz vergessen, dass am Ende der Sonnenbergstraße, direkt hinter dem Floriansbrunnen, eine der architektonischen Scheußlichkeiten stand, die sie hier Haus nannten, ein … nun ja, ein Gebäude mit zwei mächtigen Erkern an seinem rechten und linken Eck, das von knallbunten, die Erbauer verherrlichenden Lüftlmalereien verziert war. Mit seiner brachialen Überdimension verschandelte es den ehemals pittoresken Platz.

Hartinger erinnerte sich an eine Internetseite mit dem Namen »Ugly Belgian Houses«, auf die er während einer seiner unendlichen nächtlichen Surfsessions gestoßen war. Er nahm sich vor, endlich die Internetseite »Ugly Bavarian Houses« zu gründen. Er könnte mit geschlossenen Augen durch Garmisch-Partenkirchen gehen, müsste nur seine Kamera in die Luft halten und regelmäßig den Auslöser drücken, und sein Archiv wäre auf Jahre hinaus gefüllt.

Hartinger umlief den Floriansbrunnen, wollte nicht nach links ins Hasental oder zum Josefibichl, sondern durch die Römerstraße und über den Humplmayrweg zurück. Da hörte er hinter sich einen Motor aufheulen, Reifen quietschen und einen Krach, als ob sich das Hinterteil eines Autos in die Seite eines anderen schob. Er folgte dem Geräusch und sah kaum fünfzig Meter die Sonnenbergstraße hinab vor dem Gasthaus Schatten einen monströsen Ford Mustang quer zur Fahrtrichtung stehen. Mit seinem Kofferraum stak er in einem Audi A6, der auf der gegenüberliegenden Straßenseite parkte. Gerade, als Hartinger, der schon berufsmäßig von Verkehrsunfällen magisch angezogen wurde, bei den verkeilten Autos ankam, warf der Fahrer den Ganghebel des Ami-Autos nach vorn, um ordentlich Gummi zu geben.

Hartinger klatschte die flache linke Hand auf die Windschutzscheibe und riss die Fahrertür mit der Rechten auf. Er schaute wahrscheinlich genauso verdutzt wie die beiden Insassen des Mustang. Es waren dies der Internetunternehmer Oliver Klammert und Garmisch-Partenkirchens Erster Bürgermeister Hans Wilhelm Meier.

Hartinger schlug eine Wolke von Bier- und Obstlerdunst entgegen. Mindestens einer von beiden hatte sich wohl schon seines Mageninhalts entledigt. Hartinger versuchte, nicht zu tief einzuatmen, als er sagte: »Endstation – alles aussteigen.«

Kapitel 9

»Was gibt's Neues aus der Gemeinde, Herr Hartinger?« Bernd Schneider hielt sich nicht mit Vorgeplänkel auf.

»Das heißt ›Guten Morgen‹, wenn man einen wichtigen Kontaktmann um sieben Uhr aus den Federn klingelt«, moserte Hartinger.

»Sie hören sich gar nicht so verschlafen an, wie man es erwarten würde, wenn man einen Lokaljournalisten vor dem Frühstück anruft. Kommen Sie erst nach Hause? Oder sind Sie noch unterwegs?«

»Wer sagt, dass ich nicht schon längst mein Müsli geschlabbert habe und zehn Kilometer gelaufen bin?«

»Ich.«

»Sie wissen alles, oder?«

»Fast. Also: Gibt es irgendetwas, was ich wissen sollte? Etwas, was vielleicht den Bürgermeister und dessen nächtlichen Umgang betrifft?«

»Keine Ahnung, was der Herr Bürgermeister nachts treibt. Nachts schlafe ich«, behauptete Hartinger.

»Herr Hartinger, hören Sie auf mit den Spielchen. Das Bewegungsprofil Ihres Mobiltelefons zeigt ganz deutlich, dass Sie heute Nacht, um genau zu sein, um 0.12 Uhr, Ihre Wohnung in der Dreitorspitzstraße verlassen und sich mit einem Tempo von knapp zehn Stundenkilometern in Richtung Partenkirchen bewegt haben, also wahrscheinlich gejoggt sind. In der Sonnenbergstraße haben Sie dann einen längeren Aufenthalt eingelegt. Stretching am Floriansbrunnen?«

»So weit ist es also schon!«

»Sie lesen doch die Zeitung, für die Sie arbeiten. Steht ja sogar dort drin, was wir können.«

»Und Sie können wahrscheinlich sogar mehr, als in unserer Heimatzeitung steht.«

»Wie dem auch sei, Herr Hartinger. Auf Höhe des Brunnens verlieren wir Ihre Spur. Also diejenige Ihres Mobiltelefons.«

»Weil der Akku am Ende war.« Hartinger grinste in sich hinein.

»Doch kurz vorher trifft sich Ihre digitale Wegstrecke mit der des Herrn Bürgermeisters. Und da denke ich mir, vielleicht hat es da eine Begegnung gegeben.«

»Muss Zufall sein, Herr Schneider, ehrlich.« Hartingers Gehirn arbeitete unter Volldampf. Wirklich alles wusste der BND-Schnüffler also doch nicht. Er konnte noch nicht auf eine umfassende Kameraüberwachung aller öffentlichen Plätze zurückgreifen. Zumindest nicht in Garmisch-Partenkirchen. So wusste er vielleicht tatsächlich nicht, dass Hartinger vor gut sechs Stunden Bürgermeister Meier und Oliver Klammert zu einer erfolgreichen Vertuschung ihrer gemeinsamen Alkohol- und Unfallfahrt verholfen hatte. Er hatte die beiden Betrunkenen auf den Rücksitz des Ami-Boliden verfrachtet, wo Bärli ihnen die versoffenen Gesichter abgeschleckt hatte, dann Männer und Hund in das um die Ecke gelegene Partenkirchner Posthotel gefahren, das Auto im Hof abgestellt und mit einem Hunderter aus Klammerts Brieftasche das Schweigen des Nachtportiers erkauft.

Als Klammert in seiner Suite und Meier in einem Zimmer untergebracht gewesen waren, war Hartinger zu Fuß an die Unfallstelle zurückgekehrt, um diese zu bereinigen. Er hatte bereits zuvor den geparkten Audi, in dessen Flanke Klammerts Mustang gerast war, am Nummernschild als das Dienstfahrzeug des Bürgermeisters erkannt. Noch im Hotel hatte er dessen Autoschlüssel an sich genommen, um die lädierte Karosse umgehend bei der örtlichen Audi-

Niederlassung abzugeben. Er – und noch viel mehr seine Schützlinge Meier und Klammert – hatten geradezu unverschämtes Glück gehabt, denn niemand schien den Crash bemerkt zu haben, was in der ruhigen Sonnenbergstraße verdammt nah an ein Wunder kam. Hatte der Heilige Florian vom Brunnen herunter seine schützende Hand über die Aktion gehalten? Nicht umsonst lautete das Stoßgebet, mit dem die Bayern seine Dienste anriefen: »Sankt Florian, beschütz unser Haus, zünd's andere an.« Leute wie Bürgermeister Hans Wilhelm Meier mochten es wie ein Mantra im Stundentakt vor sich her murmeln. Schließlich gab es im übertragenen Sinn in ihren Häusern viel Zündstoff, der sich jederzeit selbst entflammen konnte.

Hartinger jedenfalls hatte den Audi-Händler aus der Nachtruhe gerissen. Dieser hatte den Wagen auf Anhieb erkannt und keine Fragen gestellt. Er würde am nächsten Tag das instand gedengelte und frisch lackierte Fahrzeug des Ortsvorstehers diskret auf dem Hof des Rathauses ab- und keine Rechnung ausstellen.

Warum sollte Hartinger Schneider das alles auf die Nase binden? Er hatte sich vorgenommen, seine Rolle als inoffizieller Mitarbeiter des deutschen Geheimdienstes so dosiert und sozialverträglich wie irgend möglich zu machen. Und das hieß, er würde Schneider immer nur das zutragen, was dieser sowieso schon wusste. Zumal ein dankbarer Internetmilliardär und ein bis in die nächste Eiszeit in seiner Schuld stehender Bürgermeister strategisch höher zu bewerten waren als eine dem Staat entgegengebrachte Willfährigkeit.

Hartinger hatte Meier nicht nur vor anderthalb Jahren das Leben gerettet, sondern nun auch dessen Karriere als Politiker – und die war für Typen wie ihn wichtiger als die rein körperliche Existenz. Und was Oliver Klammert anging, so war der doch immerhin sein Kunde. Wenn Hartinger sich schon herabließ und Butlerdienste für einen reichen Mann erledigte, dann wollte er das auch professionell tun. Zu guter Letzt war ihm klar, dass er sich mit der Beihilfe zur Fahrerflucht auch selbst strafbar gemacht hatte. Je mehr Bernd Schneider über seine Vergehen wusste – und er wusste sicher vieles von dem, was Hartinger auf dem Kerbholz hatte –, desto mehr hatte er ihn in der Hand.

»Zufall, klar. Wissen Sie was? Ich glaube nicht an Zufälle«, belehrte ihn Schneider.

»Ich glaube an gar nichts, auch nicht daran, dass es keine Zufälle gibt«, entgegnete Hartinger.

»Jedenfalls ist Ihr Bürgermeister bis nachts um ein Uhr im Gasthof Schatten gewesen und dann im Posthotel abgestiegen.«

»Lassen Sie doch dem Mann auch ein bisschen Privatleben, Sie verfluchter Schnüffler. Was der Meier Hans wo mit welcher Bedienung tut, geht doch den Geheimdienst einen feuchten Dreck an.«

»Das ist also bekannt in Ihrem Ort, dass der Bürgermeister außereheliche Engagements pflegt?«

»Ob es bekannt ist, weiß ich nicht, aber ich denke, der Staat soll nicht mit seinen Bürgern ins Bett steigen. Und jetzt geben Sie Ruhe, ich muss mein Tagwerk vorbereiten. Bergschafprämierung ist heute.«

»Ach, das gibt sicher pittoreske Bilder.«

»Ja mei: frisch rasierte Schafe und unrasierte Männer.«

»Und sicher die ganze Prominenz des Ortes. Wann geht's denn los?«

»Um 14 Uhr auf dem Stieranger. Aber das wissen Sie doch sowieso. Sie hören doch jeden Schafstall im Landkreis ab. Ich frag mich nur, wieso.«

»Wiederhören, Herr Hartinger. Bis später.« Bernd Schneider legte auf, ohne auf Hartingers Frage zu antworten.

»Unbekannte Leiche, Grand Hotel, Strahlung, Bergschafe, Internetmilliardär, Stieranger, Bundesnachrichtendienst.« Hartinger schüttelte den Kopf, stand auf und taperte in sein enges Badezimmer. »Wie das wieder alles zusammengeht?«

Kapitel 10

Tourismusunternehmer Veit Gruber schmeckte der Kaffee nicht. Er biss auch nur einmal in die frisch aufgebackene Gefrierbreze, dann ließ er sie auf dem Teller liegen. Was ihm da seine Restaurantleiterin Birgit berichtet hatte, machte ihn nicht nur nervös, es versetzte ihn in Alarm.

Birgit hatte das, was man ein gschlampertes Verhältnis nannte, lebte also in wilder Ehe zusammen mit Heinz, seines Zeichens Kellner im Gasthof Schatten. Er hatte aus erster Hand mitbekommen, dass der Bürgermeister zusammen mit einem Schnösel üppigst gegessen und ordentlich getrunken hatte in der vergangenen Nacht. Als Birgit zur Frühschicht im Alpengasthaus Panorama ankam, das Gruber als Zentrale seiner Unternehmungen eingerichtet hatte, musste sie ihm von der Begegnung der hohen Herren umgehend berichten. Schließlich waren am Tisch der beiden – wie Heinz kolportiert hatte – des Öfteren Vokabeln wie »Grund und Boden«, »Wertsteigerung« und »Hektar« gefallen. Dank der Kreditkarte, mit der der Gesprächspartner des Bürgermeisters die Rechnung beglichen hatte, wusste Heinz dessen Namen. Und als Veit Gruber diese Informationen von Birgit erhalten hatte, hatte er sofort auf seinem Smartphone nachgegoogelt. Seither war es um seine Entspannung getan, mit der er üblicherweise einen so strahlenden Spätsommertag auf der Terrasse seines Alpengasthauses zu beginnen pflegte.

Er musste mehr herausfinden. Über Klammert. Über dessen Pläne. Über die Rolle des Bürgermeisters. Wobei ihm die Letztere keine Grübeleien verursachte. Immer, wenn Geld im Spiel war, öffneten sich zunächst Hans Wilhelm Meiers Augen und Ohren – und gleich darauf seine Brieftasche, in der die Penunze dann zumeist verschwand. Alle Projekte waren ohne seine Zustimmung als Bürgermeister nicht vorstellbar. Und schon längst munkelte man im Ort nicht mehr nur darüber, dass Meiers private Finanzen von der regen Bautätigkeit profitierten, die in den letzten Jahren die Fremdenverkehrsmetropole Nummer eins an allen Ecken nicht nur verschönert hatte; man setzte es als gegeben voraus, dass der Meier Hans seine Verbindungen ins Ausland nutzte, um dort Schmiergelder diverser Bauträger und Projektentwickler zu parken.

Ein potenter Investor aber bedeutete Gefahr für Gruber und seine Interessen. Die meisten seiner Ideen waren bislang daran gescheitert, dass er nie die richtigen Finanziers gefunden hatte. Einer wie Klammert jedoch konnte aus der Portokasse alles bezahlen, wonach ihm der Sinn stand.

Nachdem Veit Gruber auf seiner Terrasse wie ein Panther im Käfig von rechts nach links und wieder zurück geschlichen war, fasste er den Entschluss, aus der Not eine Tugend zu machen. Er konnte gegen die Millionen und Abermillionen eines Oliver Klammert nicht anstinken. Also würde er ihn für seine Projekte begeistern und als Partner gewinnen müssen. Genau, das war es! Das Genie und die Ortskenntnis eines Veit Gruber, kombiniert mit den schier unendlichen finanziellen Ressourcen eines Oliver Klammert! Eines deutschen Investors. Endlich einmal nicht auf Chinesen und Araber angewiesen sein, die kalte Füße bekamen, wenn es einmal pressemäßig nicht rundlief.

Dieser Gedanke richtete ihn wieder auf, und er verschlang nun doch zwei Brezen mit reichlich Angepatztem obendrauf, wodurch sein Hunger erst geweckt wurde und er sich anderthalb Paar Weißwürste aus der Küche des Panorama servieren ließ. Das Ganze spülte er mit einem Weißbier hinunter – einem leichten, denn es war ja noch vor neun Uhr morgens –, um anschließend gestärkt in seinen 7er BMW zu steigen. Er wollte seinem Geschäftspartner in spe einen Antrittsbesuch abstatten.

Als Gruber das Posthotel betrat, kam ihm Klammert entgegen. Er lief an ihm vorbei hinaus auf die Straße, einen riesigen Hund im Schlepp. Gruber machte auf dem Absatz kehrt und stellte den Mann auf dem Gehsteig vor dem Hotel mit den Worten: »Herr Klammert, ich muss Sie sprechen!«

Klammert hob die Sonnenbrille leicht an und zuckte zusammen, als das Tageslicht mit Wucht durch seine Pupillen drang, um im Inneren seines Kopfes auf einen ausgewachsenen Kater zu treffen. »Und Sie sind?«, fragte er mit schmerzverzerrtem Gesicht.

»Veit Gruber, Unternehmer und Visionär. Sehr angenehm.« Gruber hielt seinem Opfer die fleischige Hand hin.

Klammert ließ die Pranke ungeschüttelt und raunte: »Wer Visionen hat, sollte zum Arzt gehen, hat mal jemand gesagt.«

»Und das aus Ihrem Munde? Sie sind doch der Macher des Unmöglichen, der diesem Land einen Hauch des Unternehmergeistes ... äh, einhaucht, der unsere Freunde und Brüder jenseits des Atlantiks zu wahrer Größe hat anwachsen lassen, also, ich meine ... Sie wissen schon.« Gruber kannte sich selbst nicht wieder. Er stoiberte ja daher wie sonst Bürgermeister Meier bei offiziellen Anlässen. Er bemerkte selbst, und es war ihm auch ein bisschen peinlich, welche Ehrfurcht er vor dem Erfolgreicheren hatte – einem wirklich Erfolgreichen.

»Hm, schon gut. Was kann ich für Sie tun, Herr Gruber?«

»Ich hätte da eine Idee. Was sage ich, eine? Viele Ideen, wie aus diesem Ort eine Perle gemacht werden kann, die nicht nur weltweit ihresgleichen sucht, sondern die auch den Beteiligten eine gute Rendite einbringt.«

»Ideen sind im Dutzend billiger, Herr Gruber. Auf die Umsetzung kommt es an.«

»Sehen Sie, darum bin ich hier. Meine Ideen und Ihre Umsetzungskraft ...«

»Mein Geld, meinen Sie.«

»Ja, das auch. Aber allein Ihr Name bewegt hier schon Berge. Jedenfalls, darf ich Sie jetzt ... oder später ... oder morgen ... oder wann auch immer Sie Zeit und Lust haben ... entführen in das Garmisch-Partenkirchen von morgen, Herr Klammert?«

»Sagen Sie mir, um was es geht, Herr Gruber. Was ist Ihr *Elevator Pitch*?«

»Ha?«

»*Elevator Pitch.*«

»Mein ... was?«

»Wenn Sie einen wie mich in einem Bürohochhaus auf der Fahrt zwischen dem zehnten und dem fünfundzwanzigsten Stockwerk treffen würden und nur diese Chance hätten: Was würden Sie dann sagen, um Ihre Idee zu verkaufen?«

Gruber fand seine Form als Verkäufer in Sekundenschnelle wieder. »Stockwerk 10, Idee Nummer eins: Spirit of the Alps. Das größte Tempelfreilichtmuseum der Welt. Alle Weltreligionen an einem Ort. Zentrum der Entspannung und Erlösung. Dort hinten am Wank. Pyramiden, Buddha-Tempel, Kathedralen, Moscheen, Synagogen. Alles in Originalgröße und als Sechssternehotel geführt. Stockwerk 17, Idee zwo: Überdachung von Skistadion und Slalomhang am Gudiberg. Größte künstliche Eisfläche der Welt mit dreimal täglich Eistanzshow und direkt daneben: erster im Sommer beschneiter Original-Weltcup-Skihang der Welt. Erweckung Garmisch-Partenkirchens zum Immersportort.« Er legte eine Kunstpause ein. »Bing, Stockwerk 25, Zentrale der Firma Klammert & Gruber International. Steigen Sie hier aus, um die Zukunft des Tourismus zu erleben. Na, wie findens des?«

Oliver Klammert verzog keine Miene. Er nickte sachte. Dann sagte er: »Dass es so etwas geben muss, ist ja klar. Leuchtet total ein. Erlösung der Seele als Wellnesskonzept und Sommerskifahren. Vollkommen klar. ›Immersportort‹ passt auch. Guter Begriff, wer hat den erfunden? Passt sehr gut.«

»Passt zu was?«

»Zu meinen Plänen, Herr Gruber. Ergänzt sich außerordentlich gut.«

»Und wie lauten diese Pläne, Herr Klammert?«

»Eines müssen Sie sich auch noch merken, Herr Gruber: Ideen sind nicht nur im Dutzend billiger, sondern auch nicht schützbar. Erzählen Sie sie niemals irgendjemandem im Aufzug. Oder gar auf der Straße. Und jetzt wünsche ich noch einen guten Morgen gehabt zu haben.« Er blickte zu seinem Hund hinunter und sagte: »Komm, Bärli. Wir müssen.« Und wieder zu Gruber: »Er muss, der Bärli. Wiedersehen, Herr Gruber.« Er lächelte, tatschte dem sprachlosen Gruber freundschaftlich mit der rechten Hand auf den linken Oberarm und ließ ihn stehen.

»Saukopf, greisliger«, zischte ihm Gruber hinterher. »Na wart, du Gscheidhaferl.«

Gruber setzte sich in seinen auf dem Gehsteig vor dem Posthotel Partenkirchen geparkten BMW und brauste in Richtung Rathaus davon. Das Verhalten dieses Mannes erforderte eine sofortige Krisensitzung mit seinem Spezl Hans Wilhelm Meier.

Im Rathaus angekommen, konnte ihm die Sekretärin des Bürgermeisters nur berichten, dass ihr Chef erst gegen Mittag im Büro erwartet wurde. Und dann auch nur kurz, weil um 14 Uhr schon wieder Bergschafprämierung auf dem Stieranger war. Ums Verrecken wollte sie nicht damit herausrücken, welcher Termin Meier am Vormittag beschäftigte. Doch im Hinausgehen sah Gruber ihr über die Schulter. Bevor sie ihren Computer wieder in den Sudoku-Modus versetzte, konnte Gruber einen kurzen Blick auf den Outlook-Kalender des Bürgermeisters werfen, der auf dem Flachbildschirm formatfüllend geöffnet war. Seine Adleraugen sahen das, was er bereits befürchtet hatte. »Treffen O. Klammert« stand da in einem dicken roten Kasten, der von 10 bis 14 Uhr reichte und andere, zartblaue Termine, vor allem Telefonate mit Bürgern und Mitarbeitern der Gemeindeverwaltung, an den Rand der Spalte gedrängt hatte.

Genau wie einer dieser anderen transparenten Termine fühlte sich Gruber im Moment. Blassblau und unwichtig. An den Rand gedrängt vom Einfluss und Vermögen dieses dahergelaufenen Klammert. Grußlos warf er die Türe des Bürgermeistervorzimmers hinter sich zu. »Aber wehe, wehe, wenn ich auf das Ende sehe«, murmelte er vor sich hin, während er durch die scheinbar tausendjährigen Gänge des Garmisch-Partenkirchner Rathauses davonschlich. Er fühlte sich wie ein Werdenfelser Bergschaf nach drei Wochen Dauerregen, der auch das dickste Vlies durchweichte.

Bergschaf – jawoll, das war es. Er griff in die Innentasche der Lodenjoppe, fingerte sein Mobiltelefon hervor, rief im Berggasthof Panorama an und hieß seine Restaurantleiterin Birgit, für diesen Tag alle Termine mit Lieferanten – und wer sich da wieder alles angesagt hatte und nur sein Bestes wollte – abzusagen. Er brauchte jetzt Zeit für Vorbereitung und Durchführung eines gerüttelten öffentlichen Skandals. Auf dem Stieranger bei der Bergschafprämierung würde er seinen Spezl, den Ersten Bürgermeister der Marktgemeinde, stellen. Vor allen anderen würde er es ihm sagen, ach was, ins Gesicht spucken würde er ihm, was für ein Haderlump, ein ganz miserabliger, der Meier Hans war.

Er schüttelte seine blassblaue Depression ab, stieg in seine Limousine und raste hinüber in den anderen Ortsteil, wo er im Bräustüberl bei einem zweiten Weißwurstfrühstück dem Showdown entgegenzufiebern und seine Argumente auf einem Wirtshausblock der Bedienung Anni zu notieren gedachte.

Kapitel 11

»Strahlung, soso …«

»Pscht, nicht so laut!«

»Ach komm, Karl-Heinz, hier ist doch niemand.«

»Wer weiß. Sie können sich so manches gar nicht vorstellen. Ihr Handy haben Sie ja aus, oder?«

»Was für ein Handy?«

»Gut.« Karl-Heinz Hartinger blieb nichts anderes übrig, er musste seinen ehemaligen Lehrer Albert Frey ins Vertrauen ziehen. Immer, wenn es um die Geschichte des Olympiaortes unter der Zugspitze ging, war der die zuverlässigste Quelle. Zudem war der kleine weißhaarige Mann der Onkel jener Frau, mit der Hartinger ein gemeinsames Kind hatte, und hätte sich eher die Zunge abgebissen, als Hartinger irgendwo zu verraten.

»Hm. Ich muss nachdenken.« Frey verlangsamte seinen Schritt, was dem dreißig Jahre jüngeren Hartinger gelegen kam. Schweigend ging er auf dem Partnachuferweg neben Frey her und schaute in Richtung der sich vor ihnen auftürmenden Skisprungschanze und dann hinüber zur Alpspitze. War der Ort, über den der charakteristische Berg wachte, Schauplatz eines Atomschmuggels geworden? Lag da vielleicht irgendwelches Zeug im Wald herum, das Bewohner und Gäste der Fremdenverkehrsmetropole bedrohte? Es musste ja irgendetwas dergleichen sein, sonst würde sich doch der Geheimdienst nicht der Sache annehmen. Und geheim – geheim müsste so etwas natürlich bleiben. Schon, um eine Panik zu verhindern. Nicht auszumalen, was passieren würde, spräche sich herum, dass da strahlendes Material die Gegend verseuchte. Dann waren die Tage Garmisch-Partenkirchens als Touristenort gezählt. Die Wirtschaft würde zusammenbrechen. Die Zeitung würde noch mehr sparen. Hartinger würde seinen Job verlieren. Klammert würde ebenfalls verschwinden, und auch mit der lukrativen Nebenbeschäftigung als Joggingführer wäre es dann vorbei. Hartinger würde den Ort wieder verlassen müssen. Doch konnte er es in diesem Fall verantworten, seinen halbwüchsigen Sohn hierzulassen? Er würde ihn mitnehmen müssen. Und das bedeutete: Auch die Kathi würde mitgehen und ihren Mittererhof auf Graseck verlassen müssen.

Albert Frey riss ihn aus seinen düsteren Gedanken. »Da gab's mal was. Nach dem Krieg, oder besser: in den letzten Tagen des Zweiten Weltkriegs. Da haben die Nazis einen Konvoi in Marsch gesetzt, um ihr Heiligstes in Sicherheit zu bringen. In unsere Gegend, wo die Amis erst am Schluss einmarschiert sind, weil sie immer Schiss hatten, dass da die Alpenfestung läge und sie auf Gegenwehr stoßen würden. Um genau zu sein: Sie haben mehrere Konvois in unsere Richtung geschickt.« Wie jeder gute Lehrer und Unterhalter machte Albert Frey an solchen Stellen eine bedeutungsschwere Pause, um die Spannung in die Höhe zu schrauben. »Einen Konvoi, voll gefüllt mit Gold.«

Diese Nachricht beeindruckte Karl-Heinz Hartinger wenig. Er hatte das Buch gelesen, das ein Engländer über das »Nazi-Gold« geschrieben hatte. »Ist bekannt«, sagte er. »Und außerdem: Gold strahlt ja nicht.«

»Richtig, Gold glänzt und scheint eher. Aber lass mich ausreden. Es gab auch noch einen zweiten Lastwagenkonvoi.« Wieder folgte eine Pause. »Voll mit Uran.« Triumphierend schaute Frey dem um zwei Köpfe größeren Hartinger in dessen erstauntes Gesicht.

»Uran?«, wiederholte der. »Lassen Sie mich raten. Aus der deutschen Atombombenproduktion.«

»Gut aufgepasst, Karl-Heinz. Nur gab es gottlob keine Atombombenproduktion, sondern es blieb ein Projekt.

›Uranprojekt‹ nannten die das passenderweise. Das wurde mit allen Gerätschaften und Wissenschaftlern ab 1943 von Berlin nach Süddeutschland verlagert. Berlin war ungemütlich geworden. Zu viele Bomben.«

»Hierher verlegt? Nach Garmisch-Partenkirchen?«

»Nein, das ging zunächst alles ins Württembergische. Hechingen und Teilfingen auf der Schwäbischen Alb. Am Schluss, im April 45, da haben sie versucht, ihr wertvolles Uran zu retten, und es hierhergeschickt.«

»So wie die Goldbarren, die sie in der Mittenwalder Kaserne versteckt und dann irgendwo um den Walchensee herum in den Bergen vergraben haben.«

»Und von dem große Mengen seither verschwunden sind, ganz recht, Karl-Heinz. Nur ist das Uran nicht verschwunden. Die Amerikaner haben es gefunden und mitgenommen. Zumindest steht es so in den Geheimakten der Aktion ALSOS, die die Amis 1943 gestartet hatten und deren Ziel das deutsche Uranprojekt war.«

Hartinger starrte seinen ehemaligen Klassenleiter an. Ein pensionierter bayerischer Oberstudienrat und die Geheimakten der Amis? »Mit Verlaub, Herr Frey, ich weiß, Ihr Archiv ist groß und unschätzbar. Aber amerikanische Geheimakten? Übertreiben Sie da jetzt nicht ein bisserl?«

Albert Frey schaute mitleidig zurück. »Karl-Heinz, seit dreißig Jahren sage ich dir: Lass die Leute ausreden. Diese Geheimakten sind schon längst nicht mehr geheim. Sie liegen in den Archiven des Deutschen Museums in München und sind seit den Siebzigerjahren frei zugänglich.«

»Aha, sorry. Und Sie haben die natürlich …«

»… studiert, ganz recht. Schon damals, als sie das erste Mal öffentlich ausgestellt wurden. Aber warum erzähl ich dir das? Das müsstest du eigentlich alles wissen.«

»Was? Wieso?«, wunderte sich Hartinger. »Wie soll ich mich mit alten Nazi-Projekten auskennen?«

»Weil das alles vor zwei Wochen in der Zeitung stand, für die du schreibst. Ein großer Bericht. Das Naziuran und Garmisch-Partenkirchen. Hast du den nicht gelesen?«

»Nein.«

»Interessierst dich nicht für deinen Ort?«

»Nein. Äh … doch, natürlich.« Normalerweise wäre Hartinger der Bericht sicherlich aufgefallen. Er wunderte sich über sich selbst. Dann aber fiel ihm ein, dass er vor zwei Wochen ein paar Tage bei Dorothee Allgäuer in München verbracht und ein wenig ausgespannt hatte. Wahrscheinlich hatte er die Geschichte deshalb verpasst. »Wenn solcherlei schon in der Zeitung gestanden hat und auch die ›Geheimakten‹ öffentlich zugänglich sind, dann kann ja schon mal ausgeschlossen werden, dass von dem Uran noch was rumliegt.«

»Was kann ausgeschlossen werden? Nichts kann ausgeschlossen werden. Haben wir dir beigebracht auf dem Gymnasium, einfach zu glauben, was in den Archiven steht? Andere Kollegen vielleicht, aber ich nicht, Karl-Heinz Hartinger. Das sind Unterlagen eines Geheimdienstes über eine der geheimsten Missionen des Zweiten Weltkrieges. Du glaubst doch nicht im Ernst, dass die Amerikaner da alles herzeigen?« Albert Frey bekam vor Zorn rote Bäckchen über seinem schneeweißen Bart, was ihm das Aussehen eines thüringischen Räuchermännchens verlieh.

»Sie meinen …?«

»Genau, ich meine. Was wissen wir denn? Vielleicht geht ihnen eine Wagenladung ab. Vielleicht verhält es sich so wie mit dem Gold. Da munkelt man auch, dass große Teile davon genau diejenigen geklaut haben, die den Rest vergraben haben. Nämlich ein paar handverlesene Offiziere und Soldaten der Mittenwalder Kaserne. Nach dem Krieg waren einige Männer aus der Gegend plötzlich unglaublich reich. Vielleicht hat auch irgendjemand gedacht, er könne mit Uran ein Vermögen machen. Oder hat es sogar getan, wer weiß? Das ist damals der pure Wilde Westen hier gewesen. Geschichten gibt's da, sag ich dir. Ich kenn die natürlich auch nur vom Hörensagen. Ich wurde ja erst 48 geboren. Aber von den Alten, die das noch erlebt haben, da gibt's noch einige.«

»Sie meinen, Augenzeugen?«

»Augenzeugen, Ohrenzeugen, Tatzeugen … Man muss mit den Leuten reden, dann kommt man mit ihnen ins Gespräch, hat meine Oma immer gesagt.«

Hartinger scharrte mit den Haferlschuhen auf dem Kies des Spazierwegs. Warum musste Frey es immer so spannend machen? Es war doch längst klar, dass er eine Quelle kannte, die mehr über die Urantransporte wusste. »Also? Mit wem soll ich …?«

»Du hast heute einen Termin mit ihm.«

»Ich?«

»Du fotografierst doch die Bergschafprämierung. Da würde ich mich mal an den Alterspräsidenten der Weidegenossenschaft halten.«

»Den Polsterer Franz?«

»Na, wenigstens kennst du dich in den lokalen Verbänden und Vereinen einigermaßen aus. Ja, genau, den Polsterer Franz. Um dessen Kindheitserlebnisse drehte sich der Artikel vor zwei Wochen nämlich. Er hat als Kind mit den Uranklötzerl, wie er sich auszudrücken pflegt, gespielt. Berichtet er ab und zu an seinem Stammtisch.«

»Er hat mit strahlendem Material hantiert? Und überlebt?«

»Es war wahrscheinlich sehr wenig, Karl-Heinz. Uran ist übrigens von sich aus nicht sehr radioaktiv. Aber da kenn ich mich wirklich nicht aus, da müsstest du jetzt einen Kollegen aus der Physik fragen. Ich war Deutsch-, Geschichts- und Sozialkundelehrer, wie du dich sicher erinnern kannst.«

Kapitel 12

Auf dem Stieranger herrschte ebenjenes Treiben, das man bei einer Bergschafprämierung erwarten durfte. Zunächst waren da die Schafe. Viele Schafe. Weiße Schafe, braune Schafe, schwarze Schafe, gescheckte Schafe. Muttertiere und Lämmer. Vereinzelt, mit Elektrozäunen vom Rest abgetrennt, ein paar Hammel mit eindrucksvollem Gehörn und noch beeindruckenderen Testikeln, die in ihren Säcken nur wenige Zentimeter über der kurz geschorenen Wiese schaukelten. Die Geräuschkulisse wurde bestimmt von Mäh-Lauten, hell und verzweifelt, wenn ein sich verloren glaubendes Lamm sie auf der Suche nach dem Muttertier ausstieß, dunkel und beruhigend, wenn das Muttertier antwortete und so seine Position am anderen Ende der Herde verriet. Nur ganz selten stimmte einer der Hammel mit ein, um zu demonstrieren, dass die ganze Fruchtbarkeit des Schafvolkes ja doch wohl zu einem nicht unbeträchtlichen Teil darauf beruhte, was da zwischen seinen Hinterläufen baumelte.

Unter die Tierlaute mischten sich die Rufe der Schafhalter. Keiner von ihnen verdiente die Bezeichnung »Schafbauer«, sie gingen der Schafzucht aus Spaß an der Freud und aus Tradition nach und, freilich, um ihren dunkelgrünen Suzuki-Jeeps Fahrterlaubnisscheine für die sonst gesperrten Forstwege und sich damit bequemen Zugang zum heimlich zur Feierabendlaube ausgebauten Heustadel im Naturschutzgebiet zu garantieren. Wenn sie sich gegenseitig begrüßten, sich gegenseitig zur gelungenen Nachzucht gratulierten, zückten sie braune Steingutflaschen mit angeblich selbst gebranntem Obstler, mit dem sie ohne Unterlass auf die gelungene Schafsaison anstießen. Diese erwähnte auch der Sprecher der Schaferer, wie sie sich selbst nannten, als er zu seiner gefürchteten, aber unvermeidlichen Rede anhob. Unter Zuhilfenahme der übersteuernden Sprechanlage des in der Mitte der Szenerie geparkten Rettungskraftwagens der Sanitätskolonne Garmisch dübelte der Oberschaferer Franz Polsterer seine Grüße in die Gehörgänge der umstehenden Tiere und Menschen.

»Sehr geehrter Herr Oberbürgermeister, lieber Hansi ... Sehr geehrter Herr Sanitätskolonnenführer, lieber Toni ... Herr Oberbrandkreisrat ... Naa, Oberkreisbrandrat ... Wurscht, auch Toni ... Lieber Herr Veterinärsamtsvorsteher ... Jessas, noch ein Toni ... Liebe Schaferer, verehrte Kurgäste ...« An dieser Stelle überlegte der Mann, ob er einen Wichtigen vergessen hatte, worauf er sich ruckartig um neunzig Grad nach rechts drehte, um dem schwarzen Mann in der schwarzen Soutane zuzubrüllen: »Hochwürden, Herr Pfarrer Ogalama, natürlich! Um Gottes willen! Also, wo warn ma? Also: Männer! Schaferer! Eine großartige Saison haben wir einmal wieder hinter uns gebracht, mit wenigen Verlusten auf den Bergwiesen, die wir wie keine andere Gattung unseres Bauernstandes mit unseren ausgezeichneten Tieren pflegen. Ohne uns und ohne unsere Schaf' wär das alles wieder einmal vollkommen zugewachsen, die Bergwiesen würden stehen bleiben, das lange Gras könnte den Schnee im Winter nicht halten, und der Ort würde in der totalen Lawinengefahr versinken!«

Vereinzelter Applaus kam von Schaferern und Kurgästen, wie der Oberschaferer Polsterer zufrieden feststellte. Er rückte seinen Schafererhut auf dem Kopf zurecht, bemerkte, dass es ihn in der Nase juckte. Bevor er zu sprechen begonnen hatte, hatte er sich eine extragroße Portion Gletscherprise in die Nasenlöcher gezogen. Er langte in die rechte Vordertasche der Lodenhose, zog ein tischdeckengroßes blau-weiß kariertes Schnäuztuch hervor und hielt es sich vors Gesicht. Mit der anderen Hand hielt er das Mikrofon des Sanka weiter an den Mund. Als er die Nasenlöcher mit aller Macht durchblies, entstand ein höllischer Laut, der vom Mikrofon an die Flüstertüten auf dem Rettungswagen übertragen und, auf Düsenjetlautstärke hochgejazzt, zum Mikrofon in der Hand des Oberschaferers zurückgeworfen wurde. Das Resultat war eine grell pfeifende und nicht enden wollende Rückkopplung, die die Zuhörer die Köpfe einziehen und die Ohren mit den Zeigefingern verschließen ließ. Als sie dachten, das Schlimmste wäre vorbei, schnäuzte sich der Oberschaferer das zweite Mal, und wieder schienen über dem Stieranger die Trompeten von Jericho zu erklingen.

Niemand bemerkte in diesem Lärm, dass auf der Bundesstraße eine schwere Limousine in einem mörderischen Tempo aus Richtung Garmisch heranraste. Der Fahrer verlor in der Kurve vor dem Grand Hotel Sonnenbichl die Kontrolle über sein Mobil, es übersteuerte, schleuderte, durchbrach den Stacheldrahtzaun, der den Stieranger umgab, und schlitterte über die Wiese mitten durch Menschen und Schafe. Wie durch ein Wunder wurde kein einziges dieser Lebewesen touchiert. Das Auto kam erst zum Stillstand, als es in den Rettungswagen krachte, aus dessen Führerstand sich die tapferen Sanis mit beherzten Sprüngen retteten. Mit einem fiesen Knirschen, das sich akustisch mit einem dumpfen Schlag vermengte, endete die entgleiste Fahrt.

Die Besucher der Bergschafprämierung mussten glauben, der infernalische Lärm der rückgekoppelten Schnäuzarie wäre der Vorbote eines Kometeneinschlages gewesen. In Panik warfen sich die einen auf den Boden, die anderen stoben auseinander und rissen die Plastikzäune um, die die Schafe voneinander trennten. Hunde bellten so hysterisch wie vergeblich, um ihre Herden zusammenzuhalten, die wie die Menschen in alle Himmelsrichtungen davonschossen. Nur ganz abgebrühte Augenzeugen, darunter einige ehemalige Kriegsteilnehmer sowie die beiden Sankafahrer, konnten später zu Protokoll geben, dass sich aus dem verunglückten 7er BMW der Tourismusunternehmer Veit Gruber schälte, drei Schritte auf den Oberschaferer zustolperte, vor ihm auf die Knie sank und seinen Mageninhalt auf dessen Haferlschuhe erbrach, bevor er zur Seite kippte und praktisch von allein in der stabilen Seitenlage zur Ruhe kam.

Einer der beiden Rotkreuzler nahm geistesgegenwärtig eine Probe des Halbverdauten, was dem Gericht die Bestimmung der hochprozentigen Substanzen, mit denen sich der Gruber Veit im Bräustüberl ins Jenseits abgeschossen hatte, erleichtern sollte. Während Gruber erstversorgt wurde, preschten Schafe und Menschen auf der Bundesstraße in beide Richtungen davon. Ein besonders prächtiger Hammel wurde drei Kilometer nördlich im Südportal des Farchanter Tunnels von einem polnischen Pferdetransporter, der Zutaten für die italienische Salamiproduktion geladen hatte, überrollt. Der Sattelschlepper geriet während der Notbremsung des übermüdeten Fahrers außer Kontrolle und streifte mit der rechten Seite den stählernen Pfeiler des Verkehrsleitsystems, wodurch die Verriegelung der Heckklappe des Lebendfleischlasters abriss. Die geschundenen und nach Freiheit dürstenden ehemaligen polnischen Militärmähren rissen sich los und strömten auf die B2, noch bevor der verunglückte Lkw zum Stillstand kam. Es würden drei Tage vergehen, bis die Jäger des Forstamtes Garmisch-Partenkirchen die letzte Stute, die sich in den steilen Fichtenwäldern des Wanks ihrem Schicksal entziehen wollte, gestellt und erschossen hätten.

Hartinger hatte der Heimatzeitung tolle Fotos zu bieten. Sein Einsatz an diesem Tag hatte sich finanziell voll gelohnt.

Auf einer Doppelseite druckten sie insgesamt zwölf seiner Bilder. Dennoch war er unzufrieden. Er hatte vorgehabt, auf der Bergschafprämierung Franz Polsterer anzusprechen, nicht aufgrund von dessen Eigenschaft als Altpräsident der Weidengenossenschaft, sondern wegen der »Uranklötzerl«. Er würde dies umgehend nachholen müssen.

Kapitel 13

»Es wäre doch überhaupt kein Problem für Sie, wenn Sie die Fotos einfach beschlagnahmen. Was soll das Ganze?« Karl-Heinz Hartinger konnte den frühen Morgen und das frische Croissant nicht genießen, das die Bedienung des Café Krönner eben mitsamt einem doppelten Espresso auf den runden Marmortisch gestellt hatte. Neben ihm saß Bernd Schneider in lächerlich klischeehafter Wanderkleidung. Zu grüner Bundhose und rot kariertem Hemd trug er rote Kniestrümpfe um die dünnen Waden, die in violetten Bergstiefeln steckten. Hartinger konnte nicht glauben, dass sich Spione – oder was Schneider auch immer war – wie Spione in abstruse Verkleidungen warfen. »Wie sehen Sie überhaupt aus? Ist das Tarnung, oder gehen Sie in die Berge?«

»Das Zweite. Ich hab heute frei. Wollte die Gelegenheit nutzen und Sie in Ruhe sprechen.«

»So ein Zufall. Und dabei – ebenfalls in Ruhe – die Speicherkarte meiner Kamera kopieren.«

»Niemand hat so viele Fotos vom Stieranger-Vorfall geschossen wie Sie. Wir müssen eine Gesichtsauswertung machen, um zu sehen, wer da dabei war.«

»Wieso müssen Sie das? Weil ein Besoffener in die Menge rast und dabei eine Massenpanik bei Schafen und Menschen auslöst? Der Fall ist klar, was gibt's da zu sehen?«

»Lieber Herr Hartinger. Wir haben unsere Gründe. Wir müssen wissen, wer bei dieser Veranstaltung dabei war. Punkt. So, wenn Sie jetzt bitte die Speicherkarte aus Ihrer Kamera nehmen würden?« Bernd Schneider zog einen ultraflachen Laptop aus dem Rucksack, der neben dem Caféhaustisch stand.

»Hier? Mitten unter den Leuten?« Hartinger blickte sich um. Es saßen zwar nur wenige Menschen morgens um halb zehn im Café Krönner, und die meisten von ihnen waren Touristen, aber es musste wirklich niemand wissen, dass er Daten an die Staatsmacht lieferte. Er, der mit den Obrigkeiten zusammengerutscht war, seit er denken konnte. Wieso machte er das alles mit? Nur wegen der lauen Drohung dieses Schneider? Oder war er mittlerweile so abgestumpft wie der Rest der Bevölkerung, war das »Die kriegen eh alles ab, weil sie alles abhören« auch schon sein Motto geworden? Hatte er resigniert? Nein, da war noch etwas anderes, warum er mit Schneider kooperierte, wie er sich erinnerte. Er wollte nicht nur die Sicherheit seiner Familie garantiert haben. Er wollte auch exklusive Informationen erhalten.

Sein Kampfgeist erwachte wieder, als er den zweiten doppelten Espresso, den die Bedienung auf den Tisch stellte, in einem Zug hinunterschüttete. »Schneider, passen Sie auf«, sagte er. »Sie bekommen Ihre Bilder. Ich weiß nicht, was außer aufgeschreckten Schafen und Schaferern Sie da sehen wollen, aber bitte, wie Sie meinen. Und wenn Sie nicht wollen, dass das morgen in der Süddeutschen steht, dass es Sie in diesen Ort verschlagen hat, weil Sie hier irgendeine Verschwörung aufdecken wollen, dann sagen Sie mir jetzt, was hier gespielt wird. Ich gebe Ihnen gern ein Stichwort: Strahlung.«

Schneider blieb vollkommen ungerührt. Er schaute nicht einmal auf, sondern ließ seinen Blick auf den Bildschirm des Laptops gerichtet, dessen Betriebssystem startete. »Ihre Pathologenfreundin hat geplaudert, alles klar. Und Sie haben mit Ihrem Hobbyhistoriker Frey konferiert, ist auch klar.«

Hartinger sank in sich zusammen. Sein Angriff war ins Leere gelaufen.

Schneider streckte die Hand aus, um die Speicherkarte von ihm einzufordern. »Ich kann Ihnen nichts dazu sagen, ebenfalls klar. Aber Sie werden sich Ihren Reim machen. Ich weiß, welche Unterlagen Ihr Freund Frey im Marktarchiv durchforstet hat. Wenn Sie wissen, wonach Leute suchen, wissen Sie auch, was sie denken.«

»Es liegt hier also Uran herum seit 1945?«

Schneider grinste. »Ach je, jetzt geben Sie doch Ruhe. Ich kann es Ihnen nicht sagen. Oder nein: Ich kann es Ihnen sagen. Aber ich muss Sie danach erschießen.«

»Ich will es aber wissen«, beharrte Hartinger wie ein Kind.

»Sie werden es aber nicht erfahren. Wenn ich jetzt bitten dürfte. Ich brauche die Gesichter.«

Hartinger musste vor sich selbst eingestehen, dass er viel zu neugierig war, um sich diesem Spionagespiel zu verweigern. Bei so vielen Dingen, die sich in seiner Heimatgemeinde in letzter Zeit abgespielt hatten, gab es offene Fragen. Vielleicht konnte er Licht in diese Sache bringen, wenn er mit Schneider kooperierte.

Natürlich war ihm bewusst, dass er sich das alles nur schönredete. Ihm blieb ja gar nichts anderes übrig, als mit diesem Schnösel zusammenzuarbeiten.

Er langte in seine Fototasche, zog die Kamera heraus und klickte die Speicherkarte aus ihrem Schacht. »Ich weiß immer noch nicht, warum ich das tue.«

»Weil es für Sie und Ihr Umfeld das Beste ist.«

Hartinger seufzte resigniert. »Für meine Mitbürger in Garmisch-Partenkirchen tue ich doch alles.«

»Nicht nur für die in Garmisch. Sie tun es für Ihre Mitbürger in Mitteleuropa«, behauptete Schneider.

Hartinger machte große Augen. »So viel Uran liegt hier rum? Kann man damit eine echte Bombe …?«

»Kein Kommentar.«

»Ich hab gegoogelt. Ich sag nur ›schmutzige Bombe‹.«

»Hartinger, Ihre Phantasie geht mit Ihnen durch. Lassen Sie uns machen, ja? Ist das Beste für alle. Übrigens, wenn ein Wort an die Süddeutsche oder wen auch immer gelangt … Sie wissen, dass die Partnachklamm ihre Toten nicht mehr hergibt.« Schneider steckte, während er diese unglaublichen Dinge sagte, die Speicherkarte in seinen Laptop und kopierte innerhalb von Augenblicken einige Gigabyte an Daten.

Alle Fotos, die Hartinger innerhalb der letzten zwei Jahre gemacht hatte, waren auf dieser Karte, nicht nur die von der Bergschafprämierung. Jede Schecküberreichung, jede Bierzelteröffnung und jedes Autohausjubiläum aus dem Landkreis Garmisch-Partenkirchen. Jede Menge Gesichter für Schneiders Gesichtserkennungsprogramm.

Schneider zeigte ein zufriedenes Lächeln, als er Hartinger die Karte zurückgab.

Der schickte sich an, sie wieder im dafür vorgesehenen Schlitz der Kamera verschwinden zu lassen. »Die alte Karte können Sie draußen lassen, Herr Hartinger, Sie bekommen eine neue von mir.« Schneider kramte in seinem Bergrucksack herum und holte eine kleine Aluminiumschachtel hervor, die er Hartinger reichte. »Da ist Ihre neue Karte drin.«

»Lassen Sie mich raten: Sie funkt meine Bilder an Ihr System?«

»Sobald Sie an einem WLAN vorbeigehen. Also eigentlich immer.«

»Spione wie wir …«

»… sind die besten, Herr Hartinger, weil sie öffentlich das tun, was Spione sonst versteckt tun.«

Hartinger hatte verstanden. Er war immer und überall dabei, wenn sich mehr oder weniger Berichtenswertes im Werdenfelser Land tat. Er knipste alles, was auch nur die geringste Chance hatte, auf den Lokalseiten des Tagblatts zu landen, von der Eröffnung der neuen Skisprungschanze bis zum Verkehrsunfall. Wer würde auf die Idee kommen, dass die Bilder des Lokalfotografen in Echtzeit auf dem Server eines Geheimdienstes landeten? Gut, wenn die echten Missstände im Land dadurch verhindert werden könnten, wäre diese Totalüberwachung ja in Kauf zu nehmen. Hartinger stellte sich genüsslich vor, wie er anlässlich der Neueröffnung eines Backshops in einem auf einer ehemaligen Streuobstwiese errichteten Supermarkt das Pächterehepaar inmitten seiner glücklichen Fünf-Euro-die-Stunde-Aushilfen fotografierte. Ein Hubschrauber würde über der Szenerie auftauchen, zehn schwarz gekleidete vermummte Spezialkämpfer sich daraus abseilen, den Regionalvertreter der Backshopkette, den Backshoppächter mitsamt seiner Frau überwältigten und mit ihnen im Helikopter wieder verschwinden, damit sie in einem von der Bäckerinnung eingerichteten Umerziehungslager unter Anleitung eines der letzten gelernten Bäckermeister Bayerns zur Anfertigung echter handgemachter Brezen, Salzstangerl und Maurerweckerl umkonditioniert wurden.

Doch um die Rettung der Laugenbreze ging es in diesem Fall sicher nicht.

Kapitel 14

Hartinger schlenderte nach dem Termin mit Schneider durch die Fußgängerzone des Ortsteils Garmisch. Er hatte bis zum ersten Fototermin des Tages noch eine Stunde Zeit. Die wollte er zum Verdauen des eben Gehörten nutzen. Da er am Abend mit Oliver Klammert zum Joggen verabredet war, wollte er seine Kräfte einteilen und ging langsam wie ein Tourist durch den sonnendurchfluteten Ort.

Dieser Altweibersommer war rekordverdächtig. Schon acht Sonnentage am Stück, das hatte es im Tal seit Menschengedenken nicht mehr gegeben. Normalerweise ballten sich nach zwei schönen Tagen die Wolken, von Westen kommend, über Garmisch-Partenkirchen zusammen, um ihre Wasserlast über dem Ort auszuschütten. Sie verhakten sich im Wettersteinkamm, wo sie dann zwei Wochen lang festhingen. Die einzige Chance, dass die Wolken sich fernhielten, bot der Föhn, dieser die Menschen hektisch machende Südwind. Er drückte mit seiner Macht die Wolken aus dem Talkessel und lieferte diesen knatschblauen Himmel, der sich zwischen Alpspitze und Kramer erstreckte. Doch wehe, wenn der Föhn abriss, dann würden sich die Tiefdruckgebiete aus ganz Europa zur Rache ins Werdenfelser Land aufmachen und von einem Tag auf den anderen auf den Spätsommer den Frühwinter folgen lassen.

Den Winter konnte man schon erahnen. Obwohl sich das Quecksilber am Tag bis in die Zwanziger hochkämpfte, fiel es schlagartig gegen null, wenn die Sonne hinter dem Kramer verschwand. Das war die Zeit, in der schlecht ausgebildete und schlecht ausgerüstete Bergwanderer, vom Sonnenuntergang und den eisigen Nachttemperaturen überrascht, hundert Meter von einer rettenden Berghütte entfernt gefunden wurden. Erfroren, mitten in der Zivilisation, die sich dank der Wegebaubemühungen des Deutschen Alpenvereins in die Hochtäler und die Gipfel gefressen hatte. Hartinger wartete jede Sekunde darauf, dass er zur Bergung eines solch unglücklichen Touristen gerufen wurde, doch seit Tagen hatte es keinen Einsatz der hiesigen Bergwacht gegeben.

Der Ort schien in der Herbstsonne zu schlafen, so als müsste er noch einmal Kraft tanken für das miese Wetter, den Schnee, die Skifahrer aus aller Herren Länder, die ihn bald im Griff hätten. Auch dass vor vier Tagen eine Leiche in einem Hotel gefunden worden war, deren Identität immer noch nicht feststand – oder zumindest nicht von den Behörden mitgeteilt worden war –, schien die Ruhe nicht zu stören. Niemand schien auch nur darüber zu sprechen, und nach einer einzigen Meldung im Tagblatt hatte auch seine Redaktion den Mantel des journalistischen Schweigens über die Sache gebreitet. Klar, dachte Hartinger, den Chefredakteur Habersetzer haben die auch am Wickel.

Natürlich wusste niemand von der Verstrahlung des Toten, wahrscheinlich würde es nie jemand erfahren. Von Hartinger jedenfalls nicht, das hatte er sich geschworen. Vorerst. Freilich, ein bisschen auf eigene Faust würde man ja ermitteln dürfen. Würden sie einen Schluss daraus ziehen, dass er dem Professor Geisler einen Brief nach Stadelheim schickte, in dem er ihn darum bat, ihn in die Haftanstalt einzuladen? Der würde gelesen werden, auch ohne heimliche Überwachung, wie es bei der Post, die in und aus Haftanstalten zirkulierte, nun einmal üblich war. Die beiden Insassen Hartinger und Geisler hatten sich eben gut verstanden, damals, als Hartinger vier Wochen in U-Haft gesessen hatte. War es da nicht ganz normal, dass man sich besuchte? Und wenn schon, sagte er sich. Sollten sie doch aus seinem Brief an den Nuklearphysiker den Schluss ziehen, dass er ein gesteigertes Interesse an der Verstrahlung des Mannes auf dem Dachboden hatte. Er hatte vor wenigen Minuten Schneider selbst darauf angesprochen.

Er nahm sich ein Herz und warf den Brief, den er in der Nacht zuvor geschrieben hatte, in den gelben Kasten am Richard-Strauss-Platz. Ja, Schneiders Drohungen waren deutlich gewesen, und er hatte mittlerweile genug Feinde in dieser Gemeinde, aber auch an höherer Stelle bei der bayerischen Polizei und der Justiz. Und dass Letztere durchaus in der Lage war, Leute verschwinden zu lassen, hatte sich in der jüngeren Vergangenheit gezeigt. Die für den Fall eines aufgrund dubioser Indizien in der Psychiatrie eingesperrten Mannes verantwortliche Ministerin hatte bei der nächsten Landtagswahl die Mehrheit in ihrem Stimmkreis sogar noch ausbauen können. Die Bevölkerung des Landes Bayern schien mit dem dort in Justizkreisen offenbar weit verbreiteten Dreisatz »Verhaften – Einsperren – Ausschaffen« gut leben zu können. Trotz der Gefahr, in die er sich begab, wenn er die Nase zu weit in Dinge steckte, die ihn nichts angingen, Karl-Heinz Hartinger konnte einfach nicht anders.

Er musste jetzt endlich den Polsterer Franz aufsuchen, den Zeugen, der die Uranklötzchen in den letzten Weltkriegstagen zu Gesicht bekommen hatte. Hartinger steuerte seine Schritte hinter dem Kurpark-Pavillon nach rechts. Durch das schmale Zimmermeistergässchen erreichte er die Fürstenstraße, überquerte die Loisach und suchte in der Frühlingstraße nach dem Haus des alteingesessenen Polsterer.

Irgendwann einmal mussten die Bauern so etwas wie Sinn für Proportionen und wahrscheinlich sogar Geschmack gehabt haben, dachte er, als er das historische

Ensemble auf dem Ostufer des Flusses durchschritt. Warum hatten sie nur zugelassen, dass sogenannte Architekten, die sich auf ihre grünen Bautafeln zu allem Überfluss mit der »künstlerischen Oberleitung« eines Baus brüsteten, Häuser im »alpenländischen Stil« in ihre Gemeinde gepflanzt hatten? Die Zugereisten-Bunker mit ihren Krüppelwalmdächern, Erkern und Lüftlmalereien mussten endlich auf seiner Website »Ugly Bavarian Houses« festgehalten werden, nahm sich Hartinger erneut vor. Er musste sich ein paar Tage freinehmen und die schlimmsten baulichen Entgleisungen im Bild festhalten.

Angefüllt mit diesen Gedanken, erreichte er das alte Haus, das laut der Adressauskunft auf seinem Smartphone der Familie Polsterer gehörte. Ein mattschwarzer VW-Bus aus den Achtzigerjahren mit dunkel getönten Scheiben stand davor. Auch das war so ein Kulturfrevel: Die Kinder der Einheimischen verstanden es, mit selbst getunten Fahrzeugen die letzten Reste von bäuerlichem Flair aus der Gegend zu dröhnen. Sicher würde dieser tiefergelegte und auf breiten Reifen stehende Transporter nach dem Anlassen brüllende Motorengeräusche in die Umgebung fauchen, bevor sich seine Insassen in ihm zur freitäglichen Schafkopfrunde aufmachten, die im in dreihundert Meter Luftlinie entfernten Wirtshaus auf der anderen Loisach-Seite stattfand. Die Jugend Garmisch-Partenkirchens ging nur nach Führerscheinverlust zu Fuß.

Das Benzin ist noch viel zu billig, dachte sich Hartinger, als er an der hölzernen Tür des Hauses klopfte. Das Gebäude stammte aus einer Zeit, als es noch niemandem eingefallen wäre, die Haustür zu verschließen. Dementsprechend war auch kein Türklopfer angebracht, und eine elektrische Klingel hatte man nie nachgerüstet.

Als nach wiederholtem Pochen niemand öffnete, drückte Hartinger die Klinke nach unten. Die Tür sprang auf, und er schob vorsichtig den Kopf durch den entstandenen Spalt. »Hallo, ist wer da?«, rief er ins Haus. Niemand antwortete.

Hartinger schloss die Türe wieder, er wollte sich nicht wie ein Einbrecher in einem fremden Haus erwischen lassen. Er drückte sich zwischen dem Polsterer-Haus und dem knapp daneben gebauten durch, um in den rückwärtig gelegenen Garten zu gelangen, wo er einen Schuppen mit Werkstatt und den darin werkelnden Polsterer vermutete.

Tatsächlich war da in der Schupf jemand zugange. Es hörte sich allerdings an, als redeten da mehrere Menschen durcheinander. Werkzeug fiel zu Boden. Hartinger stellte sich an einen Holzstoß und verharrte. Die Geräusche hatten ihn in Alarm versetzt. Oder waren es nur die Enkel, die das Werkzeug des Opas entwenden wollten, um damit ihr schwarzes Mobil weiter zu verschönern?

Behutsam schlich Hartinger auf den hölzernen Verschlag zu. Als er die offen stehende Tür fast erreicht hatte, kamen ihm drei Männer in schwarzen Bomberjacken entgegen, die den alten Polsterer mit einem Sack über dem Kopf abführten. Ein Blick auf die Frisuren und ein weiterer auf das Schuhwerk der Männer ließen keine Zweifel. Eine Bande Neonazis hatte sich aufgemacht, um Polsterer zu entführen. Auch sie blieben einen Moment wie angewurzelt stehen, als sie sahen, dass Hartinger ihnen den Weg versperrte.

Hartinger widerstand dem Fluchtreflex und zog blitzschnell ein Scheit Holz aus dem Stapel. Er war zu kurz, um als Schlagwaffe zu taugen, und so warf er ihn mit aller Wucht dem ihm am nächsten stehenden Nazi an den Kopf. Da dieser beide Hände am linken Arm Polsterers hatte, kam seine Abwehrbewegung zu spät. Das Holzscheit traf mit dem stumpfen Ende genau auf das rechte Auge des Mannes. Er heulte auf, ließ Polsterers Arm los und ging in die Knie, um sich das Sehorgan mit beiden Händen zu halten.

Hartinger zögerte nicht lange. Bevor er unter den Stiefeln dieser braunen Arschlöcher zu Tode kam, wollte er selbst ein paar gezielte Tritte ausgeteilt haben. Er holte mit dem rechten Fuß aus wie ein Torwart beim Abschlag, um dem vor ihm Knienden den Kopf von den Schultern zu kicken.

Bevor sein Haferlschuh dem Hohlkopf Effet verleihen konnte, hatte sich der links neben Polsterer stehende Idiot gesammelt und war auf Hartinger zugesprungen. Er riss ihn nach hinten um. Im Stürzen suchte Hartinger am Holzstoß Halt, berührte aber nur den danebenstehenden Hackstock. Auf diesem lag ein Küchenbeil, mit dem Polsterer Späne hackte. Es fiel auf den Boden, ohne dass es der Nazi bemerkte. Der fette Kerl war behänder als vermutet und kam auf der Brust des rücklings dahingestreckten Hartinger zum Sitzen, während er mit den Knien die Oberarme des Widersachers fixierte. Als er das Springmesser aus der Bomberjacke fummelte, wusste Hartinger, dass er all seine Kraft zusammennehmen musste, um den Kerl von sich herunterzubekommen.

Er bäumte den Oberkörper auf, was den Dicken aus dem Gleichgewicht brachte, eine Sekunde später ließ er sich wieder nach hinten auf die Schulterblätter fallen und schob dabei die Hüfte nach oben. Das wiederholte er zweimal, bis sich der Nazi an diese Schaukelbewegung gewöhnt hatte. Beim vierten Mal ging Hartinger nur noch mit dem Oberkörper nach oben. Als der Nazi dieser Bewegung folgte, um sie auszugleichen, und mit seinen massigen Schultern ein paar Zentimeter zu weit nach hinten kippte, waren da Hartingers Beine, die sich um seinen Hals schlangen und ihn nach hinten zogen.

Der Nazi biss in Hartingers Wade, um sich aus der Umklammerung zu lösen. Hartinger schrie auf, bekam aber im nächsten Moment das am Boden liegende Beil zu fassen, das er mit der scharfen Seite auf den Kopf des Angreifers schlug. Er staunte nicht schlecht, als die Klinge zwar das Haarbüschel, das seitengescheitelt auf der Kopfoberseite thronte, mitsamt der Kopfhaut abtrennte, aber darunter auf ein hartes Material traf.

Zeit, darüber nachzudenken, hatte Hartinger nicht, denn der Nazi mit der Augenverletzung hatte sich vom ersten Schmerz erholt und stürzte mit erhobenen Fäusten auf ihn zu. Schnell kam Hartinger auf die Füße und schleuderte dem Mann das Beil entgegen. Diesmal konnte dieser den Wurfgegenstand mit dem Unterarm abwehren. Das Beil fiel zu Boden, während der Nazi über seinen vor ihm liegenden Kameraden, der sich den Kopf hielt, stolperte. Hartinger betrachtete diese beiden übereinander und ineinander verhakten Arschlöcher für den Moment als ausgeschaltet.

Wann kam der dritte Mann angesegelt? Hartinger schaute in Richtung des alten Polsterer, der regungslos dastand. Hinter ihm stand ... Ja, jetzt sah Hartinger sie, eine ebenso regungslose Frau, ach was, ein Mädchen mit halb blondiertem, halb neonpink gefärbtem seitengescheiteltem Schopf, um den sie sorgsam herumrasiert hatte. An sich hübsch, schade drum, dachte Hartinger kurz, doch dann nahm sein Bewusstsein wahr, dass die hübsche junge Frau eine hässliche alte Pistole in der Hand hielt, mit der sie auf den im Sack steckenden Kopf des Polsterer Franz zielte.

»Du gehst jetzt zur Seite und lässt uns gehen, oder ich knall ihn ab«, sagte die Nazigöre. Und mit deutlich sächsischer Sprachfärbung, was Hartinger zu dem Gedanken verleitete, dass doch alle Klischees wirklicher waren als die wirklichste Wirklichkeit.

»Mädchen, hör auf mit dem Scheiß, du kommst dein Leben lang in den Knast«, versuchte es Hartinger. »Du legst jetzt die Waffe auf den Boden, lässt den alten Mann da, und dann haut ihr drei ab, und keiner hat was gesehen, okay?«

»Schwachsinn. *Du* hast mich gesehen. Und die zwei Flachwichser hast du auch gesehen.« Sie deutete mit dem Kinn verächtlich auf ihre am Boden liegenden Mittäter. »Wenn du nicht willst, dass ich dich abknalle, dann lässt du uns jetzt mit dem Alten hier verschwinden.« Dabei zeigte sie mit der Mündung der Pistole auf Hartinger.

»Ihr kommt nicht weit, das wisst ihr«, sagte Hartinger, als die Frau, die Polsterer vor sich herschob und die beiden am Boden liegenden Gefährten mit unsanften Fußtritten zum Aufstehen aufforderte, an ihm vorbeidrängte.

»Halt die Fresse!«, erhielt er als Antwort.

Die beiden wimmernden Burschen krochen mehr, als dass sie gingen, zum Wagen. Hartinger sah, dass das Beil bei dem einen, der daraufgefallen war, einen langen Schnitt in den Oberschenkel hinterlassen hatte. »An einer Blutvergiftung verrecken sollst du«, zischte er ihm hinterher.

Zwanzig Sekunden später hatte sich die Schiebetür des VW-Busses mit dem typischen Geräusch geschlossen und die Bande sich mit ihrer Geisel davongemacht. Hartinger stand im polstererschen Garten und hätte nicht geglaubt, was ihm in den letzten Minuten widerfahren war, wären da nicht die Kampfspuren gewesen. Blut von zwei Nazis, ein herumliegender Holzscheit und ein Küchenbeil, zertretene Blumen im Beet und ein offen stehender Holzschuppen zeugten von der Entführung Franz Polsterers. Und eine Bisswunde in Hartingers linker Wade. »Tollwutimpfung wäre das Beste bei diesen Viechern«, sagte er zu sich selbst.

Dann holte er das Smartphone hervor und rief bei Bernd Schneider an. Diese Sache war doch eine Nummer zu groß für die radelnden Polizisten der örtlichen Polizeiinspektion.

Kapitel 15

Bürgermeister Hans Wilhelm Meier tobte. Er rannte in seinem Büro auf und ab und wischte sich immer wieder den Schweiß von der Stirnglatze. Schließlich riss er sich die Jacke des Lodenanzugs vom Leib und warf sie mit derartiger Wucht auf den Bürostuhl, dass dieser an das an der hinteren Bürowand hängende Ölbild Carl Reisers knallte, das den schneebedeckten Wettersteinkamm zeigte. Die Lehne des Büromöbels schlug einen zehn Zentimeter breiten Riss rechts neben den kleinen Waxenstein. Das war dem Bürgermeister egal. Er hatte während seiner Amtszeit schlimmere Kulturfrevel zugelassen, die meisten jedoch nicht in der bildenden Kunst, sondern auf dem Gebiet der innerstädtischen Architektur.

»*Good News* brauchen wir. *Good News* sind *Good News!*«, brüllte er auf die zwei Herren und die Praktikantin der PR-Agentur Schleimich & Partner ein, die an diesem Morgen aus München in den Olympiaort unter der Zugspitze gekommen waren. »Verstehen Sie? Erst ein unbekannter Toter in einem unserer schönsten Hotels, jetzt eine Katastrophe mit wild gewordenen Schafen und Problemstuten, die sich nicht einfangen lassen. Sie haben die Presse im Griff, steht auf Ihrer Website!«

»Na ja, was heißt ›im Griff‹? Da steht, wir können auch schwierige Themen beeinflussen, also: *Issue Management* nennen wir das«, versuchte sich einer der Agenturmenschen zu wehren. Dass da aus Garmisch-Partenkirchen die abstrusesten Nachrichten kamen, auf die sich die überregionale Presse warf wie ein ausgehungerter Wolf auf ein Werdenfelser Berglamm, war ja nicht seine Schuld. »Außerdem: Bekanntheit ist auch ein Wert.«

»Bekanntheit, Bekanntheit! Uns kennt man ohnehin! In der ganzen weiten Welt kennt man Garmisch-Partenkirchen. Positiv aufladen wollen Sie unsere Bekanntheit. Da, so steht's in Ihrer Präsentation.« Meier nahm einen spiralgebundenen Stapel Papier von seinem Schreibtisch und schlenzte ihn in die Mitte des Besprechungstisches, dass die Kaffeetassen nur so schepperten. »Und jetzt stehen wir schon wieder als Deppen in allen Gazetten. Da, schauen Sie: ›Garmisch lässt Polenstuten schlachten!!‹ Mit zwei Ausrufezeichen.« Er warf der Präsentation die Bild-Zeitung vom Tage hinterher. »Welche Familie mit kleiner Tochter, die Bibi und Tina, Wendy und Filly-Pferdchen liebt, fährt da noch her?« Der Bürgermeister wusste aus eigener Erfahrung: Mit der Pferdefixierung halbwüchsiger Mädchen war nicht zu spaßen. Dass er einmal bei einem Wochenendausflug nach Südtirol ein Haflingerfohlensteak bestellt hatte, trug ihm seine Tochter bis zum heutigen Tag nach.

»Aber das ist halt auch so«, warf die Praktikantin ein, nachdem ihre Chefs schwiegen. »Sie müssen aus dieser negativen Wahrheit positive Nachrichten entwickeln. Wie wäre es, wenn Sie sagen, die Pferde hätten wenigstens noch einmal ein paar schöne Stunden und Tage in Ihrer herrlichen Bergumgebung gehabt, anstatt dass sie nach weiteren vierundzwanzig Stunden Horrorfahrt direkt aus dem Lkw in den Hinterhof eines süditalienischen Schlachthofs gekippt worden wären?«

Der Bürgermeister hielt in seiner Raserei inne und bedachte die junge Frau mit einem Blick, der nicht verhehlte, dass er ihr das Schicksal eines polnischen Schlachtpferdes wünschte. »Na, Sie trauen sich was. ›Ist halt so.‹ – ›Negative Wahrheit in positive Nachricht ummünzen.‹ Um die Wahrheit zu verkünden, brauche ich doch keine sauteure Agentur! Was machen Sie denn, wenn wirklich mal was passiert? Wenn die Kacke so richtig am Dampfen ist?«

Bevor der knallrote Kopf des Ortsvorstehers explodierte, klingelte das Telefon. Es musste etwas Wichtiges sein, sonst würde seine Sekretärin Christina Mauereder es nicht wagen, ihn mitten in der Besprechung zu stören.

Der Bürgermeister riss den Hörer vom Apparat und ächzte ein knappes »Ja!« hinein. Als sich seine Augen zu Sehschlitzen verengten, sich seine Stirn in Falten legte und sich sein Mund zu einem Strich zusammenzog, wussten die Gäste in seinem Büro, dass die Kacke nicht nur dampfte, sondern den Ventilator getroffen hatte, wie ihr in den Vereinigten Staaten ausgebildeter Agenturgründer immer zu sagen pflegte, wenn ein Kunde einer heillosen Kommunikationskatastrophe entgegensah.

Der Bürgermeister legte den Hörer auf und schnaufte laut. Dann drehte er sich zum Besprechungstisch und sagte mit beunruhigend leiser Stimme: »Meine Herren«, die freche Praktikantin ignorierte er, »schnallen Sie sich an. Jetzt kommt es ganz dick.«

Kapitel 16

Als Bernd Schneider mit Karl-Heinz Hartinger im Schlepp im Büro des Polizeiinspektionsleiters Ludwig Bernbacher einmarschierte, schmiss Garmisch-Partenkirchens oberster Polizist gerade den Hörer auf den Apparat. Aus einer Meile Entfernung konnte man ihm ansehen, dass er sich bei etwas Verbotenem ertappt fühlte. »Also, Bernbacher, wie am Telefon besprochen. Kein Wort zu niemandem, dass wir uns da klar und deutlich verstehen«, ermahnte Schneider den verdutzten Bernbacher.

»Und was will der hier?« Bernbacher deutete mit dem Kinn auf Hartinger.

»Der ist mein wichtigster Zeuge.«

»Schon wieder? Ausgerechnet der Hartinger Gonzo?«

»Er ist eben immer rechtzeitig an Orten, an denen mir auch lieber wäre, unsere Polizei würde dort rechtzeitig aufkreuzen.«

Hartinger wurde es zu bunt. Die beiden Polizisten stritten sich um seine Rolle in diesem Fall, als stünde er gar nicht neben ihnen im Raum. »Darf ich auch mal …«, versuchte er sich bemerkbar zu machen.

»Später«, hörte er von Schneider.

»Was heißt hier eigentlich ›Ihr Zeuge‹?«, fragte Bernbacher von seinem Chefsessel aus.

»Mein Zeuge, weil mein Fall. Die komplette Ermittlung liegt ausschließlich beim Bayerischen Landeskriminalamt. Ich will keinen einzigen Ihrer Hilfssheriffs dahinten in der Nähe des Tatorts sehen. Ich will, dass Sie Ihre Straßenkontrollen ausweiten. Ich sehe noch zu viele Beamte herumsitzen. Los, schaffen Sie die raus. In Autos, auf Fahrrädern, zu Fuß. Verstärkung aus Weilheim kommt. Niemand verlässt diesen Ort, ohne dass wir sein Kennzeichen gespeichert haben. Bei Ansicht eines schwarzen VW-Busses der Baureihe T3 sofortiger Alarm. Und – ich wiederhole mich zum zweiten Mal – ich will, dass niemand darüber spricht, warum wir das tun. Lassen Sie sich etwas einfallen. Übung für die Olympischen Spiele oder was weiß ich. Blitzbesuch des Ministerpräsidenten oder des amerikanischen Außenministers in dem Ami-Hotel da hinten, so was in der Art. Wenn die Nachricht über die Entführung an die Öffentlichkeit dringt, gehe ich automatisch davon aus, dass Sie das Leck sind, Bernbacher. Dann können Sie Ihre Karriere samt Pension vergessen, damit das ein für alle Mal klar ist. Wie Sie das Ihren Beamten beibringen, ist Ihr Problem. Niemand spricht über die Sache. Totale Nachrichtensperre, verstanden?«

»Aber dass der Polsterer Franz abgängig ist, das wird sich doch nicht verheimlichen lassen. Die Familie …«

»… schweigt auch, dafür sorgen wir. So alte Männer müssen auch mal ein paar Tage in die Klinik nach München. Lassen Sie diese Story unsere Sache sein.«

»Aber der Mann ist bekannt. Die Nachbarn, seine Stammtischfreunde, jeder Garmischer kennt den doch, da können Gerüchte entstehen … Wer soll den denn entführen? Ich meine, werden sich die Leute doch denken. Und da werden sich die Älteren erinnern, dass der Polsterer als Kind angeblich mit diesen … freilich, mit den Uranklötzerl hat der ja gespielt, war ja in der Zeitung vor ein paar Wochen!«

»Bernbacher, Vorsicht. Keine Gerüchte, keine Andeutung, kein Garnichts. Auch nicht in Richtung Ihres besten Freundes, des Bürgermeisters. Denken Sie an Ihre Pension.«

Bernbacher wurde es mulmig zumute. »Der hat doch nicht etwa … das Zeug irgendwo … gebunkert? Da gibt's doch hoffentlich nichts mehr davon? Bei uns, in unserem … Luftkurort?« Der Schweiß brach Bernbacher aus allen Poren. Hoffentlich kam Schneider nicht auf die Idee, die Wahlwiederholungstaste seines Telefons zu drücken. Er wäre sofort mit dem Apparat auf dem Schreibtisch des Ortsvorstehers Hans Wilhelm Meier verbunden, dem Bernbacher gerade die Story von der Entführung des Polsterer Franz gesteckt hatte. Er straffte sich und zog seinen Krawattenknoten nach. »Sie können sich auf mich verlassen«, sagte er feierlich.

»Das fürchte ich auch«, murmelte Schneider. »So, und jetzt brauch ich drei Büros und die Schlüssel dazu. Avanti.«

Bernbacher stemmte sich aus dem Sessel, kramte in der Schublade des Rollcontainers und fingerte einen Schlüsselbund hervor. »Platz haben wir genug. Seitdem immer mehr Stellen gestrichen werden ...«

»Jaja, schon recht, machen Sie hinne, Mann. Die Kollegen aus München sind schon da.« Schneider öffnete das Bürofenster, das sich über dem Parkplatz der Polizeiinspektion befand, und pfiff durch die Finger. »Gleich in den ersten Stock!«, wies er seine Kollegen an, die große Aluminiumkoffer von den Ladeflächen ihrer Kombis wuchteten.

»So, Herr Hartinger«, fuhr er fort, »erst einmal die Phantombilder. Der Kollege da unten ist ein Künstler. Der malt Ihnen Ihre feuchten Träume so originalgetreu, dass Sie nie mehr im Internet schmutzige Bildchen runterladen müssen.«

»Ich hoffe, er versteht sich auch auf Albträume«, sagte Hartinger. Nachdem keine Antwort kam, trottete er Bernbacher und Schneider in ein leeres Büro hinterher, um auf den Phantombildzeichner zu warten.

Kapitel 17

»Was hältst du von diesem Gruber?«, stieß Oliver Klammert unvermittelt zwischen zwei Atemzügen hervor. Hartinger hatte ihn heute auf die Strecke mitgenommen, die über Hornschlittenhütte und Kochelberg hinüber zum Riessersee führte. Das steile Auf und Ab brachte den Internetunternehmer dann doch ganz schön aus der Puste.

Nicht, dass das bei Hartinger anders gewesen wäre. Auch der schnaubte wie ein Walross, nachdem sie den »Eri-Stich« hinter sich gebracht hatten. Kein Wunder, dass beim alljährlichen Hornschlittenrennen an dieser Stelle Spitzengeschwindigkeiten von neunzig Stundenkilometern erreicht wurden. Fünfundzwanzig Prozent Gefälle – oder aus Klammerts und Hartingers heutiger Sicht: Steigung – bedeuteten eine Herausforderung für Schlittenfahrer wie für Bergläufer. Danach ging es rechts ab und relativ flach zum Kochelberg hinüber.

Hartinger liebte diese Strecke, denn auch mit dem Kochelberg waren einige Schlüsselerlebnisse seiner Jugend verknüpft. Als es für ein kurzes Stück leicht bergab ging, konnte er zwischen den Atemzügen hervorpressen: »Hm, der Gruber Veit … hat Ideen … die versteht nicht ein jeder auf Anhieb. Ich muss sagen, obwohl er nicht unbedingt der Sympathischste ist … ich find diese Ideen gar nicht so schlecht … teilweise.«

»Tempelmuseum oder Casa Carioca reloaded oder Überdachung des Slalomhanges?«, hakte Klammert nach.

»Haben alle drei was … Das mit den Tempeln ist vielleicht ein Schmarrn, okay … Aber andererseits … Hast du dir schon mal angeschaut, was die da in Andermatt bauen wollen, diese Ägypter?«

»Hab ich. Ich bin an dem Projekt beteiligt. Der Didari Shamiri ist ein alter Freund.« Klammert blieb stehen, um gegen einen Baum zu pinkeln.

»Ah geh!« Hartinger wunderte sich über gar nichts mehr. »Hat der nicht ein riesiges altes schweizerisches Militärgelände aufgekauft dort oben?«

»Hat er. Wir entwickeln ein riesiges Hotel drauf. Der Berthold Ami, der ehemalige italienische Skirennfahrer, ist als Streckenplaner des Skibetriebs dabei. Da bleibt kein Kieselstein auf dem anderen. Eröffnung ist noch in diesem Dezember, wenn alles glattgeht. Allerdings nicht so einfach, das alles. Diese Bergbewohner … Der Didari sagt immer, zwischen Bernern und Urnern zu vermitteln ist so ähnlich, wie im Nahen Osten Frieden zu schaffen.«

»Wie zwischen Garmischern und Partenkirchnern – dann habt ihr ja damit schon Erfahrung!«

»Jetzt mussten wir eine Mio in den lokalen Eishockeyklub stecken, um das Volk dort oben zu beruhigen.«

»Einen maroden Eishockeyklub hätten wir hier auch, Olli. Da kannst du dich richtig beliebt machen!«

»Wie heißt es doch so schön bei euch: Schau ma mal.«

»Jaja, dann seng mas scho«, vervollständigte Hartinger den Kaisersatz. »Jedenfalls – die Eisrevue vom Gruber, also die Casa Carioca reloaded … Warum nicht? In Hamburg haben die auch täglich zwei Musical-Vorstellungen. Leider fehlt's den Machern bei uns an Phantasie.«

»Ich finde das auch nicht schlecht, muss ich sagen. Und er hatte da schon die richtigen Leute angeheuert. Vor allem einen gewissen Hartinger als PR-Mann.«

»Donnerwetter, hat sich das rumgesprochen? Ganz ehrlich: Die gesamte Idee stammt von mir. Leider ist es dazu nie gekommen. Vorher ist die ganze Sache sozusagen in Rauch aufgegangen.«

»Wär auch so nichts geworden. Er verhandelt mit den falschen Investoren, dein Herr Gruber.«

Hartinger ließ diesen Satz unkommentiert. Es war klar, wen Klammert für den richtigen Investor befunden hätte.

»Ich sollte also mal ernsthaft mit ihm sprechen?«, fragte Klammert.

»Soll ich mitgehen, um zu checken, was absoluter Quatsch ist und was nicht?«

»Sehr guter Vorschlag. Wir haben morgen früh um neun einen Termin bei ihm in seinem Haus. Er kann Freunde brauchen, der gute Mann.«

Hartinger schüttelte den Kopf. Oliver Klammert hatte alles von langer Hand geplant. Es hätte ihn nicht gewundert, wäre er dafür verantwortlich, dass Gruber vor seiner Katastrophenfahrt zum Stieranger ein paar Obstler zu viel zu sich genommen hatte.

Sie liefen durch den lichten Mischwald auf den kleinen Kochelberg-Weiher zu. Die späte Sonne warf ihre letzten Strahlen auf das Wasser.

»Lass uns kurz Stretching machen«, schlug Klammert vor. Er stützte sich an der Stange eines Wegweisers mit beiden Händen ab und streckte ein Bein nach hinten durch. »Und jetzt zu der Sache heute Vormittag. Du hast tatsächlich eine Bande Nazis in die Flucht geschlagen?«

Hartinger stand mit hängenden Schultern neben seinem Klienten. Gab es irgendetwas, was der Mann nicht wusste? Hatte es nicht geheißen: totale Nachrichtensperre? Er schaute Bärli tief in die Augen. Wenn dieser Hund nur reden könnte. Hartinger hätte ihn mit ein paar Stückchen Filet bestochen und seinerseits alles erfahren, was Oliver Klammert den ganzen Tag so trieb. Und nachtsüber auch. »Ach was, so ein paar windige Bürscherl, die einen alten Mann nicht in Ruhe lassen wollten, hab ich verjagt, nichts Besonderes.« Dabei machte Hartinger eine Handbewegung, als wollte er ein paar lästige Wespen vom Zwetschgendatschi vertreiben.

»Soso, ›windige Bürscherl‹. Nett, wie du die gefährlichste Neonazibande bezeichnest, die in Deutschland ihr Unwesen treibt. Und die einen Achtzigjährigen kidnappt, der als Kind mit dem Uran der Nazis gespielt hat.«

Hartinger platzte der Kragen. Er brüllte Oliver Klammert so laut an, dass Bärli nicht wusste, ob er Hartinger an die Gurgel springen oder sich Deckung suchend ins Gras neben dem Kiesweg ducken sollte. Der massige Hund knurrte kurz, dann entschied er sich für das Zweite.

»So, jetzt hab ich die Schnauze aber gestrichen voll. Was ist hier los? Was machst du hier in diesem Ort? Wer bist du? Was machen diese Drecksarschlöcher von Nazis hier? Und warum hört man seit einer Woche nichts über die Leiche aus dem Sonnenbichl? Da ist doch was faul. Und zwar oberfaul!«

»Beruhige dich, Gonzo. Ich habe meine Quellen befragt, so wie jeder Geschäftsmann, der wissen möchte, ob er sein Geld gut anlegt. Und ich muss sagen, derzeit sieht es so aus, als würde man in Garmisch-Partenkirchen eher Geld verlieren. Zumindest im Immobilien- und Tourismusgeschäft. Denn wenn herauskommt, wen du da verscheucht hast, dann gehen hier die Lichter aus.«

»Soso, Quellen, aha. Das müssen ja bestens mit den Obrigkeiten vernetzte Quellen sein, die du da hast.«

Oliver Klammert lachte sein jugendlich-unschuldiges Lachen. »Was heißt hier ›vernetzt‹, mein lieber Gonzo? Ich rede direkt mit den Obrigkeiten, wie du sie nennst. Das sind meine Quellen. Du darfst eines nicht vergessen: Ich zahle massiv Steuern in Bayern. Ich hab weder meinen Wohnsitz noch die Firmensitze meiner Gesellschaften in die Schweiz verlegt. Ich hab meinen Hauptwohnsitz seit zwei Wochen in Garmisch-Partenkirchen. Und ich stehe für Innovation. Laptop und Lederhose, hätte man früher gesagt. *Invest in Bavaria,* sagt man heute dazu. Früher Inzest, heute Invest, haha! Ich bin Teil der Internetinitiative dieses schönen Landes. Des wichtigsten Teils, übrigens. Weil ich das Programm finanziere. Ich will aus der Gegend südlich von München ein europäisches Silicon Valley machen. Die A95 wird der neue Highway 101. Starnberg wird Palo Alto und Murnau Mountain View. Garmisch wird Cupertino. Ich werde meine gesamte Chip-Produktion hierherverlegen.«

Hartinger wurde schlecht. Wer da alles was aus seiner Heimat machen wollte. Der eine ein Tourismuszentrum, der andere ein Silicon Valley, der dritte beides. Dabei hätte sie so schön sein können, diese Heimat, wenn man sie nur in Ruhe gelassen hätte. Die Bahnstrecke aus München hätte nie über Murnau hinaus verlängert werden dürfen. Leider war das seit 1889 der Fall. Warum nur mussten seit dieser Zeit immer mehr Leute aus dem Norden einfallen, sich in die Bergkulisse verlieben und ihre seltsamen Pläne verwirklichen? Wäre dieser Landstrich nicht nur die Vorstufe zum Paradies, wenn sich diese Leute zurückziehen würden, dorthin, wo sie herkamen? Aber nein, sie kamen in Scharen, trieben die Immobilienpreise in schwindelerregende Höhen, traten zeitgleich in die CSU und den FC Bayern ein, leasten sich einen Sechszylinder aus München, wahlweise Ingolstadt, und kauften eine kackbraune Lederhose, um darin ihre kasigen Haxen zusammen mit der Niederkasseler Herkunft verschwinden zu lassen. Auf dem nächsten Oktoberfest geschah ihre Metamorphose. Solange sie halbwegs nüchtern waren und glaubten, sich phonetisch vom gemeinen und eingeborenen Volk abheben zu müssen, bezeichneten sie die Biere, von denen sie wussten, dass sie sie nicht vertrugen, als »Maaaas«. Nach ihrer selbst gefühlten Assimilierung durch drei Liter des

Saftes mit 6,5 Prozent Stammwürze riefen sie in Nachahmung der stammestypischen Lautverschiebung der Bedienung »Noch 'ne Mooaas!« hinterher. Und nach vier Krügen endlich trauten sie sich, der Praktikantin das Du anzubieten, um ihr zum Zeichen der generationenübergreifenden Freundschaft ein Busserl in den Ausschnitt der Dirndlbluse zu schmatzen, während sich die manikürten Griffel am Hintern der Bedrängten zu schaffen machten. Das Ganze bezeichneten sie dann am nächsten Tag im Büro als »einen Riesengaudi«. Die angegeiferte Praktikantin war wieder Frau Müller und durfte recht starken Kaffee bereiten.

»Bleibts mir doch bittschön vom Hals mit eurem Invest-in-Bayern-Scheißdreck!«, motzte Hartinger und rannte mit langen Schritten zur Kochelberg-Alm hinunter.

»Gonzo, jetzt lass dir doch Zeit!«, schrie Klammert ihm hinterher, als der über die Kochelbergwiesen in den Sonnenuntergang verschwand.

Kapitel 18

Hartinger hatte nach dem abgebrochenen Berg- und Tallauf eine kurze Dusche genommen und anschließend den Volvo schnurstracks nach München pilotiert. Er brauchte eine Luftverbesserung. In solchen Situationen, wenn die Verzweiflung kaum auszuhalten war, schnaufte sich die Stadtluft viel besser als die frischeste Bergluft.

Er steuerte die Stadtmitte an und parkte in der Galeriestraße, um in Schumann's Bar auf Kurt Weißhaupt zu treffen. Verlässlich saß der ehemalige Lokalchef der Süddeutschen Zeitung an seinem Tisch in der linken hinteren Ecke des Lokals. An den Tischen auf dem Gehsteig zur Ludwigstraße oder hinten im Hofgarten war es im Herbst zu frisch, um den Abend draußen zu verbringen.

An Weißhautps Tisch saß neben zwei mittelalten Galeristinnen ein junger Medienmanager, den es nach Hamburg verschlagen hatte. Nicht das Publikum, vor dem Hartinger seine Geschichte erzählen konnte, wenn er vermeiden wollte, dass sie am nächsten Tag auf allen Webseiten der Republik zu lesen war. Für den jetzigen Zeitpunkt hielt er es für angebracht, den Dingen ohne großes öffentliches Aufsehen auf den Grund zu gehen. Später konnte er sein Wissen an Spiegel oder Stern liefern und hoffentlich versilbern. Noch zahlten ja die Redaktionen traditioneller Medien Geld an freie Journalisten. Und diese Story war viel Geld wert, das wusste Hartinger. *Wenn* etwas an ihr dran war. Hoffentlich meldete sich der Professor Geisler bald.

Nachdem er zwei alkoholfreie Pils getrunken und eine Schale Salzgebäck in sich hineingefuttert hatte, hielt er das Gewäsch, das sich um die letzten Skandale und Skandälchen, die sich zwischen Art Basel, Miami Beach und dem Sylter Sommer zugetragen hatten, nicht mehr aus. Er nutzte Kurt Weißhaupts Ausflug zur Toilette, um ihn noch vor der Treppe, die in den Keller hinabführte, zu stellen. Er drückte Weißhaupt freundlich, aber bestimmt zur Tür hinaus, die in den Hofgarten führte. »Kurt, ich brauch dich eine Minute.«

»Piesel ich halt draußen«, meinte Weißhaupt. Seine Herkunft von Giesings Höhen verhehlte der im Freistaat bestens vernetzte Mann nicht.

Während sie eine Kastanie ansteuerten, um sich an ihr zu erleichtern, knirschte der Kies unter ihren Schuhen. »Schon erstaunlich«, murmelte Weißhaupt, »als Buben haben wir kaum alle zwei Jahre neue Schuhe bekommen, und im Sommer waren wir immer barfuß unterwegs. Heute kosten meine Rahmengenähten so viel wie das Wochengehalt eines Arbeiters. Und weiß du, was das Erstaunlichste daran ist? Dass es nicht das Jahresgehalt ist. Denn das wäre das Verhältnis zwischen handgemachten Schuhen und Arbeitslöhnen zu meiner Jugendzeit gewesen.«

Hartinger half diese volkswirtschaftliche Philosophiererei nicht. »Kurt«, sagte er eindringlich, »es ist was faul im Staate Bayern.«

»Ah geh«, sagte Weißhaupt amüsiert.

»Es wird ein Toter gefunden, den keiner kennt. Niemand ermittelt ernsthaft. Ein alter Mann wird entführt. Daraufhin dreht das LKA hohl, dabei herrscht Nachrichtensperre, und derweilen springen Neonazis munter durch die Gegend. Dazwischen ein Internetmilliardär, dessen Hund Veganer ist.«

»Der ganz normale Wahnsinn, oder?« Weißhaupt hatte den Weg in seinen Hosenschlitz gefunden und ließ die an diesem Abend reichlich genossene Flüssigkeit gegen den Baumstamm rieseln.

»Was ist da los? Ich will es wissen.«

»Freilich, damit du daraus eine Geschichte machst, die du nicht beweisen kannst, sie dich einkasteln und diesmal garantiert nicht mehr rauslassen. Nichts da.«

»Es geht mir echt auf den Sack, dass du meinst, ständig auf mich aufpassen zu müssen. Ich bin bald fünfzig. Ich brauch keinen Aufpasser mehr.«

»Schön wär's.«

»Kurt, ich find einen, der darüber berichtet. Das kannst du deinen Freunden in den Ministerien sagen. Es kommt raus. Wenn nicht durch mich, dann wird irgendein Ami oder Engländer nachgraben. Die wissen noch, wie investigativer Journalismus geht. Es geht um Nazis. Um Nazigold. Um Naziuran. Da flippen die aus.«

»Ich weiß. Finden die immer noch faszinierend, die Tommys. Frag mich nicht, warum. Wahrscheinlich, weil sie wissen, dass sie ohne die Amis zum Gau Atlantik erklärt worden wären. Na ja, dann hätten sie wenigstens noch ein paar eigene Autofabriken. Doch was kommt heute von der Insel? Finanzkrisen und Staubsauger. ›Aber ohne Saugkraftverlust.‹« Kurt Weißhaupt machte das anglisierte Deutsch aus den TV-Spots des englischen Staubsaugererfinders nach und kicherte. Er hatte deutlich einen im Tee.

»Sag mal, hast du dein Berufsethos mit deiner Pensionierung abgegeben? Du hast doch immer die Kleinen gegen die Großen verteidigt. Die Wahrheit gegen die Lüge. Jetzt ist irgendwas im Gang, was den Großen, den ganz Großen, wieder mal nicht passt. Und die Kleinen werden die sein, die die Zeche zahlen, wenn es dann doch rauskommt. Weil dann keiner mehr zu uns kommt, wenn es eine Nazigeschichte ist, was ich vermute.«

»Na eben. Darum soll es ja keiner wissen.«

»Es wird immer schlimmer, verstehst du das nicht? Dass

ihr alten Männer noch nicht verstanden habt, dass sich heute keine Nachricht mehr unterdrücken lässt. Für alle ist es besser, wenn es endlich rauskommt. Vielleicht nicht für den einen oder anderen, der demnächst eine Wahl zu überstehen hat. Aber irgendeine Wahl ist immer.«

Weißhaupt verstaute seinen Hoseninhalt und ging wortlos in den Hofgarten. Hartinger ging ihm ebenso wortlos nach. Sie ließen den Dianatempel links liegen und steuerten auf den wuchtigen Bau der Bayerischen Staatskanzlei zu, der den Hofgarten nach Osten hin abriegelte.

»Wo gehen wir hin, Kurt?«, fragte Hartinger, als sie die Überdachung an der Nordseite des Baus entlangschritten, von der die Überreste der Renaissancearkaden vor Wind und Wetter geschützt wurden.

Weißhaupt schwieg, und Hartinger tapste hintendrein wie ein Journalistenschüler im zweiten Jahr. Sie umrundeten das Nordende der Staatskanzlei und erreichten die Vorfahrt, wo ihnen zwei Beamte der Bereitschaftspolizei entgegenkamen, die ihre Runde zogen. Sie legten die Hände an die Mützen, und man grüßte sich mit einem kurzen »Servus«. Direkt vor dem Eingang der Staatskanzlei blieb Weißhaupt stehen. Sie lehnten sich an das Geländer, das den Fußweg zum Köglmühlbach hin abgrenzte. Die Stahltüre des Regierungssitzes stand offen, obwohl es nach elf Uhr nachts war.

»Gehen wir rein? Du kannst es ihm sagen.« Weißhaupt machte eine einladende Handbewegung in Richtung des offen stehenden Portals.

»Ihm? Du meinst den …«

»… Ministerpräsidenten, ganz recht.«

»Spinnst du jetzt, Kurt?«

»Er ist da, ich hab das Licht gesehen.«

Hartinger fragte sich keine Sekunde, ob Weißhaupt wusste, auf welches Licht er in welchem Bürofenster zu schauen hatte, um zu wissen, ob der Bayerische Ministerpräsident nachts in seinem Büro war.

»Und was sag ich ihm?«

»Das, was du mir gesagt hast. Komm, nicht so gschamig!«

»Was soll das bringen?«

»Werden wir sehen, wenn wir es ausprobiert haben, findest du nicht?«

Hinter ihnen radelte ein nächtlicher Heimkehrer aus den Unternehmensberater- und Anwaltsbüros in der Maximilianstraße vorbei.

»Ich versteh, welche Lektion du mir schon wieder beibringen willst«, sagte Hartinger. »Du willst mir klarmachen, dass Bayern ja gar nicht so schlimm ist. Deine Botschaft ist: ›Da schau her, sie sieht zwar aus wie eine Trutzburg, die Staatskanzlei, mit ihren unten auskragenden Grundmauern, aber wir stehen da unbehelligt vor dem Eingang rum, die Radler pesen auf dem Fußgängerweg daran vorbei. Die Türe steht offen, die Polizei hat uns weder nach unseren Papieren gefragt, noch irgendwelche Anstalten gemacht, uns zu verscheuchen. Wir können jetzt da reingehen, uns beim Nachtpförtner melden und haben eine gute Chance, den Hausherren zu sprechen, weil der nachts dahockt und Akten studiert.‹ Deine Botschaft heißt: ›Das ist sie, die Liberalitas Bavariae, die sogar an und in diesem monströsen Gebäude gelebt wird.‹«

»Ganz genau. Probier das mal in Berlin. Da verscheucht dich ein ehemaliger Vopo, wenn du dich dem Roten Rathaus auf hundert Metern näherst mitten in der Nacht. Oder geh doch mal nach Moskau. Glaubst du, dass du um den Kreml auch so locker rumschleichen kannst? Also, siehst du? Bei uns in Bayern läuft's rund, es ist alles sicher und trotzdem offen. Musst du doch zugeben, auch wenn du noch nicht so altersweise bist wie ich.«

»Altersweise, altersmilde, altersdement. Kann doch nicht

sein, dass dir alles wurscht ist, nur weil du deine Pension in Ruhe im Schumann's versaufen willst.«

»Und wenn ich dir sage: Genau so ist es?«

»Dann sage ich dir: Scheiß drauf! Wir leben in einem perfiden Überwachungs- und Unterdrückungsstaat. Alles das hier, deine ganze Liberalitas Bavariae, ist Fasching, Kulisse, Folklore. Wahrscheinlich sitzt da drinnen eine Hundertschaft an die Zähne bewaffneter Männer, die uns schon längst auf den Videokameras da oben zusehen und wahrscheinlich auch zuhören. Dass sie bei Wind und Wetter zwei arme Polizisten hier rumlaufen lassen, gehört zu dieser Show dazu, genauso wie die offene Tür und dass sie die Radler nicht verwarnen. Und von wegen Aktenstudium. Dieser MP studiert höchstens Referendarinnen, das ist ja hinlänglich bekannt, der Hallodri.«

»Wer ohne Schuld ist, der werfe den ersten Stein, Karl-Heinz.«

»Jaja, Hund samma scho – und er da oben ist auch einer, gell? Darum kann der auch machen, was er will. Der geschiedene und aktenkundige Ehebrecher, er darf sich sogar vom Papst eine Hostie auf die gespaltene Zunge pappen lassen.« Hartinger schäumte.

Weißhaupt amüsierte der Ausbruch seines ehemaligen Lieblingsreporters. »Wie dem auch sei, gehen wir jetzt rein?«

»Natürlich gehen wir jetzt da rein. Was hast du gedacht?«

»Bitte, nach Ihnen, Herr Diplom-Revoluzzer«, spottete Weißhaupt.

»Und mit dir zusammen kommen wir wahrscheinlich tatsächlich ins Allerheiligste.« Hartinger nahm all seinen Mut zusammen. Er strich den Schafwolljanker nach unten, als brächte das seine Garderobe in einen auch nur halbwegs repräsentativen Zustand, und setzte einen Schritt in Richtung der offen stehenden Stahltür.

Bevor er sie erreichte, brauste ein schweres Auto mit aufgeblendetem Licht die Vorfahrt heran. Die beiden Polizisten, die gerade wieder auf Hartinger und Weißhaupt zuschlenderten, sprangen auseinander, um nicht von hinten überrollt zu werden. Der große Audi hielt mit quietschenden Reifen unter dem elliptischen Vordach der Staatskanzlei, direkt vor Hartinger, der schockgefroren verharrt hatte. Als die Lichter verloschen, konnte Hartinger das Garmischer Nummernschild erkennen.

Nach zwei Sekunden öffnete sich die Fahrertüre des Wagens. Heraus sprang Bürgermeister Hans Wilhelm Meier. Er wollte in die Staatskanzlei rennen, doch als er Hartinger gewahrte, riss er sich zusammen und tat so, als würde er sein trautes Heim nach getaner Arbeit aufsuchen.

»Ah, Hartinger, servus.«

Hartinger schaute ihn perplex an.

Der Bürgermeister tat so, als wäre alles in bester Ordnung. »Du hast doch nicht auch einen Termin beim …«

»Ich war schon bei ihm und hab nur meinen Kugelschreiber vergessen, den wollte ich noch holen.«

»Ah, den kann ich dir doch … Da brauchst dich doch nicht … Ich muss jetzt, gell? Servus!«, haspelte der Bürgermeister, bevor er durch die stählerne Türe verschwand.

Hartinger schaute in das Foyer der Staatskanzlei und sah, wie sich für Meier die Personenschranke öffnete, ohne dass dieser sich anmelden musste.

»Du, Kurt, ich glaub, wir kommen da ungelegen.«

»Hm, kann sein«, grummelte Weißhaupt. Er machte eine lange Pause und schaute in Richtung des Hauses der Kunst. »Du kannst recht haben. Irgendwas ist faul. Und zwar bei euch da draußen. Los, wir verschwinden hier. Wir gehen jetzt da drüben in die Goldene Bar. Lagebesprechung. Die Eulen im Schumann's müssen ihren Schampus ausnahmsweise selber zahlen.«

Kapitel 19

Hartinger wäre nach der Besprechung mit Weißhaupt am liebsten nach Schwabing hinüber zu Dotti gefahren, um dort in ein warmes und gut besetztes Bett zu steigen. Doch erstens wollte er nicht den – zweifellos den Tatsachen entsprechenden – Eindruck verstärken, er würde sich nur bei ihr melden, wenn er Informationen erhalten oder Samen loswerden wollte, und zweitens musste er am nächsten Tag einige Fototermine absolvieren. Er achtete, seit er die neue Speicherkarte in der Kamera hatte, darauf, dass er möglichst wenige Unbeteiligte auf den Bildern hatte. Deshalb ging er ganz nah an die zu Porträtierenden ran, was der Qualität seiner Fotos eher zuträglich war, und er war sich sicher, dass Schneider nichts mit den Informationen, die seine Kamera an irgendeinen Geheimdienstserver sendete, anfangen konnte, denn die Gesichter würden am nächsten Tag sowieso in der Zeitung stehen. Es war mittlerweile auch klar, wonach der Geheimdienst suchte. Rechtsradikale und Nazis waren es, worauf Schneider ein Auge haben würde. Sie bedrohten Ruhe und Frieden und entführten vielleicht nicht nur alte Männer, die als Kinder mit Uranklötzchen gespielt hatten.

Schneider und mit ihm Hartinger arbeiteten also dem Verfassungsschutz, dem Inlandsgeheimdienst der Bundesrepublik Deutschland, zu. Ein wenig enttäuscht war Hartinger schon, dass er nicht für CIA oder wenigstens BND tätig war. Richtige Spionagekarrieren konnte man doch eher dann machen, wenn man international aktiv war.

Aber was hieß schon »für den Geheimdienst arbeiten« – er war eine laufende Überwachungskamera, nichts weiter. Er musste den Spieß umdrehen. So hatte er es mit Weißhaupt besprochen in der Goldenen Bar. An einem zugegebenermaßen passenden Ort, denn das Größte Arschloch aller Zeiten hatte die namengebenden vergoldeten Wandmosaike der Wein- und Schnapsprovenienzen Deutschlands und der angrenzenden Ortschaften in Auftrag gegeben, um eine Weltläufigkeit suggerierende Spirituosenecke in seinem Haus der Deutschen Kunst auszustatten. Nach der Renovierung im Jahr 2010 hatte ein guter Barmann aus dem völkischen Fuseleck eine der angesagtesten Locations Münchens gemacht. Als konspirativer Treffpunkt, um zu besprechen, wie man gegen die *neuen* Arschlöcher vorzugehen hatte, eignete sich die Goldene Bar auch deswegen, weil die tausendjährigen Mauern des Hauses der Kunst keine Handystrahlen durchließen – Weißhaupt betrachtete den Ort als so gut wie abhörsicher, zumal um diese Uhrzeit die Hippster in der Bar lautstark feierten.

Weißhaupt hatte Folgendes berichtet: Er hatte schon vor langer Zeit aus Polizei- und Geheimdienstkreisen erfahren, dass eine Mörderbande durch die Lande zog. Einige Ermittler waren sich sicher, dass die Täter Rechtsradikale seien, waren mit ihrer Einschätzung aber nicht nach oben durchgedrungen. Einige Morde an Gastwirten und Gemüsehändlern hatten die unbekannten Täter mittlerweile auf dem Gewissen. Die Fälle zogen sich über mehrere Jahre und Städte wie Nürnberg, Kassel, Dortmund, Hamburg und, ja, leider auch München. Da alle Getöteten griechischer Herkunft waren, vermuteten die Strafverfolger, dass es sich um Machtkämpfe der griechischen Mafia handelte oder dass Türken, die etwas gegen Griechen hatten, dahintersteckten. »Souvlaki-Morde« wurde die Tatserie in Ermittlerkreisen daher genannt. Einmal hatte ein Staatsanwalt auch etwas von Mazedoniern verlauten lassen, aber das war in der Öffentlichkeit nicht weiter kommentiert worden. Solange keine Deutschen auf Opfer- oder Täterseite zu vermerken waren, waren diese Tötungsdelikte den Zeitungen gerade mal einspaltige Artikel wert.

Weißhaupt hat auch berichtet, dass nach einem halben Jahr ohne einen Mord eine weitere Serie dazugekommen sei, dieses Mal an Tankstellenpächtern im Schwabenland, zwischen Augsburg und Karlsruhe. »Dass das auch Nazis sind, wird meiner Meinung nach ebenfalls totgeschwiegen. In Deutschland gibt es keine Nazis, die mordend durch die Lande ziehen. Darf nicht sein. Und was nicht sein darf, ist auch nicht. Und in Bayern schon gleich gar nicht. Du darfst nie vergessen: München, die Weltstadt mit Herz, war mal Hauptstadt der Bewegung. Wir sitzen mitten drin. Und in Nürnberg haben die Schweine ihre Riesenpartys gefeiert. Du kennst die Tribüne des Reichsparteitagsgeländes, die jetzt renoviert werden soll. Für zweiundvierzig Millionen, sind die eigentlich alle noch bei Trost?« Nun hatte sich auch Weißhaupt in Rage geredet.

»Nürnberg ist Franken«, hatte Hartinger klargestellt.

»Verwaltungsbayern aber trotzdem.«

»Auch so ein Größenwahnsinniger, der Napoleon, der das angerichtet hat.«

»Was willst du machen?«, hatte Weißhaupt resigniert gesagt, bevor er sich den letzten Weißwein des Abends bestellt hatte.

Dieses »Was willst du machen?« klang in Hartingers Ohren nach, als er um Viertel nach vier Uhr morgens am Autobahnende den Volvo auf die vorgeschriebenen achtzig herunterbremste. Er hatte keine Lust, schon wieder von der bayerischen Polizei gestellt zu werden.

»Was willst du machen?«, sagte er laut, als der 760er durch den Farchanter Tunnel schnurrte. Mit Weißhaupt hatte er vereinbart, dass jeder auf seine Art an der Sache dranbleiben sollte. Weißhaupt würde bei seinen Kontakten horchen und Hartinger in Garmisch-Partenkirchen die

Augen aufhalten. Was sollten sie anderes tun? Wenn sie mit einer von Neonazis begangenen Mordserie an die Öffentlichkeit wollten, mussten sie handfeste Beweise aufbieten können.

Hartinger fiel ein, dass er ja gar nichts mehr von seinem zweiten väterlichen Freund, von Albert Frey, gehört hatte. Doch um halb fünf Uhr morgens war sicher nicht die Zeit, bei ihm vorbeizuschauen. Ein paar Stunden Schlaf würden auch Hartinger guttun. Also steuerte er die Dreitorspitzstraße an, wo er seine Dachgeschosswohnung hatte. Doch als er vor dem Haus der Witwe Schnitzenbaumer stand, ließ er den Motor im Leerlauf weiterrasseln.

Irgendwo war der alte Polsterer. Suchte jemand nach ihm? Schneider hatte ihn ermahnt, nicht über die Entführung Polsterers zu berichten. Das müsse geheim bleiben. »Aus ermittlungstaktischen Gründen«, hatte Schneider gesagt und hinzugefügt: »Sie wollen doch nicht, dass dem alten Mann etwas Schlimmes widerfährt, nur damit Sie eine gute Story haben, oder?«

War Garmisch-Partenkirchen durchsetzt von Geheimagenten, die im Verborgenen wühlten und nach Polsterers Verbleib fahndeten? Hartinger beschloss, morgen eine langsame Ortsrunde zu drehen. Vielleicht würde ihm irgendetwas auffallen, was helfen würde, Licht in diese Angelegenheit zu bringen, oder irgendjemand.

Er würde es heute Nacht nicht aufklären können, dachte er. Er drehte den Schlüssel des Volvo um, stieg aus und ging auf das Haus der Witwe Schnitzenbaumer zu. An der Haustüre klebte ein gelber Post-it-Zettel.

»Muss mit dir reden. Komm ins Hotel Sonnenbichl. *Anytime, day or night!*«, stand darauf. Bei diesem Manager-Denglisch war es nicht schwer zu erraten, wer der Urheber der Zeilen war. Oliver Klammert wollte sicher seine Gigantopläne weiterdiskutieren.

Hartinger seufzte schwer. Das Vernünftigste wäre es gewesen, ins Bett zu gehen. Doch die drei doppelten Espresso in der Goldenen Bar würden ihre volle Wirkung entfalten, wenn er sein Haupt auf dem Kissen ruhen ließe. Er konnte genauso gut hinüber ins Sonnenbichl fahren. Ob er nun dort an der Bar mit Klammert saß oder in seinem Bett rotierte, machte keinen Unterschied.

Er setzte sich wieder ins Auto, wendete, fuhr hinunter zur Rathauskreuzung, dort nach links die Bahnhofstraße entlang und durch die Unterführung in den Ortsteil Garmisch. Bald rollte er die Von-Brug-Straße ortsauswärts auf das Grand Hotel Sonnenbichl zu. Er wünschte sich, die Zeit zurückdrehen zu können, um wie im Kino zuzusehen, was dem Toten auf dem Dachboden widerfahren war. Als er auf das Hotel zufuhr, war er so in Gedanken, dass er das Feuer, das rechts auf dem Stieranger brannte, beinahe nicht wahrgenommen hätte. Doch dann sah er es. Klar und deutlich. Er hielt mitten auf der Straße, um sich zu vergewissern, dass dort hinten in der Mitte der Wiese ein Scheiterhaufen brannte. Nein, jetzt sah er es erst richtig. Es war kein Scheiterhaufen, es war ein Kreuz. Ein brennendes Kreuz. Um das brennende Kreuz liefen Gestalten in weißen Kitteln und mit spitzen Kapuzen. Er rieb sich die Augen, aber es war keine optische Täuschung. Auf dem Stieranger tanzte der Ku-Klux-Klan. Oder zumindest Leute, die so aussahen wie der Ku-Klux-Klan.

Schnell zog er die Kamera aus der Tasche, installierte darauf das Teleobjektiv und knipste durch das Beifahrerfenster. Das Adrenalin trieb seinen Puls in die Höhe und Schweißperlen auf seine Stirn. Das war eine Riesenstory, der er da auf der Spur war. Und jetzt hatte er auch noch Bilder dazu. Er konnte sie noch vom Auto aus über das Handy nach Hamburg zum Stern oder zum Spiegel schicken. Er würde eine Menge Geld verdienen. Und dabei seine Heimat von diesem Abschaum säubern, von diesen ekelerregenden Rassisten. All dies schoss ihm gleichzeitig mit dem Klicken der Kamera durch den Kopf.

Er nahm nicht wahr, dass sich jemand von hinten seinem Volvo näherte, erst viel zu spät erahnte Hartinger aus den Augenwinkeln einen Schatten auf sich zukommen. Da riss bereits jemand die Fahrertür auf, zog ihm mit einem Totschläger eins über und stülpte ihm einen schwarzen Sack über den Kopf.

Kapitel 20

Das Treffen der beiden Männer an sich wäre nichts Besonderes gewesen, doch der Inhalt ihres Gesprächs erforderte absolute Geheimhaltung. Deshalb hatten sich der Bürgermeister der Olympiagemeinde und ihr oberster Ordnungshüter, Polizeihauptkommissar Ludwig Bernbacher, nach Anbruch der Dunkelheit in der finstersten Ecke des Ortes verabredet. Rechts neben dem Skisprungstadion, gegenüber dem Fiakerstand, gab es eine Stelle, in der man unbeobachtet mauscheln konnte.

Bürgermeister Meier hatte den Treffpunkt vorgeschlagen. Sein Audi stand drei Minuten vor der ausgemachten Zeit dort, und als der silberne Passat, das Privatauto des Polizeiinspektionsleiters, langsam und ohne Licht um die Ecke bog, vor dem Kiosk wendete und rückwärts neben das Bürgermeisterauto rangierte, war beiden Männern unwohl. Doch in Zeiten wie diesen war es das Gescheiteste, solche Unterredungen nicht über eine Telefonleitung zu führen.

Bürgermeister Meier bedeutete seinem Polizeichef mit einer Kopfbewegung, sich auf den Beifahrersitz neben ihn zu setzen. Widerwillig gehorchte Bernbacher. Nachdem er die Hecks der beiden Fahrzeuge auf Zehenspitzen umrundet und die Tür des A6 ins Schloss gezogen hatte, ließ er flüsternd seinem Unmut freien Lauf.

»Kruzifix, sind wir eigentlich Verbrecher, oder spielen wir Räuber und Schandi? Was ist denn los in unserem Ort, dass wir uns da wie die Gangster nachts konspirativ treffen müssen?«

»Ludwig, ich hab's dir doch gesagt, dass ich dir's erkläre«, versuchte der Bürgermeister, ihn zu beruhigen. »Besondere Situationen erfordern besondere Maßnahmen.«

»Soso, dann bin ich aber mal gespannt, was für Besonderheiten wir schon wieder haben.«

»Ludwig, du musst jetzt ganz genau aufpassen und nichts – ich wiederhole: nichts! –, was ich dir jetzt sagen werde, darf jemals weitergegeben werden, hast mich?«

»Jaja, passt scho. Jetzt spuck's aus, ich will wieder heim.«

Bürgermeister Meier schnaufte tief durch. Die Existenz seines Ortes war in Gefahr, und der oberste Polizist wollte nichts als wieder nach Hause, um den Feierabend auf der Couch vor der Markus-Lanz-Show zu verdösen. Doch wenn er die Gefahr von seinem Landl abwenden wollte, brauchte Meier Verbündete. Und ein besserer als der Bernbacher Ludwig stand leider nicht zur Wahl. Es gab nämlich, bei Lichte betrachtet, niemanden, dessen Loyalität er sich sicher war. Auch wenn der Bernbacher nicht gerade das allerschärfste Messer in der Schublade des Herrn war, er hatte immerhin einen Autoritätsposten inne. Und – er verfügte über bewaffnete Truppen.

»Ludwig, tut mir leid, dass du's von mir erfahren musst, und natürlich ist es ein überdeutliches Zeichen dafür, wie faulig die Welt um uns herum geworden ist, und ich tu das alles nur, um dieses unser schönes Landl vor gröberer Ungemach zu bewahren, schon klar, oder?«, seehoferte der Bürgermeister in einem staatstragenden Bariton.

Bernbacher schaute den Bürgermeister mit Schafsblick an.

»Also, Ludwig, ich sehe, du weißt es wirklich nicht. Du hast keine Ahnung, was los ist, oder?«

»Ähhhh …«

»Schon gut, du kannst nix dafür, man sieht daran nur, wie gut geschmiert diese Verschwörung ist, und natürlich auch, wie wichtig es ist, dass es Männer wie mich, ich meine, wie dich und mich gibt, die Unheil abzuwenden sich auf ihre Fahne geschrieben haben und die die Unschuld dieses wunderschönen und prächtigen Marktes Garmisch-Partenkirchen mit Leib und Seele zu verteidigen bereit sind.«

»Ähhhh … Hansi, ist alles in Ordnung? Ich mein, hast Fieber?«

»Ludwig, eine Verschwörung ist im Gange, verstehst? Und ich weiß noch nicht genau, warum die uns das antun, ich weiß nur, dass sie es tun, und vielleicht wollen sie uns auch gar nichts, sondern sind nur nicht in der Lage, es zu unterdrücken, und deshalb halten sie es unter Verschluss, oder sie versuchen es wenigstens, und am Ende, ja, Ludwig, am Ende, das ist doch sicher wie das Amen in der Kirche, am Ende kommt alles raus, und wir sind wieder einmal die Leidtragenden. Was können wir denn dafür, dass es den Arschlöchern seit jeher bei uns so gut gefällt?« Bürgermeister Hans Wilhelm Meier musste sich die Glatze mit dem Schnäuztücherl abwischen.

Diese Pause nutzte Bernbacher, um drei elementare Fragen zu stellen. »Du, Hansi, nur, damit ich mitkomm: Erstens, wer sind ›die‹? Zweitens, was ist ›es‹? Und drittens, welche ›Arschlöcher‹?«

»Sehr gut, analytische Fähigkeiten, gepaart mit einem rasiermesserscharfen Kriminalistenverstand, sind es, die dich auszeichnen, Ludwig. Du stellst immer die richtigen Fragen.« Der Bürgermeister schnäuzte noch einmal in das schweißgetränkte Tücherl und verstaute es wieder im Hosensack.

»Also …?«

»Was also? Ach so, ja, freilich. ›Die‹, das sind die … ja mei, die da oben halt. Sagen wir: der Staat.«

»Aha.«

Voll Aufregung verfiel der Bürgermeister vom Seehofern ins Stoibern: »Ja. Genau. Und ›es‹, das ist es ja gerade, dass du das nicht weißt, das beweist ja praktisch – verstehst? –, also, dass die da oben genau das tun. Weil das ja klar ist. Wenn du es nicht weißt, dann deshalb, weil sie es vor dir verschweigen. Also ein Beweis dafür in sich selbst, dass es wirklich so ist, denn wenn es anders wäre, dann würdest du wenigstens etwas, vielleicht ein Gerücht, ein laues Lüfterl von einer Information, das hättest auch du davon mitbekommen haben, verstehst⸮«

»Ähhhh … na, jetzt grad nicht. Geht's nicht a bissl konkreter⸮«

»Doch, schon, aber ich muss das doch erst in den Gesamtzusammenhang stellen, Ludwig, damit du die wahre Dimension …«

»Hansi … Was – ist – los⸮«

»Ja, da sind wir schon bei drittens: bei den Arschlöchern. Nazis, verstehst, Ludwig⸮ Sie sind wieder da. Sie wollen sich diesen unseren schönen Ort unter den Nagel reißen.«

Polizeikommissar Ludwig Bernbacher hatte seine lichten Momente. Als bayerischer Beamter hatte er jahrzehntelange Erfahrung darin, sich aus bruchstückhaften Informationen ein Gesamtbild zusammenzureimen. »Alles klar. Nazis fallen in unseren Ort ein. Die Regierung – oder wer auch immer – will diese Tatsache unter den Teppich kehren. Sie verschweigen es ihrer eigenen Polizei. Ist es das⸮«

»Genau, Ludwig, rasiermesserscharf, ich sag's ja.«

»Gibt's dafür konkrete Anhaltspunkte⸮«

»Ja, freilich. Der Tote auf dem Dach vom Sonnenbichl. Die Entführung vom Polsterer Franz. Und jetzt ist auch der Hartinger verschwunden.«

Bernbacher war nicht so sehr auf der Brennsuppe dahergeschwommen, wie der Bürgermeister vermutete. Natürlich wusste er aus dem Verhalten des LKA-Menschen Bernd Schneider schon lange, dass da etwas im Verborgenen tickte. Nur war er bislang davon ausgegangen, dass das außer ihm wiederum niemand so genau überblickte. Und daher wunderte er sich schon, dass der Bürgermeister mehr wusste als er selbst. In Bernbachers Kopf tobte ein Tornado. Die Gedanken rasten im Kreis. Es gab auch wenig, was sie hätte aufhalten können. Er wusste nicht mehr, wem gegenüber er welches Geheimnis wahren sollte und wen er als Quelle nutzen konnte. Die ganze Geschichte war eine Nummer zu groß für ihn. Oder auch zwei. Er verschluckte sich und musste husten.

Nachdem er seinen Hustenanfall mit Tränen in den Augen beendet hatte, musste er es genau wissen. »Moment. Der Tote auf dem Dachboden, das war auch ein Nazi? Und das mit dem Polsterer, das ist jetzt sicher, dass das Nazis waren? Bislang doch eher eine Vermutung, eine mutmaßliche, oder? Und was ist mit dem Hartinger? Das habe ich noch gar nicht mitbekommen. Sind wir den endlich los?«

»Der Tote ist – oder war –, glaube ich, ein österreichischer Neonazi. Er wollte das Hotel Sonnenbichl kaufen, weiß der Kuckuck, warum.«

»Woher weißt du das?«

»Na ja, vor ein paar Monaten, da stand plötzlich so ein Typ bei mir im Büro. Ein Österreicher. Offenbar ein Spinner. Das Sonnenbichl steht auf dem Zentrum eines europäischen Kraftkreises. Beziehungsweise der Stieranger. Hat der behauptet. Ich sag's ja, der war verrückt.«

»Und wieso kommt er da zu dir?«

»Ähh, weil, na ja, wenn du so ein Hotel kaufen willst und vielleicht die Wiese davor noch dazu, dann gehst du doch zuerst zum Bürgermeister und fragst, ob ihm das recht ist.«

»Tu ich?«

»Vernünftige Immobilieninvestoren tun es.«

»Ich hab gedacht, das war ein Spinner?«

»Ja, weltanschaulich. Total. Aber immobilienmäßig vielleicht nicht.«

»Und du warst dafür?«

»Ich? Nein, wo denkst du hin? Ich will doch hier am Ort keinen Nazitempel. Bist du narrisch?«

»Und das ist der Tote vom Dachboden?« Bernbacher glaubte nicht, was er da hörte.

»Ich habe mir Unterlagen beschafft. Frag nicht, wie. Ja, das muss der gewesen sein. Der Schlüsselbund.«

»Schlüsselbund?«

»Du hast in deine Tatortbeschreibung reingeschrieben, dass er einen Schlüsselanhänger mit einem Metallquadrat dabeihatte, der Tote.«

Bernbacher schaute mit stumpfem Blick durch die Frontscheibe des Audi. Wie war der Bürgermeister an seine Tatortbeschreibung herangekommen? »Wieso hast du meine ...«

»... Tatortbeschreibung? Tut nichts zur Sache. Ich weiß es halt.«

»Einer von meinen Beamten?«

»Ludwig, es ist doch ganz egal.«

»Wer?«

»Der neue Kollege, der Buchheimer. Will Karriere in der Partei machen ... Hat sich aufstellen lassen für die nächste Gemeinderatswahl ... Also kein schlechter Mensch, Ludwig.«

Bernbacher schnaubte wie ein Werdenfelser Zuchtbulle. »Unfassbar. Das wird Konsequenzen haben, Hansi.«

»Wir haben Wichtigeres zu regeln. Der Polsterer ist von ein paar Neonazis entführt worden, das ist so sicher wie das Amen in der Kirche. Und der Hartinger auch. Gestern Nacht. Von der Straße neben dem Stieranger. Absolute Nachrichtensperre, verstehst, Ludwig?«

Ja, so weit, also bis zum Polsterer, war's ja klar. Das hast ja du von mir.« Ohnmächtige Wut stieg in Bernbacher auf. »Der Schneider. LKA, Verfassungsschutz. Die machen das jetzt. Saubande.«

»Und BKA und BND und was weiß ich wer. Ihr jedenfalls nicht«, bestätigte der Bürgermeister.

»Ja, und wieso weißt jetzt ausgerechnet du …?« Auch diese Frage war nicht sonderlich intelligent. Bernbacher wusste, dass Bürgermeister Meier in München gut vernetzt war. Und doch überraschte es ihn immer wieder, *wie* gut.

Der Bürgermeister hielt es nicht für nötig, seine weiter oben angesiedelten Quellen offenzulegen. »Ja mei, ich weiß es halt.«

»Und warum? Ich meine, freut mich ja sehr, aber warum ziehst du mich da mit rein? Ich meine, ins Vertrauen?« Ludwig Bernbacher war sich nicht ganz sicher, ob ihn das freute. Wenn etwas schiefgehen würde, wäre es besser, nichts zu wissen.

»Weil ich den Burschen misstraue, Ludwig. Ich will, dass wir selbst unsere eigenen Ermittlungen anstellen. Nicht, dass sie finden, das wär alles nicht wichtig, und sich zurückziehen. Oder einen Deal mit denen machen: Ihr bringts keinen mehr um, und dafür dürft ihr das alte Hotel haben oder so was in der Art. Und dann haben wir die Arschlöcher hier, und der Tourismus bricht ein. Kommt doch dann keiner mehr aus Ländern, die Nazis nicht mögen. Und von den Ossis allein können wir nicht leben, verstehst?«

Bernbacher musste erneut husten. In einer geheimen Ermittlung gegen Nazis, die wahrscheinlich der Verfassungsschutz zurzeit mit zig verdeckten Kräften vornahm, sollte wiederum er im Geheimen ermitteln? Also quasi im Geheimen des Geheimen? Bernbacher brauchte keine drei Millisekunden nachzudenken, um zu wissen, dass das nicht eine, nicht zwei, sondern zehn Nummern zu groß für ihn war.

»Du bist doch dabei, oder, Ludwig?«, versicherte sich der Bürgermeister.

»Freilich«, brachte Bernbacher mit Mühe hervor.

Die beiden Männer starrten hinüber zum Kramer, dessen schwarze Schrofen sich kaum gegen die Nacht abhoben.

»Du, Hansi«, beendete Bernbacher die Pause, »und wie fang ich das jetzt an?«

»Mein Gott, na, Ludwig, ich bitt dich recht schön. Warst du auf der Polizeischule oder ich? Wirst halt ein paar von deinen Leuten einschleusen müssen. In flagranti, quasi.«

Wieder entstand eine längere Pause. Bürgermeister Meier begann, mit den Fingern der rechten Hand auf seinem Lenkrad zu trommeln.

Polizeihauptkommissar Bernbacher dachte angestrengt nach. Schließlich sagte er: »In flagranti. Du meinst: inkognito. Also undercover, quasi.«

»Von mir aus. Heimlich, halt.«

»Meine Leute undercover einschleusen bei den … Neonazis?«

»Beim Verfassungsschutz wird's schwieriger werden, oder?«

»Hm, die erkennt man ja nicht. Die Nazis schon. Meistens halt, oder?«

»Also, dann sind wir uns ja einig. Ludwig, du machst dich um die Zukunft dieser unserer wunderschönen Gemeinde, ja, des gesamten Landls verdient, machst du dich, das sag ich dir.«

»Ja, was machen wir dann mit denen?«

»Das ist doch klar. Ihr erwischt sie bei irgendwelchen Straftaten. Dann machen wir das, was wir immer mit störenden Elementen machen. Verhaften, einsperren, abschieben.«

»Und wenn's Deutsche sind?«

»Sind bestimmt Österreicher. Richtige Nazis sind immer Österreicher. Das lehrt die Geschichte.«

»Wenn's trotzdem Deutsche sind?«, beharrte Bernbacher.

»Dann reicht einsperren auch. Hauptsache, weg damit, mit dem Gschwerl, mit dem elendigen. Kommen daher und verpesten unsere Gebirgsluft mit ihrem Schmarrn.« Meier drückte auf einen runden Knopf neben dem Steuer, um so den Motor zu starten. »Also, Ludwig, alles klar, oder? Ich muss jetzt heim und schlafen. Morgen ist wieder ein Tag, an dem Wohl und Wehe unseres Ortes in meinen fähigen Händen … dings, weißt schon.«

Ludwig Bernbacher wusste. Wortlos verließ er den Audi des Ortsvorstehers, der in die Nacht davonbrauste, kaum dass Bernbacher die Beifahrertür hinter sich zugeschlagen hatte.

Kapitel 21

Als Hartinger zu sich kam, sah er – nichts. Es war stockfinster um ihn herum. Er fror. Dort, wo er lag, war es kalt und klamm. Sein Kopf schmerzte. Er wollte die Stelle betasten, an der ihn der Totschläger getroffen hatte. Doch das ging nicht. Seine Hände waren auf den Rücken, seine Beine aneinander gefesselt. Die Schultern schmerzten, und die Fußfessel schnitt ihm das Blut ab, sodass er die Zehen nicht mal mehr spürte.

Da er sich kaum bewegen konnte, blieb ihm nichts anderes übrig, als in die Dunkelheit zu lauschen. Von ganz weit weg hörte er laute Stimmen und so etwas Ähnliches wie das Hämmern einer Maschine. Er versuchte, genauer hinzuhören, auch wenn das die Schmerzen in seinem Kopf verschlimmerte. Nein, das war keine Maschine. Das war so etwas wie … Musik. Irgendjemand drosch wie ein Berserker auf ein Schlagzeug ein, ein anderer, an dem jede Harmonielehre spurlos vorübergegangen sein musste, ließ eine Elektrogitarre heulen. Dazu brüllte ein Dritter urzeitliche Affenlaute in ein übersteuerndes Mikrofon.

Irgendwo hatte Hartinger so etwas schon mal gehört. Nach kurzer schmerzhafter Konzentration auf die schauderhaften Klänge war ihm klar, wo: bei diesen Dokumentationen auf SternTV, in denen sich ein lebensmüder Jungjournalist in eine Horde Neonazis eingeschleust und mit versteckter Kamera einen Kameradschaftsabend gefilmt hatte. Dort kamen solche Hassvirtuosen zum Einsatz.

Jetzt sah er auch, dass da am anderen Ende des Raumes eine Tür sein musste, durch deren Spalt ein diffuser Lichtschein mit dem Lärm drang. Das Licht reichte bei Weitem nicht aus, um den Raum, in dem er lag, zu erhellen, aber je mehr er sich konzentrierte, umso mehr Details konnte er erkennen. Zunächst war festzustellen, dass dieser Raum groß war. Und hoch. Der Boden unter ihm war betoniert. Das spürte er.

Eine Vermutung beschlich ihn, wohin sie ihn verschleppt hatten. Im Zweiten Weltkrieg waren vor Garmisch, bei Eschenlohe und auch im benachbarten Oberammergau, riesige Hallen in die Berge getrieben worden, um die Flugzeugproduktion der Augsburger Firma Messerschmitt vor den alliierten Bombenangriffen zu bewahren. Diese Hallen zogen seit jeher Neugierige und Bunkerspechte an, darunter nicht wenige Ewiggestrige, die den braunen Geist atmen wollten, den sie in den Bunkern wähnten. Sie pickelten in schöner Regelmäßigkeit die zugemauerten Einstiege wieder auf, die die Behörden dann wieder verschlossen. Die Existenz der Hallen war also beileibe kein Geheimnis. Waren seine Entführer so dreist, ihn an einem solchen Ort zu verstecken? Selbst Bernbachers Leute würden da draufkommen, wenn sie ihn suchten. Hoffte Hartinger zumindest. Doch vor allem musste ihn, bevor ihn jemand suchte, erst einmal jemand vermissen.

Ob sie den alten Polsterer auch hierher verschleppt hatten? Und ob er ihn befreien könnte? »Ehrt dich ja, solche Gedanken, aber jetzt schau zu, dass du da selbst rauskommst aus dem Schlamassel, Depp«, schalt er sich selbst. Schlamassel, dachte er, ein jiddisches Wort. Er schwor sich, dass er sich, wenn er hier rauskam, stärker im Kampf gegen die Braunen engagieren würde. Er würde nach Israel fliegen, mit Leuten sprechen, ihnen erklären, dass es nur ein paar wenige Durchgeknallte seien, die das schöne Land, aus dem er kam, in die Finsternis zurückwünschten. Ein paar gescheiterte, noch dazu saudumme Arschgeigen. Denn wenn das rauskam, was hier in seiner Heimat abging, dann würde Garmisch-Partenkirchen als Alpenfestung des Neonazismus durch die Weltpresse gehen. Das konnte er nicht auf seinem Ort sitzen lassen.

Zwei weitere Gedanken schossen ihm durch den Kopf. Erstens: War das denn überhaupt wahr, waren das nur gescheiterte und dumme Arschgeigen? Oder hatte sich der Irrsinn vielleicht schon viel weiter gefressen in dieser Gesellschaft, die immer mehr Gestrandete hinter sich ließ? Zweitens: Warum eigentlich war noch nichts bekannt über das Unwesen, das hier getrieben wurde? Die feierten doch nicht erst seit heute hier ihre Partys. Das ging doch schon länger so. Hatte sich niemand dafür interessiert? Er erinnerte sich an sein Gespräch mit Weißhaupt. War es tatsächlich möglich, das alles zu verheimlichen? Nazipartys, Nazimorde? Die hatten doch in großen Städten stattgefunden. War das hier einer der Rückzugsorte? Und wenn das so war, war der Grund für das Schweigen vielleicht nicht nur, dass man Imageschaden vom Land Bayern abwehren wollte, sondern vielmehr, dass es Leute in den entsprechenden Positionen gab, die das Treiben deckten? Es guthießen? Gar unterstützten? Und wenn wieder das auch so war, dann konnte man sich auch vorstellen, dass einer wie er auch mal in einem feuchten, finsteren Loch wie diesem, in dem er gerade lag, einfach verschwand.

»Scheiße, Hartinger, du musst hier raus«, ermahnte er sich. Er zerrte an seinen Handfesseln. Schon nach kurzer Zeit scheuerten die Schnüre die Haut auf, aber er spürte außer dem Schmerz auch, dass er ein wenig Spiel bekam. »Nicht einmal das könnt ihr Idioten«, flüsterte er. Dann bewegte er wieder die Hände hin und her, damit sich das Spiel zwischen den Handgelenken vergrößerte. Doch die Stricke zog sich nur zusammen, wie er enttäuscht feststellte. Er musste – wie oft hatte er das im Fernsehen gesehen? – einen scharfen Gegenstand finden, an dem er die Fessel reiben konnte, um sie zu durchtrennen.

Er nahm alle Kraft zusammen, versuchte, die Schmerzen im Kopf zu ignorieren, und rollte in Richtung der rechten Seitenwand der Halle. Vielleicht war da irgendwo ein Mauervorsprung oder eine Stahlarmierung, die sich als Schneidewerkzeug eignete. Er rollte durch schlammige Pfützen und roch bald nach einer Mischung aus Moder und Maschinenöl. »Der Duft des tausendjährigen Reiches«, spottete er über die Idioten, die ihn hier gefangen hielten und deren geistige Vorgänger dieses riesige Bauwerk in den Fels getrieben hatten. *Wenn* er wirklich dort war, wo er vermutete zu sein.

Endlich erreichte er die Wand. Es war viel zu dunkel, um irgendeine hilfreiche Ecke oder ein Metallteil auszumachen, und so versuchte er, sich in eine sitzende Haltung aufzurichten, was allein mithilfe der gut unter der Wampe versteckten Bauchmuskeln kein leichtes Unterfangen war. Schließlich schaffte er es doch und lehnte mit dem Rücken an der Wand, die aus behauenem Fels bestand. Das war eine gute Nachricht, denn da würde sich vielleicht tatsächlich eine für seine Zwecke geeignete Kante finden. Er hatte das Gefühl, sich in der Mitte der Wand zu befinden, und entschied sich, es zunächst einmal in der Richtung zu versuchen, die von der Tür wegführte, durch die Licht und Lärm drangen. Er war gymnastisch nicht fit genug, um auf die Füße zu kommen, das wusste er. Daher hoppelte er auf seinem Hintern, was einen unglaublichen Kraftakt bedeutete. Nach jedem Satz, der ihn um fünf, höchstens zehn Zentimeter weiter brachte, versuchte er, mit Händen und Rücken eine geeignete Stelle zu erfühlen. Doch schon nach wenigen Metern Strecke, nach der ihm der Schweiß in Strömen von der Stirn lief, wurde ihm klar, dass die Erbauer dieser Halle bei aller Eile, die sie gehabt hatten, um die Flugzeugproduktion bombensicher unterzubringen, nicht geschlampt hatten. Die Wand war glatt, es stand einfach nichts hervor, woran er seine Handfesseln hätte aufscheuern können.

»Weitermachen, weitermachen«, ermahnte er sich. Er musste alle vier Wände absuchen. Vielleicht lag ja auch in einer Ecke irgendetwas, was ein späterer Besucher vergessen hatte, eine verrostete Dose vielleicht, eine Bierflasche, irgendetwas musste es hier doch geben. Diese Nazipenner, die hier feiern, hinterlassen doch ihre Partylocation nicht besenrein, sagte er sich.

Doch je verzweifelter er suchte, umso stärker schwand seine Hoffnung, etwas zu finden. Nach einer gefühlten Ewigkeit hatte er die Halle umrundet. Nichts. Kein Metall, kein Stein, kein Glas – zumindest nicht in der Höhe, in der er auf dem Hintern umherhoppelte. Er schwitzte am ganzen Körper und wusste genau, dass es wohl nur eine Möglichkeit gab: Der Türrahmen hatte natürlich Ecken, und er hoffte, dass diese kantig genug wären für den Zweck, den er im Sinn hatte. Die Tür war nur wenige Meter von ihm entfernt, und er musste nicht besonders leise sein, als er sich ihr näherte, denn der infernalische Lärm betäubte ihm fast die Ohren, obwohl er nur im Nebenraum war. Diejenigen, die dort drüben direkt vor den Lautsprechern tanzten – oder wie auch immer man es nannte, wenn sich tumbe Glatzen zu wummernden Bässen und animalischem Gebrüll im Takt bewegten –, mussten schon längst taub sein.

Er erreichte den Türrahmen, und tatsächlich war er nur aus Beton gegossen. Die Kante musste die Stricke durchtrennen können, wenn er nur lange genug scheuerte.

Drei Minuten später hatte Hartinger die Hände frei. Er gönnte sich und seinen Schultergelenken keine Zeit, die Verspannungen zu lösen, sondern warf sich schnell auf den Rücken, streckte die Beine nach oben und rieb die Beinfessel an der Betonkante.

In dem Moment, in dem er spürte, dass er nur noch ein paar Fasern der Nylonschnur zu durchtrennen hatte, wurde die Tür aufgerissen. Er wurde geblendet, dann erkannte er den Schatten eines riesigen Mannes, und gleich darauf spürte er den Tritt mit dem Springerstiefel in seinen Rippen, der ihm die Luft zum Atmen nahm.

Kapitel 22

Dorothee Allgäuer hatte schlecht geschlafen, aber das war nichts Besonderes. Albträume überfielen sie von Zeit zu Zeit, und ihre Therapeutin nahm diese als Zeichen, dass es bergauf mit ihr ging. »Heilungsschmerzen der Psyche«, hatte sie sie genannt, »es ist so wie bei einer Wunde, die juckt, wenn sich die Haut über ihr wieder schließt.«

Doch die Träume der vergangenen Nacht waren anders als die üblichen, denn sie selbst kam nicht darin vor. Als sie schweißgebadet morgens um halb sechs aufwachte und versuchte, die letzten Traumfetzen in das Wachbewusstsein hinüberzuretten, sah sie ganz deutlich Karl-Heinz Hartinger. Er war in einer Art Hölle, es gab Feuer, Rauch, und ein seltsamer Gestank bildete sich im Rachen von Dorothee Allgäuer. Das schmerzverzerrte Gesicht, das sie sah, ließ keinen Zweifel: Hartinger verspürte Qualen. Höllenqualen? Was hatte der Traum zu bedeuten, fragte sie sich. Erkannte ihr Unterbewusstsein eine Schuld des Karl-Heinz Hartinger an dem, was ihr widerfahren war, und wollte es, dass er dafür bestraft wurde, dass er dafür in der Hölle schmorte?

Nein, das durfte nicht sein, er konnte nichts dafür. Er war es, der sie gerettet hatte. Sie musste das unbedingt mit ihrer Therapeutin besprechen, denn so wollte sie auf keinen Fall denken. Nicht einmal im Traum. Wie sollte sie jemals eine Beziehung zu diesem Mann aufbauen, wenn sie so etwas dachte? Oder war es schon wieder ein Fehler, sich und ihrem Unterbewusstsein das Denken in irgendeine Richtung verbieten zu wollen? Gefährdete sie damit den Therapieerfolg?

»Mein Gott«, sagte sie laut zu sich, »dieser ganze Psychokram. Ich werde meine Therapeutin fragen, und sie wird zurückfragen: ›Was meinen Sie dazu?‹«

Wie gerädert stand sie auf, obwohl sie noch eine halbe Stunde im Bett hätte verbringen dürfen, bis der Wecker um sechs klingelte. Immer seltener brauchte sie den zum Aufwachen, zumal seit sie – auch das, um die Therapie zu beschleunigen – auf Alkohol verzichtete. Sie ging um zehn Uhr abends ins Bett und wachte von allein wieder rechtzeitig bei Tagesanbruch auf.

Sie stieg unter die Dusche und ließ das heiße Wasser eine gefühlte Ewigkeit lang über ihren Körper rinnen, so als könnte sie sich damit den schlechten Traum aus den Poren waschen. Doch das gequälte Gesicht Karl-Heinz Hartingers verschwand nicht. Wenn sie die Augen schloss, war es da. Was hatte das zu bedeuten? Das Bild war so stark, dass es auch nicht verschwand, als sie nach dem Abtrocknen die Zähne putzte und als sie die Augen schloss, um den Lidschatten aufzutragen. Immer war da Hartingers schmerzverzerrtes Gesicht. Sie ließ das Handtuch, das sie um den Körper geschlungen hatte, einfach auf die Fliesen des Bades fallen, ging in die Ankleide, schlüpfte in Unterwäsche, und als sie die Strümpfe an den Haltern befestigte, konnte sie einfach nicht mehr so tun, als wäre da nichts.

Sie ließ das graue Kostüm auf dem Bügel hängen, ging hinaus in den Flur und griff sich ihr Mobiltelefon vom Sideboard. Es hatte keinen Sinn, ihn anzurufen um diese Uhrzeit, niemals würde er rangehen, aber wie ferngesteuert drückte sie die Tasten. Tatsächlich. Hartingers Telefon war nicht einmal eingeschaltet, die Mailbox kam sofort. Ausnahmsweise hinterließ sie eine Nachricht, was sie sonst nie tat, denn der Angerufene würde ja sehen, wer versucht hatte, ihn zu erreichen, und sich schon melden. »Gonzo, ich mach mir Sorgen. Melde dich. Ciao, Dotti.«

Mit diesem Anruf konnte sie sich aber nicht beruhigen – eher war das Gegenteil geschehen. Sie zog in der Ankleide Bluse und den Rock des Kostüms an, machte einen Abstecher in die Küche, um die silbrige italienische Espressokanne mit Wasser und Pulver zu befüllen und auf den Herd zu stellen. Dann ging sie ins Bad zurück und föhnte sich die langen braunen Haare. Als sie damit fertig war, trug sie den Rest der Schminke auf, Kajal, Rouge, Lippenstift – sie hatte kein festgelegtes Ritual, sondern hielt mehr davon, die Reihenfolge zu wechseln, um nur ja keine Routine in ihr Leben zu lassen. Ach ja, Deo. Sie knöpfte sich die Bluse wieder auf und fuhr mit dem Roller unter den Achseln herum. Mittlerweile kochte die Bialetti in der Küche über, und sie stürzte hinüber, um zu retten, was zu retten war.

Nach der ersten Tasse Espresso war es Viertel nach sechs – konnte sie es um diese Uhrzeit wagen, bei Katharina Mitterer anzurufen? Oder bei Albert Frey? Sie entschied sich für Frey, nicht weil der mit höherer Wahrscheinlichkeit bereits wach war, sondern weil sie nicht unbedingt darauf erpicht war, mit der Frau in Kontakt zu treten, mit der Hartinger ein gemeinsames Kind hatte.

Auch Freys Handy war offenbar ausgeschaltet, bei ihm meldete sich die Ansagerin der Telekom und bat darum, eine Nachricht zu hinterlassen. Sie erzählte von ihrem schlechten Traum und dass sie sich Sorgen um den Hartinger machte und bat Frey, sie doch bitte zurückzurufen.

Und was nun? Doch auf dem Mittererhof anrufen? Wach war Kathi Mitterer auf jeden Fall um diese Uhrzeit, das war klar, denn sie musste dem Anton ja Frühstück machen, bevor der auf seinem Moped, das er erst im Sommer gegen das Mountainbike getauscht hatte, in die Schule nach Garmisch-Partenkirchen die steile Strecke von Graseck hinabdüste. Das immerhin wusste Dorothee Allgäuer über das Leben der anderen, die so weit weg schienen, obwohl doch der Ort unter der Alpspitze nur eine Stunde Fahrzeit entfernt lag.

Sie öffnete den Browser im Tablet, das auf dem Küchentisch lag, und gab Name und Adresse in die Telefonnummernsuche ein. Die dreistellige Garmisch-Partenkirchner Nummer erschien eine halbe Sekunde später. Sollte sie wirklich …? Oder lieber doch erst noch einmal auf Hartingers Handy …? Nein, das hatte ja gar keinen Zweck um diese Uhrzeit. Aber was sollte sie denn zu Kathi Mitterer sagen? »Ich habe schlecht von Ihrem Kindsvater geträumt«? Was würde die Angerufene antworten? »Willkommen im Klub«?

Sie überlegte hin und her. Es war doch wohl kompletter Quatsch, die Leute da in Garmisch aufzuscheuchen, weil sie mit ihrem Psychohaushalt nicht zurande kam. Und dann gerade jetzt die Morgenabläufe zu stören, wenn die Frau Mitterer den Sohn fertig machte? Nein, sie würde es vom Büro aus noch einmal bei Hartinger und dann bei Frey versuchen, später, gegen Mittag, und wenn dann immer noch niemand erreichbar wäre, könnte sie immer noch den Mittererhof anklingeln.

Sie klickte das Tablet wieder aus und legte das Telefon auf das Küchenbüfett, bevor sie in der Ankleide ihre Kostümjacke schnappte, ihre Füße in die Pumps zwängte, den Schlüsselbund vom Sideboard im Flur nahm und durch die Wohnungstür in Richtung Lift verschwand, der sie in den Fahrradkeller bringen sollte.

Das Klingeln des Handys auf dem Küchenbüfett hörte sie nicht mehr.

Kapitel 23

Albert Frey glaubte nicht an Wunder, nur an Zufälle. Doch er konnte auch nicht glauben, dass Dorothee Allgäuer zufällig in dem Moment eine Nachricht auf seinem Mobiltelefon hinterlassen hatte, als er begann, sich ernsthafte Sorgen um Karl-Heinz Hartinger zu machen. Vor drei Tagen hatte er ihn zum letzten Mal gesehen, als er ihn über die Uranklötzerl informiert hatte. Sicherlich war Hartinger schnurstracks zum alten Polsterer nach Garmisch padeliert, um mehr aus ihm herauszukriegen. Frey wusste, dass dabei nicht viel herausgekommen sein konnte, denn der Polsterer hatte seine Geschichte schon seit Jahrzehnten überall im Ort verbreitet. Das letzte Mal in dem Artikel im Tagblatt vor einigen Wochen.

Als Zehnjähriger war er unter die Plane des Lasters gekrochen, den ein paar Wehrmachtssoldaten in der letzten Aprilwoche des Jahres 1945 in Garmisch in der Nähe des polstererschen Hauses im Schatten eines Holzschuppens abgestellt hatten, bevor sie das Weite gesucht hatten. Der kleine Franz hatte eine der auf der Ladefläche befindlichen Kisten aufgebrochen, was für einen Zehnjährigen eine bemerkenswert mutige Tat gewesen war, hatte etwas enttäuscht die Klötzerl gefunden, die offenbar leider nicht aus Gold waren, ein paar davon entwendet und nachts zusammen mit ein paar Spezeln über den Mohrenplatz geschmissen, wo sie so hübsche Funken geworfen hatten, wenn sie auf das Kopfsteinpflaster schlugen. Das hatte sich prompt herumgesprochen, drei Tage später waren die Amis da gewesen, hatten seine Klötzerl beschlagnahmt und den Laster gleich dazu. Nur den Holzschuppen gab es heute noch, und den Polsterer selbstverständlich, doch der Erste würde den Zweiten bald überdauert haben.

Albert Frey hatte von Hartinger nichts mehr gehört, obwohl er seit dem gestrigen Tag versuchte, ihn auf dem Mobiltelefon zu erreichen. Er wollte ihm mitteilen, dass er seine Kopien der Akten des US-Geheimdienstes noch einmal studiert und dazu das Buch des Engländers über das Nazigold quergelesen hatte. Ein paar Namensgleichheiten waren ihm aufgefallen. Diese Parallelitäten waren aber keine Sensationen. Natürlich waren dieselben Männer sowohl mit dem Nazigold als auch mit dem Naziuran beschäftigt gewesen. Frey wollte Hartinger einfach wissen lassen, dass er sich mit dem Fall beschäftigte, vielleicht als Daseinsberechtigung, die er als Pensionist ab und an erbringen zu müssen glaubte.

Hartinger war sicher in München bei dieser attraktiven, intelligenten und lebenslustigen Pathologin. Selbst in der Redaktion des Tagblatts hatte Frey zweimal angerufen, um eine Nachricht zu hinterlassen. Der Herr Hartinger sei derzeit freigestellt, um einem Spezialauftrag nachzugehen, hatte ihn ein Praktikant wissen lassen. Frey wusste natürlich um diesen Spezialauftrag; Hartinger sollte diesem reichen Internetfuzzi die Gegend zeigen. Als ob es nicht schon genug absonderliche Gestalten im Werdenfelser Land gäbe.

Auch seine Nichte Kathi Mitterer hatte keine Auskunft über den Verbleib ihres Verflossenen geben können, also hatte dieser nicht unter ihrem Dach Unterschlupf gesucht. Dies untermauerte die Pathologinnen-These.

Was sollte Albert Frey tun? Die Nummer von Kurt Weißhaupt in München hatte er nicht. Er wusste, dass dieser täglich in Schumann's Bar anzutreffen war, aber hatte es Sinn, dort anzurufen und nach ihm zu fragen? Würden die Kellner seine Nachricht weitergeben?

Er hatte es gelassen, er könnte immer noch ins Auto steigen und einen Ausflug nach München unternehmen, wenn Hartinger bis morgen nicht auftauchte. Er kam zu dem Schluss, dass sich Karl-Heinz Hartinger schon bei ihm melden würde, wenn er etwas bräuchte. Wie das bei den jungen Leuten halt so üblich war.

Als er an diesem Morgen aufstand, sein leise gestelltes Handy in der Küche blinken sah und daraufhin die Nachricht von Dr. Dorothee Allgäuer abhörte, die ihm von einem bösen Traum erzählte und dem daraus resultierenden schlechten Gefühl, das Schicksal des Karl-Heinz Hartinger betreffend, war er erst recht beunruhigt. Die Pathologin machte nicht den Anschein, eine Esoterikerin zu sein, die täglich erst nach ausgiebiger Traumdeutung das Haus verließ.

Er versuchte, sie zurückzurufen, doch es ging niemand ran, also sprach er ihr eine Nachricht auf die Mailbox, in der er seine Sorgen bezüglich Hartingers Verschwinden zum Ausdruck brachte und auch die alte Geschichte mit dem Naziuran erwähnte.

Dann beschloss er, die Suche nach Karl-Heinz Hartinger selbst in die Hand zu nehmen. Er verließ das Haus, setzte sich in den altersschwachen roten Passat und fuhr hinüber nach Garmisch und zum Polsterer-Anwesen.

Der Opa sei nicht da, urologischer Eingriff in München, und die Eltern bei der Arbeit, sagte ihm der Enkel, der die Türe öffnete. Auf die Frage, was der Halbwüchsige denn zu Hause mache, mitten unter der Woche, bekam Frey zur Antwort: »Playstation halt. Sind ja Herbstferien.«

Vierzig Jahre im Schuldienst hatten Albert Frey mit einem siebten und achten Sinn für Ausreden und Schwindeleien ausgestattet. Wie ein Lügendetektor konnte er Körperhaltung und Mimik des Burschen genau interpretieren: Bei der Antwort hinsichtlich der Playstation und der Ferien hatte er die Wahrheit gesagt, bei der Antwort Urologie und München hatte er gelogen.

Frey fuhr beim Tagblatt vorbei, erhielt auch dort von höherer Stelle keine weiterführenden Auskünfte als vom Praktikanten. Nur von der Lokalredakteurin den Auftrag, einmal wieder eine nette Geschichte über die Burgruine Werdenfels zu verfassen, mit Weißer Frau, die da spuke, das passe doch so gut in die Ausgabe vor Halloween.

»Sie meinen ›Allerheiligen‹«, entgegnete Frey naserümpfend, nahm aber den kleinen Schreibjob an. Obwohl er lieber einmal wieder einen ordentlichen Riemen über zu Unrecht vergessene Bürgerinnen und Bürger Garmisch-Partenkirchens gedruckt gesehen hätte. Die Redakteurin vertröstete ihn auf den Sommer.

Albert Frey klapperte noch einmal das Posthotel ab, wo ihm tatsächlich der zum Joggen gerade aufbrechende Oliver Klammert mitsamt seinem riesigen Hund aus der Eingangstür entgegenkam. Frey stellte sich kurz vor, erhielt auf die Frage nach Hartinger die Antwort, Klammert habe ihn seit zwei Tagen nicht mehr gesehen, doch er finde inzwischen seine Routen auch alleine. »Grüßen Sie ihn schön von mir«, bat der Unternehmer. »Wir könnten auch mal wieder eine neue Strecke austesten, die ich mir überlegt habe.« Dann trotteten Herr und Hund im gemächlichen Laufschritt die Ludwigstraße hinunter und bogen in die Sonnenbergstraße ein.

»So, jetzt reicht's«, sagte Frey und steuerte die Polizeiinspektion in der Münchner Straße an.

Kapitel 24

»Den Hartinger vermisst melden?« Ludwig Bernbacher hatte Albert Frey in sein Büro gebeten. Den stadtbekannten Hobbyhistoriker, der beinahe so oft in der Zeitung war wie der Bürgermeister, ließ jemand wie Bernbacher nicht in der Wachstube bei seinen niederbayerischen und ostzonalen Subalternen herumstehen. »Wie meinen S' das, Herr Frey? Wer vermisst denn den?«

Albert Frey wusste nicht, ob Bernbacher das lustig meinte. Er hatte sich vorgenommen, ruhig und sachlich zu bleiben, obwohl ihm als Altachtundsechziger, der während seines Studiums in die SPD eingetreten war und während der Schwabinger Krawalle sogar einmal eine Trambahn in München blockiert hatte, durchaus die Lust überfallen konnte, gegen die vor fast fünfzig Jahren einmal verhasste Staatsmacht aufzubegehren. Aber mei, die Staatsmacht saß ihm halt in Form des Ersten Polizeihauptkommissars Ludwig Bernbacher gegenüber. In dessen Zehnte-Klasse-Zeugnis hatte er vor dreißig Jahren eigenhändig geschrieben: »Der Übertritt ins Berufsleben wird empfohlen.« Was die Eltern des unbegabten Schülers prompt in die Tat umgesetzt hatten. Da er nach zahlreichen Ehrenrunden als Achtzehnjähriger die zehnte Klasse verlassen hatte, ließen sie ihn nach dem Grundwehrdienst bei den Gebirgsjägern die Uniform eines bayerischen Polizisten tragen. Frey fühlte sich mitschuldig daran, dass Bernbacher nun Polizeichef von Garmisch-Partenkirchen war. »*Ich* vermisse ihn«, antwortete er.

»Also ich nicht«, gab Bernbacher zu. »Und ich wüsste nicht, wer das außer Ihnen hier tut.«

»Hör zu, Ludwig, ich bin sicher, dass etwas passiert ist.

Wenn du nicht willst, dass dir später da etwas gewaltig leidtut, dann handle.«

»Ja mei, verstehen S', Herr Frey, wenn da kein Anfangsverdacht auf eine Straftat besteht … Also, dann wird's echt schwierig. Weil wir leben in einem freien Land. Jeder kann da hingehen, wo er mag.«

Freys Augen verengten sich zu engen Schlitzen. Als hätte er einen Oberschüler bei der Vorbereitung eines Spickzettels für die Abiturprüfung erwischt, sagte er mit eiskalter Stimme: »Auch auf die Gefahr hin, mich zu wiederholen: Wenn du nicht willst, dass dir später da etwas gewaltig leidtut, handle. Handle schnell.«

»Herr Frey, bei allem Respekt: Mit was drohen Sie mir denn da?«

»Fachaufsichtsbeschwerde.«

»Ah, gehen S' zu, Herr Frey. Wir beide sind Beamte des Freistaats Bayern. Ich meine, ein pensionierter Beamter und ein amtierender …«

»… Depp. Ein staatlich bestellter Hornochse, aber da erzähl ich dir ja nichts Neues, Ludwig, das haben wir ja Schwarz auf Weiß, dass es bei dir da oben nicht weit reicht.«

Bernbacher war so eine Respektlosigkeit schon lange nicht mehr entgegengebracht worden. Und in seinem eigenen Büro noch nie. Er schluckte.

»Oder soll ich mal die Deutsch-Schulaufgaben vom Speicher holen?«, fuhr Frey fort. »Hast du dich eigentlich jemals gefragt, was die Lehrer damit machen?«

Bernbacher glotzte wie der Hornochse, als der er betitelt worden war.

»Andere Lehrer zünden damit das Kaminfeuer an. Ich jedoch«, Frey zeigte auf seine dünne Aktentasche, die er immer bei sich trug, »ich habe alles aufgehoben. Jede Ex, jede Schulaufgabe, jede Klausur.«

Bernbacher fiel auf den Bluff herein. Es musste niemand wissen, dass er damals nur mit größter Müh und Not überhaupt ein Abschlusszeugnis erhalten hatte. Gerade in Deutsch waren seine Leistungen nicht als solche zu bezeichnen gewesen. Orthografie, Interpunktion, Grammatik, Wortschatz: Die einzige Konstante in den schriftlichen Absonderungen des Schülers Ludwig »Nudel« Bernbacher war seine vollkommene Inkompetenz gewesen. Allenfalls für einen Werbetexter hätte seine sprachliche Ausdrucksfähigkeit gereicht, wäre er nicht in die Fußstapfen seines Vaters und Großvaters gestiegen, um Karriere im Ordnungsdienst des Freistaats zu machen. »Sie meinen, dass Sie …¿«

»Jedem Menschen in diesem Ort werfe ich eine Kopie deiner gesammelten Werke in die Briefkasten, darauf verlass dich. Ich mach eine Internetseite mit deinen Schmierereien auf. Und warte«, Frey tat so, als würde er die Schließe der Aktentasche öffnen, »eine Entschuldigung aus der zehnten Klasse hab ich von dir aufgehoben. Du warst da schon achtzehn, was Bände spricht.« Er kramte in der Tasche herum. »›Ich konnte am Montagmorgen nicht in die Schule kommen, weil ich am Sonntagabend einen Auftritt mit der Paulaner Bluesband gehabt habe.‹ Das steht so ähnlich da drauf. Warte, ich find den Zettel.«

»Lassen Sie's gut sein, Herr Frey. Wenn Sie meinen, dann machen wir jetzt halt eine Vermisstenanzeige.«

»Brav.«

Bernbacher nahm einen Vordruck aus der Schreibtischschublade und spannte ihn in die Schreibmaschine. Als er die zweifelnden Blicke Freys bemerkte, sagte er: »Digitalisierung kommt. Irgendwann.«

»Ich will eine Kopie. Mit Stempel und Unterschrift, Ludwig.«

»Kopien kann unser Fax. Wahrscheinlich. Müssen wir

die Natalie fragen, die ist unser Netzwerk«, sagte Bernbacher. Dann begann er, die Personendaten des Karl-Heinz Hartinger ungelenk in die Maschine zu tippen. Er kannte die Daten auswendig, was Frey nicht überraschte. Als er damit fertig war, fragte er: »Und was ist denn Ihrer Meinung nach passiert?«

»Er wurde entführt«, sagte Frey voller Überzeugung, die er in diesem Moment tatsächlich auch verspürte.

Bernbacher stierte auf das Schriftstück in der IBM-Maschine vor sich. Der Frey wusste auch alles. Oder: einiges. Jetzt nur nichts anmerken lassen. »So ein Schmarrn, Herr Frey, wie kommens denn da drauf?«

»Ich habe ihm da eine Geschichte von früher erzählt. Die mit dem Franz Polsterer.«

Bernbacher lachte kurz auf.

»Was ist da so lustig?«, fragte Frey empört.

»Na, Sie werfen da was durcheinander«, sagte Bernbacher amüsiert. »Der Polsterer ist entführt worden, nicht der Hartinger. Der …« Bernbacher verstummte schlagartig und wurde käseweiß. Er hatte da gerade nicht aufgepasst und den Überblick darüber verloren, was wer wissen konnte und durfte.

Frey stutzte. »Der Polsterer wurde entführt?«

Bernbacher schoss das Blut in den Kopf. Schnell winkte er ab. »Naa, da … Jetzt habens mich falsch verstanden.«

»Jedenfalls ist er nicht mehr da, der Polsterer, das stimmt«, murmelte Frey. »Ich wollt ihn grad besuchen, um nach dem Hartinger zu fragen. Der wollt nämlich mit dem Polsterer reden. Aber er ist auch weg, der Polsterer Franz. Angeblich Operation in München. Untenrum, du weißt schon. Aber das finde ich raus, mein Lieber. Ich hab auch meine Kontakte.«

»Herr Frey, mit Verlaub«, sagte Bernbacher. »Was Sie da erzählen, ist dünn, das Ganze, sehr dünn.«

»Sehr dünn?«, tobte Frey. »Ich schicke den Hartinger zum Polsterer, und jetzt erfahr ich, dass der Polsterer entführt wurde – von wegen: ich hab dich falsch verstanden –, und der Hartinger ist auch spurlos verschwunden – und du nennst das dünn? Warum weiß niemand was von der Sache mit dem Polsterer?«

»Naa, also jetzat … Wir haben da nur unsere Anhaltspunkte, also, ich darf's nicht sagen, Herr Fey. Aus polizeitaktischen Gründen«, behauptete Bernbacher. »Sie müssen darüber schweigen, Herr Frey. Sonst … sonst bringen wir den Polsterer in Gefahr und vermasseln alles, ehrlich.«

Albert Frey nickte widerwillig. Dennoch sagte er sehr eindringlich: »Ludwig. Ich flehe dich an, was auch immer da los ist: Such auch nach dem Karl-Heinz Hartinger. Er hat dem Bürgermeister damals das Leben gerettet. Er ist ein guter Kerl, Ludwig. Mehr kann ich nicht vorbringen.«

Bernbacher drehte sich vom Beistelltisch, auf dem die Schreibmaschine stand, zurück zur hellgrauen Plastikplatte seines Schreibtisches. Die traurige Ernsthaftigkeit, mit der Frey seinen Appell vorgebracht hatte, hatte in ihm eine Saite zum Klingen gebracht. Zumindest hielt er es für angebracht, so zu tun, als ob. Ohne eine Handlungsabsicht erkennen zu lassen, würde er den alten Frey nie aus seiner Amtsstube bekommen. Feierlich nahm Bernbacher Freys Hand in die seine und sagte: »Ich verspreche es meinem alten Lehrer.« Er langte wieder hinüber zur Kugelkopf-IBM und riss das Formular aus der Walze. Dann zerriss er es in kleine Fetzen. »Diese Vermisstensuche wird zur Chefsache erklärt. Verlassen Sie sich auf mich. Nur tun Sie uns allen – und vor allem dem Hartinger und dem Polsterer und nicht zuletzt sich selbst – doch den Gefallen: Reden Sie mit keinem Menschen darüber. Das ist Polizeiarbeit, bei der die Öffentlichkeit nur stört. Und zudem gefährliche Polizeiarbeit, mein lieber Herr Frey.«

Frey nickte, stand auf und bedankte sich. Mehr konnte er in diesem Moment nicht tun. Außer vielleicht alte Akten zu studieren.

Er verließ die Polizeistation, setzte sich in seinen Volkswagen und fuhr zum Rathaus. Ein paar Kartons aus dem Marktarchiv würden ihn ablenken.

Kapitel 25

Kaum hatte Albert Frey die Polizeiinspektion verlassen, schwang sich Ludwig Bernbacher ebenfalls ins Auto, und auch er fuhr hinüber zum Rathaus. Das, was er mit dem Bürgermeister zu besprechen hatte, war zu sensibel für eine Telefonleitung, das war selbst ihm klar.

Bernbacher wurde von Bürgermeister Meiers Sekretärin Christina Mauereder sofort vorgelassen. Er schilderte Meier den Besuch des Pensionisten Frey und wie sauber er ihn abgefangen habe. Unerwähnt blieb sein Verquatscher mit der Entführung des Polsterer Franz.

Sein Stolz war nicht zu überhören, doch Meier würdigte die Leistung Bernbachers mit keiner Silbe. Ihn plagte der Gedanke, dass es sich herumsprechen könnte, was in Garmisch-Partenkirchen los war. Er klickte sich während des Vortrages seines obersten Polizisten durch die Internetseite des Lokalhistorikers Albert Frey. Schon einmal hatten die um den Tourismus besorgten Honoratioren Garmisch-Partenkirchens tapfer gegen die braune Bande gekämpft. In den Archiven der Gemeinde und des Tagblatts fanden sich Unterlagen, die Albert Frey auf seiner spartanisch gestalteten, aber umfassend recherchierten Internetseite zeigte. Das Garmisch-Partenkirchner Tagblatt titelte 1928: »Die Völkischen als Störer des Fremdenverkehrs«, und hoffte, »dass bei den Wahlen am nächsten Sonntag möglichst keine einzige Stimme für die Hitlerpartei abgegeben wird.«

Schön wär's gewesen, dachte sich Meier. Wie er staunend anerkannte, erzielten in diesem Jahr die Nationalsozialisten nur 5,1 Prozent der Stimmen im Wahlbezirk Garmisch. Der Partenkirchner SPD-Bürgermeister Schütte – Meier verzog das Gesicht; ein SPD-Bürgermeister in Partenkirchen, was für verrückte Zeiten! – hatte sich gemeinsam mit den besonnenen Bürgern der noch nicht vereinigten Ortschaften Garmisch und Partenkirchen gegen die Hitlerei gewehrt. Immer öfter kamen braune Parteifunktionäre aus München und hielten flammende Reden gegen das Judentum in den Wirtshäusern der Provinz. Das Gebrüll fiel bei Bauern und Arbeitern nicht auf unfruchtbaren Boden. Als das mondäne Grand Hotel Sonnenbichl von der völkischen Presse als »Judenbichl« verunglimpft worden war, hatte dessen damaliger Besitzer den Aufstand geprobt. Da er Vorsitzender des Gastgewerbevereins gewesen war, hatte er ein Wörtchen in der Lokalpolitik mitzureden gehabt. Er war strikt gegen die Plakate »Juden haben keinen Zutritt«, die bereits Jahre vor der sogenannten Machtergreifung an den Eingängen so mancher Sportstätten, Lokale und Geschäfte prangten. Freilich stand der Mann auf verlorenem Posten. Die Propaganda bewirkte innerhalb weniger Jahre, dass bei den Reichstagswahlen im Mai 1933 eine absolute Mehrheit in Garmisch die NSDAP wählte – in Partenkirchen wurde die Fünfzig-Prozent-Marke nur knapp verfehlt.

Doch das alles war so lange her, es wurde nur noch zu Gedenktagen aus der Erinnerung gekramt. Und hatte nicht Meier selbst die eine oder andere Aktion unterstützt, hier ein Mahnmal, dort eine Ausstellung mit kleinen Beiträgen gefördert? Jetzt sollte dieser braune Müll wieder ausgegraben werden? Ausgerechnet jetzt, da die Bewerbung um die Olympischen Winterspiele zum zweiten Mal gescheitert war, da sowieso die Luft in Garmisch-Partenkirchen erst einmal raus war? Und in dieser Situation wurde in eben diesem Hotel Sonnenbichl ein toter österreichischer Neonazi gefunden? Nur gut, dass die Provienenz des Toten vom Dachboden des Hotels noch immer nicht durchgesickert war.

Freilich galt Meiers Sorge nicht nur dem Ruf seiner Doppelgemeinde. Ein lukrativer Immobiliendeal stand auf dem Spiel. Ein gigantischer Immobiliendeal. Doch das wussten bislang nur er und ein gewisser Oliver Klammert.

»Du musst endlich was unternehmen, Ludwig. *Wir*, die anständigen Bürger Garmisch-Partenkirchens, müssen etwas unternehmen, sonst platzt hier alles«, orakelte der Bürgermeister.

»Aber vielleicht ist es auch nicht schlimm, ich meine, die gibt's halt amal, diese Nazis, so ein paar versprengte Deppen, wennst mich fragst.«

»Dich fragt aber keiner, Ludwig. Ich spreche von großen Zusammenhängen. Von der Weltpresse, von – ja, mein Lieber – von der Welt als solcher. Wenn die mitbekommt, was hier los ist, dann … dann ist aber was los, das kann ich dir sagen. Nicht auszumalen …«

Meier verstummte, und auch Bernbacher grübelte wortlos. Das gab dem Bürgermeister Zeit, sich den Text eines Wahlplakates von 1925 durchzulesen, den Albert Frey akribisch auf seiner Webseite transkribiert hatte:

Man schrieb bei der letzten Wahl Hotelbesitzern von Garmisch viel Briefe aus jüdischen Kreisen, von welchen uns der nachstehende als Warnung vor unüberlegter Stimmzettelabgabe wiederholt wird:

»Ich danke Ihnen für die Übersendung des Prospektes, kann aber Ihrer freundlichen Einladung nicht Folge leisten. Ich erkenne gern an, daß wir vor einigen Jahren in Ihrem Hause vorzüglich aufgehoben waren und daß von der Leitung alles geschieht, um die Gäste zufriedenzustellen. Es ist mir auch bekannt, daß die Verwaltung von Garmisch-Partenkirchen alles zum Schutze der dort weilenden Gäste tut. Wenn ich trotzdem mit meiner Familie und meinen Freunden nicht nach dort kommen kann, so geschieht das, weil ich als jüdischer Deutscher, der sich in nationaler Gesin-

nung von keinem Menschen übertreffen läßt und der seinen Stammbaum im Rheinland bis zum Jahre 1634 nachweisen kann, wenn ich zur Erholung wegreise, meine Ruhe haben und nicht, wie es in Bayern geschieht, durch eine Unmenge Plakate und Zeitungen mich beleidigen lassen will. Ich hoffe, daß in unserem schwer geprüften Vaterlande bald wieder ruhigere Zeiten eintreten werden und daß auch die Zeit kommen wird, in der man die schöne Natur in Garmisch-Partenkirchen wieder genießen kann.«

Ausgleich der Meinungen, Überwindung der Gegensätze, Zusammenfassung der Kräfte. Nicht Herrschaft der Partei ist der Sinn gerechter Gemeindeverwaltung!

Wählt keine Splitterparteien!

Meier klickte die Webseite zu und machte ein zerknirschtes Gesicht. Hätten doch die Leute damals solche Plakate ernst genommen. Ohne diese Nazis wäre er heute Bürgermeister eines Fremdenverkehrsortes vom Kaliber eines St. Moritz. Überall stünden Grandhotels des alten Schlages herum. Auf der Zugspitze würden Kaviar und Champagner angeboten anstelle von Currywurst und Bier. Seine Bezüge wären sicher doppelt so hoch. Und die Einnahmen aus seinen Immobiliengeschäften erst …

Bernbacher riss ihn aus seinen Träumen, indem er sagte: »Aber bis jetzt weiß es doch noch keiner. Die Nachrichtensperre funktioniert doch.«

»Denk an die Familie vom Polsterer. Bis jetzt halten sie die hin, mit irgendwelchen Versprechungen und Drohungen von wegen, wenn es durchsickert, gefährdet das die Ermittlungen. Hast ja selbst gesehen: Der Frey, das Gscheidhaferl, hat's auch erschmeckt. Wenn der plappert … Es ist doch nur eine Frage der Zeit. Der Frey hat da diese Internetseite. Da, schau her, ich bin gerade drauf. Lauter alten Nazischmarrn kocht der da auf. Jetzt muss doch endlich mal ein Schlussstrich gezogen werden, muss doch da. Wir können doch nicht ewig büßen für die Tat dieses Österreichers. Mein Gott, bald hundert Jahre her, die wären doch eh alle tot mittlerweile. Auf alle Fälle: Der Frey kann das in die ganze Welt hinaustragen. Der tut sich mit dem alten Englischlehrer zusammen, mit dem gspinnerten Apfelzüchter, und dann übersetzen die das auf Englisch, und am nächsten Tag liest's das IOC, die UN und der Jüdische Weltkongress.« Meier wuchtete sich aus seinem Chefsessel und durchstreifte sein Büro auf der Suche nach einer Lösung. »Nicht auszumalen, nicht auszumalen …« Er baute sich vor Bernbacher auf. »Also finde du mir diese Nazis. Und entsorg sie gefälligst geräuschlos!«

»Wie meinst jetzt ›entsorgen‹?« Bernbacher musste die grüne Dienstkrawatte lockern und den Kragen des Uniformhemdes aufknöpfen. Sollte er als Polizist diese Leute vielleicht umbringen und im Wald verscharren? War der Bürgermeister komplett durchgedreht?

»Häng ihnen was an, eine Kleinigkeit, was weiß ich. Die haben doch sicher irgendeinen Dreck am Stecken, illegale Verbreitung von volksverhetzenden Schriften. Sie betreiben wahrscheinlich einen Handel damit, das ist dann organisierte Kriminalität, und dann schickst du sie nach Stadelheim. Ich will nur, dass das alles aufhört.«

»Aber wenn doch die vom LKA und vom BKA schon dran sind …«

»Ich hab's schon mal gesagt: Auf die verlass ich mich keine Sekunde. Hernach hängen die das an die große Glocke, wenn sie die Bande auffliegen lassen, wegen Abschreckung oder aus Geltungssucht. Man kennt die ja. Da gibt es genug Leute, die sich gern vor den Kameras präsentieren und einen Fahndungserfolg für die nächste Karrierestufe gut gebrauchen können. Ich kenne diese Art von Menschen. Das sind alles Politiker.« Meier stutzte, denn ihm war aufgefallen, dass er sich gerade selbst beschrieben hatte. Schnell ging es wieder über Bernbacher her: »Nein, nein, Ludwig, das kannst du diesmal nicht aus deinem Verantwortungsbereich hinaus auf die lange Bank schieben. Wir müssen das selbst in die Hand nehmen.«

Bernbacher saß auf dem Besucherstuhl und machte ein Gesicht, als hätte ihm der Bürgermeister zwanzig Tonnen Sand vor die Füße gekippt und ihm einen Teelöffel gereicht, um den Haufen drei Meter zu versetzen. »Wo fang ich an?«

»Fang da an, wo es am logischsten ist. Sie werden doch den Hartinger und den Polsterer irgendwo versteckt haben. Also angenommen, der Frey hat recht, und der Hartinger ist entführt worden … Man weiß ja selbst bald nicht mehr, wem man was glauben soll und wem nicht.«

»Hm«, machte der Polizeichef und dachte angestrengt nach. »Im Skistadion? Das ist das größte Gebäude, das aus dieser Zeit noch übrig ist. Da gibt's unendlich viel Platz. Da stehen ja auch diese Heldenfiguren draußen rum.«

»Und das macht es schon zum logischen Versteck für zwei Entführte?«

»Stimmt, da könnte man auch die Nazizentrale in deinem Rathaus vermuten. Ist von 1935. Steht ja außen dran.«

»Es ist mir vollkommen egal, wo du anfängst. Hauptsache, du fängst *irgendwann* einmal an, Kruzifix. Von mir aus im Keller vom Rathaus. Wer weiß, vielleicht hast du ja recht, und die geheime Zentrale der Weltregierung ist in diesem Rathaus, gut geschützt, weil da keiner draufkommen kann, nur ein so schlauer Polizist wie du.«

Bernbacher ließ sich nicht aus der Ruhe bringen. Sein überschaubarer Denkapparat funktionierte wie der Diesel eines antiken Fendt-Traktors. Wenn er einmal warmgelaufen war, ließ er sich kaum noch stoppen. »Hm. In den alten Werkshallen in Eschenlohe im Berg. Wo man vom Tunnel aus reinkommt, weißt schon. Also, vielleicht ... Aber nein, warte, da würd ja jeder Depp anfangen zu suchen.«

»Na bitte. Dann mach's halt. Und jetzt raus, ich hab zu tun. Muss mit der PR-Agentur das Kommunikationsdesaster vorbereiten, also ich meine, Gegenstrategien, also, damit ja nichts anbrennt, wenn was anbrennt, du verstehst. Servus, Ludwig. Und Waidmanns Heil.«

Bernbacher fiel die richtige Replik auf den Jägergruß aus dem Stegreif nicht ein. Er verabschiedete sich reflexartig mit einem schnittigen »Heil!«.

Der Bürgermeister zuckte zusammen, als ob sich der Leibhaftige in seinem Büro aus einer Wolke Schwefeldampf materialisiert hätte. »Schaugst, dass d' weiterkommst!«, zischte er Bernbacher hinterher.

Kapitel 26

Dr. Dorothee Allgäuer versuchte, ihrer Arbeit nachzugehen wie an jedem Tag. Seit ihrer Rückkehr in den Dienst schnitt sie sich nicht mehr durch Leichen, sondern fräste sich durch Forschungsanträge, Budgets und Personalien. Und allmählich gefiel ihr das sogar.

An diesem Tag stand der Abschluss des Tätigkeitsberichts der vergangenen zwei Jahre für das Ministerium auf dem Programm. Es mussten noch einmal von allen Fachabteilungsleitern des Instituts Stellungnahmen eingeholt werden, ob das, was sie in den Bericht geschrieben hatte, auch der Wahrheit entsprach. Der Job wäre halb so anstrengend gewesen, hätten sich die Kolleginnen und Kollegen an Abmachungen und Termine gehalten. Sie hatte den ganzen Vormittag damit zubringen müssen, die Leute ans Telefon zu bekommen und sie freundlich, aber bestimmt an die Abgabe der Stellungnahmen zu erinnern. Sie hatte sich breitschlagen lassen, ein paar Tage Fristverlängerung zu gewähren, wissend, dass dann das Spiel von vorn losgehen würde. Aber am Freitag der kommenden Woche ging der Bericht in Druck, und was dann nicht da war, blieb draußen, sagte sie den säumigen Professorinnen und Professoren unmissverständlich. Ohne Stellungnahme keine Aufnahme des Fachbereichs in den Rechenschaftsbericht, ohne Erwähnung im Rechenschaftsbericht keine Aussicht auf Budgeterhöhung oder auch nur -gewährung. Das zog, denn ohne Moos war auch an der Universitätsklinik nichts los.

Nur mit dem Leiter der Genetik würde es Probleme geben, das war vorherbestimmt wie das Schicksal eines Geisterfahrers auf der Autobahn. Es würde zum Crash kommen. Denn der Mann hatte weder auf irgendwelche E-Mails von Dorothee Allgäuer geantwortet, noch sich auf eine ihrer zahllosen Rückrufbitten hin gemeldet. Und das seit Wochen. Auch in den Jour fixes, in denen die Abteilungsleiter einmal im Monat zusammenkamen, glänzte Professor Dr. Amadeus von Gubitz mit Abwesenheit. Der Mann war eine internationale Koryphäe und konnte es sich leisten, sämtliche Kollegen und Mitarbeiter des Instituts zu ignorieren. Seine Arbeit machte er mit herausragender Perfektion. Die kleinste DNA-Probe zauberte er aus den unglaublichsten Winkeln eines Tatortes oder einer Leiche hervor, um sie dann zu sequenzieren und zuzuordnen. Auf diese Weise hatte er bereits eine Vielzahl von Mördern hinter Gitter gebracht, die noch vor wenigen Jahren frei durch die Gegend spaziert wären.

Dorothee Allgäuer kannte den grau melierten Endvierziger eigentlich nur von den flüchtigen zufälligen Begegnungen auf den Fluren des Instituts, wenn er mit wehendem Kittel an ihr vorbeifegte. Aber an diesem Tag würde sie bei ihm vorstellig werden, und er würde für sie Zeit haben müssen. Eine Vorstellung, die ihr gar nicht missfiel. Denn Professor Dr. Amadeus von Gubitz war, den zahlreichen Presseartikeln über seine Person, den Fotos im Who's who der Webseite des Instituts und ihren Sekundenbegegnungen im Gang zufolge, äußerst attraktiv. Er entsprach mit den zehn Jahren Altersunterschied exakt ihrem Beuteschema. Es waren sogar dreizehn Jahre, wie sie aus dem Studium seiner Personalakte wusste. Als Stellvertretende Verwaltungsdirektorin hatte sie Zugang zu sämtlichen Akten des Instituts, auch zu denen, die normalerweise unter Verschluss gehalten wurden.

Sie erwischte sich immer öfter dabei, wie sie an ihrem PC den Lebenslauf und die Fotos des Mannes studierte. Natürlich war das hochgefährlich, denn wenn irgendeinmal ein

Verhältnis zwischen ihnen, in das sie sich vorerst nur hineinphantasierte, nicht nur existent, sondern vielleicht aufgeflogen sein würde, dann wäre es ein Leichtes für die Compliance-Abteilung – die Gedanken- und Gefühlspolizei der Universität –, aus ihrem PC-Nutzungsverhalten entsprechende Schlüsse zu ziehen. Natürlich zeichneten die Server nicht nur ihres Instituts jede Mausbewegung auf, die an den Rechnern in der Verwaltung der LMU getätigt wurde.

Dorothee Allgäuer selbst hatte in dem Gremium gesessen, das die Einführung eines Big-Data-Servers gutgeheißen hatte. Ja, man wollte nachvollziehen können, was das Personal einer Universität an den Terminals so trieb. Man wollte seine Leute nicht direkt überwachen, aber im Fall der Fälle seine Beweise für Fehlverhalten haben. So wie in jedem großen Unternehmen fühlte sich die Universitätsleitung wohler, wenn man bei Disziplinarverfahren handfeste Fakten vorlegen konnte. Doch obwohl sie wusste, dass der Große Bruder mitsurfte, hatte Dorothee Allgäuer immer seltener dem Drang widerstehen können, die Bilder und die Vita des schneidigen und dabei doch so zurückgezogenen Professors ausgiebig zu studieren.

Natürlich hätte sie sein Konterfei auch weiterhin nach einer einfachen Bildersuche im Internet genießen können – doch die Bilder auf dem Personalserver waren eben etwas Geheimes, Verbotenes, und das war es, was sie dabei so erregte. Außerdem hoffte sie, aus seinen Unterlagen irgendetwas … nun ja, Sexuelles herauszulesen. Einen Übergriff auf eine Studentin vielleicht, in vergangenen Zeiten, nicht explizit gerügt, aber doch in einem Zeugnis verschlüsselt erwähnt. »Sein Betragen war immer tadellos, besonderes Vertrauen genoss er bei weiblichen Studierenden …« Irgend so etwas, was darauf schließen ließ, dass auch dieser Mann seine kleinen Geheimnisse hatte. Geheimnisse, in deren Liste sie sich einreihen könnte.

Sie wunderte sich schon längst nicht mehr über sich selbst. Die Psychologin, in deren Behandlung sie seit anderthalb Jahren war, hatte ihr beigebracht, mit ihren Wünschen und ihrem Verlangen umzugehen und sie zuzulassen. Sie war immer eine Person gewesen, die das Verbotene gereizt hatte. Dass sie von einer Gruppe älterer Männer beinahe zu Tode gequält worden war, verursachte in ihrem Unterbewusstsein das Verbot, sich für Männer, ganz besonders für ältere Männer, zu interessieren – und genau das löste auf einer anderen Ebene einen umso stärkeren Reiz aus, genau das zu tun.

Sie war froh gewesen, als ihr das in den Sitzungen aufgegangen war, denn sonst hätte sie sich selbst dafür verdammt, dass sie auf diesen Professor von Gubitz so unendlich abfuhr. So aber betrachtete sie ihr gesteigertes Interesse an diesem Mann als Selbsttherapie, und dass das gesamte Institut nichts davon wissen durfte, steigerte ihr Verlangen nach dem Mann. Sie hatte bereits ein paarmal Fotos mit dem Handy aus ihrem Bürofenster davon gemacht, wie von Gubitz in seinen Maserati stieg, um dann mit dem PS-starken Flitzer davonzubrausen, und zu Hause hatte sie die verwackelten Aufnahmen im Bett zur Anstachelung ihrer Phantasie benutzt. Sie hatte sich vorgestellt, auf der lang gezogenen Schnauze des Sportwagens zu liegen, wo sie noch die Hitze des Motors in ihrem Rücken spürte, während er sie von vorn bearbeitete. Sie hatte es mittlerweile so oft mit ihm in Gedanken getrieben, dass sie genau zu wissen glaubte, wie er nackt aussah, welche Töne er von sich gab, wenn er kam, wie seine Männlichkeit beschaffen war – und alles daran gefiel ihr ausgezeichnet.

Irgendwann würde sie diese Gedankenspiele in die Tat umsetzen. Vielleicht nicht am helllichten Tag auf dem Maserati im Institutshof, was schade war, aber doch in seinem verschwiegenen Büro, zwischen den Genanalysen von Getöteten aus der ganzen Republik, zwischen Fachbüchern und Papierstapeln. Irgendwann musste der Tag kommen, sagte sie sich seit Wochen.

War dies der Tag? Die Deadline des Rechenschaftsberichts zwang sie geradewegs dazu, sich persönlich in die Höhle des Löwen zu begeben und sich das zu holen, was sie brauchte. Und das war nicht nur die Zustimmungserklärung zu den Zahlen, die sie über die Tätigkeit des Professors errechnet hatte.

Ihre Taktik sah vor, dass sie warten würde, bis die zwei Sekretärinnen, mit denen sich der Vielbeschäftigte nach außen abschottete, um Punkt Viertel nach zwölf zur Raucherpause in den überdachten Verschlag auf dem Hof vor der Kantine gingen. Natürlich gestattete von Gubitz nicht, dass seine Helferinnen gemeinsam die Mittagszeit verbrachten, denn dann wäre er allein auf sich gestellt eine halbe Stunde in seinem Büro gewesen. Was, wenn in dieser Zeit wieder eine Filmproduktion aus Amerika angerufen hätte, weil man seinen fachlichen Rat brauchte (den er sich ordentlich vergüten ließ), oder der Veranstalter einer Konferenz in Japan, der ihn als Hauptredner der Jahrestagung der Internationalen Genetiker-Vereinigung gewinnen wollte? Dann hätte er selbst ans Telefon gehen müssen, was schwierig gewesen wäre, weil er nämlich in seinem Büro kein Telefon duldete. Nicht einmal einen PC hatte der Mann dort, er schrieb grundsätzlich alles mit Kugelschreiber auf Papier oder nutzte sein Diktafon und ließ alles von seinen Damen abtippen.

Also mussten sich diese, wenn sie wenigstens fünf Minuten am Tag in Ruhe gemeinsam rauchen und dabei das männliche Personal des Instituts oder die Erlebnisse des gestrigen Abends durchhecheln wollten, heimlich im Raucherverschlag treffen, und zwar genau dann, wenn von

Gubitz sich selbst einen weißen Joghurt und etwas Salat aus der Kantine holte, was er offenbar nicht delegieren wollte.

Dorothee Allgäuer hatte dieses Ritual genauestens studiert, wobei ihr zupass kam, dass ihr Bürofenster einen unverstellbaren Blick hinüber zum Nikotiniker-Kabuff hatte. Sie konnte auch anhand der Bestückung der Parkplätze sehen, wann welcher Kollege anwesend war und wann nicht. An diesem Tag stand Professor Dr. von Gubitz' Maserati seit dem Morgen an seinem angestammten Platz.

Sie erledigte noch ein paar der Anrufe, teilweise höflich mahnend, teilweise harte Ultimaten stellend, je nach Freundlichkeit und voraussichtlicher Zuverlässigkeit des an die Abgabe der Stellungnahme zu erinnernden Kollegen. Dabei hatte sie die kleine Uhr oben rechts an ihrem PC ständig im Blick. Als dort »12:15« stand, fand sich erst die eine gubitzsche Sekretärin, nur ein paar Sekunden später die zweite im Raucherkabuff ein. Dorothee Allgäuer gestattete sich eine Hitzewallung, zog die Lippen nach, klemmte sich die Kelly Bag unter den Arm, schaute prüfend in den Spiegel über dem altmodischen Waschbecken in ihrem Büro und startete durch.

Sie wetzte auf ihren hochhackigen Schuhen hinüber in den Labortrakt, schlich sich durch das verwaiste Vorzimmer des Professors und wartete auf ihn in seinem Büro. Brav setzte sie sich auf den Besucherstuhl, den sie allerdings zunächst von allerlei Akten befreien musste. Gubitz empfing keinen Besuch, und daher war die Sitzfläche wie alle flachen Ebenen mit Papierstapeln bedeckt. Das Büro sah genau so aus, wie sie es sich immer erträumt hatte. Wozu der Mann gleich zwei Sekretärinnen beschäftigte, war ihr ein Rätsel. Denn keine von beiden hatte offenbar jemals sein Büro betreten, um seine Papiere und Akten zu sortieren. So gepflegt der Professor nach außen hin auch erschien, in seinem Arbeitszimmer herrschte das pure Chaos des Genies.

Zwei Minuten nachdem Dorothee Allgäuer den verstaubten Stapel vom Besucherstuhl genommen und auf einen anderen Stapel auf dem Schreibtisch umgebettet hatte, hörte sie durch die geschlossene Bürotüre Frauenstimmen. Die Sekretärinnen waren wieder da. Sekunden später würde der Professor mit einem Salat in der Hand durch diese Tür kommen. Dorothee klappte die Kelly auf, entnahm ihr ein Mundspray und ließ einen Schwall zwischen die Zähne zischen. Dann lehnte sie die Handtasche an ein Stuhlbein zu ihren Füßen. Vorsichtshalber öffnete sie den obersten Knopf ihrer Bluse und schopperte den Inhalt des Push-up-BHs mit beiden Händen ein wenig nach oben. Falls von Gubitz ihr unerlaubtes Eindringen in sein Refugium nicht goutieren würde, würden ihn ihre weiblichen Argumente milde stimmen. Sollte es tatsächlich gleich zum Äußersten kommen? An ihr sollte es nicht scheitern.

In dem Moment, da sie sich auf dem Stuhl noch einmal in Position rückte, ging die Tür hinter ihr auf. Sie drehte sich nicht um. Die Tür schlug zu, und Professor Dr. von Gubitz fegte an ihrer rechten Seite vorbei. Wortlos, als würde er sie gar nicht bemerken. Er setzte sich auf seinen Bürostuhl, öffnete seine Salatschachtel und stach mit der Plastikgabel hinein. Während er genüsslich kaute, starrte er schnurstracks und ungeniert in den Ausschnitt seiner Kollegin.

Seit der ersten Sekunde knisterte es zwischen beiden. Die Hochspannung konnte sich jederzeit in einem grell leuchtenden Blitzbogen entladen. Doch der Professor kaute und machte keine Anstalten, auf die Anwesenheit der ungebetenen Besucherin in irgendeiner Weise zu reagieren. Noch immer sagte er kein einziges Wort. Dorothee Allgäuer wurde es warm, doch sie war bemüht, durch keine Bewegung des Körpers ihre Erregung zu zeigen. In ihrem Unterleib begann es zu pochen. Es war lange her, dass ihr das widerfahren war. Zuletzt, als sie einem Garmischer Lokalfotografen namens Hartinger zum ersten Mal in einem italienischen Nobelrestaurant gegenübergesessen hatte.

Sie versuchte, ruhig zu bleiben, und studierte den Mann hinter dem Schreibtisch. Seine halblangen grauen Haare fielen ihm auf die Schultern. Unter dem Kaschmir-Rollkragenpullover zeichnete sich eine für sein Alter wohltrainierte Brust ab. Sie schaute auf seine Finger. Nein, einen Ring trug er nicht. Das steigerte ihre Erregung noch. Sie konnte nicht anders. Die Energie, die sich in ihrem Körper breitmachte – eine durch und durch sexuelle Energie –, musste sich in Bewegung entladen. Wie ein Schulmädchen begann sie, mit dem Hintern auf dem Stuhl hin und her zu rutschen, bevor sich in die Sitzfläche unter ihr ein Brandloch gefressen hätte.

Endlich, als sich bei ihr die ersten feinen Schweißperlen auf der Oberlippe bildeten, sagte von Gubitz etwas. »Guten Tag.« Mehr nicht.

Dorothee Allgäuer sagte nichts. Sie nickte nur. Sie hatte einen Kloß im Hals und musste den Schweiß von ihrer Oberlippe lecken. Sie sah, wie der Mann mit seinen graublauen Augen die Bewegung ihrer Zunge genau verfolgte, bevor er seinen Blick wieder in ihr prächtiges Dekolleté versenkte. Ihr Herz raste. Sie presste die beiden ineinander verschränkten Hände in den Schoß, um dem Pochen entgegenzuwirken. Doch der Druck steigerte ihre Erregung noch. Sie schluckte, so laut, dass das Geräusch von den Wänden des Büros zurückhallen musste.

Professor von Gubitz legte die Plastikschale beiseite, nahm den Joghurtbecher in die Hand und zog langsam den

Deckel ab. Er besah ihn sich ausgiebig, als hätte er noch nie einen Joghurtbecherdeckel gesehen, dann leckte er im Zeitlupentempo das Weiße von der Unterseite.

Er verzog dabei keine Miene. Dorothee Allgäuer fixierte seine Zunge. Es war eine kräftige Zunge. Sie stellte sich vor, was er damit anstellen konnte, während sie auf der Motorhaube des Maserati, oder nein, besser gleich hier auf dem Besucherstuhl alles von sich streckte, und musste laut ausatmen.

Er legte den Deckel zur Seite, nahm den kleinen Plastiklöffel in die Rechte und stieß ihn in den Joghurt hinein. Dorothee Allgäuers Lippen öffneten sich, und sie machte ein gicksendes Geräusch.

Von Gubitz löffelte so langsam, wie das ein Mensch nur konnte, den Inhalt des Bechers leer. Dorothee Allgäuer saß schweißgebadet auf ihrem Stuhl. Sie hoffte inständig, dass ihr 24-Stunden-Deo sein Produktversprechen wenigstens zu einem Viertel erfüllte. Der Mann kam am Boden des Bechers an, kratzte ihn aus, warf ihn samt Plastiklöffel in den Papierkorb und wandte sich wieder Dorothee Allgäuer zu. Sein Blick traf sich mit dem ihren. Die graublauen Augen sagten: »So, und nun zu dir.«

Er stand auf und legte den Labormantel ab, bevor er um den Tisch herumging. Er stoppte erst, als er direkt vor seiner Besucherin stand, und missachtete die übliche Distanzzone. Er öffnete die Gürtelschnalle und den Knopf der Anzughose. »Sie haben etwas zu besprechen?«, fragte er. »Ich auch.« Dann ließ er Hose und Unterhose hinab und präsentierte seinen erigierten Penis.

Dorothee Allgäuer konnte jetzt nicht mehr anders, sie griff mit Händen und Mund zu.

»Eine Stellungnahme willst du von mir?«, sagte er nach einiger Zeit. »Ich hätte gern, dass du jetzt Stellung beziehst. Und zwar genau vor meinem Schreibtisch.«

Selbst das alles andere als geistreiche Wortspiel konnte Dorothee Allgäuer nicht abtörnen. Sie gehorchte, stand auf, beugte sich nach vorn und stützte sich mit beiden Händen auf die Schreibtischplatte. Er schob ihr den Rock hoch und die sündteure Strumpfhose sowie den Slip in einem Arbeitsgang nach unten.

Gerade, als er in sie eindrang, ohne sich vorher zu viele Gedanken über vorbereitende Fingerspiele gemacht zu haben, sah sie vor sich die Akte »Dachbodenleiche Garmisch«. Jetzt war da auf einmal Hartinger in ihrem Kopf, und wäre sie ein Mann gewesen, hätte ihr Geschlechtsorgan den Dienst wohl eingestellt. So jedoch ließ sie hinter sich geschehen, was geschah. Es dauerte nicht lange, und der Professor machte genau die Geräusche, die sie von ihm erwartet hatte.

Er ließ sie am Schreibtisch stehen, ging hinüber zum Waschbecken und wusch sich. Während er dies tat, verschwand die Akte in der Handtasche seiner spontanen Gespielin.

Professor von Gubitz kam von seiner Waschung zurück und reichte ihr ein Papierhandtuch aus dem Spender. »Bitte. Das Papier maile ich Ihnen.«

Sie säuberte sich kurz, zog sich die Unterhose und die Strumpfhose nach oben – zum Glück hatte diese, ein besonders teures Exemplar aus dem Hause Fogal, die ungestüme Behandlung unbeschadet überstanden – und schob den Rock nach unten. Dann sagte sie ihr erstes und letztes Wort dieser Begegnung. »Danke.«

»Da nich' für«, erwiderte der Mann, der es ihr ebenso kurz und schmerzlos gegeben hatte wie selten einer zuvor.

Ach, er ist ja Hamburger, dachte sie, während sie mit ihrer Beute das Büro verließ. Sie würdigte die beiden Sekretärinnen keines Blickes, die so taten, als hätten sie nichts bemerkt. Ob sie etwas gehört hatten, sich darüber das

Maul zerreißen würden, war ihr einerlei. Sie hatte das gehabt, was sie seit Wochen umgetrieben hatte: Sex mit dem attraktivsten Mann am Institut. Sie freute sich schon darauf, das ihrer Psychotherapeutin mitzuteilen und mit ihr zusammen zu analysieren. Und sie hatte eine Akte, die ihrem Freund Hartinger das Leben leichter machen konnte. Das würde ihr schlechtes Gewissen, das sich bereits auf leisen Sohlen in ihren Hinterkopf schlich, wieder vertreiben.

Das Problem war nur: Noch immer hatte sich Hartinger nicht zurückgemeldet. Auch Frey nicht. Als sie wieder in ihrem Büro zurück war, sich an dem kleinen Waschbecken der Spuren der Begegnung mit Professor von Gubitz entledigt hatte, öffnete sie die Handtasche, um ihr Handy hervorzuholen und noch einmal in Garmisch bei Hartinger und Frey anzurufen. Doch so sehr sie in dem geräumigen Hermès-Prachtstück herumkramte, sie konnte ihr Telefon nicht finden. »Mist, zu Hause vergessen, Vollidiotin«, fluchte sie.

Nun, sie würde erst die Akte studieren und dann sehen, wie weit ihre Arbeit gediehen war und ob sie es verantworten konnte, kurz mit dem Fahrrad nach Hause in die Schellingstraße zu fahren. Sie klappte den dunkelblauen Aktendeckel auf.

Auf den ersten Seiten befanden sich ein Chromosomenabgleich und ein ellenlanges Gutachten von Professor von Gubitz über das Erbgut. Der Name des Mannes, dessen DNA da verglichen wurde, wurde nur als »Leiche GAP-023« bezeichnet. Die Umstände des Leichenliegeorts machten unmissverständlich klar, dass es sich bei GAP-023 um den Mann handelte, den Hartinger auf dem Dachboden des Hotels gefunden hatte. Das DNA-Material, mit dem die Proben von GAP-023 verglichen wurden, stammte aus einem Verzeichnis BVT-Abt.4, womit Dorothee zunächst nichts anfangen konnte. Mit einem Archiv BVT-Abt.4 hatte sie noch nie in einer Untersuchung zu tun gehabt.

Jedenfalls wies das Gutachten nach, dass GAP-023 aufgrund der Genanalyse mit einer Wahrscheinlichkeit von 99,9 Prozent identisch mit einem Mann war, dessen Erbmaterial im Archiv BVT-Abt.4 mit den Initialen H.K. und dem Aktenzeichen K-7635691 geführt wurde.

»Wer bist du, H.K.?«, sagte sie laut vor sich hin. Sie riss den PC mit einer Bewegung der Maus aus seinem Tiefschlaf und gab in die Suchmaschine »Archiv BVT-Abt.4« ein. Keine brauchbaren Ergebnisse, zumindest nicht auf den ersten beiden Seiten. Sie versuchte nur »BVT« und fand diverse Unternehmen, die sich so abkürzten, aber nichts Verdächtiges. »Beste verfügbare Technik« hieß eine Initiative des Umweltbundesamtes. Sie musste schmunzeln; Professor von Gubitz hatte davon sicher keine Ahnung. Auch diverse Bundesverbände, die sich mit der Technik im Einzelhandel oder dem Transportwesen beschäftigten, kürzten sich »BVT« ab, aber was sollten die mit dem toten Mann zu tun haben? Dann war da der Badminton-Verein Tröbitz. Klar, Wikipedia lieferte die bahnbrechende Erkenntnis, dass »BVT« die Länderkennung für die Bouvetinsel [bu've-] (norw.: Bouvetøya), eine vulkanische unbewohnte Insel im Südatlantik, war. Aber gab es auf unbewohnten Vulkaninseln Archive?

Sie scrollte weiter nach unten und fand nichts Brauchbares ... Halt, da war ein weiterer Wikipedia-Eintrag verzeichnet: »Die Abkürzung BVT steht für: Bundesamt für Verfassungsschutz und Terrorismusbekämpfung in Österreich.«

Schnell klickte sie auf den Link, doch auf der Wikipedia-Seite stand nichts von einer Abteilung 4. Daraufhin klickte sie sich durch die Internetseite des österreichischen Innenministeriums, unter dem die schmale Unterseite des Bundesamtes für Verfassungsschutz und Terrorismusbekämpfung angesiedelt war. Diese bestand aus nicht viel mehr als aus einem Text, der beschrieb, welche Aufgaben das BVT hatte, und einer Liste zu Links, die zu den Verfassungsschutzberichten der vergangenen Jahre bis zurück zu 1997 führten. Sie klickte den Bericht von 2013 auf, drückte Strg+F auf ihrem Rechner für »Finden« und suchte im Dokument nach »Abteilung 4«, »Abt.4« und »Abteilung vier«. Es gab Abteilungen von eins bis drei und von fünf bis zwölf, die im Bericht erwähnt wurden, aber keine Abteilung vier. Sie trommelte mit den Fingern der rechten Hand auf der Tischplatte neben der PC-Tastatur herum und blies sich eine Haarsträhne aus dem Gesicht. Dabei dachte sie laut vor sich hin: »Wenn es alle Abteilungen von eins bis zwölf gibt bei einem Geheimdienst, nur keine Abteilung vier, dann ist das ein eindeutiger Beweis dafür, dass es diese Abteilung gibt und sie nur eine streng geheime Abteilung ist.« Dieser Satz war so logisch, dass er aus dem Handbuch für Nachwuchsspione hätte stammen können. »Und was macht man, um herauszubekommen, ob es eine geheime Abteilung eines Geheimdienstes gibt?«, setzte sie ihr Selbstgespräch fort. »Man ruft an.«

Mit diesen Worten hatte sie schon das Telefon in der Linken, während sie mit der rechten Hand auf das Impressum des Verfassungsschutzberichts 2013 hinunterscrollte, um mit einem kurzen Lachen zu quittieren, dass die zentrale Mailadresse des österreichischen Innenministeriums »einlaufstelle@bmi.gv.at« lautete. Sie hatte keine Zeit, zu überlegen, wofür denn das »gv« stünde, und tippte gerade die Landesvorwahl +43 ins Telefon, als es an ihrer Tür klopfte.

Schnell kramte sie die geklaute Akte zusammen und schob sie in einen Stapel Papiere und Bücher auf ihrem Schreibtisch. »Ja, bitte«, rief sie in Richtung der Bürotür.

Eine der beiden Sekretärinnen des Professors von Gubitz trat zögernd ein. »Der Herr Professor sucht eine Akte. Sie haben sie nicht ganz zufällig, soll ich fragen?«

Dorothee Allgäuer legte die Stirn in Falten und schüttelte missbilligend den Kopf. »Wie kommt er denn darauf? Er soll lieber seine Stellungnahme mailen. Er ist doch sonst auch von der schnellen Truppe.«

Die Blondine schaute schafsäugig, dann stöckelte sie davon.

Dorothee Allgäuer lauschte, bis das Stakkato der Blondinenabsätze auf den Fußbodenplatten des Gangs verhallt war. Dann wählte sie die Nummer des österreichischen Innenministeriums. Wahrheitsgemäß meldete sie sich mit: »Ludwig-Maximilians-Universität München, Institut für Rechtsmedizin. Verbinden Sie mich bitte mit Herrn Pospischil.« In jeder österreichischen Organisation gab es jemanden mit dem Namen Pospischil, das war so klar wie frisches Blutplasma.

Die Männerstimme der Zentrale quittierte den Wunsch mit: »Bitte, gerne«, und es erklang – wie konnte es anders sein – »An der schönen blauen Donau« als Warteschleifenmusik. Nach einer gefühlten Viertelstunde hob jemand das Telefon ab. »Pospischil«, sagte der Jemand.

»Pathologie der LMU«, nuschelte Dorothee Allgäuer, damit sich der Gesprächspartner später an möglichst wenig erinnern konnte. »Bin ich jetzt bei Herrn Wessely von Abteilung vier?« Auch einen Herrn Wessely gab es in jeder österreichischen Institution.

»Naa, gnä' Frau, Sie sind bei mir gelandet, Pospischil, Abteilung II/7. Hat Sie die Zentrale wieder falsch verbunden? Na, kein Wunder, die Vierer ist ja geheim. Steht ja nicht in jedem Telefonverzeichnis. In meinem schon.« Der Mann namens Pospischil kicherte ein wenig irre vor sich hin. Er schien in einer Kladde zu blättern, dann sagte er: »Einen Herrn Wessely finde ich da nicht, aber das muss nichts heißen, weil, wie gesagt, Geheimabteilung. Und außerdem ist mein Verzeichnis von 1995. Vielleicht ist er gestorben, der alte Wessely? Na ja, ich verbinde Sie mit dem Hauptsekretariat von der Vierer, gell, gnä' Frau? Gschamster Diener, küss die Hände, baa-baa.«

Wie im Hans-Moser-Film, dachte Dorothee verwundert, während ihr wieder die blaue Donau musikalisch ins Ohr tröpfelte.

»Fuchs, Annemarie, Hauptsekretariat«, meldete sich eine Frauenstimme.

»Ammetsreiter, Pathologie München, Vorzimmer Professor von Gubitz«, nuschelte Dorothee Allgäuer. »Ich hab da eine dringende Rückfrage in Sachen Aktenzeichen K-7635691.«

»Moment«, sagte Frau Fuchs, dann, nach einiger Herumtipperei auf ihrer Computertastatur: »Ist unter Verschluss, das Aktenzeichen.«

»Na, darum rufe ich Sie ja an. Wir haben da große Bedenken, dass Ihr Dienst einen Fehler gemacht hat. Das wollten wir vorher klären. Am besten auf dem kleinen Dienstweg und nicht über den Minister, sagt mein Chef.«

Am anderen Ende der Leitung wurde es hektisch. Frau Fuchs hielt offenbar die Hand über die Sprechmuschel ihres Telefons und beriet sich mit einer Kollegin, die ihr gegenübersitzen musste. Dann meldete sie sich wieder. »Ja, verstehe. Was brauchen Sie denn?«

»Den Klarnamen von H. Z.«

»Den Klarnamen ...« Frau Fuchs besprach sich wieder mit ihrer Kollegin. Dann kam zurück: »Von welchem Professor sind Sie?«

»Von Gubitz. Wir haben die DNA-Analyse gemacht. Nur ist nicht sicher, ob Sie uns die richtige DNA geliefert haben. Beim Sequenzieren der Molekularstruktur sind uns Anomalien aufgefallen, die den Schluss zu 47,93 Prozent nahelegen, dass da auf Ihrer Seite eine Verwechslung vorliegt.«

»Zu 47,93 Prozent ... Hm, ja ... Das ist natürlich ...«

»Wollen wir natürlich ausschließen, bevor das Ganze an die Öffentlichkeit geht. Nicht auszudenken, wenn sich herausstellt, dass das österreichische Innenministerium gerade in dieser Angelegenheit geschlampt hat.« Dorothee Allgäuer bekam allmählich Angst, dass sich die Schreibtischplatte unter ihren Lügen bin zum Boden durchbiegen würde.

»Nein, jetzt warten Sie einmal, Momenterl …« Wieder erfolgte eine kurze Krisensitzung hinter verdeckter Sprechmuschel mit der Kollegin von gegenüber.

»Ich darf's Ihnen nicht sagen, Frau … ähhh, aber mailen darf ich's Ihnen, also den Akt.«

Als Angestellte des öffentlichen Diensts wunderte sich Dorothee Allgäuer über keine seltsamen Vorschriften.

»Ja, das wär natürlich wunderbar. Senden Sie es doch bitte an dorothee.all… Nein, warten Sie, am besten an Dottischatz@gmail.com.«

»Damit es nicht auf dem Server des Instituts herumliegt, gell?«, vermutete Frau Fuchs. »Sehr vernünftig. Geheim ist geheim.«

»Äh … ja, genau. Also, danke schön, Frau Fuchs, Sie haben da was gut.«

»Nichts zu danken. Wenn man Schaden abwenden kann, dann soll man es auch tun. Also, auf Wiederhören, Frau … ähh, wie war noch mal der Name?«

»Wiederhören, Frau Fuchs, der Chef ruft … Danke!« Damit legte Dorothee Allgäuer schleunigst auf. Sie hoffte, dass innerhalb weniger Sekunden ihr Smartphone mit einem Brummton den Eingang der E-Mail aus Wien vermelden würde.

»Shit, das Handy ist ja daheim!«, fiel ihr ein. Sie stand auf, riss den Mantel vom Garderobenständer und rannte in Richtung Fahrradkeller davon.

Kapitel 27

»Sie sind ganz sicher, dass Ihr Büro nicht abgehört wird?«, fragte Oliver Klammert.

»Ja mei, was ist schon sicher heutzutage?«, antwortete der Gastgeber der konspirativen Besprechung. »Der Tod, der ist sicher, Herr Klammert.«

»Der Tod ist das Allerletzte. Besonders schade ist es, wenn Ideen sterben. Ideen sterben sehr schnell, wenn sie die Öffentlichkeit zum falschen Zeitpunkt in den Hals bekommt.«

»Wem sagen Sie das? Ich hab mir schon längst angewöhnt, nur das zu sagen, was die Leute eh schon glauben zu wissen. Und dann dementier ich das meiste davon.«

»Sehr vernünftig, Herr Bürgermeister, sehr vernünftig. Ich sehe, ich habe es endlich mit einem gestandenen Profi zu tun.«

Hans Wilhelm Meier war geschmeichelt. »Ah, gehens zu, Herr Klammert. Auf diese Gemeinde schaut die Welt! Besonders, wenn wir endlich mal Olympia kriegen. Und wenn wir es vier Mal versuchen oder fünf Mal. Da braucht's schon einen an der Spitze, der ein bisserl weiter nach vorne schaut. Die Blicke der meisten Bewohner dieses Tals reichen nur bis an die Felswände, die es begrenzen.«

»Da haben Sie ja Glück mit Ihrem Zweitwohnsitz auf dem zyprischen Hügel, mein Lieber.«

Meier wusste nicht, ob er eine versteckte Drohung aus dieser Bemerkung heraushören sollte. Klammert hatte so ein seltsames Geschau dabei aufgesetzt, aber vielleicht übertrieb er es mit seiner Vorsicht. Wobei … dass der Mann mit allen Wassern gewaschen war, brauchte Hans Wilhelm Meier keiner zu sagen. »Allerdings!«, lachte der Bürgermeister gekünstelt und wurde gleich wieder ernst. »Das muss aber keiner wissen hier, Sie verstehen? Der Mensch als solcher ist von Grund auf neidig. Und der oberbayerische erst recht.«

»Nicht nur der oberbayerische, verehrter Herr Bürgermeister, nicht nur der.«

»Das glaube ich, dass Sie sich vielen Anfeindungen gegenübersehen, lieber Herr Klammert, da kann's einem schon leid um Sie tun.«

»Viel Feind, viel Ehr, Herr Bürgermeister.«

»Mein Motto, ganz mein Motto. Everybody's darling is everybody's Depp!«

»Ganz recht. Doch jetzt mal zum Grund meines Besuchs. Wir müssen an unseren Plänen weiterarbeiten.« Der Internetmilliardär öffnete seinen Rucksack und stellte ein mattschwarzes Kästchen, nicht viel größer als eine Zigarettenschachtel, auf den Besprechungstisch. Der Bürgermeister schaute erst das Kasterl, dann den Besucher fragend an, worauf dieser sagte: »Störsender. Wenn einer mithört, dann brummen dem jetzt die Ohren.«

»Sauber. Wo gibt's so was?«

»Israel. Aber darf nur an Berechtigte verkauft werden.«

»Und Sie sind natürlich ...«

»... als Anteilseigner der Silent Shalom Inc. sehr berechtigt, ganz genau.«

»Silent Shalom, großartig. Sind Sie eigentlich ... Ich meine ... Wie soll ich sagen, Herr Klammert? Man sieht's ja nicht immer, ich mein, und der Name ist ja auch nicht ... Sind Sie ...? Äh ... und so erfolgreich als Unternehmer, also, Sie sind doch Mitglied der Community, oder? Sie verstehen?«

»Ob ich Jude bin?«

»Na ja, hehe, jetzt, wo Sie's so sagen ... Genau, haben Sie ... also quasi ... alttestamentarisches Blut in den Adern fließen?«

»Irgendeine Ururgroßmutter hieß mal Goldstein, aber die Unterlagen sind vernichtet, wie bei vielen Deutschen, deren Familien die Aufzeichnungen vor achtzig Jahren geglättet haben. Wer da jemanden kannte in einem Einwohnermeldeamt, der hat 33 schnell zugesehen, dass er arisiert wurde, Sie verstehen? Und 45 hat man dann zugesehen, dass weitere Unterlagen verschwinden. Im Hof Ihres Rathauses sollen die Feuer drei Tage und Nächte gebrannt haben, als man vor dem Einzug der Amerikaner alles beseitigt hat. Wer weiß, welches Blut in Ihren Adern fließt. Oder was Ihre Vorfahren damals so gemacht haben.«

»Ach, diese schlimme Zeit. Gottlob vorbei. Reden wir lieber über die Zukunft dieses unseres wunderschönen Ortes, Herr Klammert.«

»Oliver. Für meine Freunde Olli.«

Der Bürgermeister griff zur Kaffeetasse, um damit anzustoßen. »Hans. Hansi für meine Freunde.«

Klammert ließ seine Tasse unberührt und nickte nur. »Also, Hansi, das mit der Vergangenheit und der Zukunft, das ist leider eng miteinander verknüpft.«

»Ah geh?«

»Ich hab meine Quellen, Hansi. Ich weiß nicht, ob dir bewusst ist, was an diesem Ort vor sich geht.«

»Öhhh, so direkt weiß ich nicht, was …«

»Eine Nazibande lässt hier die Alpenfestung aufleben und entführt Leute. Jetzt erzähl mir nicht, dass du das nicht weißt.«

»Na ja, mei, wissen, was ist schon sicher?«

»Siehste, wusste ich's doch. Bist auch gut vernetzt. Weißt du, was das für die Immobilienpreise bedeutet, wenn das rauskommt? Und für unsere gemeinsamen Pläne? Weißt du eigentlich, wer in das Spirit of the Alps und die anderen Dinge investieren will?«

»Die Araber?«

»Die auch, aber die würde eine zünftige Nazigaudi nicht stören.«

»Die Chinesen?«

»Ja, die wollen auch zehn Prozent. Aber: Vollkommen schmerzfrei, die Jungs. Solange wir hier kein Zentrum für Menschenrechte aufbauen, ist denen alles recht.«

»Hm, du meinst die …«

»Genau, die Community, von der du vorhin gesprochen hast. Die Alttestamentarier, wenn du dich mit der Aussprache dann leichter tust.«

»Das ist schlecht.«

»Nein, das ist gut, weil halb New York derzeit hinter solchen Investments her ist. Und weil wir etwas haben, was sonst keiner hat. Eine geile Idee. Ach was, viele geile Ideen. Und dazu: Natur, freundliche Menschen, Geschichte.«

»Hm.«

»Nur ein Teil der Geschichte ist ein wenig problembehaftet, da müssen wir nicht drüber sprechen, Hansi. Wenn sich dieser Teil jetzt wiederholt, dann kannst du einpacken. Nichts mit Tempelfreilichtmuseum, Immersportort, Überdachung des Slalomhangs, Casa Carioca reloaded und so weiter und so fort.«

»Vollkommen klar, Olli. Und weißt du was? Ich hab bereits Leute darauf angesetzt.«

»Den Oberpolizisten Bernbacher. Na toll.«

Hans Wilhelm Meier stutzte. Da ging ihm auf, dass das kleine Metallkästchen von Silent Shalom nicht *immer* auf seinem Tisch stand. Er blickte sich in den Ecken seines Bürgermeisterbüros um. Wo war die Wanze? Im Porzellan-Löwen von Nymphenburg auf der Fensterbank? Im Herrgottswinkel an einem Palmkatzerlgebinde? Er würde in seinem Büro Tabula rasa machen, sobald Klammert draußen sein würde. »Aber wen soll ich denn sonst aktivieren?

Den Schützenverein? Die Feuerwehr? Die Bergwacht?«, fragte er verzweifelt.

»Du bist Veteran.«

»Veteran? Die Gebirgsjägerreserve?« Der Bürgermeister riss die Augen weit auf.

»Die Einzigen, die verschworen genug sind. Ihr müsst die Entführten finden und die Täter entsorgen.«

Der Bürgermeister schnappte nach Luft. Er sollte eine Geheimarmee auf die Beine stellen? War das nicht eine Liga zu hoch für ihn? »Aber …«

»Nichts aber. Waffen haben die doch alle zu Hause im Schrank. Und wenn nicht, dann musst du sie ihnen beschaffen. Du hast doch Kontakte. Dein italienischer Freund, mit dem du deine Immobiliengeschäfte machst, der kommt doch aus Kalabrien. Mein Gott, Hans, wenn das mit eurer Alpenfestung Version Zwopunktnull ruchbar wird, dann hast du dir jahrelang umsonst die ganzen Grundstücke unter den Nagel gerissen, und deine ganze Konstruktion mit dem Italiener, mit Zypern, Liechtenstein und Guernsey ist hinfällig, weil niemand hier mehr Urlaub macht, geschweige denn etwas kaufen wird.«

Der Bürgermeister wurde blass. Er stand auf, ging hinüber zum Fenster seines Büros und schaute hinaus auf den Rathausplatz. Von dort ging sein Blick hinauf zum Wank, wo schon bald das Tempelfreilichtmuseum Spirit of the Alps stehen würde, das der Gruber Veit erfunden und unvorsichtigerweise ihm, dem Bürgermeister, gepitcht hatte. Genauso wie die anderen narrischen Projekte, an die Meier immer nur zu allerhöchstens fünfzig Prozent geglaubt hatte und die der Milliardär Klammert jetzt mithilfe internationaler Investoren umsetzen wollte. Für Bürgermeister Meier waren die letzten Tage, seitdem er mit Klammert handelseinig war, wie Weihnachten und Geburtstag an einem Tag gewesen. Wie alle Weihnachten und Geburtstage des Lebens an einem Tag. Denn er hatte sich in der Tat über eine vertrackte juristische Konstruktion die Vorkaufsrechte an zigtausend Quadratmetern Wiesen gesichert, auf denen derzeit noch Kühe und Schafe weideten. Alles, was da vor dem Farchanter Tunnel auf der östlichen Seite der Loisach brachlag, gehörte schon längst auf dem Papier der Whotherock Investments Incorporated mit Sitz im Steuerparadies Zypern.

»Whotherock« – auf die Namensgebung seiner Grundstückserwerbsverschleierungsfirma war der Bürgermeister besonders stolz. Er hatte einfach den althergebrachten Namen seines Landls, des Werdenfels, wörtlich ins Englische übersetzt. Niemand, der das Handelsregister Zyperns durchforstete, käme darauf. Der Geschäftsführer der Whotherock Inc. war der Cousin des Schwagers seiner Frau. Über ein Vertragswerk, dessen Ausarbeitung zwei seiner Bürgermeistergehälter – Jahresgehälter, wohlgemerkt – gekostet hatte, war der Mann, der seit seiner Jugend in London lebte, Geschäftsführender Gesellschafter mit einem kleinen Anteil an den Geschäftsanteilen der Whotherock Inc. Hauptaktienhalter war jedoch die A.M.-Stiftung im schweizerischen Zug, deren Inhaber wiederum zwei Briefkastenfirmen waren, eine in Liechtenstein, die andere auf der Kanalinsel Guernsey. A.M. stand natürlich für die Initialen der Bürgermeistergattin Anni Meier, aber da konnte auch niemand draufkommen, der nicht die Geheimcodes kannte. Nur mit Nennung dieser Buchstaben-Zahlen-Kombinationen konnte man die Rechtsanwälte in Liechtenstein und Guernsey veranlassen, im Namen der A.M.-Stiftung irgendetwas zu tun. Und sie mussten es gemeinsam tun.

Die Geheimcodes verwahrte Hans Wilhelm Meier dort, wo niemand sie finden würde. Nämlich in seinem Garten. Nicht auf einem vergrabenen Zettel. Er hatte sich etwas Ausgefuchstes einfallen lassen: Bei der Neuanlage seines

Felsgartens, den ihm ein ortsansässiger Landschaftsgärtner als Dank für die dauerhafte Beauftragung der Pflege der Rabatten im Kurpark spendiert hatte, war Meier selbst zugange gewesen. Die Natursteinplatten hatte er so verlegt, dass aus dem Muster die Codes erkennbar waren. Allerdings nur für denjenigen, der wusste, dass sie da verschlüsselt lagen, und nur aus der Luft beziehungsweise aus dem Fenster im Juchhe des meierschen Hauses waren sie zu erkennen. Wer im Garten stand, hatte keine Ahnung, dass er auf dem Zugang zu Millionenwerten herumtrampelte, die die Wiesen ausmachten, die Meier über den Strohmann Uanasso und seine schweizerisch-liechtensteinisch-guernseyische Konstruktion besaß.

Diese Wiesen lagen ganz in der Nähe des Anwesens. Noch wurden sie von Kälbern in Fleisch und von Schafen in Wolle verwandelt – bis eines nicht mehr allzu fernen Tages der Entwicklungsplan für dieses Grasland ans Licht der Öffentlichkeit treten, nun, besser: tröpfeln würde. Der Bürgermeister veröffentlichte als Verfechter der Salamitaktik immer nur die Fakten, die veröffentlicht werden mussten. Zu leicht zerredeten die Kleingeister seiner Gemeinde große Dinge. Der derzeitige der Öffentlichkeit bekannte Stand zu den Grundstücken war, dass der ortsansässige Immobilienentwickler Uanasso eine Option auf 120 000 Quadratmeter erstanden habe, um ein Gewerbegebiet zu errichten. Natürlich wurde das Wohl des heimischen Handwerks nach vorn gestellt. Die Schreiner, Metallbauer und Autospengler brauchten ja Platz, um sich zu entwickeln. Wer konnte dagegen sein? Dass die Gemeinde, mit deren Hilfe der Wiesengrund zu Bauerwartungsland verwandelt wurde, später ein Stück zu eigenen Zwecken zurückkaufen würde, wenn es im Wert um das Vierfache gestiegen war, war eine von vielen Tatsachen, die der Bürgermeister in Gemeinderatssitzungen und den selten angesetzten Bürgerversammlungen gern verschwieg. Auch, wer der Investor hinter dem ortsansässigen Strohmann war, nämlich die Whotherock Inc., wusste außer diesem Mann selbst und Hans Wilhelm Meier niemand. Und dass Federico Uanasso, der Bauunternehmer, regelmäßig in der Lokalpresse und an den Stammtischen durch den Kakao gezogen wurde, war dem Bürgermeister sowie dem Vielgescholtenen herzlich egal, solange dieser ein Immobilienprojekt nach dem anderen in Garmisch-Partenkirchen zu beiderseitigem Nutzen hochziehen konnte. Beziehungsweise zum Nutzen der Whotherock Incorporated.

Doch Gewerbegebiete, Verpachtung an Schmiede und Elektriker, vielleicht eine Lidl-Filiale, strategisch gelegen an der Bundesstraße, mein Gott, das war der reinste Kindergeburtstag gegen die Chancen, die die Entwicklung der Gemeinde zu einem zweiten St. Moritz, zu einem zweiten Aspen, ach was, zu einem ersten Garmisch-Partenkirchen eröffnete. Nicht eine Vervierfachung der Immobilienpreise war dann drin, sondern eine Verachtfachung, ach woher, eine Verzehnfachung. Meier würde sich dann längst nach Zypern oder auf die Bahamas abgesetzt haben und seine Pfründe verwalten, nein, verwalten lassen, von den viel zu teuren Anwälten, die er einmal im Jahr mit seinem Privatjet besuchen würde, auf den Kaimaninseln, auf der Krim oder wo auch immer er dann landen würde, ohne Gefahr zu laufen, an die Bundesrepublik Deutschland ausgeliefert zu werden.

Denn eines war ja auch klar: Wenn die hellen Strahlen der Wahrheit seine lichtscheuen Deals trafen, würde es wegen Vorteilsnahme, Steuerhintergehung, Unterschlagung und Geldwäsche ungemütlich für Hans Wilhelm Meier werden. Bislang hatte er dieses Thema Hoeneß-mäßig ausgeblendet und einfach immer weitergemacht. Ob auch er mit der Solidarität seiner Freunde rechnen konnte, wenn er aufflog? Nein, das war unwahrscheinlich. Im Gegensatz zum Münchner Fußballpräsidenten hatte er keine Freunde, nur Abhängige, das wusste er. Sie würden ihn davonjagen wie einen räudigen Hund, wenn sie ihn nicht mehr brauchten und klar wurde, dass er seine Vermögensbildung auf ihrem Rücken betrieben hatte.

Sotschi, ja, in Sotschi, da würden sie ihn vielleicht aufnehmen. Er hatte in der Ausrichtergemeinde der Olympischen Winterspiele 2014 beste Kontakte. Als ehemaliger Olympiabewerber für 2022 wurde er alle naslang dorthin eingeladen, um sich vom Fortschritt der Bauten ein Bild zu machen. Seinen Neid auf die hemmungslose Bautätigkeit dort musste er bei diesen Besuchen immer mit reichlich Wodka hinunterspülen und seinen Ärger über die daheim herrschende Betulichkeit im Puff hinausvögeln.

Auch da ließen sich die russischen Gastgeber nicht lumpen, und es war ihm immer ein wenig peinlich, dass er bei den Gegenbesuchen nichts Adäquates bieten konnte und die olympischen Delegationen mit dem Luxusbus nach München in die Villa Roma an den Frankfurter Ring schicken musste. Ja, mit dem Bus, denn in Garmisch-Partenkirchen gab es ja nicht einmal einen Flughafen, von wo aus sie mit einer Cessna Citation nach München hätten düsen können. Aber auch das hätte ja nichts gebracht, denn wären sie am Münchner Flughafen ausgestiegen, hätten sie es von dort in ein ordentliches Bordell beinahe genauso weit gehabt wie von Garmisch aus, nur eben von Norden anstatt von Süden.

Eine ordentliche russische Stadt hatte einen Privatflugplatz in Zentrumsnähe, selbst das benachbarte Innsbruck hatte quasi eine Innenstadtlandebahn, Lärmbelästigung der Anwohner hin oder her. Was war Deutschland nur für eine verzagte Ruheoase für rot-grün angehauchte Pensionäre geworden. Nun, der Olympiakelch würde an diesen Schnarchnasen ja erst einmal vorbeigehen nach dem ablehnenden Bürgerentscheid, da war es umso wichtiger, dass ein langfristiger Masterplan aufgestellt wurde.

»Gut, wir müssen durchgreifen, vollkommen klar«, kam es endlich aus dem Mund des Bürgermeisters. »Lass mich machen. Die Ortskameradschaft Mittenwald hab ich immer unterstützt und auch einmal eine Feier auf dem Hohen Brendten mitgesponsert. Die müssten mir dankbar sein. Ob die allerdings gegen Neonazis tätig werden …«

»Mach, was du für richtig hältst, Hans, aber mach es schnell und zügig. Der Walchensee ist tief, hab ich gehört, und gibt seine Toten oft nicht mehr her. Vielleicht willst du da ein Wetttauchen veranstalten. Da liegen doch lauter Nazischätze drin, wie man hört. Und dann kommen die Burschen aus dem Versteck, und die ehemaligen Gebirgstaucher warten unter Wasser auf sie und … Dir wird doch was einfallen!«

»Gebirgstaucher? Woher weißt du, dass es die gibt? Ist eine streng geheime Spezialeinheit.«

»Du weißt es ja auch, Hansi.«

Der Bürgermeister straffte sich. »Ja, weil ich bei denen war.«

»Als Fahrer, weil sie dich aufgrund deiner Fettleibigkeit nicht unter Wasser gelassen haben. Aber nachdem sie wussten, in welcher Einheit dein Vater war, nämlich ziemlich weit oben im Nationalsozialistischen Kraftfahrkorps, dachten sie, sie hätten einen verlässlichen Kameraden, der wenigstens Reifen wechseln und das Öl nachfüllen kann.«

Hans Wilhelm Meier sank in sich zusammen. Der Mann, mit dem er sich eingelassen hatte, wusste einfach alles. Wahrscheinlich wusste der sogar, wann er mit seiner Anni das letzte Mal die Ehe vollzogen hatte. Und daran konnte sich Meier selbst kaum noch erinnern.

Er wusste nur eines, und das immer genauer: Der Mann musste weg. Genau wie die Nazis.

Kapitel 28

Dorothee Allgäuer schoss auf ihrem Radl durch Münchens Straßen und nahm auf die Rotschaltungen der Ampeln noch weniger Rücksicht als sowieso schon üblich. Wie alle Münchner Berufswegradler sah sie die Verkehrsvorschriften als Empfehlungen an, wobei die meisten davon eher lästig und zeitraubend waren. Doch seit sie die Operationen überstanden hatte, fuhr sie deutlich defensiver.

An diesem Tag aber riskierte sie alles, radelte gestreckter Längs über die Kreuzung Lindwurm-/Sonnenstraße, was einem Kamikazeangriff gleichkam. Sie klingelte die Shopping-Touristen vom Radweg vor dem Stachus-Brunnen und hätte beinahe eine Familie atomisiert, die so aussah, als hätte sie zu Hause ganz sicher einen BMW-Kombi mit dreistelligem Nummernschild im Carport stehen.

Ohne Rücksicht auf Verluste ging es quasi geradeaus über den Karolinenplatz. Sie ließ eine Tram, die vor der Pinakothek Fahrgäste aufnahm, hinter sich und radelte in der Mitte der Fahrspur die Barer Straße nordwärts. Der Tramfahrer machte sich einen Spaß daraus, so nah wie möglich auf sie aufzufahren und zu klingeln, doch anstatt dass sie ihr Fahrrad vor ihm auf die Schienen geknallt und ihn alles Mögliche geheißen hätte, wartete sie, bis der Idiot an der nächsten Haltestelle stehen bleiben musste.

Endlich erreichte sie die Schellingstraße, wo Verkehrsregeln dem Gewohnheitsrecht der studentischen Radfahrer gewichen waren. Sie nutzte die Breite der rechten Fahrbahn voll aus, als sie wie ein Tour-de-France-Teilnehmer im Wiegeschritt durchsprintete. Das Hupkonzert hinter ihr ließ sie kalt. An der Ecke Augustenstraße überquerte sie die Gegenspur, und schließlich lehnte sie ihr Rad an die Hausmauer.

Fürs Absperren hatte sie keine Zeit, sie schloss mit dem Schlüsselbund schon die Haustüre auf. Statt auf den Lift zu warten, wetzte sie die Treppen hinauf in den fünften Stock. Vollkommen fertig erreichte sie ihre Wohnung, schloss auf, stürmte hinein und schnappte sich ihr Smartphone. Das Display blieb schwarz, als sie hektisch darauf herumtippte.

»Aaaaaa! Akku leer, verfickt!«, schrie sie durch die Wohnung, rannte ins Schlafzimmer, wo sie das Ladegerät vermutete, fand es auf dem Nachtkästchen, klemmte das Mobiltelefon an und wartete unendliche Minuten darauf, dass das entladene Gerät endlich wieder hochfuhr. »Du wirst alt!«, sagte sie verärgert zu sich selbst. »Die Mail kommt ja auch auf dem Rechner an.«

Also rüber ins Wohnzimmer, wo auf einem Biedermeiertischchen der Laptop stand. Der kalifornische Prestigecomputer zeigte sich schnell dienstbereit. Nach wenigen Sekunden sah sie die ungelesenen E-Mails. Darunter eine des Absenders fuchs.abt4@bmi.gv.at. »Unglaublich, in einer offenen E-Mail«, führte Dorothee ihr Selbstgespräch fort. Und wunderte sich erst recht, nachdem sie die Anlage der E-Mail geöffnet und die Akte überflogen hatte: »H. Z. ist Heinz Zuleger. Der Chef eines länderübergreifend tätigen Neonazibundes. Na Mahlzeit. Auf in den Kampf, Dotti.«

Sie ging ins Schlafzimmer, wo das Handy mittlerweile genug Saft gezogen hatte, um die Arbeit aufzunehmen. Blinkend und piepsend zeigte es die verpassten Anrufe von Albert Frey aus Garmisch und einige andere Mitteilungen an. Sie hörte sich Freys Nachricht an. Auch er war sich sicher, dass der Hartinger verschwunden war, und zwar aufgrund einer Geschichte, die er, Frey, ihm erzählt habe, Naziuran und Nazigold seien die Stichworte, mehr dazu nicht am Telefon …

Sie drückte auf Wiederwahl und ließ es bei Frey klingeln. Die Mailbox antwortete. Sie ließ es bei Kathi Mitterer auf dem Hof klingeln. Die ging nicht ran. Sie ließ es wieder bei Frey klingeln, dann wieder auf dem Mittererhof. Niemand von den beiden war erreichbar.

»Zum Auswachsen!« Sie rannte im Gang der lang gezogenen Dachgeschosswohnung auf und ab. Angestrengt dachte sie nach. Die Polizei informieren? Aufgrund einer Geheimakte, die sie auf betrügerische Art und Weise in die Hand bekommen hatte? Aufgrund der Tatsache, dass da in Garmisch ein als Hallodri bekannter Mann seit einem Tag telefonisch nicht erreichbar war? Nein, da würde ja niemand auch nur hinter dem Schreibtisch hervorkriechen für einen wie den Hartinger. Also vielleicht nicht die normale Polizei, sondern gleich den Staatsschutz? War ja auch Quatsch, denn die wussten das ja bereits sicher. Wenn Professor von Gubitz mit der DNA-Analyse beauftragt worden war, dann ja nicht, ohne dass es einen Austausch zwischen den Österreichern und den Deutschen …

Aber Moment, wenn die das wussten, dann wussten die vielleicht auch, ob dem Hartinger etwas zugestoßen war. Und nach dem, was Frey da angedeutet hatte, Nazigold und Naziuran, dazu ein Nazimann, tot aufgefunden … Dann wussten die das vielleicht auch und verheimlichten das alles. Oder sie steckten womöglich sogar hinter dem Verschwinden des Hartinger. Und dann … wäre sie selbst in höchster Gefahr. Denn Mitwisser schaltete man aus, das hatte sie selbst erlebt. Nicht nur am Beispiel ihres Freundes Hartinger, auch am eigenen Leib. In ihre Wohnung waren sie eingebrochen, um Beweismaterial zu klauen. Und es gab prominente Beispiele von unliebsamen Bürgern, die ganz einfach in der Psychiatrie verschwunden waren. Die bayerische Justiz war ein Staat im Staate, wie sich in letzter Zeit herausgestellt hatte.

»Dotti, wenn sie dich kriegen …« Der Schweiß brach ihr aus, gerade so, als wäre sie noch einmal von der Nussbaumstraße in die Schellingstraße geradelt und die fünf Treppen hochgerannt. »Weitere Mitwisser muss ich schaffen, sonst kassieren sie mich! Ja, den Weißhaupt, den muss ich informieren. Der wird mir helfen. Sie wissen spätestens heute Nachmittag, welche Anrufe und E-Mails ich bekommen habe. Wenn sie es nicht bereits schon wissen. Oder bin ich jetzt paranoid?«

Sie wusste mit einem Schlag, dass sie es nicht war, als sie hinter sich ein Geräusch vernahm. Jemand machte sich am Schloss der Wohnungstür zu schaffen.

Kapitel 29

Nachdem Oliver Klammert das Büro des Bürgermeisters Hans Wilhelm Meier verlassen hatte, ließ dieser seine Sekretärin Christina Mauereder alle Nachmittagstermine absagen. Er hatte drei Dinge zu tun. Erstens musste er sein Büro »entwanzen«. Zweitens musste er Kontakt mit der Kameradschaft Mittenwald aufnehmen. Drittens musste er gegen Oliver Klammert vorgehen. Und er wusste auch schon, wie.

Tagesordnungspunkt eins, das Entwanzen seines Büros, brach er nach zehn Minuten erfolglos ab. Nirgends in seinem Dienstraum war eine Wanze zu finden, zumindest nicht dort, wo er gesucht hatte, und ebenso nichts, was er für ein Abhörgerät gehalten hätte. Sein Wissen darüber beschränkte sich allerdings auf das, was man landläufig aus Detektivfilmen wusste, und entsprach sicher nicht dem Stand der neuesten Technik.

Er ließ sein Handy in der Schreibtischschublade, denn es war ihm klar, dass er damit geortet werden könnte, verließ unter Vorbringung einer fadenscheinigen Ausrede – »Christina, so einer Neunundneunzigjährigen in Wamberg geht's schlecht, da brauchen wir noch schnell ein Foto für die Heimatzeitung mit mir!« – die Amtsstube und warf sich in den Audi, um nach Mittenwald zu brausen. Er machte jedoch einen Zwischenstopp beim Alpengasthof Panorama, um dort den verdutzten Veit Gruber abzuholen. Das, was er ihm mitzuteilen hatte, besprach er am besten während der Fahrt.

»Ah geh, da schau her, der Herr Bürgermeister. Gibt er sich noch mit seinen Steuerzahlern ab?«, spottete Gruber, als Hans Wilhelm Meier in sein Büro hinter dem Tresen des Panorama trat.

»Komm mit, wenn du willst, dass du rehabilitiert wirst, Veit. Außerdem hast doch du noch nie Steuern gezahlt, du Schuldenritter.«

Veit Gruber stemmte sich aus dem Ledersessel. Er traute zwar seinem Ortsvorsteher nur so weit, wie er ihn werfen konnte, aber wenn er nur zwei Prozent seines – wie er meinte – ehemals guten Rufes wiederherstellen konnte, war das schon ein riesiger Imagegewinn. Nach der durch seine Alkoholfahrt verursachten Sprengung der Bergschafprämierung auf dem Stieranger war er bei den Garmisch-Partenkirchnern endgültig unten durch. Nur noch die Busfahrer lieferten ihre Touristenladungen bei ihm ab, weil sie ordentlich dafür geschmiert wurden. Doch er hatte schon die Stornierung von drei Einheimischen-Hochzeiten und zwei Kommunionfeiern für das kommende Jahr hinnehmen müssen. Wenn das so weiterging, würde er aus dem Panorama ein Selbstbedienungsrestaurant machen müssen. Currywurst, Spaghetti Bolognese und Dampfnudeln waren für das Busgschwerl gut genug, das konnten die sich auch selbst auf ein regenwaldnasses Plastiktablett laden.

Kaum, dass sie im Auto saßen und die steile Straße in Richtung Partenkirchen hinunterrollten, fing der Bürgermeister ohne Umschweife an. »Der Klammert. Er muss weg.«

»Ja mei, Hansi, die Geister, die man rief …«

»Ich hab den nicht gerufen, nur dass wir uns da verstehen. Es sind deine Projekte, die er geil findet und umsetzen will.«

»Du sagst es. Es sind meine Projekte. Meine Ideen. Und du hilfst ihm dabei, sie mir zu rauben und ohne mich umzusetzen. Ausgschamter Haderlump, ganz schlechter, du.« Gruber verschränkte die Arme wie ein kleines Kind, dem man sein Spielzeug verzogen hatte.

»So ein Schmarrn, Veit. Wer sagt denn, dass du von der

Umsetzung nichts hättest haben sollen? Irgendjemand muss doch das alles betreiben. Da wärst doch du unser Mann des Vertrauens gewesen, eh klar!«

»Vertrauen, Vertrauen! Jaja, Herr Bürgermeister, Vertrauen ist der Anfang von allem.«

»Eben. Und wenn wir beide uns nicht vertrauen, dann ist es um dieses unser schönes Landl bald geschehen, Veit.«

»Soso.«

»Na, von mir aus: Ich bin nicht ganz unschuldig. Auch jemand wie ich, der sich durch langjährige politische Tätigkeit eine gewisse Menschenkenntnis angeeignet hat, verhaut sich mal.«

»Interessant, interessant.«

»Mei, Veit, jetzt mach's uns halt nicht so schwer. Du willst doch auch, dass es so wird wie früher. Ist doch unser Landl.«

»Wie früher. Jaja, wie früher. Nur lässt sich nun einmal das Rad der Zeit nicht zurückdrehen. Der Kerl, der windige, der hat nun mal jetzt meine Ideen gestohlen, und *du* hast sie ihm gegeben. Was heißt da ›nicht *ganz* unschuldig‹? *Voll* schuldig bist du, jawoll! Und jetzt auf einmal passt er dir nicht mehr, wird er dir zu mächtig, ha? Will er einen anderen Bürgermeister, oder was? Jaja, der kann sich alles kaufen, wirst sehen, der verspricht den Garmischern das Blaue vom Himmel, und am Schluss lässt er die Puppen tanzen. Die Marionetten, verstehst, Hansi, und du bist dann eine davon. Der Bürgermeister im Kasperltheater. Ganz genau so kommst du mir sowieso schon die ganze Zeit über vor.«

Hans Wilhelm Meier verzog keine Miene. Genau so kam er sich nämlich gerade tatsächlich vor. Das war ja der Grund, warum der Klammert wegmusste. »Red weiter, Veit, hast ja recht.«

»Was, das aus deinem Mund? Moment, den Tag muss

ich mir im Kalender rot anstreichen. Der Bürgermeister gibt einem Unternehmer und Visionär aus den eigenen Reihen recht und plappert nicht den Schmarrn nach, den irgendein dahergelaufener Auswärtiger verzapft. Sensationell, den Tag sollten wir zum Werdenfelser Nationalfeiertag erklären.«

»Jetzt passt's auch schon wieder, Veit. Ich sag ja, der muss wieder weg. Ich hab's ja verstanden.« Bürgermeister Meier durchzog die Schwabekurve auf der Gsteigstraße mit sportlicher Ambition und gab auf dem lang gezogenen Stich hinauf zum Ellergraben ordentlich Gas, um den zweihundert Pferden seines S6 einmal einen kurzen Aufgalopp zu gewähren. Oben angekommen, gönnte er dem Auto eine Verschnaufpause und ließ es nach Kaltenbrunn hinabgleiten. »Veit, ich brauche all deine Pläne. Die ganzen Projekte. Du hast die doch sicher nicht nur mir gezeigt, sondern auch anderen. Das Tempelfreilichtmuseum zum Beispiel.«

»*Spirit of the Alps* heißt das.«

»Jaja, und Casa Carioca Nummero zwo.«

»*Paradise on Ice.*«

»Von mir aus. Jedenfalls, die Ideen hat dir doch dieser Klammert geklaut. Das ist doch nachweisbar. Da kriegen wir den doch dran.«

Veit Gruber staunte immer wieder, zu welchen Volten ein Politikerhirn fähig war. Es hatte keinen Sinn, darüber zu streiten, wer dem Fremden die Projekte des Veit Gruber als die eigenen angedient hatte. Natürlich war der Bürgermeister selbst der Verräter in der eigenen Gemeinde, aber das hatte dieser sicher schon längst in seiner Version der Wirklichkeit nicht nur verdrängt, sondern vollkommen umgeschrieben. Als Unternehmer wusste Gruber, dass er in der Vergangenheit nichts mehr bewirken konnte. Sein Geschäft war die Zukunft. »Ja mei, das habe ich schon vielen erzählt. Den Film von Spirit of the Alps hat ja jeder

Investor gesehen, schon lange, bevor der Arsch hier aufgetaucht ist und du ihm …«

Der Bürgermeister musste scharf bremsen, weil ein Traktor das Recht des Stärkeren nutzte, als er von der Wiese auf die Landstraße bog.

»Na ja, jedenfalls«, gab der Gruber zu, »das Paradise on Ice hat, ganz ehrlich, der Hartinger erfunden. Da gibt's sogar ein Papier.«

»Hm, der Hartinger«, brummte Meier. »Ausgerechnet der!«

»Ja mei, gute Ideen haben viele Väter, Hansi, das weißt du ja.«

»Passt schon. Aber gibt's irgendjemanden außer chinesischen oder arabischen Investoren, die irgendwelche Pläne gesehen haben? Ich mein, irgendwelche Respektspersonen?«

Veit Gruber dachte lange nach. Der Bürgermeister trat wieder aufs Gas, um den Landwirt zu überholen, und hielt in der Ortschaft Klais hinter der Bahnlinie an. Den Motor ließ er laufen.

Endlich erinnerte sich Gruber: »Ja, dem Polizisten habe ich das mal erzählt, diesem Schneider vom LKA, also das Spirit of the Alps. Den Film hab ich dem gezeigt, weißt? Damals, in der Sache mit dem Mönch, da hat der tatsächlich geglaubt, ich war's. Das war vor drei Jahren. Wenn der einen Beamteneid schwört …«

»Ein bayerischer Staatsbeamter, sehr gut!«

»Ja, den muss ich bloß anrufen, seine Karte hab ich ja noch. Dann macht der eine Aussage, und du kannst den Klammert wegen Ideenklau belangen.«

»Naa, *du*! Du kannst ihn belangen. Meine Idee ist es ja nicht.«

»Kann ich das schriftlich haben?«, scherzte der Unternehmer Gruber.

Bürgermeister Meier ging nicht darauf ein. »Also, so mach ma's. Ruf ihn an, den Schneider. So, und jetzt muss ich weiter nach Mittenwald. Allein.«

»Ja, und ich?«

»Klais ist der höchstgelegene ICE-Halt in diesem unserem schönen Lande. Da kommt jede Stunde der Zug nach München vorbei. In zehn Minuten bist du in Garmisch am Bahnhof. Oder willst mit nach Mittenwald und dir da ein Auto mieten? Schade, geht ja nicht, du hast ja keinen Führerschein mehr.«

»Du miserabliger …« Doch Gruber verschluckte den Rest des Fluches. Was wollte er schon gegen den Bürgermeister ausrichten? Nur Meier war in der Lage, ihn wieder zu rehabilitieren. Er öffnete die Beifahrertür und stieg hinaus in den strahlenden Herbsttag.

Bürgermeister Meier wendete den Wagen und drückte das Gaspedal nach unten, dass Veit Gruber die Steinderl nur so um die Ohren flogen. Meier fuhr auf der alten Straße durch die Buckelwiesen gen Mittenwald. Er hatte eine Verabredung in einem geheimen Bunker auf dem Truppenübungsplatz der Luttenseekaserne.

Kapitel 30

Dorothee Allgäuer war fest entschlossen, nicht schon wieder Opfer eines Verbrechens zu werden. Einmal reichte dicke. Schnell huschte sie in die Nische an der Rückseite des Flurs, die mit einem dicken Filzvorhang abgetrennt war. Hinter dem grauen Stoff befanden sich auf einem Regal die Putzsachen, es gab ein weiteres mit Turn- und anderen unvorzeigbaren Schuhen sowie ein Schränkchen mit Werkzeug und Krimskrams. Und das Golfbag, das ihr ein ehemaliger Lover hinterlassen hatte. Sie hatte die Ausrüstung und den, der sie ihr geschenkt hatte, längst verdrängt, nicht nur in diese dunkle Ecke ihrer Wohnung, sondern auch aus dem Bewusstsein.

Während sie hörte, wie sich die Tür ihrer Wohnung langsam öffnete, zog sie einen der Schläger aus der roten Tasche und musterte ihn kurz. Es war ein großer Driver, ein rundes Holz, doch um die Nummer zu erkennen, war es im Verschlag zu dunkel. Aber es ging ihr ja nicht darum, den Kopf des Eindringlings zweihundert Meter weit zu schlagen, sondern nur, diesen unschädlich zu machen. Sie nahm den Schläger auf halber Höhe des Schafts fest in die Hand und hob ihn wie eine Keule über den Kopf. Mit der Linken schob sie ganz vorsichtig – so vorsichtig, wie es das erregte Zittern ihrer Hände, das wummernde Schlagen ihres Herzens und das Pochen in ihren Schläfen erlaubten – den Filzvorhang zur Seite, um zu sehen, wem sie da gleich den Kopf in den Rumpf treiben würde.

Sie sah die Person nur von hinten, doch sie war zierlich … Ja, eine Frau hatte sich Zugang zu ihrer Wohnung verschafft. Es musste sich um einen absoluten Vollprofi handeln, denn die Einbrecherin war so unverfroren, nun die schwarze Steppjacke auszuziehen und an die Garderobe zu hängen, die Handtasche auf dem Sideboard abzulegen, die Schuhe auszuziehen und sie sauber nebeneinander an die Wand zu stellen.

Sicher wird sie sich jetzt gleich einen Plastikanzug überstreifen, um keine Spuren zu hinterlassen, dachte Dorothee. Das würde der ideale Moment sein, um aus dem Versteck hervorzuspringen und mit einem trockenen Schlag die Abgesandte von ... Ja genau, wer schickte diese Frau? Egal, jedenfalls, sie unschädlich zu machen. Tatsächlich kramte die Frau jetzt in ihrer großen schwarzen Handtasche herum, zog allerdings keinen Plastikanzug hervor, sondern ein Paar Hausschuhe. »Äußerst unverfroren«, hörte Dorothee sich selbst flüstern.

Im nächsten Moment bückte sich die Frau, um in den rechten Hausschuh zu schlüpfen. Das war die Sekunde, in der sich Dr. Dorothee Allgäuer endlich gegen das Böse, das ihr Jahre ihres Lebens geraubt hatte, zur Wehr setzte. Sie stieß den Vorhang energisch beiseite, holte mit dem Golfschläger aus und stürzte mit Indianergebrüll auf die Kauernde zu.

Erschrocken wendete die Frau ihr Gesicht in Richtung des wilden Tiers, das sie da aus dem Hinterhalt anzugreifen schien. Dorothee blickte im Sprung in die dunkelbraunen Augen, während der zuvor in Gedanken einstudierte Bewegungsablauf die Keule auf die Stelle einen Dezimeter über diesen Augen zusausen ließ. Drei Zehntelsekunden später würde das Holz des Schlägers auf den Kopf treffen und ein Blutbad anrichten.

Im gleichen Augenblick, in dem Dorothee gewahr wurde, wem sie da gleich den Schädel einschlagen würde, zog sich um ihr rechtes Bein die Schlinge aus dem Staubsaugerkabel zu. Das Kabel, das sich bereits seit Monaten nicht mehr in das englische Reinigungsgerät aufwickelte, wenn man den grauen Knopf drückte, verhakte sich am hinteren Ende mit dem Schuhregal, spannte sich und stoppte den Vorwärtsdrang von Dr. Dorothee Allgäuer abrupt, und sie schlug gestreckt vor ihrem Opfer auf den Boden des Flurs. Der Schlägerkopf verpasste sein Ziel um wenige Zentimeter und traf laut krachend eine Marmorfliese, die zersprang.

Die Frau, die immer noch regungslos dakauerte, löste sich schließlich aus ihrer Schockstarre und fing an zu kreischen.

»Agatha«, sagte Dorothee, als sie sich aufgerappelt hatte. »Agatha, beruhige dich. Ich bin es doch nur.« Sie warf den Golfschläger nach hinten in die Putzecke und fummelte das Kabel von ihrem Fußgelenk. Dann zog sie sich am Sideboard hoch, wobei die schwarze Handtasche zu Boden fiel und den Inhalt über den Boden verstreute. Doch das war erst einmal unwichtig. Die junge Frau wollte ihre Siebensachen zusammenkramen, aber Dorothee hielt sie energisch davon ab. Sie half ihr auf und führte sie hinüber ins Wohnzimmer zur Couch, wo sie sie hinlegte. »Mein Gott, Agatha, ich habe vollkommen vergessen, dass du heute kommst.«

Agatha fing sich wieder. Sie wollte aufstehen. »Schon gut, Frau Doktor, schon gut. Ich jetzt putzen. Zeit läuft.«

»Nichts da. Du bleibst jetzt schön hier liegen, und ich mach dir erst einmal einen Tee. Es tut mir wirklich wahnsinnig leid, aber ich dachte …«

»… dass ich bin Einbrecher und keine Putzfrau?«

»Ja, genau, ich habe nicht daran gedacht, dass du hier dienstags immer sauber machst …« Während sie das sagte, kam in Dorothee Allgäuer ein Verdacht auf. Agatha, die Informatikstudentin aus Lettland, war sie … Nein, das war zu weit hergeholt. Aber andererseits war sie die Einzige, die einen Schlüssel hatte, seit Jahren. Und war sie nicht technisch dazu in der Lage, Abhörwanzen und -kameras …?

Und machten junge Studentinnen nicht alles Mögliche, um in der teuren Stadt zu überleben, wie man immer wieder las, nicht nur putzen? Sie musste auf der Hut sein. Oder wurde sie gerade paranoid? Und – vor allem – was sollte sie jetzt machen mit dem Häuflein Elend auf ihrer Couch? Und – noch wichtiger – hätte sie nicht schon längst unterwegs sein müssen nach Garmisch, um … Ja genau, um was eigentlich zu tun?

Das alles pingpongte durch ihren Kopf, als sie sich im Flur niederkniete, um den Inhalt von Agathas Handtasche zusammenzukramen. Kajal, Puderdose, Tempo-Taschentücher, Geldbeutel, verschrapptes Nokia-Handy, Tampons Größe Mini, Goldbärentüte, in Einzelteile zerlegte Billigkugelschreiber … Alles keine ungewöhnlichen Gegenstände für eine lettische Studentin. Nur die kleine schwarze Pistole passte nicht so recht ins Bild.

Oder doch. Denn in diesem Moment wurde Dorothee Allgäuer von hinten angesprungen, auf den Bauch geworfen und von Agatha in den Schwitzkasten genommen.

Kapitel 31

Hartinger schlug die Augen auf. Er wunderte sich, dass er noch am Leben war. Er hatte einen Fußtritt in die Rippen bekommen, wenn er sich richtig erinnerte. Aber warum war er bewusstlos geworden? Oder war er einfach eingeschlafen? Was war passiert in den vergangenen Stunden? Waren es überhaupt Stunden gewesen? Oder gar Tage? Sein Schädel brummte. Und die Rippe, als er sich hochstemmte. Hatte er nicht Fesseln getragen? Wo waren die hingekommen? Überhaupt, wo war der Lärm, wo diese Leute? Wo war das Licht? Es war stockfinster um ihn herum. Er hob die Hand vor die Augen, doch er sah sie nicht. Absolute Dunkelheit umgab ihn. »So eine Scheiße!«, fluchte er.

Er fror. Es schüttelte ihn am ganzen Körper. Seine Kleidung war klamm. »Bewegung, Hartinger, Bewegung hilft«, flüsterte er sich zu. »Steh auf.«

Er kämpfte sich ächzend auf die Beine. Er verspürte Hunger. Wann hatte er das letzte Mal gegessen? Und was? Und wo? Wie lange war das alles her? Aus den Tiefen seines Gedächtnisses stieg die Szene in Polsterers Garten auf. Als wäre das in einem vorigen Leben gewesen. Wie lange war das her? Wie viele Tage? Oder war es erst heute gewesen? Nein, er war ja zwischendrin in München gewesen. Oder?

Ja, er erinnerte sich an die Leute mit den Kapuzen. Nachts. Auf dem Stieranger. Das brennende Kreuz. Wie Szenen eines Films, den er vor vielen Jahren gesehen hatte und dessen Handlung er nicht mehr zusammenbrachte, flogen die Erinnerungsfetzen an seinem inneren Auge vorbei.

Wohin hatten sie ihn gebracht? Würden sie ihn hier verrecken lassen? Sie – *wer* waren sie? *Wo* waren sie? Würde er sie aufscheuchen, wenn er sich bewegte, wenn er sich erneut an den Felswänden entlangtasten würde, diesmal, um den Ausgang zu finden?

Er musste es probieren. Er musste hier raus. Ob überhaupt jemand nach ihm suchte? Kathi? Sie kam ihm als Erstes in den Sinn. Nein, die hatte etwas Besseres zu tun. Holz hacken, einkaufen, kochen, braten, backen, Staub saugen, putzen, Unkraut zupfen, irgendwas machte die immer.

Anton, sein Sohn. Nun, der war es gewöhnt, dass der Vater ein seltener Gast war. Der würde keine Suchaktion starten. Und ein Sechzehnjähriger hatte weiß Göttin anderes im Kopf als die eigene Familie.

Dotti? Die war an ihrem Institut beschäftigt. Und mit sich selbst. Die Redaktion des Tagblatts? Nun, er war freigestellt, um sich um Klammert zu kümmern. Klammert? Der kümmerte sich ebenfalls um sich selbst, seine Projekte und um den veganen Hund. Weißhaupt? Der würde erfahren, dass ihm etwas zugestoßen war, wenn es in seiner eigenen Zeitung stand. Wenn er der großen Zeitung in der Stadt überhaupt eine Meldung wert sein würde.

Frey? Ja, Albert Frey würde ihn wahrscheinlich am ehesten vermissen. Doch was würde der alte Mann tun? Sich selbst auf die Socken machen? Die Polizei alarmieren? Und wenn er das täte, wäre man nicht in der Polizeiinspektion an der Münchner Straße besonders froh, den Querulanten Hartinger los zu sein?

Doch, das wäre man. Hatten sie alle – der Bürgermeister, der Polizeichef Bernbacher, die sogenannten Honoratioren des Ortes – ihn verschwinden lassen? Sein Fanklub in Garmisch-Partenkirchen war von überschaubarer Größe, das wusste Hartinger. Aber dass diese Lodenbejoppten einen Mann in ein Loch warfen, um ihn auszuschalten, war doch ein wenig zu weit an den Gamsbarthaaren herbeigezogen.

Oder?

Wenn er weiter nur herumstünde, würde er all diese Fragen nie beantwortet bekommen. Also musste er seine Angst vor den wahrscheinlich im Nebenraum ihren Rausch ausschlafenden Nazis überwinden und sich auf die Suche nach dem Ausgang machen. Wenn er nur irgendeine Waffe in die Hand bekäme, einen Holzprügel oder ein Stück Wasserrohr, mit dem er einen – oder gleich alle – ultrarechten hohlen Schädel einschlagen könnte. Er machte sich langsam auf den Weg, ganz einfach in die Richtung, in die seine Nase zeigte. Vorsichtig setzte er einen Fuß vor den anderen. Er würde irgendwann an eine Wand stoßen, darum streckte er den rechten Arm nach vorn.

Er hörte nichts außer seinen eigenen Schritten. Irgendwo, ganz da hinten, tröpfelte es. Wenigstens etwas Wasser zu haben konnte von Vorteil sein, daher hielt er auf das Tropfgeräusch zu.

Endlich erreichte er eine Wand. Sie war gekachelt. Er fühlte es ganz deutlich unter seinen Fingerspitzen. Keine Felswand mehr. Aber vorhin, vor dem Tritt in die Rippen, da war es eine Felswand gewesen. Wo, zum Henker, war er? Er tastete sich weiter die Wand entlang nach links in Richtung Tröpfelgeräusch. Er stieß mit dem Körper gegen einen stählernen Gegenstand und schlug sich den Kopf an einem runden Eisenrohr. Er fluchte, dann untersuchte er das, wogegen er gelaufen war.

Er spürte Eisenrohre, von denen der Lack absprang. In Höhe seiner Schultern befand sich zwischen den Eisenrohren ein Netz aus Draht. Ein altes Bettgestell? Er tastete sich nach unten, und in Höhe des Knies befand sich ebenfalls ein Drahtnetz. Und jetzt ertastete er die Federn, die das Netz zwischen die Eisenstangen spannten. Ja, richtig, ein altes Bettgestell, ein Etagenbett. Wie in … Ja, wie in einer Kaserne. Oder einem Lazarett.

Er dachte angestrengt nach. Lazarett. Es gab diesen Luftschutzbunker hinter dem Sonnenbichl-Hotel, das wusste er. Das Hotel war in den letzten Kriegsjahren in ein SS-Lazarett umfunktioniert worden. Er hatte den Bunker als Jugendlicher einmal besucht, um Fotos für den Fotolaborkurs am Gymnasium zu machen. Kein lohnendes Motiv an sich, ein alter Bunker mit ein paar Stahlrohrbetten eben, aber da sich auch eine gewisse Daniela für die Exkursion in die Vergangenheit erwärmt hatte, war es dann doch ein ganz besonderer Nachmittag geworden. Was die wohl heute machte? Er hatte sie vollkommen aus den Augen verloren.

Das war nicht die Zeit, in den Erinnerungen von vor dreißig Jahren zu schwelgen, wobei ihm auffiel, dass ihm die Erinnerung warme Füße bereitete. Er vermeinte, ihren Duft zu riechen, diesen Räucherstäbchengeruch, den sich die Mädels in den frühen Achtzigern hinter die Ohren gesprüht hatten. War es genau hier gewesen, an dieser Stelle, dass sie ihm, dem zwei Jahre Jüngeren, gezeigt hatte, was unter ihrem gebatikten Wallewalle-Kleid los war?

»Bevor du jetzt anfängst, Barclay James Harvest zu singen, konzentrier dich lieber darauf, dass du hier nicht verschimmelst!«, ermahnte er sich laut. Doch in seinem Ohr begann sich der Song schon breitzumachen: *Valley's deep / and the mountains so high / if you wanna see god / you've got to move on the other side …*

»Scheiße, Hartinger, wenn das jetzt losgeht, wird sich ein Ohrwurm nach dem anderen in dein Hirn fressen. Da wirst du durchdrehen. Dann kommt noch ›Drah di ned um / schau, schau, der Kommissar geht um‹ und ›Hurra, hurra, die Schule brennt‹, und wenn sie dich finden, dann wirst du den Rest des Lebens im Bezirkskrankenhaus Haar sitzen und die Hits der Achtziger vor dich hinsingen. Nur wegen dieser Daniela und ihrem vermaledeiten Batikkleid. Reiß dich zusammen!«

Die eigene Stimme zu hören kam ihm seltsam vor. War es die letzte Stimme, die er jemals hören würde? Seine Innereien krampften sich zusammen, und alle Erinnerung an Daniela war wie weggewischt. Stattdessen ballte sich Panik in seinem Magen und schlich sich von dort in sein Gehirn. »Nein, nein, ruhig, nur ruhig bleiben, es wird dich jemand suchen. Und es wird dich jemand finden. Es wird gut ausgehen, weil es immer gut ausgeht, das weißt du. Atme ruhig. Setze dich erst einmal hin und überlege«, sagte die rationale Hirnhälfte. »Raus hier, nichts wie raus, lass mich das Bett auseinandernehmen und damit auf irgendetwas trommeln, damit die da draußen dich hören! Los, mach, reiß das Bett entzwei, tu doch endlich was!«, befahl ihm seine emotionale Hirnhälfte.

Die Panik gewann die Oberhand. Er rüttelte wie ein Besessener an dem Bettgestell, aber er konnte es nicht in seine Einzelteile zerlegen. Daraufhin setzte er sich doch auf das untere Gitternetz und … das brachte die Konstruktion zum Einsturz. Ein Stahlrohr der oberen Etage schlug auf seinen Kopf und schickte ihn wieder in das Reich der Träume.

Kapitel 32

»Agatha, lass mich los!«, brachte Dorothee Allgäuer mit Müh und Not hervor. »Ich lass dich gehen! Keinem Menschen erzähl ich was!«

Agatha sagte kein Wort, sondern fixierte Dorothee unter sich und versuchte, die Waffe in ihre Hände zu bekommen. Dazu musste sie allerdings ihren Griff lockern, was Dorothee dazu nutzte, sich auf die Seite zu drehen. Die junge Frau wog mindestens ein Drittel weniger als sie, und mochte sie auch noch so gut in Nahkampftechniken ausgebildet sein, in Dorothees Brust schlug das Herz einer Löwin. Sie hatte sich geschworen, nie wieder das Opfer eines Überfalls zu werden. Und dieser Schwur galt noch.

Die Pistole lag ungefähr einen Meter von den beiden ringenden Frauen entfernt vor der Wohnungstür. Es war klar: Wer sie als Erste in den Fingern hielt, war Siegerin des Kampfes. Und die andere würde wahrscheinlich nie mehr aufstehen. Es ging um Leben und Tod.

Agatha war eindeutig in der besseren Position, sie müsste sich nur nach vorn fallen lassen und hätte die Pistole in der Hand. Darum musste Dorothee auf Teufel komm raus verhindern, dass sich Agatha von ihr löste. Das ging am besten, wenn sie sich wie ein Hund in sie verbiss.

Als Agatha sich nach vorn beugte, um nach der Waffe zu greifen, grub ihr Dorothee die Zähne in die Flanke. Sie gruben sich in den Polyester-Pullover und in die Haut der Widersacherin.

Agatha schrie gellend auf. Sie stürzte zur Seite, um mit den Händen auf den Kopf ihrer Gegnerin einzudreschen. Dotti biss noch fester zu und meinte bald, einen Mundvoll Polyester und Fleisch zu kauen. Die Schläge auf ihren Kopf würde sie nicht lange aushalten, daher versuchte sie ihrerseits, die Hände nach vorn zu bekommen und die Daumennägel in den Augen der Lettin zu versenken. Natürlich hatte sie einen Selbstverteidigungskurs besucht nach der Garmisch-Sache am Herrgottschrofen und wusste sich zu wehren. Ihre Finger tasteten über das Gesicht der jungen Frau, und sie zögerte keine Sekunde, ihr richtig wehzutun. Die rot lackierten langen Daumennägel drehten sich in die Augenhöhlen, und Agathas Schreie wurden zu einem schrillen Kreischen. Sie krümmte sich in der Ecke zwischen Boden und Wand des Flurs zusammen. Mit einer Hand hielt sie die Bisswunde, die andere presste sie auf die Augen.

Dorothee Allgäuer stand auf. Sie hatte nur noch einen Schuh an, schnell streifte sie den verbliebenen ab und warf ihn nach Agatha. Sie sah nicht, dass der Absatz das Nasenbein der jungen Frau zertrümmerte, denn mit einem Satz sprang sie in Richtung Tür und bückte sich nach der Pistole.

Die kleine Waffe war ein echter Handschmeichler. Sie fühlte sich in ihrer rechten Hand verdammt gut an, und obwohl sie so klein war, viel kleiner als die Wummen, die man immer im Fernsehen sah, hatte sie eine angenehme Schwere.

Agatha wand sich vor Schmerzen. Vorsichtshalber verpasste Dorothee ihr einen Tritt in den Bauch. Jetzt einfach abdrücken, das Böse, das sich in dieser zierlichen Person äußerte, aus der Welt schaffen, ein für alle Mal, ging es ihr durch den Kopf. Selbstverteidigung, Notwehr, die Kugel hätte sich im Gerangel gelöst. Jeder würde das glauben.

Sie zielte und legte den Zeigefinger an den Abzug. Einfach abdrücken. Eine Millisekunde später wäre die Frau tot. Das Leben dieses Menschen wäre vorbei. Mit einem Schlag. Und das eigene ein anderes. Ein besseres?

Sie ließ die Waffe sinken, nahm den Zeigefinger vom Abzug und legte ihn seitlich an den Lauf. »So einfach kommst du mir nicht davon, Agatha – oder wie auch immer du heißt«, sagte sie. Rückwärts, damit sie die wimmernde Agatha im Blick behielt, ging sie in das Schlafzimmer und nahm das Smartphone. Sie scrollte durch die Nummern des Adressbuchs und klickte auf den Eintrag, die sie mit einem leitenden Ermittler des Bayerischen Landeskriminalamts verband.

»Wenigstens ab und zu gehst du mit den richtigen Typen ins Bett, Dotti«, flüsterte sie ihrem Bild im großen ovalen Wandspiegel zu. Während die Verbindung hergestellt wurde, blickte sie an sich hinab. »Scheiße, Laufmasche in den Fogal-Strümpfen. Ich sollte dich doch noch abknallen, Agatha!«, rief sie in den Flur. Doch an der Stelle, an der die junge Lettin gekauert hatte, war niemand mehr.

»Mist!«, schimpfte Dorothee, umschloss den Griff der Pistole wieder fester und ging aus dem Schlafzimmer. Kaum, dass sie die Hand in den Flur streckte, zischte ein Golfschläger auf sie herab und schlug ihr die Waffe aus den Fingern. Das metallisch glänzende Stück Tod schlitterte über den Marmor und kam unter dem Barockschrank am anderen Ende des Ganges zum Liegen.

Dorothees Hand war von dem Schlag taub, doch das machte ihr nichts. »Für dich reicht meine Linke, Flittchen«, zischte sie und warf sich wie ein Footballspieler auf Agatha, die schon beim Schrank war, um die Pistole darunter hervorzuklauben. Die beiden krachten in die rechte Tür, die unter dem Gewicht und dem Aufprall zersplitterte. Agathas Kopf landete im Meißener Porzellan.

»Das haben meine Großeltern über das Haff gerettet, aber wenn ich dir damit den Schädel einschlage, dann soll es eben so sein.« Dorothee riss die unbeschädigte linke Türe des Schranks auf und nahm die große Suppenterrine mit dem Zwiebelmuster, und als sich Agatha aufrichten wollte, knockte Dorothee sie mit dem schweren Familiengeschirr aus, das dabei zu Bruch ging.

Schade drum, dachte Dorothee, aber Opa wäre sicher einverstanden, dass ich mein Leben damit verteidige. Bevor sie irgendetwas anderes tat, ging sie schnell ins Wohnzimmer, riss das Ladekabel des Laptops aus der Dose und fesselte damit Agatha Hände und Füße hinter dem Rücken zusammen. Dann zerrte sie die Lettin unsanft ins Gästeklo und sperrte sicherheitshalber von außen mit einem Zehncentstück ab. Erst danach fingerte sie die Pistole unter dem Barockschrank hervor, bevor sie zurück ins Schlafzimmer ging, wo das Handy lag. Der Angerufene hatte am anderen Ende gewartet.

»Ich bin's. Hast du mitgehört? Überfall. In meiner Wohnung. Meine Putzfrau ist eine ... Na ja, komm einfach vorbei. Ich warte auf dich. Klingel dreimal kurz hintereinander, damit ich weiß, dass du es bist. Ansonsten schieße ich auf jeden, der in meine Wohnung will. Ich freu mich, dich zu sehen, Bernd.«

Kapitel 33

Hartinger starrte in ein gleißendes Licht. Eine Nahtoderfahrung? Würde er gleich seinen Körper da liegen sehen, und dann wäre alles vorbei?

Jemand tätschelte ihm die Wange. »Daniela?«, freute er sich.

»Leucht ihm halt nicht direkt in die Augen«, schnauzte ein Mann aus dem Dunkel die Person an, die die Stablampe in der Hand hielt.

Die Lampe wurde abgewendet. Jetzt sah Hartinger nur noch einen roten Fleck an der Stelle, an der die Lichtstrahlen auf seine Netzhaut getroffen waren. Als sich dieser rote Fleck langsam auflöste, sah er ein Gesicht. Es war nicht das von Daniela. Es hatte einen Schnurrbart – aber nicht die Art, wie man sie einem Neonazi zugetraut hätte. Es handelte sich um einen an den Enden hochgezwirbelten Bart, wie bei einer Figur aus einem DDR-Märchenfilm.

Träumte er das alles? Oder hatte er das vorhin mit den Nazis, mit der wummernden Musik, den Fesseln geträumt? Vielleicht war er auch längst tot, und dieser Kerl war … Petrus? Ein Erzengel?

Jetzt sah er die Mütze, die das Gesicht des Bartträgers krönte. Die Mütze war weiß. Über ihrem schwarzen Schild prangte ein goldener Stern, den ein Rautenwappen umkränzte. Eine Polizeimütze. Dann war der Typ, der ihm ins Gesicht geleuchtet und wahrscheinlich die Backe getätschelt hatte, um ihn aufzuwecken, also ein Polizist?

Die Antwort auf diese Frage kam aus dem Mund des Schirmbemützten: »Herr Hartinger, Polizeimeister Buchheimer mein Name. Polizeiinspektion Garmisch-Partenkirchen. Erkennen Sie mich?«

»Buchheimer?«, wiederholte Hartinger. Das Denken und Sprechen ließen den Schmerz zurück in seinen Kopf schießen.

»Ja, genau. Wir haben Sie gesucht, Herr Hartinger. Wieder mal.«

Hartinger schwieg. Sie hatten ihn gefunden, Gott oder wem auch immer sei Dank. Eigentlich hätte er tot sein müssen. Totgetreten von den Stiefeln der Nazis.

»Wo sind die Nazis?«, fragte er schließlich.

»Welche Nazis?«

»Na, die Nazis, die mich hierher verschleppt haben.«

»Hier ist niemand. Außer Ihnen, Herr Hartinger.«

»Aber sie waren da.«

»Das mag sein. Aber jetzt ist niemand mehr da.«

»Da war Musik, und viele Leute waren dort hinten in dem Raum.«

»Haben Sie die Leute gesehen?«

»Ja klar. Das heißt … Einer hat mir sogar einen Stiefeltritt verpasst. Da …« Hartinger legte die Hand auf seine kurze Rippe. »Ich lag am Boden und war gefesselt.« Er schaute verwundert seine Handgelenke an. »Haben Sie mir die Fesseln abgenommen?«

»Ich? Fesseln? Nein.«

»Dann haben die mich *ent*fesselt. Moment, ich war ja zwischendrin wach und bin gegen das Bett gerannt …«

»Wie viele von denen haben Sie genau gesehen, Herr Hartinger? Sind Sie sicher, dass Sie da nicht … Will sagen, man meint schnell mal was.«

»Und die vom Ku-Klux-Klan, haben Sie die?«

»Ha, wen?« Polizeimeister Buchheimer schüttelte den Kopf.

Hartinger gefiel überhaupt nicht, dass ihn der junge Polizist nicht für voll nahm. Oder für zu voll. »Ich hab genug gesehen, um zu wissen, dass hier eine Naziparty stattgefunden hat und dass die mich hierher verschleppt haben. Und dann getreten, als sie gemerkt haben, dass ich abhauen wollt. Und ich hab ein brennendes Kreuz auf dem Stieranger gesehen und Leute mit weißen Kapuzen, die drum herum getanzt sind.«

Der Beamte, der vorhin seinen Kollegen angewiesen hatte, die Lampe nicht in Hartingers Augen zu halten, trat einen Schritt nach vorn. Es war der Polizeihundeführer Markus Fichtinger, ein durchtrainierter Sportler, der in seinem Bereitschafts-Overall aussah wie ein Elitekämpfer der U.S. Marines. »Jetzt stehen Sie erst einmal auf, Herr Hartinger, die restlichen Fragen können wir in der PI klären«, sagte Fichtinger bestimmt.

Polizeiobermeister Buchheimer packte Hartinger am Arm und wollte ihn nach oben ziehen, doch der schüttelte die Hand des Polizisten ab und schubste ihn nach hinten. Der Hund des Polizeihundeführers Fichtinger schlug an. Das Bellen echote durch die geschichtsträchtigen Bunkerräume, als würde es von Blondi persönlich retourniert. Mit einem »Aus, Uschi, passt schon!« beruhigte Fichtinger seine Schäferhündin.

Hartinger stand nicht der Sinn danach, sich über den absonderlichen Hundenamen lustig zu machen. Er hatte genug Seltsames mit Hunden erlebt in der letzten Zeit, da wunderte ihn nichts mehr. »Ja, und die Spurensicherung? Ihr wollt doch sicher hier weiterermitteln, da müssen doch Spuren gesichert werden!«

»Machen wir schon, Herr Hartinger, machen Sie sich deswegen keine Sorgen. Jetzt kommen Sie erst einmal mit«, sagte Polizeimeister Buchheimer.

»Ins Krankenhaus könnt ihr mich bringen. Weil ich will mich untersuchen lassen, das muss alles festgehalten werden für die Anzeige.«

»Jaja, schau ma mal«, sagte Hundeführer Fichtinger.

»Was heißt da ›schau ma mal‹, Markus? Hier ist eine Nazizentrale, da müsst ihr doch das große Aufgebot …«

»Jetzt sieht es erst einmal aus, als hätten Sie sich unberechtigten Zugang zu Bundeseigentum verschafft«, sagte Markus Fichtinger. »Hausfriedensbruch ist das, Herr Hartinger. Und kommt vielleicht noch mehr dazu. Vortäuschung einer Straftat zum Beispiel.«

»Was? Und siezen tun wir uns jetzt auch wieder, ha? Als ich eine Geschichte von dir und deinen Viechern vor drei Jahren in der Zeitung gebracht hab, da waren wir per Du.« Hartinger kochte, und sein Schädel drohte jeden Moment vor Schmerz und Wut zu platzen. Dennoch hatte er einen jener seltenen lichten Momente, in denen er es doch schaffte, an sich zu halten.

Er presste seine Lippen aufeinander und schwieg. Der Tag der Abrechnung mit diesen Idioten würde kommen. Er war sich sicher, dass sie alle mit drin hingen in dieser Sauerei. Sehr sicher sogar. Er würde dafür sorgen, dass alle Welt es erfuhr.

Kapitel 34

Karl-Heinz Hartinger kam zu Fuß bei Albert Frey an und nahm den roten Mercedes-Sportwagen, der vor dem Haus im Gaifweg parkte, gar nicht wahr. Erst, als ihm von Frey die Tür aufgemacht wurde und er den Geruch von Dottis Parfüm roch, wusste er mit einem Schlag, dass sie da war. Schon fiel sie ihm um den Hals.

»Gonzo!«

»Dotti!«

Frey stand etwas betreten daneben und wollte nur wissen: »Hast du Hunger, Karl-Heinz?«

»Wahnsinnigen, Herr Frey.« Er setze sich ins Wohnzimmer auf den hölzernen schwedischen Freischwingersessel, der die Zeit seit den 1970ern gut überstanden hatte.

»Ein Irrsinn!«, seufzte er.

»Das kannst du laut sagen«, meinte Dorothee. »Du hast keine Ahnung, was mir passiert ist.«

»Ihr wartet mit dem Erzählen, bis ich da bin!«, befahl Frey aus der Küche.

Die beiden nutzten die Zeit, um sich ausgiebig zu küssen. »Du, ich könnt jetzt gleich …«, sagte Hartinger.

»Ich auch, aber vielleicht ist's hier ein bisschen unpassend«, mahnte Dorothee, doch es war ja klar, dass dieser Tag mit einer übergroßen Portion Liebe gefeiert werden musste.

Frey kam mit Buttersemmeln und Kaffee ins Wohnzimmer. Hartinger stürzte sich darauf wie ein ausgehungerter Wolf.

»Jetzt erzählt mal«, forderte Frey sie auf. »Aber schön der Reihe nach. Die Geschichte von Frau Dr. Allgäuer wirst du kaum übertreffen, Karl-Heinz.«

Jeder von den beiden berichtete, was ihm in den letzten Stunden zugestoßen war. Frey, der den Bericht von Dorothee Allgäuer bereits das zweite Mal hörte, machte sich Notizen. Allerdings machte Hartinger den Anfang und erzählte von dem Abend im Schumann's, vor der Staatskanzlei und in der Goldenen Bar mit Kurt Weißhaupt, von seiner Fahrt nach Garmisch, wie er vor dem Stieranger gehalten hatte, um das Schauspiel des Ku-Klux-Klan zu fotografieren, dass er dann in einem Bunker gefesselt aufgewacht war, einen Tritt in die Rippen bekommen hatte, erneut zu sich gekommen war, diesmal ohne Fesseln, dass er gegen das Bettgestell gerannt und dieses über ihm zusammengebrochen war. Und dass er nur wusste, dass er am Schluss in dem alten Lazarett-Bunker hinter dem Sonnenbichl gelegen hatte. Dass er sich sicher war, vorher in einer der Maschinenhallen in Oberau oder Oberammergau gelegen zu haben, gefesselt. Er schloss seinen Report mit: »Und dann waren die Bullen da und haben mich mitgenommen. Aber ihr glaubt nicht, dass die da ermitteln, die wollen das alles vertuschen. Sie tun ganz gnädig, dass sie die mir zur Last gelegten Delikte vielleicht vergessen könnten, nämlich Hausfriedensbruch und so weiter. Da geht eine Sauerei ab, das ist ja so was von klar.«

Dann war Dorothee Allgäuer an der Reihe. Sie erzählte von der Geheimakte aus dem Institut – auf welche Weise sie in deren Besitz gekommen war, ließ sie freilich unerwähnt – und von ihrem Telefonat mit dem österreichischen Innenministerium. Dass sie schnell nach Hause gerast war, um die Akte zu lesen, dabei von ihrer Putzfrau überfallen worden war, die offenbar eine Spionin oder so etwas sein musste – denn wer hatte sonst schon eine Pistole? –, und wie sie die Lettin überwältigt hatte. Jedenfalls waren LKA und BKA dabei, ihre Wohnung auseinanderzunehmen. Nach einer kurzen Vernehmung durch das LKA hatte sie den SLK aus der Garage geholt und war sofort nach Garmisch zu Frey gerast.

»Und hier konnte ich ihr die frohe Kunde übermitteln, dass du gefunden worden bist, Karl-Heinz, weil die freundlichen Herren von der Garmisch-Partenkirchner Polizei nämlich bei mir angerufen haben, weil ich es wiederum war, der die Suche nach dir ins Rollen gebracht hat. War zwar nicht so leicht, weil dieser Bernbacher zuerst nicht wollte, aber auch ich hab meine Mittel und Wege.« Albert Frey strahlte übers ganze Gesicht. So fröhlich hatte Hartinger ihn selten erlebt.

»Ist das nicht alles ein kompletter Wahnsinn?«, fragte Hartinger in die Runde. »Ich sag euch was …« Er ging hinüber zur Stereoanlage und drehte das Radio auf volle Lautstärke. »Wir müssen davon ausgehen, dass wir abgehört werden«, flüsterte er und machte eine Verschwörermine. Seine Armbewegung umschloss den ganzen Raum. »Überall Wanzen. Wahrscheinlich. Vielleicht«, schränkte er ein. »Jedenfalls müssen wir einen Ort finden, an dem wir uns unterhalten können, ohne dass man uns abhört.«

»Und wo wäre der?«, fragte Albert Frey in den Lärm hinein.

»Ich weiß schon was. Nur kommen wir da mit dem Auto von der Dotti nicht hin. Außerdem passen wir da gar nicht alle rein. Ins Auto, mein ich. Wo ist denn mein Volvo?«

»Den haben sie dir nach Hause gestellt.«

»Wow, das nenn ich Service! Aber da lassen wir ihn am besten stehen. Wir nehmen Ihren alten Passat, Herr Frey. Wenn es dunkel ist. Bis dahin schauen wir fern.«

»Schaut ihr, wohin ihr wollt, ich hab keinen Fernseher«, amüsierte sich Frey. »Ich pack noch ein paar wichtige Dinge zusammen.«

Für die nächsten zwei Stunden verschwand Frey in seinem Arbeitszimmer. Hartinger und Dotti setzten sich im

Wohnzimmer auf die Couch, hörten Radio und unterhielten sich über alles Mögliche, nur nicht über die aktuellen Ereignisse. Und auch nur für zehn Minuten, dann schliefen die beiden erschöpft ein.

Um 20 Uhr fuhren sie in einer Blitzaktion Albert Freys Volkswagen auf die Straße und Dottis SLK in die Garage, um mit dem Lehrermobil aus den Achtzigern in Richtung Skistadion aufzubrechen. Zuvor hatten sie alles eingepackt, was man brauchte, um für ein paar Tage zu verschwinden. Für Albert Frey war das neben ein wenig Wäsche gut die Hälfte seiner Bibliothek, wie es Hartinger vorkam, als ihn sein ehemaliger Lehrer anwies, mehrere Umzugskartons in den Passat zu laden.

Hartinger lenkte den Wagen. Er machte am Fiakerstand neben dem Skistadion eine Pause und wartete drei Minuten, ob ihnen nicht ein Auto folgte. Das Gleiche tat er fünfhundert Meter weiter waldeinwärts an der Hornschlittenhütte. Er stellte sich auf den Parkplatz, machte den Motor aus, kurbelte das Fenster nach unten und lauschte in den Herbstabend. Das Rauschen des Waldes über ihm weckte heimatliche Gefühle. Aber was für eine Heimat war das hier?

Als sie sicher sein konnten, dass sie nicht verfolgt wurden, ließ Hartinger den Motor wieder an und rollte langsam und ohne Licht in Richtung Partnachklamm.

»Sie werden uns doch da oben bei der Kathi auch suchen«, gab Frey zu bedenken.

»Wir fahren nicht zur Kathi.«

Wortlos rollten sie an den Kiosken vor dem Klammeingang vorbei, und Hartinger stellte den betagten Vierzylinder aus Wolfsburg auf eine harte Probe, als er ihn die steile Forststraße nach Graseck hinaufknüppelte. »Super Auto«, sagte er zu dem neben ihm sitzenden Frey, dem die Angst um sein Fahrzeug ins Gesicht geschrieben stand.

Oben angekommen, ließen sie Vorder- und Mittergraseck links liegen und fuhren weiter in Richtung Hintergraseck. Plötzlich bog Hartinger vom schmalen Weg nach rechts in die Wiese. Hinter einem Heustadel parkte er den Wagen. Er ging zum Stadel, langte zwischen zwei Balken, fingerte einen dort versteckten Schlüssel hervor, machte sich an der Tür zu schaffen, und ein paar Sekunden später betraten die drei eine hübsch ausgebaute Berghütte.

»Hätte ich von außen nicht erwartet«, sagte Dotti.

»Erwartet keiner. Hat der Opa von der Kathi gemacht. Nutzt aber höchstens mal der Anton für … Na ja, für was auch immer.« Hartinger wies den beiden einen Platz auf der Eckbank zu, dann machte er Feuer im Kamin. Als das erledigt war, erläuterte er seinen Plan. »Ich gehe jetzt das Auto verstecken, es gibt weiter oben noch einen Stadel. Er ist leer. Und dann hole ich Proviant bei der Kathi. Vielleicht ist es das Beste, wenn ihr schon einmal schlafen geht.«

»Erst trägst du mir bitte die Kisten rein, Karl-Heinz«, befahl Albert Frey. »Ich möchte euch etwas zeigen. Von wegen schlafen, jetzt wird gearbeitet.«

Kapitel 35

Bürgermeister Meier hatte leichtes Spiel gehabt, als es darum gegangen war, den Vorsitzenden der Kameradschaft Mittenwald davon zu überzeugen, dass er mit seinen Mannen die Bunker absuchen sollte, die aus dem Zweiten Weltkrieg in Garmisch-Partenkirchen und Umgebung übrig geblieben waren. Meier war klar: Wenn Nazis in seinem Landl Leute entführten, dann versteckten sie die dort.

»Aber wenn sie weg sind …«, hatte der Mann, mit dem er gesprochen hatte, zunächst eingewendet.

»Wenn sie weg sind, dann ist alles gut.«

»Oder wenn sie einfach eine konspirative Wohnung angemietet haben?«

»Dann findet sie der Bernbacher. Der sucht auch mit ein paar Polizisten.«

»Aha. Wir stehen also im Wettstreit mit denen.«

»Na ja, es wäre gut, wenn ihr ein bisserl konsequenter mit ihnen umgehen würdet, also mit den Nazis, du verstehst?«

»Verdreschen?«

»Das sowieso. Ich mein, am besten taucht da keiner mehr auf im Landl. Also nie mehr.«

Der Mann schaute seinem alten Kameraden Meier tief in die Augen. »Wir sollen sie …?« Er fuhr sich mit Zeige- und Mittelfinger der rechten Hand über die Kehle.

»Hm.«

»Die stören hier, das ist klar. Und besudeln die Ehre der alten Zeiten«, murmelte der Mann.

»Genau«, assistierte Meier. Das ging ja besser, als er gedacht hatte.

»Und außerdem soll auch mal klar werden, dass wir hier das ganze Gebuddle nicht länger dulden. Alle drei Minuten kommt einer daher und wühlt unsere alten Militäreinrichtungen um, weil er wieder einen Schatz vermutet. Jetzt hat sogar ein Holländer eine ganze Straße in Mittenwald aufbohren lassen. Stell dir vor, ein Holländer!«

Bürgermeister Meier musste nicht gesagt werden, was in der Nachbargemeinde im Sommer passiert war. Er hatte seinem Amtskollegen dazu geraten, die Irrsinnsaktion des niederländischen Medienclowns zu genehmigen, der PR-Wirkung wegen. »Wenn er nichts findet, bist du wenigstens ein paar Tage in den Zeitungen, und wenn er etwas findet, dann gehört der Schatz der Gemeinde, und außerdem können deine Wirte gleich die Speisekarten auf Niederländisch übersetzen lassen, denn dann brummt's ordentlich«, war seine merkantil ausgeprägte Empfehlung gewesen.

Der Holländer hatte am Schluss nichts gefunden als ein altes Stromkabel, was zumindest die Wirksamkeit der von ihm verwendeten Metalldetektoren unter Beweis stellte, wenn sich schon nicht seine Theorie bewahrheitete, dass er auf einem alten Notenblatt des »Marsch Impromptu« von Gottfried Federlein Hinweise auf die Verbuddelung eines Nazigoldschatzes mitten in Mittenwald entdeckt hätte.

»Also, wir machen's. Ich und ein paar der Getreuen. Wir räumen auf mit diesen Idioten. Ein für alle Mal«, hatte der Entschluss des Mannes von der Kameradschaft gelautet.

»Und wie wollt ihr …? Wo wollt ihr sie …?«

»Besser, du weißt es nicht, Hans. Aber verlass dich drauf, wir finden deine zwei Vermissten. Und mach dir um den Rest keine Sorgen.«

Der knorrige Mann hatte daraufhin wortlos den Bunker verlassen. Weiterer Anweisungen hatte es nicht bedurft, er und die Seinen wussten, wo sie zu suchen hatten.

Bernbachers Mannen konzentrierten sich jedoch nicht nur auf etwaige »konspirative Wohnungen«, sondern durchsuchten ebenfalls in der Nähe gelegene alte Bunkeranlagen.

Und sie gewannen zunächst den internen Wettstreit mit der Kameradschaft. Als am gleichen Nachmittag Hartinger von der Polizei der Marktgemeinde Garmisch-Partenkirchen gefunden wurde, simste Meier dies seinem alten Kameraden umgehend. Der Auffindungsort, der alte Bunker hinter dem Sonnenbichl-Hotel, sprach sehr für die Theorie des Bürgermeisters. Vom Kameradschaftsmann kam nur ein »Horrido«, der alte Gruß der Gebirgsjägereinheiten, zurück.

Die Suche nach dem Polsterer Franz lief noch immer. Bürgermeister Meier ging davon aus, dass er innerhalb der nächsten zwölf Stunden Nachricht erhalten würde von der Auffindung und Befreiung des alten Mannes. Und dass er über die näheren Begleitumstände nie etwas erfahren würde. Niemand würde jemals etwas darüber erfahren.

Kurz nachdem der Bürgermeister zufrieden seinen Laptop zugeklappt hatte und sich gerade auf den Nachhauseweg machen wollte, klopfte seine Sekretärin Christina Mauereder an der Bürotür. »Der Herr Klammert.«

Meier wollte zwar am liebsten den Abend zu Hause verbringen – ausnahmsweise gab es an diesem Tag keine Sitzung, keinen Stammtisch und keine Vereinsversammlung, bei der er sein Gesicht herzeigen musste –, aber die frohe Kunde von der Inmarschsetzung der alten Kameraden konnte er dem wichtigsten Investor noch schnell persönlich erzählen. Das wäre ein schöner Abschluss dieses Tages. »Hast dein Shalom-Kasterl dabei?«, flüsterte er Klammert zu, kaum dass dieser das Büro betreten hatte. »Jessas, und den riesigen Hund hast auch mitgebracht! Eine wahre Pracht, der Kerl!« Obwohl grundsätzlich dem Tier als solchem gegenüber reserviert eingestellt, tätschelte Meier Bärli den monströsen Schädel.

Klammert sagte kein Wort, sondern nahm tatsächlich den Störsender aus dem Rucksack und stellte ihn auf den Besprechungstisch.

Der Bürgermeister legte jegliche Konspiration ab und spielte sein doppeltes Spiel weiter. Dieses sah vor, Klammert schnellstmöglich wieder loszuwerden. Doch zuvor wollte er ihn abkassieren. Sein Plan war, eine richtig dicke Summe auf seine Offshore-Konten überwiesen zu bekommen, bevor er Klammert wegen des Ideenklaus an Gruber abservierte. Er verschränkte seine feisten Finger ineinander und setzte seine beste Bürgermeister-Miene auf. »Gute Nachrichten, Olli, sehr gute. Der Hartinger ist schon gefunden von unserer tapferen Polizei, die ich instruiert habe. Und den Polsterer haben wir auch bald, da kannst du Gift darauf nehmen.« Dann senkte er doch verschwörerisch die Stimme. »Ich hab die alten Kameraden der Gebirgsdivision drauf angesetzt. Finale Lösung, habe ich denen aufgetragen. Polsterer unversehrt retten und bergen und die anderen, diese Saubande, die ihn entführt hat …« Er verstummte und machte die Geste mit den Fingern am Hals nach, mit der der Mann von der Kameradschaft die Entsorgung der Nazis beschrieben hatte.

»Was meinst du denn damit?«, fragte Klammert nach.

»Na ja, was wir … Also, ja mei, dass sie halt verschwinden, diese Neonazis, also ein für alle Mal, aus dem Ort, und garantiert nicht mehr auftauchen, du weißt schon.«

»Du meinst …?«

»Genau.« Meier wiederholte die Geste.

»Also, um genau zu sein …«

»Jessas, Olli, das muss man doch nicht genauer erläutern. Sie werden entsorgt, vergraben, verscharrt, im Walchensee untergehen, was weiß ich. Ich will's auch nicht wissen. Ich will nur, dass dieser unser … also mein … also, du gehörst ja auch irgendwie jetzt dazu … Ich meine, dass *unser* schöner Flecken Erde sauber und rein bleibt.«

»Um es ganz klar auszudrücken: Du hast einen Mordauftrag erteilt?«

Als würde dem Bürgermeister erst in diesem Moment klar, was die Geste an der Kehle andeutete, sagte er, Tapferkeit imitierend, aber doch ein wenig kleinlaut: »Jawoll. Ich, der Bürgermeister Hans Wilhelm Meier, habe heute die nötigen Schritte veranlasst, auf dass dieses unser schönes Landl von Geschmeiß gesäubert wird. Auf dass es erblühe im alten Glanz. Ich habe bereits vor einiger Zeit verhindert, dass dieses Tal eine Atommülldeponie wird, und jetzt lasse ich menschlichen Müll entsorgen, jawoll. Während wir hier sitzen, ist die Elite der bayerischen Gebirgsjäger unterwegs und spürt, wie eine Rotte der edelsten oberbayerischen Gebirgsschweißhunde es zu tun pflegt, die Individuen auf, die in diese Landschaft nicht passen. Und dann werden diese ausgemerzt. Also, ich meine, die Individuen, nicht die Gebirgsschweißhunde, selbstverständlich.« Sein Blut war in Wallung geraten. Er musste sich mit dem Schnäuztücherl die Stirnglatze abwischen.

Klammert sagte: »Sehr gut. Mein lieber Hansi, ich bin stolz auf dich. *The future is wide open*, wie man in Kalifornien zu sagen pflegt. Heute ist ein großer Tag für dich und Garmisch-Partenkirchen.« Er zog aus seinem Rucksack eine schmale Pappaktenmappe. »Alles, was du jetzt tun musst, ist, unseren Vorvertrag zu unterschreiben, dann werden die hundert Millionen umgehend nach den Kaimaninseln überwiesen.«

»Über-Wiesen, hehe«, freute sich der Bürgermeister über sein Wortspiel. »Ein Vertrag über Wiesen, dafür hast du mir das dann überwiesen. Und jetzt kommt's. Ich hab noch etwas oben drauf für dich. Komm, ich zeige dir ein Filetstückerl, das wir bisher nicht in unsere Pläne einbezogen haben.« Er stand auf und führte seinen wertvollen Gast durch die Gänge des Rathauses, um mit ihm einen kleinen nächtlichen Ausflug in seinem Audi zu unternehmen.

Kapitel 36

Hartinger wusste: Wenn sie diese Sache überstehen wollten, dann mussten sie den Geheimdienst mit einbeziehen. Sie brauchten Schutz, und den konnte nur Bernd Schneider gewähren. Hoffte er. Zumindest würde Schneider mehr darüber wissen, wer die vermeintliche Putzfrau in Dottis Wohnung war, wer ihn entführt hatte, wo sich der alte Polsterer befand. Und was es mit dem österreichischen Neonazi aus dem Sonnenbichl auf sich hatte. Dotti hatte die Akte des österreichischen Innenministeriums auf Freys altem Tintenstrahldrucker ausgedruckt und ihm übergeben. Heinz Zuleger war 1950 als Vencel Radvanyi in Tiszafüred, rund 150 Kilometer östlich von Budapest, geboren worden. Als er anderthalb Jahre alt war, gelangte seine ledige Mutter mit ihm nach Österreich – auf Wegen, über die nicht einmal die Geheimakten des Geheimdienstes Auskunft geben konnten. In der Hauptstadt Wien ließ sich Jolánda Radvanyi als Prostituierte nieder, wurde des Öfteren von der Polizei aufgegriffen, aber nie ausgewiesen. Als sie 1957 an TBC erkrankte und bald darauf starb, kam der Erstklässler Vencel in ein städtisches Wiener Waisenhaus, wo er drei Jahre lang blieb.

Im Alter von zehn Jahren riss er zum ersten Mal aus und schaffte es bis Linz, wo er aufgegriffen und wieder in eine katholische Kinderverwahranstalt gesteckt wurde. Hier entwickelte er sich offenbar zu einem Kleinkriminellen erster Wahl, denn die Polizeiakten des Linzer Stadtpolizeikommandos über Automatenaufbrüche, Ladendiebstähle, Erpressungen von Gleichaltrigen, Raufereien und Autoaufbrüche, die dem heranwachsenden Vencel zur Last gelegt wurden, schienen endlos. Immer wieder musste er in

Jugendarrest und verbüßte im Alter von achtzehn Jahren seine erste ernst zu nehmende Haftstrafe von anderthalb Jahren für den Überfall auf eine Tabak-Trafik. Im Alter von einundzwanzig ließ er sich von einem österreichischen Altnazi, dem als »Karpaten-Schlächter« in die Geschichte des Zweiten Weltkrieges eingegangenen Josef Zuleger, adoptieren und änderte seinen Namen in Heinz Zuleger. Kurz danach verlor sich bis spät in die 1980er-Jahre seine Spur. Der österreichische Staatsschutz erhielt immer wieder Hinweise, dass sich Zuleger mit dem Aufbau einer paramilitärischen Organisation beschäftige, doch Straftaten wurden nicht mehr aktenkundig. Nach dem Fall des Eisernen Vorgangs wurde Zuleger in seiner ungarischen Heimat gesichtet, wo er zum ersten Mal nach »Kraftorten« suchte.

1995 erschien dann in einem rechtradikalen Verlag sein Werk »Vrilplätze der Herrenmenschen«, in denen diese Kraftorte, die er in ganz Europa ausgemacht haben wollte, beschrieben wurden. Aufgrund des volksverhetzenden Inhalts wurde das Buch in Österreich und in Deutschland umgehend verboten. Zuleger hatte sich nicht nur mit Geografie und Topografie seiner »Kraftorte« auseinandergesetzt, sondern auch mit kruden Phantasien eines auf diesen Orten basierenden reinweißen Europa. In rechtsgesinnten Kreisen wurde sein Buch – gerade wegen des Verbots – ein Beststeller, wie der bayerische Verfassungsschutz berichtete. Ein Münchner Verleger, der neben seinen offiziellen und nicht minder tendenziösen Printprodukten auch einen schwunghaften Handel mit verbotenem Druckwerk betrieb, ließ sich von den Erlösen eine alte Villa am Starnberger See renovieren.

2001 trat Heinz Zuleger dann erstmals als Unternehmer auf. Er gründete einen Internetversand für »Kraft-Amulette« und »Power-Schlüsselanhänger«, womit er den rasant wachsenden Esoterik-Markt bediente. Sein absoluter Renner waren strahlende Metallanhänger, die angeblich aus dem äußeren Stahlmantel des havarierten Kernreaktors in Tschernobyl geschnitten waren. Sie sollten ihre Träger per »Multiduplex-Antistrahlung« vor unerwünschter natürlicher Strahlenbelastung schützen, die durch »erhöhten transstellulären Einfluss, verursacht durch millionenfache Sonnenfleckenaktivität im Zeitalter des Wassermanns« verursacht sei. Diesmal verzichtete er auf rechtsradikales Gedankengut und konzentrierte sich auf Gewinnmaximierung. Und diese gelang ihm in König-Midas-artigem Ausmaß. Bald war er der größte Händler von Esoterik-Schrott innerhalb und außerhalb des Internets.

Als er die zugehörigen Messen erfand und damit durch die Lande tingelte, wurde er nicht nur reich, sondern steinreich. Sein Geld investierte er jedoch gesinnungsnah. Immer, wenn ein alter Nazischatz gehoben werden sollte, wenn angeblich aus dem Führerhauptquartier stammende Teppiche verkauft wurden, wenn aus dem Chiemsee eine Goldschale geborgen wurde, die vielleicht dem schlimmsten Österreicher aller Zeiten gehört haben könnte, war Heinz Zuleger mit von der Partie. Bis 2009. Da verschwand er nach dem Verkauf seines Unternehmens an eine holländische Import/Export-Firma, die glänzende Geschäfte mit Nazimusik, Naziklamotten und Naziausstattung machte, aus der Öffentlichkeit.

Immer wieder gab es aber Querverbindungen zwischen Zuleger und Neonazigruppierungen in Holland, dem Baltikum, Frankreich, Italien, Polen und Ungarn und selbstredend in Deutschland und Österreich. Doch nie konnte dem Mann etwas Illegales nachgewiesen werden. Die Geldströme, mit denen er die rechte Brut züchtete, waren zu gut verschleiert, um für die Fahnder greifbar zu sein. Die österreichischen und deutschen Geheimdienste nahmen einhellig an, der Mann habe sich auf die Seychellen zurückgezogen, wo er schon als Unternehmer immer öfter immer längere Urlaube verbracht hatte. Erst als die Leiche im September 2013 auf dem Speicher des Sonnenbichl-Hotels gefunden worden war, hatten sich die Dienste wieder an ihn erinnert. »Und das, obwohl er offenbar mit Klarnamen reiste«, wunderte sich Hartinger, nachdem er die Akte gelesen hatte.

Zumindest wäre es hilfreich, wenn Schneider wüsste, was sich Hartinger zusammenreimte und dass es mehrere Leute gab, die im Bilde waren oder zumindest Bruchstücke dieses Mosaiks kannten. Er musste es riskieren und diesmal den Behörden des deutschen Staates vertrauen. Die ganze Sache war einfach zu unübersichtlich, um sie nicht mit der einzigen möglichen Quelle, die die Zusammenhänge wenigstens kennen konnte, zu besprechen.

Oder sollte er, während Dotti und Frey in der Hütte schliefen, nach München fahren, um mit Weißhaupt die Erlebnisse der letzten Tage auszutauschen? War dem zu trauen? Er war so verwoben mit den Mächtigen im Freistaat, dass man nie wissen konnte, ob er nicht an der falschen Stelle quatschte. Nein, es war besser, gleich mit Schneider zu reden. Oder sollte er das alles einfach vergessen? Nach Hause fahren, am nächsten Tag ein paar Fotos für das Tagblatt machen, Klammert Klammert sein lassen, Nazis Nazis und so tun, als wäre nichts? So wie alle anderen?

Nein, das war keine Option für Hartinger. Und wie er sich ganz sicher war, auch nicht für Dotti und erst recht nicht für Frey. Sie alle drei waren vom seltenen Schlag derer, die nicht nur immer die Wahrheit wissen wollten, sondern sie auch ständig laut herausbrüllen mussten. Er wusste nicht, welcher dieser beiden Fehler der schlimmere war.

Also ging er, anstatt Proviant bei Kathi im Mittererhof zu beschaffen, zu Fuß hinab nach Partenkirchen und suchte eine der letzten verbliebenen Telefonzellen auf. Sein Handy hatten sie ihm zwar gelassen, aber das zu benutzen hielt er nicht für ratsam.

Unten in Partenkirchen angekommen, fand er einen öffentlichen Fernsprecher, praktischerweise direkt vor dem Skistadion. Es war Jahrzehnte her, dass er einen solchen benutzt hatte. Er schob einige Münzen in den dafür vorgesehenen Schlitz und wählte eine Nummer, die Bernd Schneider ihn auswendig hatte lernen lassen.

Der LKA-Mann in Diensten einer Geheimorganisation meldete sich nach dem vierten Klingeln. Sie verabredeten sich für 23 Uhr im Gasthof Zum Rassen in der Ludwigstraße. Es würden nur noch der Wirt und ein paar übrig gebliebene Säufer da sein, und man konnte eine Unterhaltung ungestört in einem Nebenraum führen.

Hartinger begab sich nicht auf direktem Weg dorthin. Er wollte auf Nummer sicher gehen. Er hastete die Dreitorspitzstraße hinunter, stieg drei Häuser vor dem der Witwe Schnitzenbaumer über den Gartenzaun und näherte sich seiner Dachgeschosswohnung von hinten. Dort zog er sich an der Regenrinne nach oben und kraxelte zum Schrägfenster, das er mit dem Taschenmesser aufhebelte. Er stieg in die eigene Wohnung ein und entwendete ein altes Laptop, mit dem man nicht mehr viel anfangen konnte, als mit dem Browser ins Internet zu gehen. Bevor ihn irgendjemand entdecken konnte, verschwand er auf dem Weg, den er gekommen war.

Er hob vorsichtig das ebenfalls hinter dem Haus abgestellte alte Fahrrad der Witwe Schnitzenbaumer, das die Polizei vor einer Woche brav hierher geliefert hatte, über den Zaun in das rückwärtig gelegene Grundstück, schlich auf leisen Sohlen über das fremde Anwesen und stand schließlich auf dem Stiefelfeldfußweg, wo er sich auf das Radl setzte und den Gasthof Zum Rassen ansteuerte.

Dort bat er den Wirt um Erlaubnis, im an diesem Abend ungenutzten Bauerntheatersaal per WLAN eine Stunde arbeiten zu dürfen. Der Wirt, ein heimlicher Dissident, schrieb kommentarlos das WLAN-Passwort auf einen Bedienungsblock, riss das Blatt ab und reichte es Hartinger. Der bedankte sich mit einem Kopfnicken, verzog sich in den Theatersaal und schloss die Tür hinter sich. Eine Stunde, bis Bernd Schneider aus München anrollen würde, oder von woher auch immer, würde genügen, seine Geschichte aufzuschreiben, im Internet auf einem Dokumentenspeicher abzulegen und die Freigabe so einzustellen, dass er die Nachricht jederzeit mit einem Klick per Smartphone an dpa, Spiegel, Süddeutsche und Bild schicken konnte. Auch ohne die Wahrheit zu kennen, die er aus Schneider herauszuholen gedachte, war seine Story gut genug, dass jeder Journalist, der nur noch einen einzigen Funken Reporterehre im Leib hatte, darauf anspringen würde. Kurze Zeit später wäre Garmisch-Partenkirchen voll mit Pressemenschen, als fänden Neujahrsspringen, Weltcup-Abfahrt und Hornschlittenrennen an einem Tag statt. Nur, dass es keine willfährigen Sportreporter, sondern investigative Wadlbeißer und sensationslüsterne Boulevardgeier sein würden.

Kapitel 37

Bürgermeister Meier und Oliver Klammert stiegen im Steinbruch hinter dem Sonnenbichl-Hotel aus dem Dienst-Audi mit dem Kennzeichen GAP-BM 1. Vor dem fast vollen Mond, der das gegenüberliegende Wettersteingebirge in ein fahles Licht tauchte, zogen ein paar weißgraue Wolkenbänder vorbei. Zu allem Überfluss schrie ein Käuzchen aus dem Wald. »Wie im Grusel-Kitschfilm«, sagte Klammert.

»Nur halt in echt und nicht zum Gruseln«, sagte der Bürgermeister. »Komm, nimm deinen Hund mit, wir machen einen Spaziergang.«

»Nachts um elf?«

»Da stört uns keiner.«

Sie gingen ein Stück den Wanderweg entlang, der zur Burgruine Werdenfels führte. Bärli trottete mit drei Metern Abstand wie ein Bodyguard hintendrein. Klammert blieb am ersten grün-gelben Wegweiser stehen, besah ihn sich und musste lachen. »Burgruine Wer-den-fels. Whotherock. Und da bist du wirklich ganz allein draufgekommen?«

Hans Wilhelm Meier zweifelte schon lange nicht mehr, dass Klammert seine Firmenkonstruktion bis in die letzte Gewinnabtretungsvereinbarung hinein kannte. Vor diesem Mann konnte man kein Geheimnis bewahren. »Dir kann ich's ja sagen, Olli: Ich hab ganz einfach ›Werdenfels‹ in den Übersetzungsdienst von dieser Internetsuchmaschine eingegeben. Da kommt manchmal so ein Schmarrn dabei raus.«

Sie gingen weiter in den Wald hinein, und nach einem kurzen steilen Anstieg standen sie vor einem schwarzen Gasthaus, das ein Schild als Werdenfelser Hütte auswies.

»Schade, die haben zu«, sagte Klammert. »Ich würde gern etwas essen.«

»Und für dich, Bärli, hätten sie vielleicht auch einen gescheiten Salatteller«, sagte Meier und lachte. »Aber nix da, jetzt werden erst mal Geschäfte gemacht.« Der Bürgermeister schritt über die Terrasse des Gasthauses und betrat an deren Rückseite einen schmalen Weg. Klammert und sein Hund gingen hinterher. Nach zwanzig weiteren Metern sagte Meier voller Stolz, als präsentierte er der Öffentlichkeit einen neuen Sechsersessellift durchs Naturschutzgebiet: »Da ist sie, unsere Burgruine Werdenfels.«

Das Mondlicht hob das Mauerwerk gegen den schwarzen Nachthimmel ab. Die Umrisse der Burg waren mehr zu erahnen als zu sehen. Die beiden Männer kletterten über einen grasbewachsenen Schutthaufen, und Bürgermeister Meier bückte sich, um seinen Körper durch einen alten Bogendurchgang in der Mauer zu zwängen. Klammert tat es ihm nach. Danach standen sie auf einer ebenen Fläche, die an zwei Seiten von den Resten der Burg, an den anderen beiden von starken Vierkantbalken, die als Geländer dienten, begrenzt war.

Meier stellte sich an dieses Holzgeländer und schaute über seinen Ort Garmisch-Partenkirchen, der zur Rechten lag. Links konnte man die Bundesstraße erblicken, wo die auf ihr fahrenden Autos im Farchanter Tunnel verschwanden und wenige Minuten später wieder daraus auftauchten.

Der Bürgermeister nahm einen tiefen Zug der kalten Nachtluft, dann drehte er sich zu Klammert. »Da schau her, Olli«, schwärmte er, »unser Landl. Dank der Initiative und der Schaffenskraft von Männern wie uns wird dieser Ort der begehrteste Immersportort der Welt werden. Begehrt bei Touristen, begehrt bei Zureisenden, begehrt in Ost und West und Nord und Süd. Na ja, Süd – die haben ja nichts derzeit, wobei die Araber, sind die jetzt Ost oder Süd? Na, ist auch wurscht. Sie alle werden kommen, werden sporteln, werden wohnen, werden shoppen und werden deine Investitionen zu den rentabelsten machen, die die Welt von Tourismus und Immobilienwirtschaft seit dem Goldrausch gesehen hat. Und warum? Weil ich zwanzig Jahre lang nichts anderes tue, als die besten Filetstückerl dieses schönen Tals einzusammeln wie ein Briefmarkensammler. Wir beide, du und ich, an unserem Wesen soll dieser Ort genesen!«

Klammert stand in der Mitte der grasbewachsenen Fläche und schaute den Bürgermeister mit einer Mischung aus Bewunderung und Mitleid an, wie ein Zoobesucher den am Seil schwingenden Affen. Bärli saß neben ihm und legte wie sein Herrchen den Kopf schräg. Er spitzte die Schlappohren, so gut es ging, wohl, um ebenfalls zu hören, welche knallige Pointe kommen würde.

»Na ja, jedenfalls, ich hab dir noch ein Geschenk zu machen, lieber Olli. Komm hierher an das Geländer, dann siehst es besser.«

Oliver Klammert und Bärli gingen nach vorn.

»Da, schau, dort unten. Der Golfplatz der Amerikaner. 1945 beschlagnahmt. 9-Loch. Ein Sahnestückerl. Direkt neben dem Sonnenbichl-Hotel. Und neben dem Stieranger. Insgesamt doppelt so viel Hektar wie das wunderbare Wiesengelände, das ich bis jetzt zusammen hab für dich. Die Amerikaner geben den jetzt endlich her. Das wissen nur ganz wenige. Fällt zurück an die Bundesrepublik. Und der Mensch in der BIMA, der die Verwertung managt, ist … Na?«

Klammert sagte nichts und schaute den Bürgermeister fragend an.

»BIMA, verstehst? Die Bundesanstalt für Immobilienaufgaben. Siehst es, es gibt doch Dinge, die du nicht weißt.«

»Na komm, erzähl schon«, drängte Klammert. In seinen

Augen glänzte nicht nur das Mondlicht. Meier sah zu ihm hinüber und war sich sicher, Dollarzeichen in den Pupillen zu erkennen.

»Erst, wenn die erste Tranche des Geldes auf meinem Konto … ich mein, bei einer Gesellschaft Whotherock Incorporated, die ich gar nicht kenn, eingegangen ist. Ansonsten gibt's auch genug andere Interessenten für so ein Traumgrundstück. Was heißt da Grundstück? Es ist eine Länderei. Und das Beste, mein Lieber: Die Amis haben das nicht als Verein geführt, sondern als Gesellschaft. Also kommerziell, du verstehst. Es ist gewerblicher Grund. Man muss es nicht umwidmen, es gibt kein Verfahren, gegen das Bürger Einspruch erheben könnten, es ist bereits Gewerbegrund.«

»Wenn ich richtig liege, dann hat die Whotherock Incorporated bereits ein Vorkaufsrecht erworben?«, sagte Klammert mit vor Erregung metallisch klingender Stimme.

»Du kannst hellsehen!«, jubelte der Bürgermeister. »Aber jetzt warte, schau, da hinten, dort, siehst es, das andere Ami-Gelände da am Südende des Tals, kannst es sehen?«

Oliver Klammert lehnte sich über das Geländer und zwickte die Augen zusammen. »Was meinst du?«

»Na, da hinten, das orangefarbige Licht, die Housing Area der Amerikaner. Da, komm hierher, da kannst es besser sehen.«

Der Bürgermeister kletterte über das Geländer, und der Investor tat es ihm nach. Bärli blieb hinter dem Geländer stehen und bellte warnend.

»Da, schau, da hinten! Von hier aus sieht man's aber so was von genau.« Meier ließ seinem Gast den Vortritt und dirigierte ihn auf den Platz vorn an der Kante des Plateaus.

Klammert bewegte sich immer weiter nach vorn und verbog den Hals, um an dem aus dem Abhang hochwuchernden Gestrüpp vorbeizulinsen und tatsächlich einen orangenfarbenen Schein vom entfernt liegenden Ortsende zu erspähen. Das war der Moment, auf den der Bürgermeister hingearbeitet hatte. Er hatte Klammert genau da, wo er ihn mit geringer Mühe aus dem Weg räumen konnte. Jetzt ein kleiner Schubs, und der verfluchte Investor, der zu viel über ihn wusste, läge mit gebrochenem Kreuz zwanzig Meter weiter unten im Gestrüpp.

In dem Moment beugte sich Klammert ein Stück zu weit nach vorn. Um nicht das Gleichgewicht zu verlieren, ruderte er wild mit den Armen nach hinten. Dann rutschte Oliver Klammert ohne Meiers Zutun mit seinen glatten Sohlen aus. Er fluchte nicht, er gab keinen Laut von sich, als er stürzte. Mit den Unterarmen konnte sich der sportliche Mann halten, als er auf der Kante aufschlug. Der Bürgermeister schaute auf seinen Geschäftspartner hinab und sah genau, wie der immer weiter nach unten rutschte. Klammerts Füße fanden keinen Halt, um sich nach oben abzustoßen.

»Hilf mir!«, stieß er endlich hervor, während Bärli aufgeregt bellte, dass es im ganzen Tal zu hören sein musste.

Meier machte einen Schritt auf den verzweifelten Klammert zu, der sich nur noch mit den Händen an der Kante hielt. Es wäre ein Leichtes, einfach die Finger des Verunglückten mit den Absätzen zu bearbeiten, so lange, bis Klammert den Halt verlor und stürzte. Zwei ewige Sekunden dachte Meier darüber nach. Er haderte mit sich, ob er den hassgeliebten Klammert nicht auf diese Art und Weise aus der Welt schaffen solle. Die Gedanken rasten durch sein Bürgermeisterhirn. Aber dann wäre auch diese phantastische Gewinnerzielungschance dahin. Ja, wollte er denn wirklich, dass Klammert weg war, wie er es dem Gruber gesagt hatte und wie er es sich immer öfter gedacht hatte, je mehr herausgekommen war, was Klammert alles über seine Geschäfte wusste? Er war nicht nur unentschlossen, er war innerlich zerrissen. Einerseits war der Mann viel reicher, viel mächtiger als er selbst. Es kostete einen wie Klammert einen Spauz, einen Bürgermeister von seinem Sessel zu entfernen. Doch wenn er jetzt wirklich alles richtig machte, würde er bald um zig Millionen reicher sein. Dass dieser Mann eines Tages durch den Farchanter Tunnel gefahren war, um all das mit einem sauberen Premiumaufschlag zu kaufen, was er jahrzehntelang an Wiesen und anderen brachen Liegenschaften zusammengekrampfelt hatte, war ja ein Sechser im Lotto. Mit Zusatzzahl und Spiel 77. Außerdem war Meier Christ. Zumindest Mitglied, nein, Führungskader einer C-Partei. Da brachte man doch nicht einfach einen unliebigen Menschen um. Zumindest nicht mit brutaler Gewalt. Nachts, an einem Abhang.

Überhaupt: Konnte er sicher sein, dass der Sturz tief genug sein würde? Was, wenn Klammert überleben und gegen ihn aussagen würde? Klar, dann stünde Aussage gegen Aussage, und nur der Hund wäre Zeuge, aber: Wer würde von seiner reinen Unschuld ausgehen? Da würde etwas hängen bleiben. Oder man würde tiefer bohren. In seinen Geschäften, in seiner Firmenkonstruktion, vielleicht hatte der Mensch dort, dessen Leben er jetzt so schnell beenden könnte, Aufzeichnungen gemacht über das, was er über ihn wusste?

Außerdem stellte Bärli nun sein infernalisches Gebell ein und begann, drohend zu knurren und die Zähne zu fletschen, und das machte Meier nun doch nervös. Würde der Köter ohne sein Herrchen plötzlich vom Veganer zur menschenreißenden Bestie werden?

Meier kniete sich nieder, beugte sich nach vorn und streckte Klammert eine Hand hin. »Halt dich fest, Freund, ich zieh dich nach oben!«, rief er.

Klammert schnappte mit seiner Rechten nach Meiers linker Hand und bekam sie zu fassen. Meier zog, und Klammert gelang es, den rechten Fuß auf die Kante zu werfen. Meier stemmte sich hoch, um Klammert mit einem letzten Ruck nach oben zu ziehen.

In diesem Moment kam Bärli von hinten angesprungen, wohl, um nach reiflicher Überlegung sein Herrchen zu verteidigen. Er sprang, riss im Flug sein Maul alligatorgleich auf – und grub die Fänge tief in Meiers Gesäß. Meier ließ Klammerts Hand los und machte vor Schmerz einen großen Satz nach vorn.

Während Klammert sicheren Halt fand, plumpsten der gequälte Bürgermeister und der massige Molosser, der sich fest in das wohlmarmorierte Sitzfleisch seiner Beute verbissen hatte, gemeinsam in die Schwärze des Abhangs.

Klammert stand an der Kante, rang nach Atem und starrte in die Nacht. »Bärli, was machst du denn?«, hechelte er seinem havarierten Hund hinterher.

Kapitel 38

Hartinger drückte auf »Speichern« in genau dem Moment, in dem Bernd Schneider den Theatersaal betrat.

»Kalt ist es hier«, sagte der Geheimdienstler.

»Machen Sie sich ein paar warme Gedanken«, entgegnete Hartinger. Er blieb sitzen und wartete, bis Schneider ihm gegenübersaß. »Oder bestellen Sie sich einen Tee mit Rum.«

»Hab ich bereits. Der Wirt kommt gleich.«

»Also, Schneider, jetzt Butter bei die Fische«, begann Hartinger. »Was ist hier los? Ich will es wissen.«

»Mit welchem Recht?«

»Mit welchem Recht?« Hartinger stand auf und rannte im Saal auf und ab, weil er irgendwohin musste mit seiner Energie. Eigentlich wollte er Schneider mit dem Arsch voran ins Gesicht springen. Mit dem nackten. »Mit welchem Recht? Mit dem Recht des deutschen Staatsbürgers, der wissen möchte, wenn Nazihorden sich sammeln, Leute entführen und, wie man hört, Menschen umbringen. Zweitens als Bürger von Garmisch-Partenkirchen, eines Orts mit weltweit anerkannter Nazivergangenheit. Und, wenn das nicht reicht, als Entführungsopfer dieser Drecksbande.«

»Nun ja, *wenn* man Ihrer Darstellung glauben darf. Wer weiß, ob Sie das nicht inszeniert haben, um eine Geschichte abliefern zu können. Sie sind Reporter, Hartinger, die haben ja den allerbesten Ruf.«

»Gleich nach den Ärzten und Geheimagenten, ich weiß. Und Sie wissen, dass das eben keine Inszenierung war, dass man mir tatsächlich auf dem Stieranger eine übergezunden hat, als ich ein brennendes Kreuz fotografiert hab, denn das Bild ist wahrscheinlich bei Ihnen angekommen.«

»Welches Bild? Wovon reden Sie?«

»Ah, so läuft der Hase. Dachte ich mir.« Hartinger zog das Smartphone aus der Hosentasche und klickte darauf herum. »Dann checken Sie mal schnell Ihre LKA-Mail.«

Schneider tat dies und brauchte fast fünf Minuten, um den Erguss zu lesen, den ihm Hartinger gerade freigegeben hatte.

»Und Sie meinen, wir können das nicht lokalisieren, das Dokument, und vernichten, bevor Sie jemandem das schicken?«

»Ich hab's schon einigen Menschen zur Sicherheit geschickt. Und außerdem: Diese amerikanischen Internetfirmen verschlüsseln jetzt immer alles recht ordentlich. Auch die, auf deren Server ich meinen kleinen Besinnungsaufsatz geschrieben und gespeichert hab. Ich habe das übrigens auch bei zwei unterschiedlichen Anbietern getan, also geben Sie sich keine Mühe. Bei mir wirkt Ihre Einschüchterung nicht.«

»Aber Ihre bei mir, meinen Sie?« Schneider lachte. »Ein heruntergekommener Lokaljournalist erpresst den Staat! Da müssen Sie schon früher aufstehen, Hartinger.«

»Na gut, haben wir also genug Freundlichkeiten ausgetauscht, Schneider. Dann kann ich das ja jetzt an die Presse senden.« Hartinger fummelte wieder am Handy herum.

»Sie greifen in laufende Ermittlungen ein und gefährden Menschenleben, Hartinger, das ist Ihnen klar. Das Leben von V-Leuten, von Menschen, die auf der Abschussliste stehen und die noch schnell abgeknallt werden, sobald die ersten Nester hochgenommen werden. Wir müssen das alles konzentriert und koordiniert machen, sonst haben wir keine Chance. Wir brauchen Beweise. Vor deutschen Gerichten haltbare Beweise. So lange wir die nicht haben, können wir nichts tun.«

»Sie haben den toten Neonazi vom Sonnenbichl!«

»Na und? Und wenn er zu viel Georg Danzer gelesen hat? ›Tod eines Wichsers‹, kennen Sie das? Das Buch mit dem Text haben wir jedenfalls in seinem Nachlass gefunden.«

»Aha. Ein österreichischer Neonazichef fährt von Linz – oder wo auch immer so ein österreichischer Neonazichef herkommt, aber sehr wahrscheinlich aus Linz – von Linz also fährt er nach Garmisch-Partenkirchen, dringt in ein altes Hotel ein, besteigt den Dachboden, bindet sich ein Seil um die Eier und das andere Ende um den Hals, beginnt sich einen runterzuholen, und als er abspritzt, zieht sich die Schlinge um den Hals zu. So einfach.« Natürlich kannte Hartinger den Text von Georg Danzer. Er kannte alles von Georg Danzer.

»Warum nicht?«

»Weil das zwar sehr gut in das Bild passen würde, das ich mir über Ober- wie auch Unter-Neonazis gebildet hab, nämlich, dass das allesamt verblödete Wichser sind, aber, ganz im Vertrauen, deswegen doch nicht der gesamte bundesdeutsche und österreichische Staatsschutz Parade läuft. Hören Sie auf mit dieser gequirlten Scheiße, Schneider, und reden Sie endlich, Mann. Denn wie gesagt: Die Geheimhalterei ist für die Katz, wenn ich den richtigen Knopf an meinem Handy hier drücke.« Hartinger setzte sich wieder und nahm einen Stoß Bierfilze in die Hand, um damit herumzuspielen. »Ich warte, Herr Schneider.«

»Nun …« Jetzt stand Schneider auf, um zu seinem Referat auszuholen. »Nun, Herr Hartinger, ich weiß nicht, wie ich es Ihnen sagen soll …«

»So, wie's ist.«

»Na ja, es ist so, dass da – und jetzt ganz ehrlich – *nichts* ist.«

Hartinger hörte auf, Kartenhäuser mit den Bierdeckeln zu bauen. »Wie? Nichts?«

»Na ja, es mag da einen toten österreichischen Neonazi geben, aber … Wer weiß, warum er da lag. Wir jedenfalls nicht. Gut, da mag es einige Morde gegeben haben, an Tankstellenpächtern, aber wie es der Teufel will, sind die Sicherheitskameras an diesen Tankstellen ausgefallen. Es mag sein, dass Sie ein brennendes Holzkreuz gesehen haben und anschließend entführt wurden, aber es gibt keinen weiteren Zeugen. Und auch kein Foto, das bei uns angekommen ist. Es gibt – aber ich wiederhole mich – nichts.«

»Wie kann das sein? Sie überwachen doch alles, Sie können mir nicht sagen, dass der BND, der MAD und der Verfassungsschutz weniger Dreck am Stecken haben als die Amerikaner und die Engländer. Die sind nur ein bisserl geschickter und stellen sich keinen Prachtbau hin, der aussieht wie ein Ufo. Und jetzt sagen Sie so einfach: Es ist nichts?«

»Tut mir leid. Nichts, was unsere Augen sehen und unsere Ohren hören.« Schneider machte einen ehrlich zerknirschten Eindruck.

»Und die Spionin in Dottis Wohnung? Auch nur Zufall?«

Schneiders Züge hellten sich wieder auf. »Ha, da haben wir endlich mal einen konkreten Anhaltspunkt. Die gibt es. Und sie hatte auch eine Waffe, die Lettin.«

»Ich dachte immer: Litauerin.«

»Nein, Lettin. Aber«, Schneiders Enthusiasmus verlor schlagartig an Dynamik, »wir haben keine Ahnung, wer die geschickt hat und was sie in der Wohnung Ihrer Freundin wollte. Die Identifizierung der Frau läuft. Kann auch mit irgendeinem anderen Fall zu tun haben, den Frau Dr. Allgäuer bearbeitet. Oder es ist ganz einfach die Tarnung der Lettin, das mit dem Studium in München und der Putzstelle. Also Zufall. Wenn es überhaupt eine Spionin ist. Und keine Drogenschmugglerin. Und falls sie eine Spionin ist, kann es passieren, dass wir sie austauschen müssen gegen einen unserer Männer, der derzeit in Lettland … Aber was rede ich da, das tut hier ja nichts zur Sache.«

»Wahnsinnig viele Zufälle. Das glaubt doch keiner.«

»Hm.«

Hartinger steckte das Mobiltelefon wieder weg. Er wusste nicht, ob er es aus Mitleid mit Schneider tat oder weil er nicht »Feuer, Feuer!« schreien wollte, wenn da tatsächlich keines war. Aber tief im Inneren wusste er: Wo Rauch ist, da brennt es.

Er warf das Bierdeckelhaus um, ließ Schneider sitzen und ging aus dem Seitenausgang des Theatersaals in die Partenkirchner Nacht hinaus.

Kapitel 39

Bürgermeister Meier schüttelte sich. Dann fiel ihm auf, dass sein Hintern schmerzte. Er fluchte landestypisch laut und ordinär. Gleich darauf machte er ein Kreuzzeichen. Nicht, um Absolution für seinen Fluch zu erhalten, sondern aus Dankbarkeit, dass sein Sturz durch einen wild wachsenden Forsythienstrauch abgefangen worden war. Das Gehölz hatte ihn wie ein Feuerwehrsprungtuch elastisch aufgenommen und ihn mit einem Doppelsalto in einen Nussbaum geworfen, wo sein schwerer Körper schließlich zur Ruhe gekommen war.

Meier strich sich die Lodenjoppe glatt und klopfte den Dreck von der Hose. Er schien den Absturz ohne einen Kratzer überstanden zu haben. Wenn man von der Fleischwunde in seinem Allerwertesten absah, die vom Verbiss des Hundemonsters Bärli herrührte.

Bärli. Wo war der Bastard von einem Höllenhund? Meier duckte sich, denn er fürchtete, jederzeit wieder von der Bestie angefallen zu werden. Doch um ihn herum raschelte kein Tier im Unterholz. Wahrscheinlich hatte das Viech Pfotengeld gegeben. Oder war nicht so knochenschonend gelandet wie Meier und lag mit zerschmetterten Gliedern irgendwo im steilen Abhang. »Nicht schad drum«, sagte der Bürgermeister zu sich selbst. Dann hörte er von oben den Besitzer des Molossers brüllen.

»Bärli, Bärli!«, rief Oliver Klammert immer lauter in die Nacht hinein.

»Jetzt halt dein Maul und geh zurück zum Auto!«, schrie Meier seinem Geschäftspartner zu. »Ich geh unten rum. Müssen ja hier nicht die ganze Gegend zusammenschreien.«

Von oben kam nichts mehr. Klammert hatte sich wohl in das Schicksal gefügt.

Bürgermeister Meier stolperte durch das dichte Unterholz nach unten. Das Gestrüpp war beinahe undurchdringlich und der Hang äußerst steil. Es war ein Wunder, dass er sich nicht die Knöchel verstauchte und die Knie verdrehte, denn ungezählte Male rutschte er trotz der geriffelten Sohlen seiner Bequemschuhe aus. Die größte Pein bereitete ihm sein lädierter Hintern, besonders, weil er es nicht immer schaffte, sich im Fallen nach rechts oder links wegzudrehen, um nicht auf der Bisswunde zu landen. Die müsste er sich schnellstens versorgen und säubern lassen, bevor sich eine Infektion einnistete. Das fehlte ja noch: der Garmisch-Partenkirchner Bürgermeister krankgeschrieben wegen Arschentzündung.

Endlich erreichte er die Talsohle. Er kam direkt hinter dem Gut Schwaigwang heraus, einem alten Hof, der einmal zur Burg gehört und diese versorgt hatte. Seit Langem bewohnte lichtscheues Gesindel das heruntergekommene riesige Gehöft. Er musste zugeben, dass er es auf der Liste der von ihm und seiner Whotherock Inc. zu entwickelnden Brachen des Gemeindegebietes ganz vergessen hatte. Hätte ihm der Hintern nicht so wehgetan, er hätte sofort eine E-Mail an sich selbst geschickt, dass dieses Potenzial schnellstens gehoben werden musste. Auf Cc zwei Anwälte in Liechtenstein und Guernsey.

Doch in seinem Zustand dachte er nur daran, möglichst schnell und in erster Linie unerkannt im Audi nach Hause zu fliehen, um sich dort vom Hausarzt vertraulich den Dreck aus der Afterwunde kratzen zu lassen. Entsprechend vorsichtig pirschte er um die Rückseite des Hauses herum und drückte sich an dessen langen Seite an die Mauer. Als vor ihm plötzlich eine Seitentür des Gebäudes aufflog, ein Lichtschein auf den ungepflasterten Hof fiel und zwei Personen heraustraten, duckte er sich hinter einen großen Haufen, der mit einer olivgrünen Plastikplane abgedeckt war.

Er spürte, dass sich ein Auto, ein Kastenwagen, unter der Plane befand. Und als er den Aufzug der zwei Typen erkannte, die nach draußen getreten waren, um sich eine Zigarette anzuzünden und dabei die Blase mitten auf den Hof zu entleeren, hielt er den Atem an. Die Burschen da vorn trugen Springerstiefel und hatten die Haare raspelkurz geschoren.

Die Nazis! Meier wagte kaum zu atmen, denn wenn sie ihn hier fanden … Diese Typen waren zu allem fähig, die würden sicher auch jeglichen Respekt vor seinem Amt vermissen lassen. Selbst, wenn er sich als Nachnachnachnachnachfolger desjenigen Bürgermeisters präsentierte, der dem Führer anlässlich der Eröffnung der Olympischen Winterspiele 1936 die Hand gereicht hatte, nähmen die das wahrscheinlich nicht als ausreichende Grundlage für eine positive Entscheidung über sein Gnadengesuch. Wer konnte sagen, in welches Loch die ihn werfen würden, so wie den Polsterer …

Himmel, der Polsterer Franz, der musste hier irgendwo versteckt sein, der arme alte Mann. Was war dieser Bernbacher doch für ein Vollidiot, dass er hier nicht gesucht hatte. Aber tatsächlich hatte den Schwaigwang-Hof in Garmisch-Partenkirchen niemand so recht auf dem Schirm, so wie das Anwesen dalag, im Niemandsland zwischen Garmisch und der Siedlung Burgrain, in der sich nach dem letzten Krieg die Flüchtlinge aus dem Osten hatten niederlassen dürfen. Die ganze Ecke führte im Bewusstsein der Garmischer ein eher randständiges Dasein.

Endlich traten die Burschen ihre Zigaretten im Morast des Hofes aus und gingen ins Haus zurück. Meier hob die Plane an und blickte auf das Heck des Autos. Es handelte sich um einen VW-Transporter mit dem Kennzeichen MOL als Ortskürzel.

»Aus der Zone. War ja klar«, flüsterte Meier, dann versuchte er, sich die ganze Nummer zu merken, was im achten Anlauf auch gelang. Er ließ die Plane wieder nach unten und sah zu, dass er sich an der Mauer entlang unter den hell erleuchteten Fenstern vorbeidrückte, auf dass ihn nur ja keiner sah.

Kurze Zeit später stand er am Rand der Bundesstraße, gegenüber der Einfahrt zum Ami-Golfplatz, den er eben noch an Oliver Klammert hatte verscherbeln wollen, und biss die Zähne zusammen, als er möglichst schnell die paar Hundert Meter zum alten Steinbruch absolvierte, wo der rettende Audi wartete. Dort angekommen, traf er auf Klammert, der wohl trotz Tanzschucherl auf dem Wanderweg nach unten gejoggt war und ungeduldig auf und ab lief.

»Mensch, Hansi, was ist mit dem Bärli?«, fragte er, als er den derangierten Bürgermeister erblickte.

»Jetzt lass mir doch meine Ruhe mit dem elenden Dreckskšter!«, schimpfte Meier. »Ich wär beinahe draufgegangen wegen dem Deppenhund, und außerdem heißt das ›Danke schön, lieber Hans, dass du mir da oben das Leben gerettet hast‹.«

»Danke schön, lieber Hans, dass du mir da oben das Leben gerettet hast«, wiederholte Klammert artig, und der Bürgermeister merkte, dass der Milliardär noch weniger ans Bedanken gewöhnt war als er selbst. »Hast du meinen Hund gesehen?«

»Nein, und ich hoffe auch, dass ich ihn so schnell nicht wiedersehe. Ich dachte immer, Pferde sind hinterhältige Wesen, die dem Menschen nach dem Leben trachten. Na ja, dein Hund ist ja ein halbes Pferd.« Während der Bürgermeister so vor sich hinschimpfte, ließ er den Kofferraum per Fernbedienung aufschnappen und entnahm eine Autodecke, die er auf dem Fahrersitz ausbreitete, um das edle Leder vor Blutflecken zu bewahren.

Als sie beide wieder im Auto saßen, sagte Meier: »Ich hab die Nazis gefunden. Jetzt wird bald alles gut. Heute Nacht, spätestens morgen lass ich die ausräuchern, da kannst du Gift drauf nehmen. Übrigens, da hinten ist so ein alter Hof, der gehört der Gemeinde, der steht auch zum Verkauf. Direkt gegenüber vom Golfplatz. Ich zeig's dir morgen alles auf Google Maps, du wirst begeistert sein.«

»Das bin ich jetzt schon. Haben wir eigentlich schon über den Preis gesprochen, Hansi?«

»Ganz einfach: Wir verdoppeln die Summe. Und das beim dreifachen Grund. Na, was meinst du?«

»Zweihundert Millionen? Na ja, man muss einiges entwickeln, da kommen schon noch ein paar Hundert Mio dazu …«

»Hundertachtzig Millionen«, sagte der Bürgermeister.

»Hm, die ganzen Kosten …«

»Okay, hundertfuffzig, mein letztes Angebot.«

Klammert hielt die Hand hin. »Deal!«

Der Bürgermeister schlug ein. Vor lauter Vorfreude auf seinen eben errungenen märchenhaften Reichtum tat ihm der Hintern nicht mehr weh, und er sagte: »Dann auf nach Hause zu Mutti, damit wir das alles bei mir am Erkertisch unterschreiben können.«

»Erst müssen wir den Bärli suchen«, bremste ihn Klammert gleich wieder ein. Er tippte auf seinem Smartphone herum, wohl, um sich eine Notiz zu machen.

Schlagartig fuhren Meier die Schmerzen wieder ins Gesäß. Am liebsten hätte er Klammert sein Drecksviech selbst suchen lassen. Aber einem Geschäftspartner, der einem hundertfünfzig Millionen auf ein schwarzes Konto in der Südsee überweisen würde, suchte man auch schon mal das

Haustier. Besonders, bevor die Tinte auf dem Vertrag trocken war.

Sie stiegen aus dem Audi und riefen »Bärli, Bärli!« in die Nacht. Als sich nach wiederholtem Anruf der Gesuchte nicht einfand, beschlossen sie, den Weg zum Gehöft zurückzuschleichen, denn dort, unterhalb der Burgruine, müsste doch der Hund irgendwo umherirren. Oder liegen.

Als sie sich dem alten Bauernhaus näherten, sahen sie, wie der VW-Transporter auf die Landstraße bog und in Richtung München davonrollte.

»Da fahren sie, die Nazis, aber die kommen nicht weit«, sagte Meier und zog sein Handy aus der Tasche. »Ich alarmiere die Kameradschaft.«

»Will ich alles nicht wissen«, sagte Klammert.

»Kruzifix, Akku leer«, schimpfte Meier. »Aber egal, weg ist weg. Und wenn sie wiederkommen, dann …« Er machte wieder die typische Schnittbewegung am Hals.

»Da ist er!«, schrie Klammert und rannte zum Waldrand.

Bärli tapste aus dem Unterholz. Außer ein paar Risswunden, die das Dornengestrüpp hinterlassen hatte, war er unversehrt.

Kapitel 40

»Wo warst du?«, raunzte Dorothee Allgäuer, als Hartinger unter ihre Decke kroch. »Komm mir nicht zu nahe, du hast Eisbeine!«

»Pscht, lass uns schlafen. Ich muss morgen früh ausgeruht sein. Das ist alles so wahnsinnig kompliziert hier.«

»Ich würde schlafen, wenn dein Onkel da drüben nicht sägen würde wie ein ganzer Trupp kanadischer Holzfäller«, zischte sie. »Und wenn du mir nicht in dem Moment, in dem ich dann doch wegpenne, deine Eishaxen an die Schenkel drücken würdest.«

»Ist nicht mein Onkel.«

»Onkel deiner Exfrau halt.«

»War nicht meine Frau.«

»Mein Gott, Gonzo, jetzt gib endlich Ruhe. Du wirst tatsächlich morgen ein ausgeschlafenes Hirn brauchen, denn dein Nicht-Onkel deiner Nicht-Ex oder was auch immer hat einiges aus den Archiven zusammengetragen, was dich interessieren wird.«

»Echt? Spannend?«

»Hochspannend.«

»Verdammt, musst du mir das jetzt sagen? Wie soll ich da schlafen?«, moserte Hartinger. »Komm, wir wecken ihn auf.«

In diesem Moment schnarchte Albert Frey laut auf.

»Bist du wahnsinnig? Ich will jetzt meine Ruhe! Ich hab heute auch ganz schön was mitgemacht«, schimpfte Dotti.

»Aber wenn es doch so wichtig ist, dann will ich es jetzt wissen«, drängte Hartinger. Und schlief in der nächsten Millisekunde schnarchend ein.

»Na großartig. Holzfäller in Stereo«, sagte Dotti und starrte in die Schwärze über dem Stockbett der Hütte.

Kapitel 41

Als Hartinger am Morgen erwachte, kitzelte ihn der Duft frisch aufgebrühten Kaffees in der Nase. Er streckte sich in dem viel zu kurzen Bett, so gut es ging, dann hievte er den Körper in die Vertikale und tapste aus dem Bettenlager in die Stube.

Was er dort sah, trieb ihm beinahe Tränen des Glücks in die Augen. Dotti und Albert Frey hatten ein Frühstück gezaubert, das als Dekoration in einer kitschigen Nutella-Werbung mit glücklichen Nationalmannschafts-Fußballbuben hätte herhalten können. Auf der rot-weiß karierten Tischdecke stand eine Kaffeekanne, der ein betörender Duft entströmte, die Semmeln und Brezn im Brotkorb schienen noch auszubacken. Und in die Mitte des Tisches hatte Dotti eine Vase mit einem Strauß Blumen gestellt. Das Ganze wurde vom Herbstlicht, das durch die alten mundgeblasenen Scheiben des einzigen Fensters der Hütte schien, äußerst fotogen ausgeleuchtet.

»Der Hammer«, sagte Hartinger und setzte sich.

In dem Moment kamen Dorothee Allgäuer und Albert Frey zur Hüttentür herein. Dotti trug einen kleinen Milchkübel, und Frey behütete in seiner Armbeuge einen Korb mit Eiern wie ein neugeborenes Kind.

»Jetzt wird's aber too much«, grinste Hartinger. »Wollt ihr nicht noch schnell ein paar Hanutas selbst backen in dem alten Holzofen?«

»Für dich tun wir doch alles, mein edler Ritter«, lachte Dotti zurück.

»Im Ernst, was ist mit euch los? Und wo habt ihr das alles her?«

»Während sich der edle Herr Ritter von den Schlachten

ausruhte, haben seine Vasallen die umliegenden Gehöfte unsicher gemacht. Der edle Ritter hatte nämlich versprochen, dass er für Proviant sorgt, aber da kam ihm dann sicher der eine oder andere Drache respektive Burgfrollein dazwischen.«

Hartinger erinnerte sich. Nun ja, Bernd Schneider war wohl eher der Kategorie Drache zuzuordnen als den Burgfräuleins. Allerdings war er ihm am vergangenen Abend eher als ein zahmer, trauriger, ja, verzweifelter Drache erschienen.

»Da wir heute einen großen Tag vor uns haben«, setzte Albert Frey ein, »dachten wir uns, den geht man am besten mit einem ordentlichen Frühstück an. Und da haben wir mal bei Kathi Mitterer und ihren lieben Nachbarn ein paar Lebensmittel zusammengehamstert.«

»Und mit einer Dusche gehen wir diesen Tag auch an«, ergänzte Dotti, die neben Hartinger Platz genommen und kurz den Kopf auf seine Schulter gelegt hatte.

»In anderen Worten: Ganz Vorder-, Mitter- und Hintergraseck weiß jetzt, dass wir hier heroben sind«, analysierte Hartinger die Lage.

»Wir haben auf Vater und Tochter gemacht, die hier urlauben. Falls mich einer erkannt haben sollte, ist's egal, denn wir ziehen sofort nach dem Frühstück weiter«, sagte Frey. »Nach dem Frühstück, einer Dusche und dem kurzen, aber intensiven Akten- und Kartenstudium, das heute auf dem Stundenplan steht.«

Hartinger goss sich Kaffee ein und erstach eine Semmel. Er hatte einen Bärenhunger und vertilgte mindestens die Hälfte des Brotkorbs mitsamt der zur Verfügung stehenden Marmelade, die er zu gut kannte. Wer einmal Kathis Zwetschgenmarmelade probiert hatte, würde sie aus allen Zwetschgenmarmeladen der Welt herausschmecken. Mit dem industriellen Zeug hatte diese Delikatesse nichts gemein. Er schüttete noch ein Haferl Kaffee nach, schnupperte dabei an seiner rechten Achsel und sagte: »So, Dusche. Ich seh's ein. Aber ich geh nicht zur Kathi runter. Will wirklich nicht gesehen werden. Da hinten ist ein kleiner Bach. Was uns nicht tötet, härtet uns ab.«

»Wir haben dir eine neue Garnitur von Kathis Opa mitgebracht«, sagte Dotti. »Liegt draußen auf der Bank, und ein Stück Seife liegt oben drauf.«

»Gleich mit Seife?«, spaßte Hartinger. »Wir haben doch noch gar nicht Weihnachten.« Er verschwand aus der Tür der Hütte, und drei Minuten später hörten Dotti und Frey seinen Schrei, als er sich in das eiskalte Quellwasser des Bächleins legte, das die steilen Wiesen Grasecks hinabfloss.

Als Hartinger frisch gewaschen und angekleidet wieder in der Hütte ankam – Dotti fand, dass ihm die alten Arbeitshosen und Flanellhemden des vor Jahren verstorbenen Großvaters seiner Kindsmutter Katherina Mitterer ausgezeichnet standen, weil sie ihm so ein wildes Bergburschenaussehen verliehen –, war das Frühstück bereits abgeräumt, und Frey hatte auf dem Tisch eine topografische Karte der Gegend ausgebreitet. »Setz dich, Karl-Heinz«, sagte er.

»Werdenfels, Wetterstein, Karwendel«, sagte Hartinger.

»Genau«, sagte Frey. Er legte eine Klarsichtfolie über die Karte. Darauf waren mit Filzstift rote Kreuze gemalt. »Das sind alle Einrichtungen, die die Wehrmacht nach 1933 in diesem Gebiet eröffnet hat. Kasernen, Lazarette, Wehrverwaltung, Materiallager und so weiter.«

»Ganz schön viel. Mehr Kasernen als Bauernhöfe.«

»Kanonen statt Butter. So war das«, stimmte Frey zu. »Garmisch-Partenkirchen wurde zu einem Bollwerk ausgebaut. Kein Wunder, dass die Alliierten glaubten, dass hier die Alpenfestung wär. Nach und nach sind während des Krieges einzelne Gebäude, vor allem Hotels, hinzugekommen, requiriert als Lazarette. Darum siehst du so viele

Kreuze, die über den ganzen Ort verteilt sind. Am Schluss war das ganze Gebiet ein einziges Krankenlager.« Er legte eine weitere Folie über die Karte. »Und das sind die Orte, an denen in den letzten Kriegstagen Gold vergraben wurde. Oder *vermutlich* vergraben wurde.«

»Woher haben Sie die Angaben?«

»Ein Teil ist verbürgt, da gibt es sogar offizielle Unterlagen im Bayerischen Hauptstaatsarchiv. Es besteht überhaupt kein Zweifel daran, dass ein großer Goldtransport der Reichsbank im April 1945 in der Mittenwalder Gebirgsjägerkaserne angekommen ist. Das Gold wurde dort in der Kegelbahn unter dem Offizierskasino versteckt und von dort aus an mehrere Orte im Bergwald rund um den Walchensee geschafft, wo es von der Wehrmacht vergraben wurde.« Frey tippte mit dem Zeigefinger auf die entsprechenden Stellen. »Hier die Kaserne, heute noch in Betrieb. Hier der Steinriegel, hier der Simetsberg, hier der Katzenstein. Ich muss zugeben, an diesen drei Bergen beginnt die Vermischung von historisch Verbürgtem und Legende. Denn die Amerikaner haben sich natürlich um dieses Gold gekümmert, kaum dass sie hier waren. Es ist nachgewiesen, dass sie rund neun Tonnen gefunden und abtransportiert haben. Es graben immer noch Schatzsucher in den Bergen um den Walchensee herum. Viele von ihnen sind naiv genug, sich im Internet auszutauschen. Alle die von ihnen vermuteten Goldverstecke hab ich hier auch eingezeichnet, aber eigentlich nur der Vollständigkeit halber. Denn ganz ehrlich, so schlau wie irgendwelche Burschen aus dem Ruhrgebiet waren die Bauern rund um den Walchensee auch schon vor siebzig Jahren. Da sind einige zu plötzlichem Reichtum gekommen …«

»Die haben das alles gefunden, was die Amerikaner dagelassen haben?«, fragte Hartinger.

»Na ja, ob alles, weiß ich nicht, aber womöglich einiges.

Die Familien werden es nie zugeben. Genauso wenig die der Nazis, die nach Argentinien geflohen sind und die mit zwei U-Booten angeblich mit Resten des Goldschatzes versorgt worden sein sollen. Die U-Boote gab es. Aber was da drin war?«

»Nun gut. Das mit dem Gold ist alles da hinten am Walchensee passiert«, sagte Hartinger.

»Moment, nicht so schnell. Ein Teil des Schatzes wurde auch in Partenkirchen sichergestellt, bei einem Anwesen im Leitenfeld oberhalb von Partenkirchen. Angeblich nur Banknoten, die in Blumentöpfen im Garten vergraben waren und die die Amis dann mitgenommen haben. Wieder gilt: Sicher weiß das niemand.«

Hartinger wurde ungeduldig. »Und was hat das nun alles mit …«

»… mit Oliver Klammert und Neonazis zu tun?«

»Genau.«

»Schau her.« Frey legte eine weitere Folie auf. Sie hatte schraffierte Flächen. »Das sind die Gebiete, die unser werter Herr Bürgermeister in den letzten Jahren an Immobilienentwickler veräußert hat. An seinen Spezl Uanasso am Ort, und der hat die Vorkaufsoptionen an eine Gesellschaft im Ausland weitergegeben. Whotherock Incorporated mit Sitz in Zypern.«

»Woher haben Sie das?«

»Ganz einfach, aus dem Bundesanzeiger. So was muss veröffentlicht werden, nur liest's halt keiner.«

»Das sind ja alles …«

»… Flächen, auf denen früher Wehrmachtsgebäude standen oder die der Wehrmacht bereits übereignete Liegenschaften waren. Zum überwiegenden Teil, ja. Er hat es nämlich zum Großteil gar nicht selbst verkauft, sondern die BIMA. Bundesanstalt für Immobilienaufgaben. Da kennt er jemanden, der Meier.«

Hartinger schaute sich die Karte genau an. »Das sind übrigens die Jogging-Routen, die ich mit dem Klammert gelaufen bin. Genau dahin wollte der Klammert immer.«

»Na bitte, er wollte sich dadurch ein bisschen Ortskenntnis verschaffen, bevor er alles der Whotherock Incorporated abkauft, ganz klar.«

»Nur, wozu brauchte er da mich?«

»Er ist von Haus aus ein wenig ängstlich, darum auch der riesige Hund. Und du warst der unauffälligste Leibwächter, den er bekommen konnte. Dich kennt jeder. Jeder, der euch beim Joggen sah, hätte sich an euch erinnert, falls ihr abgängig geworden wärt. Oder … vielleicht joggt er ganz einfach nicht allein.«

»Hm«, sagte Hartinger, »irgend so was muss es sein.«

»Jedenfalls hab ich meine eigene Theorie, was das Nazigold anbelangt«, sagte Albert Frey.

»Jetzt wird's spannend.«

»Es wurde von den Überbleibseln der Wehrmacht nach Kriegsende über das Estergebirge nach Garmisch gebracht. Und dort in den Lazaretten zwischengelagert. Das waren die einzigen Wehrmachtsbetriebe, die nicht sofort aufgelöst und von den Amerikanern übernommen wurden. Diese Lazarette haben sie sich erst später geschnappt und zu Hotels zurückgebaut.«

»Weil das ja ursprünglich Hotels waren.«

»Genau. Und das Gold wurde da aufgelöst.«

»Aufge-*was?*«

»Aufgelöst. In Königswasser. Hast weder in Chemie noch in Geschichte aufgepasst, mein lieber Karl-Heinz, gell? Na klar, wer nicht nur die Freistunden im Café Kneitinger hinter dem Weißbier verbracht hat, an dem rauscht so was natürlich vorbei.«

»In Ihrem Unterricht war ich immer, der hat mich interessiert. Oder … halt, meistens. Okay, sagen wir: oft.«

»Einigen wir uns auf: ab und zu. Aber das ist dreißig Jahre her.«

»Königswasser ist ein Gemisch aus konzentrierter Salzsäure und konzentrierter Salpetersäure, im Verhältnis drei zu eins«, wusste natürlich Dr. Dorothee Allgäuer. »Man kann darin auch schwer oxidierbare Metalle wie Silber, Platin und Gold auflösen. Säure. Labor. Lazarette!!«

»Du erinnerst dich an die Uranklötzerln, die hier in Garmisch aufgetaucht sind, ebenfalls in den letzten Apriltagen des Jahres 45«, fiel Frey ein.

»Natürlich. Der Polsterer hat sie gefunden.«

»Und man weiß, dass nicht nur Uran gebraucht wird, um eine Atombombe herzustellen, sondern dass man auch Schweres Wasser benötigt – also, man weiß das, wenn man nicht die Chemiestunden im Café sitzt – und dass es darum auch einen regelrechten Kleinkrieg gab in den Vierzigerjahren.«

Das war wieder das Stichwort für Dorothee Allgäuer. »Schweres Wasser heißt auch Deuteriumoxid. Es ist physikalisch Wasser mit der Summenformel D_2O. Von normalem Wasser, also H_2O, unterscheidet es sich dadurch, dass die normalen Wasserstoffatome durch schwere Wasserstoffatome des Wasserstoff-Isotops Deuterium ersetzt wurden. Es reagiert langsamer als Wasser und wird daher als Moderatorflüssigkeit in Atomanlagen eingesetzt.«

»Alles klar«, behauptete Hartinger. »Darüber habe ich einen Spielfilm gesehen. Der spielte in Finnland. Glaub ich.«

»Norwegen, ja genau, da gab es eine Fabrik dafür, die einzige in Europa. Die wollten alle haben – oder kaputtmachen –, bevor die Deutschen eine Atombombe bauen konnten. Und im Zuge des Uranprojekts ist tatsächlich Schweres Wasser von dort zu uns gekommen«, wusste Albert Frey.

»Zu uns nach Garmisch?«, fragte Hartinger.

»Wieder gilt: Genaues weiß niemand. Aber nachdem das Uran hier war, warum sollte das Schwere Wasser nicht auch hier gewesen sein. Die Lazarette … da kann man alle möglichen Flüssigkeiten lagern.«

»Und Sie meinen … Schweres und Königswasser? Es ist noch da?« Hartinger machte große Augen. »Und … dass es jemand sucht, um damit eine Atombombe zu bauen, also diese Nazilümmel? Das halte ich doch für sehr … Aber, wer weiß, vielleicht kann der eine oder andere ja Chemie und Physik besser als ich«, sinnierte Hartinger. Plötzlich stand er auf und haute sich dabei den Kopf an der über dem Tisch hängenden Lampe an. »Der Weißhaupt hat mir erzählt, dass es eine Mordserie an Tankstellenpächtern gab. Entlang der Route, die die Laster des Uranprojekts genommen haben müssen, als sie von der Schwäbischen Alb hierher zu uns … Mein Gott, das passt ja alles zusammen wie Arsch auf Eimer. Tankstellenpächter. Vielleicht ist auch auf dem Gelände von Tankstellen damals schon was vergraben worden, denn Tankstellen entlang der Autobahn, die gab's ja vielleicht damals schon, die Autobahn und die Landstraßen, die A8 nach Stuttgart war ja eine der ersten Reichsautobahnen, Achse München-Stuttgart …«

»… Karlsruhe. Ein bissl was weißt du also doch, Karl-Heinz«, sagte Frey zufrieden. »Die gymnasiale Oberstufe hat zarte Spuren hinterlassen.«

»Nein, auch darüber hab ich einen Film im Fernsehen gesehen …«

»Wie auch immer«, brummte Frey. »Ja, man muss sagen, dass das alles zusammenpasst. Wobei man dann eben schließen möchte, dass nicht nur die Neonazis dem Gold, dem Uran und dem Schweren Wasser sowie dem Königswasser auf der Spur sind, sondern auch …«

»… der immer bestens informierte Oliver Klammert, dieser Spinner.«

»Und bei diesen Dimensionen ergeben auch litauische Spioninnen einen Sinn«, ergänzte Dorothee Allgäuer.

»Lettische. Und dass der BND so tut, als wüsste er von nichts«, ergänzte Hartinger.

»Der BND?«, fragten Dotti und Frey wie aus einem Munde.

»Ja, der BND. Ich habe da einen Kontaktmann, der arbeitet für die Trenchcoat-Trachtler. Offiziell ist er Bulle beim LKA. Schneider heißt der.«

»Bernd Schneider?«, fragte Dotti, um Fassung ringend.

»Ja. Kennst du ihn?«

Sie fing sich sofort wieder. »Jaja, ich habe als forensische Pathologin schon mit LKAlern zu tun, ab und an.« Hartinger musste nicht wissen, an welchen Körperstellen Frau Dr. Dorothee Allgäuer am meisten mit diesem speziellen Landeskriminalbeamten zu tun gehabt hatte. Immerhin verriet sie: »Er war der Bulle, der gestern als Erster da war, nachdem ich die Agatha umgehauen hab.«

»Interessant, interessant«, murmelte Hartinger. Er setzte sich wieder.

»Ja, und hochgefährlich, findet ihr nicht?«, brachte sie Frey wieder zur aktuellen Situation zurück.

Sie saßen schweigend um die Karte herum.

»Wir müssen das alles veröffentlichen, sonst passiert nie was«, sagte Hartinger. »Die geheimnissen so lange um die Geschichte herum, bis das Uran und das Wasser zusammengerührt sind und ein Terroranschlag auf die Zugspitze damit verübt wird. Und dann passiert eben schon etwas.«

»So wie in dem Roman von diesem … Wie heißt er gleich …?«, fragte Frey.

»Egal. Eine Atombombe auf der Zugspitze, das wär ja was für Bruce Willis und James Bond gleichzeitig.«

»Dann hau das mal raus an deine Presse-Spezis«, sagte Dorothee Allgäuer.

»Den Basisartikel hab ich schon. Ich brauch nur ein Internet, um das fertig zu schreiben.« Er klickte auf seinem Smartphone herum. »Sollen sie es ruhig mitlesen … Saudumm, es gibt hier kein Netz. Habt ihr eines?«

Dorothee und Frey kramten ihre Mobiltelefone hervor und schauten auf die Displays, dann schüttelten beide den Kopf. Funkstille.

»Musst du eben doch rüber zu deiner Verflossenen«, meinte Dotti. »Die hat doch Internet.«

Hartinger machte ein Foto von Freys Karte mit dem Smartphone und verließ wortlos die Hütte.

Kapitel 42

»Freut mich sehr, dass deinem Hund nichts passiert ist, Olli, echt«, heuchelte Bürgermeister Hans Wilhelm Meier. Insgeheim hatte er am Vortag draußen unter der Burg gehofft, Bärli hätte für seinen wohlverdienten ewigen Aufenthalt in der Hundehölle eingecheckt. »Können wir jetzt die Papiere unterschreiben? Meine Anwälte haben in der Nacht alles fertig gemacht.«

»Äußerst schnell und professionell, Herr Bürgermeister. Das lob ich mir.«

»Du, da fällt mir ein, weil du doch so tierlieb bist ... Wir haben ein Tierheim. Da oben, wo jetzt der Erprobungsstollen vom Kramertunnel rauskommt. Ist ein wunderbares Gebiet außen herum, ein Naturschutzgebiet. Gehört derzeit noch den Amis. Wenn das frei wird, dann legen wir es einfach oben drauf auf unsere Abmachung. Und du kannst da für jede Menge Hunde sorgen lassen und als Wohltäter die Herzen der tierliebenden Garmisch-Partenkirchner erobern. Auf so was stehen die Leute. Und Katzen, Katzen natürlich auch. Schau dir mal den Altersdurchschnitt und das Geschlecht unserer Wählerschaft an. Alles alte Witwen. Die sind ganz narrisch nach den Viechern. Also ich lass da mindestens zweimal im Jahr einen Fototermin im Tierheim vereinbaren, das lohnt sich.«

»Guter Tipp, danke.«

»Und mit dem Erprobungstunnel fällt uns auch noch was ein. Da gab es bereits Konzepte, die ich zu verhindern wusste. Aber dazu ein andermal. Na ja, da können wir vielleicht Europas längste Wasserrutsche reinbauen oder Indoor-Skilanglaufloipe oder so was. Oder beides. Langlauf in Badehose und dann im Wasser wieder runterrutschen.«

»Gute Idee, aber eins nach dem anderen«, sagte Klammert. »Ich bin ja erst mal so froh, dass ich mein Bärli wieder habe, gell, Bärli, das bin ich. Ich spende jetzt mal dem Tierheim, weil es ja nicht alle Hunde so gut haben auf dieser Welt.« Seine Augen wurden feucht.

Dem Bürgermeister war der flennende Milliardär unangenehm. Er schämte sich für ihn, ein Gefühl, das er schon deshalb hasste, weil ihm Scham sonst vollkommen fremd war, zumindest wenn es um seine eigenen Taten und Worte ging. »Na ja, also, zurück zum Business«, mahnte er.

»Ganz recht. Bevor ich unterschreibe, wollte ich noch einmal mit dir sprechen, Hansi. Über den Preis vor allem.«

Damit hatte der Bürgermeister nicht gerechnet. »Den haben wir doch gestern per Handschlag ... So was zählt hier fei schon noch was, bei uns in den Bergen, Olli.«

»Gesehen hat's trotzdem keiner.«

Meier rang nach Luft. »Also wirklich, das ist aber nicht die feine Art. *Pacta sunt servanda*, sagt der Lateiner. Und ist in der bayerischen Verfassung verankert, glaub ich.«

»Preise richten sich nach Angebot und Nachfrage. Und ich bin wahrscheinlich der einzige Nachfrager, der das ganze Paket haben möchte. Und eines kann ich dir sagen: Wenn deine Nazigeschichte hier rauskommt, dann ist das alles gar nichts mehr wert.«

Meier schluckte. Stimmte, die Nazis. Er hatte die mit ihrem Abmarsch aus dem Gut Schwaigwang ganz verdrängt.

»Du verstehst, Hansi, ich brauch absolute Sicherheit, dass die nächsten Jahre hier entnazifizierte Zone ist. Das musst du mir garantieren.«

»Wir haben die Lage im Griff«, eierte der Bürgermeister herum.

»Es reicht mir nicht, wenn du mir das sagst. Ich will Ergebnisse sehen. Ich denke, du hast alle möglichen Truppen auf sie gehetzt?«

»Nachdem die gestern Nacht weggefahren sind, hab ich erst einmal Entwarnung gegeben.«

»Ganz schön naiv, mein Lieber. Und außerdem: Was ist mit dem armen alten Herrn Polsterer?«

Bürgermeister Meier lief puterrot an. Den hatte er ganz vergessen. »Okay, ich kann das sofort wieder ändern.« Meier griff zum Telefon, drückte eine Kurzwahltaste und bellte: »Bernbacher, nehmt Schwaigwang auseinander! Da stecken sie!«

Das iPad, das Oliver Klammert auf den Tisch neben das Shalom-Kasterl gelegt hatte, vibrierte. Offenbar genau im richtigen Moment. Klammert nahm es in die Hände und sagte: »Ich hab ein paar Suchparameter eingegeben. Immer, wenn irgendwo auf der Welt jemand eine Nachricht veröffentlicht, in der die Wörter ›Garmisch-Partenkirchen‹ und ›Nazi‹ enthalten sind, bekomm ich einen Alarm.«

Das iPad vibrierte erneut. Und nach zehn Sekunden wieder. Und dann riss der Vibrationsalarm gar nicht mehr ab.

Meier wurde weiß im Gesicht. »Und das alles ... sind Nachrichten, in denen der Name dieses unseres schönen Ortes in Zusammenhang mit dem hässlichen Wort ...«

»Ich schau mal nach«, sagte Klammert, »vielleicht auch ein Fehler im System.«

Meier rüttelte wild an der Maus seines PCs, auf dass dieser erwachte und seinen Dienst antrat. Dann klickte er hektisch herum. Er stammelte: »Das ist ja ... Nein, nicht auszumalen ... Ja, spinnen denn die? Ich kann mich einglasen lassen ... Mein Gott, ich spring aus dem Fenster ...«

Oliver Klammert las den Aufmacher von Spiegel Online laut vor:

»Alpenfestung reloaded – Garmisch-Partenkirchen tief im Nazisumpf. Noch vor wenigen Wochen gerierte er sich als mög-

licher Gastgeber der olympischen Familie, heute hat Garmisch-Partenkirchens Erster Bürgermeister Hans Wilhelm Meier andere Sorgen. Denn in seinem Ort unter der Zugspitze spielen sich Szenen ab, die aus einem Quentin-Tarantino-Film stammen könnten. Ein österreichischer Neonaziführer verwest auf dem Dachboden eines alten Hotels. Eine Nazibande entführt Menschen, ohne dass die bayerischen Behörden ermitteln. Zwielichtige Gestalten suchen nach den Überresten von Nazigold und Naziuran. Was ist los am Südrand der Republik?«

»Hör auf, ich les es selbst!«, schrie Meier seinen Geschäftspartner an. »Alles Gerüchte, nichts als Lügen, wer verzapft denn so einen Schafscheiß?«

In diesem Moment surrte sein Handy und kündigte das Eintreffen einer SMS an. Er öffnete sie. »Die Kameradschaft legt los, sie wollen sich das alles nicht gefallen lassen«, sagte er. »O mein Gott …«

Dann stand die Sekretärin Christina Mauereder in der Tür. Für Klopfen hatte sie keine Zeit. »Der Herr Landrat, Herr Meier.«

»Stell ihn halt durch, verflucht!«

»Nein, er ist hier.«

Schon betrat der aufstrebende Parteizögling das Amtszimmer des Bürgermeisters. »Kannst du mir das erklären, Hans?«

Meier holte tief Luft. »Setz dich. Das ist übrigens Herr Oliver Klammert.«

Hastig reichte der Landrat dem Besucher die Hand.

»So, und jetzt zu deiner Frage«, sagte Meier. »Alles ein Schmarrn, Gerüchte, üble Verleumdungen …«

Da klingelte das Telefon. An der Art, wie sich der Bürgermeister straffte, nachdem er abgenommen hatte, erkannten seine Gäste, dass es ein sehr wichtiger Anrufer sein musste.

»Jawohl, Herr Ministerpräsident … Jawohl, keine Presse-

Statements … Ja, verstanden, machen alles die zuständigen Landesbehörden … Verstanden … Ja … Jawohl … Zu Befehl … Danke, ja, bitte, ich meine …« Meier starrte den Landrat an. »Er hat aufgelegt.«

Der Ortsvorsteher sank im Sessel zusammen, stieß sich dann mit einem Fuß am Schreibtisch ab und drehte sich mehrmals um die Längsachse des Bürositzes, als könnte er sich so aus der Situation herausbeamen. Er kreiselte aus und blieb mit dem Rücken zu seinem Schreibtisch stehen. »So eine Scheiße!«, brüllte er das Ölbild von Carl Reiser an.

Die Leinwand schwang noch lange nach.

Kapitel 43

Ludwig Bernbachers beste Mannen hatten sich in Arbeitsklamotten geworfen. Nichts sollte darauf hinweisen, dass ein Trupp bayerischer Landpolizisten einen geheimen Auftrag ausführte. Einen sehr geheimen, denn außer Bernbacher wusste kein oberer Beamter im gesamten Freistaat vom anstehenden Sturm des Guts Schwaigwang.

Einer von ihnen, der junge und aufstrebende Polizist Buchheimer, hatte vom Nachbarn, einem Gemüsehändler, einen weißen Lieferwagen ausgeborgt. Damit wollten sie die gestellten Nazis abtransportieren. Irgendwohin weit hinter die Grenzen des Landkreises, so lautete ihr Plan. Der Gemüsehändler brauchte den Sprinter erst wieder um vier Uhr morgens, wenn er damit nach München in die Großmarkthalle aufbrechen wollte. Jetzt war es 16 Uhr. Sie hatten also zwölf Stunden Zeit.

In diesen zwölf Stunden könnte man die Bagage überrumpeln, reisefest verpacken und locker fünfhundert Kilometer weit fahren, während man sie auf der Fahrt ausgiebig verprügeln, malträtieren und damit so nachhaltig schockieren würde, dass keiner von ihnen auch nur daran denken würde, jemals wieder einen Fuß in das Loisachtal zu setzen. Bereits seit den Mittagstunden, seit Bernbacher ihnen den Einsatzbefehl gegeben hatte, hatten sie der Dämmerung entgegengefiebert.

Auch der Hundeführer Markus Fichtinger war mit von der Partie. Er hatte seine drei Kollegen informiert, dass er sich besonders auf das Nazimädel freue. Er werde als Erster »drüberrutschen«, um ihr »den Schwachsinn aus dem Leib zu vögeln«. Bis hinter Weilheim werde das wohl erledigt sein, dann solle sich bedienen, wer wolle.

Derart aufgejazzt und mit ein paar Obstlern gestärkt, raste die selbst ernannte Sturmabteilung im weißen Sprinter auf den Hof. Im Wagen zogen sie sich die Skimasken über die Gesichter und öffneten die Reißverschlüsse ihrer Sporttaschen. Es war erstaunlich, welche Waffenarsenale brave Polizisten, die eigentlich von Berufs wegen mit Dienstpistolen ausgestattet wurden, in ihrem Privatbesitz horteten.

Der Lieferwagen legte eine Bremsspur vor der Eingangstür des Gehöfts in den ungeteerten Boden. Die Beifahrer- und die Schiebetür des Kastens gingen auf, und vier Polizisten in Blaumännern und Skimasken sprangen heraus. Für Amateure gingen sie bemerkenswert professionell vor. Jeder von ihnen wusste, wohin er rennen musste, damit auf jeder Seite des Hauses einer von ihnen stand und über eingetretene Türen und eingeschlagene Fenster in das Gebäude eindringen konnte. Ein SEK hätte den Job mit mindestens der fünffachen Personalstärke erledigt, daher galt in diesem Einsatz mehr als sonst: Überraschung ist der Freund des Angreifers.

Der Fahrer wendete den Sprinter, ließ dem Motor laufen und stieg aus, um auch die Heckklappe zu öffnen. Der Plan sah vor, dass die Nazibande mit Säcken über den Köpfen und auf den Rücken gefesselten Armen auf die Ladefläche geworfen und flugs die B2 in Richtung München genommen werden sollte.

Als sich der Mann wieder auf den Fahrersitz schob, sah er, dass auf der Wiese links neben dem Hof drei Männer in Flecktarn in Deckung gingen. Es hatte keiner damit gerechnet, dass die Nazis draußen herumrannten oder sogar die geheime Einsatztruppe der Polizei bereits erwartete.

Der Fluchtwagenfahrer schaltete schnell. Er zog den Schlüssel ab, knallte im Weglaufen die Türen des Sprinters zu und aktivierte per Fernbedienung Verriegelung und Wegfahrsperre. Er erreichte die auf den Hof hinausgehende Haustür mit einigen großen Sätzen und rief nach innen, um seine Kameraden zu warnen: »Sie kommen! Alle an die Fenster!«

Kapitel 44

Die Männer der Kameradschaft Mittenwald waren nicht mehr die Jüngsten, aber es gab keinen Grund zur Annahme, dass sie deshalb nicht wussten, wie man einen Hof einnahm, in dem sich Freischärler verschanzt hatten. Der Kampf gegen Partisanen war eine tradierte Spezialität der Gebirgsjäger, er hatte ihnen die größten Auszeichnungen und ... nun ja, auch die schlimmsten Kriegsverbrechen in die Divisionsanalen eingetragen.

Die Sache heute sollte kein großes Ding sein: Ein paar jugendliche Spinner im Gut Schwaigwang hochnehmen, das wäre in wenigen Minuten erledigt. Sie würden sie bei Anbruch der Dunkelheit überraschen, wenn sie gerade vor ihren Bratwürsten säßen oder die dämlichen Schädel vor der Glotze noch dämlicher guckten. Sie würden sie fesseln, knebeln und abtransportieren. Dann würden sie sie in eine der Höhlen bei Unterammergau fahren, in die nie ein Wanderer oder Hobby-Höhlenforscher vordringen würde, weil es dort ganz einfach nichts zu sehen gab. Dort würden sie sie ablegen und ... den Rest würde die Zeit erledigen.

Sie hatten sich vom aktiven und chronisch unterbezahlten Teil der Truppe in den letzten Jahren mit so viel Munition versorgen lassen, dass sie damit einen mittleren Partisanenkrieg auf der Krim hätten führen können. Damit hatten sie ihre auf ausnahmslos illegalen Wegen erworbenen Sturmgewehre geladen und die Ersatzmagazine aufgefüllt. So ausgestattet, parkten sie ein Wohnmobil, das einem der Ihren gehörte, am Rande der Siedlung Burgrain, um von dort in gebückter Haltung über die Wiesen zum Gut zu rennen und es im Sturm einzunehmen.

Sie huschten über die Wiese auf das Haus zu, als ein weißer Lieferwagen auf den Hof preschte. Vier maskierte Männer sprangen aus ihm heraus und rannten ins Haus. Die Kameradschaft verharrte, bis der Wagen im Hof wendete. Dann kam der fünfte Mann, der Fahrer, aus dem Sprinter. Einer der alten Kameraden hielt es für angebracht, sich in diesem Moment auf den Boden zu werfen, was der Mann am Sprinter sah. Wie der Blitz rannte er ins Haus. Nur wenige Sekunden später zerbarsten fünf Fenster des Hauses von innen, und die Läufe von Feuerwaffen wurden herausgestreckt.

Ein wahrer Kugelhagel ging über die Exgebirgsjäger hinweg. Wild entschlossen, sich hier nicht auf dem Acker in den Boden ballern zu lassen, hielten sie auf die Fenster und feuerten ihrerseits, was die alten Heckler & Koch-G3-Gewehre hergaben. Fenster splitterten und Fensterrahmen spreißelten. Putz platzte vom Mauerwerk. Querschläger sirrten durch die Luft.

Die Elitekämpfer waren zu zehnt und damit zwei zu eins in der Überzahl. Fünf von ihnen nahmen die Fenster unter Beschuss, um die Schützen im Innern des Hauses in Schach zu halten, während die fünf anderen in Richtung des Hauses pirschten, um darin einzudringen, die Bande zu entwaffnen und zu stellen.

Das Shootout dauerte nur wenige Minuten, dann sahen die im Haus befindlichen Polizisten ein, dass sie keine Chance hatten, den Angriff lebend zu überstehen. Einer von ihnen nahm ein Betttuch und hielt es aus dem Fenster. Dann kamen sie mit hinter den Köpfen verschränkten Händen einzeln aus dem Haus geschlichen.

Die alten Kameraden staunten nicht schlecht, als sich die vermeintlichen Neonazis nach Entledigung der Sturmhauben als Angehörige der Garmisch-Partenkirchner Polizei entpuppten. Man kannte sich, denn zum Teil saß man am gleichen Stammtisch. Statt einer Festnahme gab es ein großes Hallo.

Sofort wurde die Frage erörtert, wo denn der alte Polsterer wohl sei, und die vereinten Truppen von Polizei und Veteranen durchkämmten das Haus vom Keller bis zum Dach und außerdem die umliegenden zum Hof gehörenden Schuppen und Stadel. Das Ergebnis der Suche war negativ. Kein Polsterer. Keine Nazis. Keine Nazidevotionalien. Keine Fahnen, weder Reichskriegs- noch Hakenkreuzfähnchen. Keine Waffen. Kein »Mein Kampf«. Keine Videospiele. Kein Nichts.

Die beiden Parteien schworen sich gegenseitig, die Aktion mit dem eisernen Schweigen von Kriegshelden zu behandeln. Man verabschiedete sich und fuhr frustriert seiner Wege.

Der Einzige, der an diesem Abend eine wundervolle Ausbeute zu verzeichnen hatte, war der Mann im grauen Mercedes-Kombi, der in der Einfahrt des dem Hof gegenüberliegenden Ami-Golfplatzes geparkt hatte. Er klappte das Display seiner Infrarotkamera zusammen, startete den Motor und fuhr in Richtung Partenkirchen davon.

Kapitel 45

»Es ist die totale Katastrophe«, jammerte der Bürgermeister, als er am nächsten Morgen seinen Geschäftspartner Oliver Klammert traf.

Um sechs Uhr in der Früh hatten sie sich im Bürgermeisterbüro verabredet, denn ab sieben würde sich Hans Wilhelm Meier bereithalten müssen für die Beamten des Verfassungsschutzes, die ihn zu den Vorgängen in seinem Landl befragen wollten.

»Gestern Abend kamen die ersten Stornierungen für die Wintersaison herein. Nicht eine oder zwei, sondern massenhaft«, fuhr Meier fort. »Die Reiseveranstalter geben ihre Kontingente zurück und raten auf ihren Webseiten vom Besuch Garmisch-Partenkirchens ab. Sie sehen zu, dass sie die letzten freien Zimmer bei Wintersportorten in den Alpen bekommen, um die Leute dort einzubuchen. Die ersten Veranstalter bieten ihren Kunden schon Wasserski am Roten Meer statt Carving-Ski auf unseren Pisten an. Mit Flug und ohne Aufpreis!«

»So ein Glück, dass Garmisch-Partenkirchen ja jetzt ein Immersportort ist«, spottete Oliver Klammert.

»Sehr witzig. Du weißt, was das bedeutet. Wenn der Tourismus einbricht, kann ich den Hut nehmen.«

Das Telefon unterbrach die morgendliche Unterhaltung. Bürgermeister Meiers Sekretärin Christina Mauereder schlief um diese Zeit noch den Schlaf der gerechten Gemeindeangestellten. Mit Hinweis auf ihre vertragliche Kernarbeitszeit, die halt nun mal erst um acht Uhr früh begann, hatte sie sich geweigert, in der Krise so früh wie der tapfere Bürgermeister ihren Mann zu stehen.

Meier hob ab. Und wurde bleich. Dann sagte er nur ein

mattes »Danke, dass du mich informiert hast, Schorsch« in den Apparat.

»Was ist los?«, fragte Klammert.

»Die Amis. Sie wollen wegbleiben.«

»Aber das ist ja super! Dann werden ja weitere Flächen frei!«

»Nein, nicht die Amis hier am Ort. Die Sportler. Beim Neujahrsskispringen, beim Weltcup-Slalom und – was das Schlimmste ist – bei der Weltcup-Abfahrt. Der Bode Miller kommt auch nicht. Die Franzosen schließen sich an. Und die Schweizer. Das ist das Aus für das Arlberg-Kandahar-Rennen. Sie boykottieren uns. Das hat es das letzte Mal bei den Olympischen Sommerspielen von Moskau 1980 gegeben.«

»Hm, Hansi, also, wenn du mich fragst …«

»Was?«

»Du wirst die gemeindeeigenen Bergbahnen verkaufen müssen.«

»Gebot?«

»Schulden plus einen Euro.«

»Deal.«

»Und wenn du die ganze Wahrheit wissen willst: Es wird ein Opfer geben müssen. Jemand muss den Kopf hinhalten.«

»Nur wer? Der Bernbacher?«

»Hansi! Denk nach!«

Das tat der Bürgermeister so angestrengt wie selten. »Aber der Landrat, der kann doch nichts dafür. Natürlich, Bauernopfer können nie was dafür, sie kommen halt unter die Räder.«

»Hans!«

»Der Hartinger? Den schlachte ich dir gern. Der hat sicher diese Verleumdungsarie losgetreten.«

»Lawine.«

»Ha?«

»Verleumdungslawine. Eine Arie kann man nicht lostreten, die singt man.«

»Ach, scheiß drauf!«

»Aber du hast recht: Natürlich hat der Hartinger das alles veröffentlicht.«

»Dann lass ich ihn jetzt vom Bernbacher einbuchten und werfe ihn dem Pöbel vor!«

»Das wird nichts helfen, der taugt nicht als Opfer. Zu kleines Licht.«

»Aber wen können wir sonst opfern?«

Oliver Klammert sagte nichts. Er schaute aus dem Fenster des Bürgermeisterbüros auf den Wank und zählte die Sekunden, die Meier brauchte, um selbst draufzukommen.

»Du meinst, *ich?* Ich soll … zurücktreten? Mein Amt zur Verfügung stellen?« Zäh kamen dem Bürgermeister diese Worte über die Lippen.

Klammert flappte den Displayschutz von seinem iPad, legte den Flachcomputer auf den Schreibtisch vor Meier und tippte auf den Bildschirm. Meier hörte seine eigene Stimme sagen:

»Gut, wir müssen durchgreifen, vollkommen klar. Lass mich machen. Die Ortskameradschaft Mittenwald hab ich immer unterstützt und auch einmal eine Feier auf dem Hohen Brendten mitgesponsert. Die müssten mir dankbar sein. Ob die allerdings gegen Neonazis tätig werden …«

Klammert schaute vergnügt zu, wie die Gesichtsfarbe des Bürgermeisters von bleich zu kalkweiß wechselte. »Ich habe noch eine viel schönere Stelle, warte, Hansi.« Er tippte wieder auf den Bildschirm. Aus den kleinen Lautsprechern des iPads ertönte wieder Meier:

»Jawoll. Ich, der Bürgermeister Hans Wilhelm Meier, habe heute die nötigen Schritte veranlasst, auf dass dieses unser schönes Landl von Geschmeiß gesäubert wird. Auf dass es erblühe im

alten Glanz. Ich habe bereits vor einiger Zeit verhindert, dass dieses Tal eine Atommülldeponie wird, und jetzt lasse ich menschlichen Müll entsorgen, jawoll. Während wir hier sitzen, ist die Elite der bayerischen Gebirgsjäger unterwegs und spürt, wie eine Rotte der edelsten oberbayerischen Gebirgsschweißhunde es zu tun pflegt, die Individuen auf, die in diese Landschaft nicht passen. Und dann werden diese ausgemerzt. Also, ich meine, die Individuen, nicht die Gebirgsschweißhunde, selbstverständlich.«

»Das Shalom-Kasterl, ich verstehe. Das war gar kein Störsender, sondern ein Aufzeichnungsgerät«, begriff Meier. »Du Sau! Was willst du damit? Das ist dummes Geschwätz von gestern. Willst du mich damit erpressen? Was sagt man nicht so alles vor sich hin. So, und jetzt raus hier, ich betrachte unsere Geschäftsbeziehung als beendet, Herr Klammert.« Hans Wilhelm Meier würde sich von so einem Dahergelaufenen nicht aus dem Amt werfen lassen. Der Zorn ließ das Blut wieder in seine Wangen schießen. »Los, husch husch, raus, hab ich gesagt!«

Klammert blieb vollkommen unbeeindruckt sitzen und tippte ein weiteres Mal auf den Bildschirm des Tablet-Computers. Diesmal wurde ein Film abgespielt. Er zeigte Infrarotaufnahmen, wie ein Trupp Soldaten auf den Schwaigwang-Hof schoss und ihn einnahm. Dann sah man, wie Vermummte aus dem Gebäude kamen, von den Soldaten zunächst festgenommen und gleich darauf wieder freigelassen wurden, weil man sich offenbar gut kannte.

»Und Wehrsportübungen finden auch statt in diesem wunderschönen Ort«, kommentierte Klammert, »direkt auf einem Gehöft, das der Gemeinde gehört. Dort üben Polizisten mit ehemaligen Elitekämpfern der Bundeswehr den Häuserkampf. Ts ts ts, wenn das mal nicht nach einer ganz schlimm nazifizierten Gegend aussieht, Herr Bürgermeister. Und man wird sich fragen, ob das alles nur mit Ihrer Kenntnis oder auch mit Ihrer Billigung stattfindet.«

»Was willst du?«

»Wie ich gestern gesagt hab: Ich habe über den Preis all dieser Grundstücke noch einmal nachgedacht. Und angesichts der jüngsten Ereignisse wird es lange dauern, bis sich der Tourismus- und der Immobilienmarkt erholt haben. Ich habe die Zeit zu warten. Sie nicht, Herr Bürgermeister.«

»Wie viel?«

»Für alles?«

»Natürlich. Meinst du, ich will hier auch noch einen Quadratmeter Grund besitzen?«

»Fünfzehn Millionen. Damit kannst du dir einen schönen Lebensabend auf Zypern machen. Trotz der niedrigen Zinsen.«

Der Bürgermeister schluckte. Von hundertfünfzig Millionen auf fünfzehn in einer Nacht, das hatte sein gewiefter Geschäftspartner schlau eingefädelt. »Also das Gewerbegebiet an der Loisach, den Golfklub, das Gut Schwaigwang …«

»… und den Stieranger natürlich.«

»Natürlich«, knirschte Meier. »Hast du die Papiere?«

»Bereits ausgefertigt, jawohl.« Klammert zog ein Aktenkonvolut aus seinem Rucksack und legte es Meier auf den Schreibtisch.

»Wo muss ich unterschreiben?«

»Willst du es nicht erst lesen?«

»Ist doch unter uns Ehrenmännern gar nicht nötig, Olli!«

»Du verpflichtest dich, deine Anwälte in Liechtenstein und Guernsey umgehend anzuweisen, das ist dir klar?«

»Hab ich bereits, mein Lieber. Muss nur die Summe nachreichen.« Das Telefon klingelte. Der Bürgermeister sah auf das Display, erkannte die Nummer und nahm Haltung an. »Kannst du mich bitte kurz allein lassen?«, bat er Oliver Klammert.

Der ignorierte es. »Geh ruhig ran.«

Meier hatte keine Zeit, auf seinem Wunsch zu beharren. Der Anrufer war wichtiger. »Herr Ministerpräsident … Jawoll … Gut, dass Sie anrufen. Ich wollte schon … Ja, genau, bei Ihnen … Um mitzuteilen, dass sich die Lage bereits beruhigt hat. Wir … also *ich* hab alles im Griff.«

Klammert hörte, dass es am anderen Ende laut wurde. Bürgermeister Meier wurde umso leiser. »Ja … Jawoll … Ja, verstehe … Sie meinen … Sie meinen mich? … Also … Umgehend? … Gleich? … Jetzt? … Heute? … Meinen … Rücktritt? … Aber wer … Ich meine … Das kann doch sonst keiner …«

Kapitel 46

Das Wetter war umgeschlagen. Der goldene Herbst war über Nacht einem grauen, nasskalten Vorwinter gewichen. Dicke Regenwolken verhakten sich an den Bergen und ließen ihre Last über dem Werdenfelser Land ab. Dazu pfiff der Wind aus ständig wechselnden Richtungen das gelbe und rote Laub von den Bäumen.

Die Touristen zogen aus Garmisch-Partenkirchen ab. Es war fraglich, ob sie im kommenden Jahr wiederkehren würden. Die meisten Hoteliers schlossen ihre Häuser über Weihnachten. Sie alle hatten in der danach üblicherweise anbrechenden Hochsaison bittere Absagen zu verzeichnen. Mit Garmisch-Partenkirchen wollte niemand mehr zu tun haben. Nur eine Gruppe fühlte sich hier pudelwohl: Es waren die Sensationsjournalisten aus aller Herren Länder, die sich um die Betten in den wenigen Hotels, die durchgehend geöffnet hatten, stritten.

Hartingers Geschichte hatte eingeschlagen wie eine Bombe. Nicht nur in Deutschland, sondern überall auf der Welt. Besonders in England und Amerika, wo es eine ordentliche Nazigeschichte immer auf die Titelseiten schaffte. Zudem enthielten die Artikel Schlüsselbegriffe wie »Nazigold« und »Naziuran«. Damit war eine Weiterverbreitung auch im Internet garantiert, denn die dort ansässigen Verschwörungstheoretiker sprangen genau darauf an.

Wie immer traf es den Überbringer der Botschaft am Härtesten. Bürgermeister Meier hatte auf der außerordentlich einberufenen Parteiversammlung, auf der er seinen Rücktritt bekannt gegeben hatte, den Urheber der Geschichte öffentlich gemacht. Seitdem konnte Hartinger nicht mehr einkaufen gehen, ohne schief angeschaut oder beschimpft zu werden.

Der Bürgermeister hingegen gründete noch am Abend seines Rücktritts eine neue Partei, in der er die frustrierten Lokalpolitiker seines Flügels sammelte, und ließ sich für die bald anstehenden Neuwahlen als Kandidat aufstellen. Geld genug für eine groß angelegte Kampagne hatte er ja. Unter den ersten Mitgliedern des »Christlich-Sozialen Zentrums für Fortschritt und Wohlstand« war kein Geringerer als der Multiunternehmer Veit Gruber.

Dann schlug die nächste Bombe ein, doch die ließ diesmal nicht wieder der Hartinger platzen; im Gegenteil, der wurde von der Explosionswucht voll erwischt: Der alte Polsterer war wieder da!

Sogar das Tagblatt widmete dem Auftauchen des Verschollengeglaubten die Titelgeschichte. Eine vierwöchige Karibik-Kreuzfahrt habe er gewonnen gehabt, und die sei ganz großartig gewesen. Von der Abholung bei sich zu Hause über das hervorragende Essen und der Fünf-Stern-Kabine sei alles erste Sahne gewesen, berichtete der alte Mann. Seine Reise dokumentierte er mit Fotos, die ihn auf dem Schiff zeigten oder am Strand von Eilanden wie Barbados oder St. Vincent.

Hartinger versteckte sich weiterhin im Mittererhof unter dem Dach und verfolgte von dort die Nachrichtenlage. Die Sache mit Polsterer ging ihm nicht in den Kopf. Er hatte doch gesehen, wie sie ihn entführt hatten. Das waren ganz eindeutig keine freundlichen Fahrer eines Reiseveranstalters gewesen, sondern lausige Neonazis. Warum log Polsterer? Hatte der Klammert ihn gekauft? Was hatte er ihm über das Uran verraten? Und was wollte Klammert damit?

Hartinger ärgerte sich über sich selbst. Er hätte mehr Geduld haben sollen. Nicht gleich den Whistleblower spielen, sondern weiterrecherchieren. Aber andererseits, ob er jemals etwas herausgefunden hätte? Wenn schon der Geheimdienst der Republik nichts Verwertbares fand? Beziehungsweise so tat ...

Dotti war nach München abgedampft. Wenigstens hatte sie ihm die Akte über die Leiche des österreichischen Nazis kopiert und vor ihrem Abschied überreicht. Dieser Tote auf dem Dachboden des Sonnenbichl-Hotels – er war das einzig Sichtbare, was von der ganzen Geschichte, die er losgetreten hatte, blieb. Und immer noch kümmerte sich einfach niemand um die Aufklärung dieses Mordes. Nun, dieses *mutmaßlichen* Mordes, denn es konnte ja noch immer nicht ausgeschlossen werden, dass der Mann nicht einfach auf dem Speicher des Hotels einem Gehirn- oder Herzschlag erlegen war. Was auch immer er dort gesucht haben mochte.

Vom Professor Geisler aus Stadelheim war auch noch keine Nachricht eingetroffen. Wobei, Hartinger müsste einmal wieder nach unten und den Briefkasten im Haus der Witwe Schnitzenbaumer ausräumen. Doch ins Tal zog es ihn wirklich nicht.

Immer und immer wieder las Hartinger die Akte durch. Mittlerweile konnte er sie fast auswendig. Er träumte bereits davon. Immer und immer wieder diesen einen Traum. Er sah einen dicken Neonazi auf dem Obduktionstisch liegen. Dotti schnitt ihm die Brusthöhle auf. Typisch für Hartingers Phantasie, trug sie unter dem weißen Labormantel nur schwarze Dessous. Hartinger konnte es durch die Löcher, die die Knopfleiste des Mantels freigab, genau sehen.

Plötzlich saßen Dotti und er auf dem Stieranger und machten Picknick. Um sie herum blökten Schafe. Sie wurden alle der Reihe nach geschoren. Vom Bürgermeister Meier, dessen Sekretärin Christina Mauereder auf einem Klemmbrett die Wollleistung pro Schaf notierte. Sie hatte die Haare zum strengen Dutt hochgesteckt, trug eine Fünfzigerjahre-Brille und ein graues Flanellkostüm, das sie an der Hüfte und im Brustbereich beinahe sprengte.

Auf der Loisach, die hinter dem Stieranger vorbeifloss, fuhr ein Kreuzfahrtschiff, von dessen Brücke der alte Polsterer grüßte. Beim genaueren Hinsehen war der Kahn ein rostiger russischer Atom-Eisbrecher. Der vorn am Bug baumelnde Anker bestand aus purem Gold. »Pures Gold« war auch mit kyrillischen Buchstaben auf den Schiffsrumpf gepinselt, wie Hartinger lesen konnte, ohne dass er jemals ein Wort Russisch gelernt hatte.

Oliver Klammert kam vorbeigejoggt, er trug oben herum ein knallpinkes Fahrradfahrertrikot und hatte die elefantösen Ohren des verstorbenen Radrennfahrers Marco Pantani. Unten herum trug er nichts. Sein Gemächt, an dessen Größe sich Hartinger nach dem Aufwachen nie erinnern konnte, war frisch rasiert, wie es die jungen Leute machten. Er stellte sich ungeniert neben die buchführende Christina Mauereder, die in diesem Moment kein Flanellkostüm, sondern einen Badeanzug aus den Fünfzigern anhatte, mit langen Beinen und spitztütigen Brustverstärkungen. Der halb nackte Klammert hatte jetzt ein Rad in der Hand, es war das Miele-Radl der Witwe Schnitzenbaumer, nur rosa lackiert.

Der Radfahrer erkundigte sich nach dem Fortschritt der Schur seines Hundes Bärli, der in der Reihe der Schafe brav anstand. Das Tier trug eine Laufbrille. Jedes Mal, wenn Christina Mauereder dem Bärli die Brille abnahm, weil er zum Scheren dran war, und der Bürgermeister den Rasierer an seinem Kopf ansetzte, riss sich der Hund los, schnappte ein Schaf und zerriss es in der Luft.

Der rosarote halb nackte Klammert rief: »Bärli, die Allergie!« Und Veit Gruber, der hinter Hartinger und Dotti gestanden haben musste, ging zu Bürgermeister Meier, klappte einen Aktenkoffer auf und entnahm eine Tablettenschachtel. »Da habe ich was! Tabletten oder Zäpfchen?« Er streichelte Bärli die Mähne, die seltsamerweise nicht blutbesudelt war, und sinnierte: »Daraus machen wir Werdenfelser Immersport-Alpenhunde-Alpenfilz-Hüttenschuhe! Wird ein Knüller, die Araber und Chinesen sind da dermaßen geil drauf! Das Winterfell von diesen Hunden ist wirklich der Hammer.«

Christina Mauereder juchzte gellend auf, tanzte wie im Bund Deutscher Mädel über den Stieranger, dass die Spitztüten des Badeanzugs nur so auf- und abschwangen. Auf der Loisach kam ein verbeultes deutsches U-Boot vorbei. Wie man es aus den einschlägigen Filmen kannte, grüßten die Offiziere vom Gefechtsturm mit einer blinkenden Signallampe. Dotti stand auf, winkte zurück, rief »Heil!« und riss vor patriotischer Begeisterung das T-Shirt nach oben. Hinter dem U-Boot marschierte eine nicht enden wollende Abteilung SA übers Wasser und grölte »Pack die Badehose ein!«

Genau in diesem Moment wachte Hartinger jedes Mal auf. Ihm war dann so speiübel, dass er das Dachfenster öffnen musste, um sein krauses Hirn mit klarer Bergluft durchzupusten. Es war meist Viertel nach vier oder halb fünf morgens. Und um noch einmal einzuschlafen, war es zu spät. Außerdem fürchtete sich Hartinger davor, was in einer Fortsetzung des Traumes Dotti mit den Offizieren des U-Bootes oder den SA-Rüpeln anstellen würde.

Als er den Traum – oder Varianten davon, die noch abstruser waren, in denen auch Daniela und der Bunker hinter dem Sonnenbichl-Hotel eine Rolle spielten – das fünfte Mal in zwei Wochen geträumt hatte, beschloss Hartinger, alles niederzuschreiben. Vielleicht gab es ja etwas in diesen Träumen, was als Hinweis taugte auf die Dinge, die sich in den letzten Monaten im Ort abgespielt hatten. Es war ja alles in seinem Hirn gespeichert, jede Information. Das Abrufen dieser Informationen zum jeweils richtigen Zeitpunkt war das Problem. Sein Hirn wusste vielleicht, wo das Indiz oder gar der Beweis dafür zu suchen war, wer den Neonazi auf dem Dachboden des alten Hotels um die Ecke gebracht hatte. Auch wenn der Täter der Menschheit damit einen Dienst erwiesen hatte, so blieb ein Mord ein Mord. Wer konnte sagen, ob nicht ein noch schlimmerer Nazi jetzt frei herumlief, der nur einen internen Gegner aus dem Feld geräumt hatte.

Er holte sich aus Kathis kleinem Bauernsekretär einen Stapel Papier und schrieb wie ein Besessener drauflos. Schreiben war schon immer sein Ventil, sein Medium gewesen. Die Traumaufzeichnungen analysierte er, indem er die ihm am wichtigsten erscheinenden Schlüsselszenen, die immer wieder auftauchten, mit gelbem Marker anstrich.

Ansonsten machte Hartinger den ganzen Tag das, was er am besten konnte: nichts. Zumindest versuchte er das, denn Kathi Mitterer ließ selbstredend nicht zu, dass sie ihren Verflossenen kostenlos beherbergte, bekochte und mit frischer Wäsche versorge. Auch wenn das die abgelegten Sachen von Kathis Großvater waren und Hartingers Bleibe auf dem Dachboden nicht in die Kategorie »5-Stern-Deluxe« fiel, so war doch ein Preis dafür zu entrichten. Bevor der erste Schnee fiel, waren da noch Fensterläden zu streichen, Zäune zu reparieren, der Schuppen aufzuräumen.

Kathi hatte bei einer ihrer Talfahrten Wandfarbe im Baumarkt gekauft. Sie wusste, dass sie die Malerutensilien zunächst vor Hartinger verstecken musste, denn es gab keine Arbeit, die er so verabscheute wie das Tünchen von Wänden. Er hätte wahrscheinlich seinen Fluchtdrang überwunden, der ihn nun seit über vier Wochen hier heroben auf dem Mittererhof die Garmisch-Partenkirchner Öffentlichkeit scheuen ließ, und wäre zurück in seine andere Dachkammer im Haus der Witwe Schnitzenbaumer in der Dreitorspitzstraße gezogen, hätte er gewusst, dass Küche, Flur und Badezimmer zu weißeln auf seinem Plan standen, wenn draußen der Schnee ein Fortsetzen seiner Instandhaltungsarbeiten verhinderte.

Der einzige Mensch, den Hartinger sehen wollte, war außer Kathi und ihrem gemeinsamen Sohn Anton, Albert Frey, der ihm die Neuigkeiten aus dem Ort und aus der Welt überbrachte. Denn zum Zeitungslesen oder Internetsurfen hatte Hartinger ebenfalls keine Lust. Er dachte seit ein paar Tagen über eine gute deutsche Übersetzung des englischen Ausdrucks *splendid isolation* nach, denn das war der Zustand, in dem er den Rest seiner Tage auf dem Dachboden des Mittererhofs verbringen wollte.

Frey hatte bei seinen Besuchen nur Enttäuschendes zu berichten: Die Mordserie an ausländischen Tankstellenpächtern rechts und links der alten Autobahn München–Karlsruhe war Teil eines Bandenkriegs. Die Benzindealer hatten einen lukrativeren Geschäftszweig aufgemacht. Spezielle Kunden, die an der Kasse ein auf einem Twitter-Account wöchentlich wechselndes Kennwort nannten, ihr Auto in die Waschanlage stellten und zuvor einen gewissen Geldbetrag unter die Sonnenblende geklemmt hatten, fanden im Handschuhfach des gereinigten Fahrzeugs eine Portion Haschisch, Koks, Ecstasy oder Crystal Meth. Von diesem Handel jedoch sahen traditionelle Dealer ihr täglich Brot bedroht, also räumte man die Konkurrenz mithilfe einer Neun-Millimeter aus dem Weg. So hatten es das bayerische und das baden-württembergische Landeskriminalamt auf einer gemeinsamen Pressekonferenz die Öffentlichkeit wissen lassen.

Es spielte keine Rolle, dass Hartinger kein Wort davon glaubte, denn sein Ruf als Whistleblower war dahin, nachdem sich offenbar herausgestellt hatte, dass der alte Polsterer in der Karibik geweilt hatte und nirgends im Ort auch nur eine Hautschuppe von einem jungen Neonazi zu finden war. Und schon gar nicht von einem Ku-Klux-Klan-Jünger. In allen möglichen Verstecken, in Weltkriegsbunkern von Garmisch bis Oberammergau, im Gut Schwaigwang, in allen Heustadeln des Landkreises war gesucht worden – ohne Ergebnis, wie der neue Bürgermeister des Olympiaortes unter der Zugspitze vor ein paar Tagen auf seiner eigenen Pressekonferenz hatte verlautbaren lassen. Es bestehe nicht der geringste Zweifel daran, dass Garmisch-Partenkirchen die nazifreieste Zone sei, die man sich überhaupt nur vorstellen könne, so lautete das Fazit des Nachrückers aus der Partei.

Der Mann, ein bislang im Verborgenen des Rathauses wirkender Verwaltungsbeamter, nutzte die Gelegenheit, bekannt zu geben, dass endlich ein Investor gefunden sei, der Garmisch-Partenkirchen in ein modernes Touristikzentrum verwandeln werde, namentlich der Internetunternehmer Oliver Klammert. Er habe die Wiesen an der Loisach, den Stieranger und einige weitere brachliegende Grundstücke erworben und plane darauf die Errichtung von zwei 18-Loch-Golfplätzen, eines Fünf-Sterne-Hotels mit Wellnesstherme und eines Tempelfreilichtmuseums namens Spirit of the Alps. Außerdem denke der weitblickende Mann darüber nach, das weite Rund des Skistadions zu überdachen, um dem Eislauf in Garmisch-Partenkirchen endlich wieder die Stellung zu verschaffen, die ihm historisch gebühre. Auch die Überdachung des Slalomhangs am Gudiberg werde derzeit geprüft, denn angesichts der klimatischen Entwicklungen sei es angeraten, dass sich Garmisch-Partenkirchen nicht nur zum ersten, sondern zum größten »Immersportort« der Welt entwickle. Veit Gruber wurde als Geschäftsführer der Klammert Kann's Korporation vorgestellt und durfte den Journalisten aus aller Welt präsentieren, mit welch bahnbrechenden Projekten Garmisch-Partenkirchen seinen Ruf wiederherstellen würde.

Zu guter Letzt wurde bekannt gegeben, dass sich Garmisch-Partenkirchen für die Winterolympiade 2034 bewerben werde, ob nun mit München und anderen bayerischen Sportgemeinden zusammen oder nicht. Eine Bobbahn bringe man schon auch allein hin, und ein Olympisches Dorf zu bauen, dazu habe man genug als Bauland ausgewiesene Flächen. Es sei schade, dass aufgrund der Trennung von Winter- und Sommerolympiade nicht das hundertste Jubiläum der ersten Olympischen Spiele, also das Jahr 2036, angepeilt werden könne, aber man beuge sich in diesem kleinen Punkt dem IOC. Wie Kommentatoren im Anschluss bemerkten, sei es in den 2030er-Jahren auch höchste Zeit, die Olympiafeier in Garmisch-Partenkirchen auszurichten, denn sonst werde das Etikett »Olympiaort« nach hundert ins Werdenfelser Land gezogenen Jahren allmählich lächerlich.

Hartinger und Frey konnten sich über solche Spitzen in der Berichterstattung nur wenig freuen. Hartinger war nicht mal mehr fähig, sich darüber zu echauffieren, dass sie seine Ideen und seine Wortschöpfung »Immersportort« nutzten. Die Ereignisse hatten ihn ermatten lassen.

Schließlich war das Thema »Nazis errichten eine Alpenfestung Nummer zwo« nach kurzer Zeit in den Medien durch. Es gab einfach keinen Nachschub an Meldungen, die die begeisterte Berichterstattung, die auf Hartingers »Enthüllungen« hin vor allem auf Spiegel Online, in der New York Times und auf Haaretz.com gefolgt waren, weiter befeuert hätten. Nachdem nichts bewiesen werden konnte, ließen die Journalisten von dem Thema ab. Nur ein paar Schatzsucher tauschten sich im Internet weiterhin darüber aus, wo sie im kommenden Sommer nach dem

Nazigold graben und tauchen wollten, wie Frey auf den einschlägigen Webseiten gelesen hatte. Das Atomthema war den meisten zu hoch. Gold war ein Wort, das jeder verstand. Was sollte ein Internetschatzsucher schon mit strahlenden Klötzerln und Schwerem Wasser anstellen?

Nach diesen Besuchen Freys auf dem Mittererhof legte sich Hartinger ins Bett und träumte seinen Albtraum. Mittlerweile hatte er einen ganzen Stapel Papier mit seinen Aufzeichnungen vollgekritzelt. Auch in der folgenden Nacht träumte er erneut. Er wachte um Viertel nach vier auf, schweißgebadet, mit einem Gefühl im Magen, als hätte er ein verdorbenes fettiges Hendl verdrückt, öffnete das Dachfenster, sog Luft in die Lungen, setzte sich an den kleinen Bauerntisch unter dem Fenster und schrieb seinen Traum auf. Als er fertig war, strich er wieder die Schlüsselbegriffe an.

Diesmal zog er die Akte des Professors Gubitz heraus und tat in dieser das Gleiche. Alles, was ihm in irgendeiner Hinsicht auffiel, markierte er mit dem gelben Leuchtstift. Dann las er all seine Aufzeichnungen von vorn durch. Vielleicht war der Tag gekommen, an dem er dies das letzte Mal machen würde, dachte er, denn es hatte ja keinen Sinn, sich ewig das Hirn zu zermartern.

Es begann draußen, in dicken Flocken zu schneien. Er lehnte sich im harten Holzstuhl zurück und starrte die Flocken an. Die ersten zerschmolzen so schnell, wie sie auf die Glasscheibe trafen, und rollten als dicke Wassertropfen an ihr hinab. Als es immer mehr wurden, kühlte sie das Glas ab, sie schmolzen nur noch zur Hälfte, rutschten nach unten und stauten sich am unteren Rand der Scheibe. Dann war die Scheibe so kalt, dass die Schneekristalle auf ihr haften blieben. Keine Viertelstunde später war das ganze Fenster weiß bedeckt.

»Wehret den Anfängen«, murmelte Hartinger. Und nach

einer kurzen Pause: »Aber es gibt halt Sachen, die so sind, wie sie sind. Das musst du auch mal kapieren, Gonzo Hartinger. Willkommen, Winter, blöde Sau. Jetzt muss ich der Kathi monatelang Schnee räumen. Hoffentlich funktioniert die Fräse.«

Er wandte sich wieder seinen Traumnotizen und der aufgeschlagenen Akte zu – da sprang ihn das Wort an, das er gesucht hatte: »Winter« hatte er in beiden Papierstapeln des Öfteren angemarkert. Nämlich im Ausdruck »Winterfell«, das dem Hund Bärli im Traum geschoren werden sollte. In der Akte des Professors Gubitz stand das gleiche Wort.

Natürlich! Das war es!

Sollte er die Polizei verständigen? Sinnlos. Niemand würde ihm mehr glauben. Am wenigsten Bernbachers Mannen.

Er schlüpfte in die Joggingsachen und verließ auf leisen Sohlen den Mittererhof. Eine frühe Ortsrunde würde helfen, seine Gedanken zu sortieren. Es bestand um diese Uhrzeit geringe Gefahr, einen Garmisch-Partenkirchner auf den Straßen anzutreffen.

Er trabte durch eine zehn Zentimeter hohe Schneeschicht nach Vordergraseck. Von dort ging er vorsichtig die steile Forststraße hinunter. Unten angekommen, lief er über die Wildenauer Straße, am Skistadion vorbei zu den Riedhängen und über die Ludwigstraße.

Er hielt an der Pfarrkirche und stretchte die Waden. Hier fasste er einen Entschluss. Weggehen würde er aus dem Ort. Irgendwohin, wo es keine Nazis gab, keine Berge und keinen Schnee. Tel Aviv erschien ihm am geeignetsten. Mit seinem Zinken und seinen langen dunklen Schneckerln würde er dort außerdem nicht auffallen, dachte er sich, um sich gleich selbst zu schelten: Du bist der gleiche Rassist wie die anderen auch, Hartinger!

In diesem Moment läuteten die Glocken der Pfarrkirche sechs Uhr. Er lauschte, um sich diesen Klang noch einmal einzuprägen. Vielleicht würde er schon morgen weggehen. Was hielt ihn hier? Außer Anton natürlich, aber der Sechzehnjährige ging sowieso seiner eigenen Wege.

Hartinger machte sich den Spaß, zog das Smartphone aus der Laufjacke und schaute sich das Wetter in Tel Aviv an. Es war dort sieben Uhr morgens und 14 Grad, die im Laufe des Tages zu 18 Grad werden konnten. »Nicht schlecht für Anfang Dezember«, sagte er sich.

Als er das Smartphone wieder verstaute, kam ein weiterer Jogger aus dem Posthotel heraus. Auch wenn sich dieser mit Mütze und Neopren-Mundschutz vor der Kälte schützte, erkannte Hartinger auf den ersten Blick, wer da um Punkt sechs seine morgendliche Runde drehte. Oliver Klammert war allein schon an seinem Bärli auf fünfhundert Meter zu erkennen.

»Da haben wir es ja, das Winterfell«, murmelte Hartinger. Er drückte sich an die Kirchenmauer und wartete, bis Klammert samt Hund gut hundert Meter die Ludwigstraße nach unten gelaufen war. Hartinger trat aus dem Schatten der Mauer und huschte hinüber zum Posthotel.

Kapitel 47

Als Hartinger vor der Glastür des Hotels stand, glitt diese automatisch auf. Er schlüpfte hindurch und kauerte sich hinter einen Bauernschrank, der allerlei heimische Souvenirs und heimische Produkte zum Verkauf beinhaltete. Vorsichtig lugte er in die Halle. Die Rezeption war verwaist, nur ein Licht aus dem kleinen Büro, das mit einem Vorhang vom Empfang abgetrennt war, zeugte von der Anwesenheit des Nachtportiers. Offenbar hatte der sein Eindringen nicht bemerkt.

Auf Zehenspitzen schlich Hartinger durch die Lobby. Vor dem Empfangstresen ging er in die Knie und linste zum großen Schlüsselbrett, das sich rechts neben dem Durchgang zum Büro befand. Der Schlüssel von Suite 201 hing nicht an seinem Haken. Als Hartinger den Blick über die Eichenplatte des Tresens schweifen ließ, sah er ihn dort liegen. Geschwind schnappte er zu und huschte mit seiner Beute zum Treppenaufgang am hinteren Ende des Raumes.

Im zweiten Stock angekommen, lauschte Hartinger in den Flur. Ein lautes Schnarchen drang durch die Türe von Zimmer 205, aber sonst war es still. Er huschte zu Suite 201, steckte den Schlüssel ins Schloss und drehte ihn vorsichtig herum. Dann drückte er die Klinke und schob sich durch den Türspalt. Mit einem Monsterhund war diesmal nicht zu rechnen, er hatte selbst gesehen, wie Oliver Klammert mit Bärli die Ludwigstraße entlanggetrabt war.

Mit schnellen Schritten durchmaß er das großzügig geschnittene Zimmer. Die Vorhänge waren noch geschlossen. Er knipste die Lampe am wuchtigen Schreibtisch an und sah sich im Wohnzimmer der Suite um. Sauber war es hier, äußerst ordentlich aufgeräumt. Ein paar Zeitschriften lagen auf dem Couchtisch, daneben einige Bücher.

Größeres Interesse als das Druckwerk erregte bei Hartinger der Laptop auf der Couch. So verbrachte also der Internetmilliardär seine Abende. Saß auf dem Sofa und surfte im Web. So, wie Hunderttausende andere Menschen auch. Eigentlich langweilig, egal, ob du nun eine Milliarde auf dem Konto hast oder nicht, dachte sich Hartinger.

Er setzte sich neben den Laptop auf das Polstermöbel, legte ihn dorthin, wo er namensgemäß hingehörte, nämlich in den Schoß, und klappte den edlen Flachbildschirm nach oben. Als ihn das Betriebssystem zur Eingabe eines Passwortes aufforderte, tippte Hartinger »Baerli«. Und als ein metallisches Blöken des Computers anzeigte, dass das Wort nicht stimmte, probierte er »Baerli123«. Mit hämischem Grinsen quittierte Hartinger, dass der Startbildschirm die Mattscheibe freigab und das geöffnete Mailprogramm erschien.

Eine, vielleicht anderthalb Stunden mochte Klammert unterwegs sein. Eigentlich Zeit genug, um die komplette Festplatte zu kopieren, dachte Hartinger, doch er hatte kein geeignetes Speichermedium dabei. Es lag auch kein USB-Stick oder keine Wechsellaufplatte im Wohnzimmer der Suite herum. Also musste er auf gut Glück den Rechner durchsuchen.

Er blätterte sich durch die zuletzt von Klammert empfangenen und gesendeten Mails. Es handelte sich um die Korrespondenz mit internationalen Architekturbüros. Mancher Mail hing eine Skizze oder ein Bauplan an, anderen farbenprächtige Präsentationen oder gar animierte Filmchen.

Hartinger erkannte schnell das Ausmaß der von Oliver Klammert geplanten Baumaßnahmen. Sämtliche Wiesen rund um den Doppelort sollten mit Golfplätzen, Almdörfern und Freizeitanlagen bebaut werden. Natürlich fehlte nicht der Plan eines Super-Luxus-Chalets mitten im »Golfparadies Stieranger«. In der begleitenden Mail des Architekten hieß es, dass sechs bis sieben Sterne für das gigantische Doppelhaus mit eigenem Hubschrauberlandeplatz wohl nicht übertrieben wären und dass es dergleichen nicht einmal in Oberlech am Arlberg gebe. Der fleißige Planer schlug vor, das Anwesen, das vier Familien samt Nannys und Butlern ausreichend Platz bot, für 350 000 Euro pro Woche zu vermieten. Komplett mit den genannten Nannys, Butlern und sonstigen guten Geistern.

Hartinger gingen die Augen über, als er las, dass das Gelände rund um die Burgruine Werdenfels in einen 3-D-Laser-Dome verwandelt werden sollte, in dem die lebensechten Hologramme von Rittern und Burgfräulein ihr in den Trockeneisnebel projiziertes Unwesen treiben sollten. Selbstverständlich fand er detailliert ausgearbeitete Pläne für ein Tempelfreilichtmuseum, für eine Eisshow in drei Ringen im Skistadion und für die Überdachung des Slalomhanges am Gudiberg.

Was er allerdings nicht fand, waren irgendwelche Hinweise auf Uran, das der Internetmilliardär Klammert zu abseitigen Zwecken in seinen Besitz bekommen wollte. Er nutzte die Suchfunktionen des Mailprogramms und des gesamten Betriebssystems, aber bei »Uran« oder »Schweres Wasser« lieferte keines ein Ergebnis.

Die Zeit raste nur so dahin, und lange würde er sich nicht mehr in den Tiefen der klammertschen Festplatte verlieren können, ohne von deren Besitzer dabei ertappt zu werden. Es war zum Auswachsen, aber es war kein Hinweis zu finden, der Klammert in Zusammenhang mit einem österreichischen Neonazi brachte. Nur eine Lydia kam öfter vor. Eine Lydia, die Klammert offenbar näherstand, denn wer sonst schrieb Dinge wie »Olli, ich vermisse dich und kann es nicht erwarten, bis alles vorbei ist und wir endlich auch bei Tageslicht durch die Straßen unserer neuen Heimat gehen dürfen«?

Da war es also, das Geheimnis des jungen Mannes, der so tat, als wäre sein Hund der Einzige, mit dem er sein Bett teilte. Wenn es eine Lydia gab, die sich danach sehnte, auch bei Tag an der Seite Klammerts zu sein, dann war sie es ja wohl derzeit vor allem in der Nacht.

Gerade, als Hartinger diesen Schluss zog, fielen ihm die beiden Champagnergläser auf, die auf dem Beistelltisch neben der Couch standen. Eines trug ganz deutliche Lippenstiftspuren.

Vom Bärli sind die nicht, sagte sich Hartinger. Er stellte den Laptop zur Seite und erhob sich. Dann schlich er zu der Türe, hinter der er das Schlafgemach der Suite vermutete. Vorsichtig drückte er die Klinke nach unten und hielt den Atem an. Er erinnerte sich daran, dass er in einem Film gesehen hatte, wie Spezialkräfte einen Raum betraten, von dem sie nicht wussten, ob sich nicht ein Gegner darin verbarg: gebückt, damit der hinter der Tür lauernde Opponent nur leere Luft traf, wenn er dem Eindringling einen Baseballschläger aufs Nasenbein setzen wollte. Er beugte sich also nach vorn und öffnete die Tür.

Es war stockfinster. Ein Baseballschläger knallte nicht über ihm gegen den Türrahmen. Doch er bereitete sich auf eine Überraschung vor, sobald er den Lichtschalter betätigen würde. Denn das Schlafzimmer roch penetrant nach Damenparfum.

Er ertastete den Schalter links neben der Türe, nahm sich ein Herz und klickte die Deckenleuchte an.

Er glaubte zunächst nicht, wen er da vor sich auf dem Kingsize-Bett liegen sah. Doch, sie war es. Vollkommen nackt räkelte sich die Nazigöre auf seidenen weißen Laken vor ihm. Die Nazigöre, die ihn mit der Waffe bedroht hatte, als sie zusammen mit ihren Spießgesellen den Polsterer Franz entführt hatte.

Die Göre zog sich das Kissen über die Augen. Offenbar war ihr Schlafbedürfnis noch nicht gestillt morgens um halb sieben. Hartinger wusste Abhilfe. Er ging zurück in das Wohnzimmer und nahm den Sektkühler, stellte die leere Ruinard-Flasche auf den Couchtisch, schlich damit zurück ins Schlafzimmer und stellte sich neben das Bett. Genüsslich tröpfelte er das eiskalte Wasser über die linke Brust der rechten Braut.

Mit einem gellenden Schrei stieß die Benetzte alle viere von sich und schleuderte dabei Hartinger das Kissen entgegen. Der stand unbeirrt über ihr und leerte den versilberten Eimer über ihrem Körper aus. Ihr Schrei verwandelte sich in ein wildes Fauchen. Behände wie eine Katze kam sie auf die Beine und sprang Hartinger an. Mit den Fingernägeln ihrer Daumen zielte sie auf die Augäpfel ihres Peinigers, doch der war um einiges wacher und wich nach rechts aus. Dann gab er ihr einen Stoß mit der Schulter, und sie landete auf einem schwarzen Elektro-Massagestuhl, der wohl zur Luxusausstattung der Suite gehörte. Sie rutschte vom glatten Leder ab und plumpste vor Hartinger zu Boden.

Bevor die junge Frau sich aufrappelte, fixierte er sie mit hundertfünf Kilo, indem er sich auf ihren Rücken setzte und ihre Arme mit seinen Pranken auf den Teppich presste. »Ich tu dir nichts!«, rief Hartinger.

»Arschloch!«, kam es zurück. Sie zappelte, aber gegen die mehr als zwei Zentner konnte die zierliche junge Frau nichts ausrichten.

»Ich lass dich los, und wir reden ganz normal, okay?«, versuchte es Hartinger noch einmal auf die nette Art.

Als sie ihn zumindest nicht erneut beschimpfte, lockerte er den Griff um ihre Handgelenke, dann erhob er sich, allerdings ganz langsam, jederzeit bereit, einen Angriff auf seine Weichteile abzuwehren.

Offenbar hatte das Mädel genug. Sie blieb auf dem Bauch liegen. »Gib mir wenigstens einen Bademantel!«, schnauzte sie.

Hartinger langte hinüber zu einem Sideboard, über das ein weißer Hotelbademantel geworfen war. Doch bevor er ihr das Frotteeteil reichte, fasste er in die großen aufgesetzten Taschen. Es musste ja nicht sein, dass er ihr ein Springmesser oder ein kleines Lady-Pistölchen frei Haus lieferte.

Anstatt einer Waffe fand er einige Kartonstückchen in einer Tasche. Er zog sie heraus, um sie zu begutachten. Es waren Abzieh-Tattoos. Die Motive wurden bestimmt von Hakenkreuzen und Runen. Hartinger stutzte.

Und da sah er auch drei Plastikköpfe mit Perücken auf einer halbhohen Kommode an der anderen Seite des Raumes stehen. Die Haare leuchteten in unterschiedlichen, aber ausnahmslos fürchterlichen Neonfarben und waren streng seitengescheitelt. »Sag noch mal ›Gib mir den Bademantel‹«, forderte er die Frau auf, die mittlerweile am Boden kauerte und offensichtlich fror.

»Mach schon, gib mir den Bademantel. Bitte.«

»Du sächselst ja gar nicht.«

»Gib schon her!«

»Das ist Fränkisch!« Hartinger warf ihr den Bademantel zu und schaute sich die Abziehbildchen an. »Du bist ein Fake. Ein kleiner Ersatz-Nazi!«

»Und wenn schon.«

»Und was soll die ganze Scheiße? Lydia, wenn ich richtig liege.«

»Kannst du ja den Olli fragen. War seine Idee. Er hat mich in Bamberg aus dem Ensemble rausgekauft.«

»Schauspielerin?«

»E.T.A.-Hoffmann-Theater.«

»Und was machst du in seinem Bett?«

»Man kann doch das Angenehme mit dem Beruflichen verbinden.«

»Und eine bessere Partie machst du in Bamberg auch nicht, verstehe. Wo ist er hingelaufen, dein Zukünftiger?«

»Keine Ahnung. Warte halt, bis er wieder da ist.«

»Ich find ihn auch so. Sag mir nur eines: Deine Kumpels, die mit dem schwarzen VW-Bus ... auch ein Fake?«

»Nee, die sind echt, aber die tanzen nach dem Olli seiner Pfeife. Die verdienen in ihrem Leben nicht so viel wie bei ihm im Monat. Außerdem sind die so was von beschissen blöd ...«

»Wieso erzählst du mir das alles?«

»Ich halte es eh nicht viel länger hier aus. Der Olli ... na ja, weißt du, ich steh nicht so auf Hunde.«

»Du meinst ... er lässt dich mit dem ...«

»... Bärli, und den mit mir. Und filmt dabei. Typisch Internet-Idiot. Wenn nur diese ganze Kohle nicht wäre ...«

Hartinger wunderte sich über nichts mehr. »So ein Saubärli. Ich glaub wirklich, dass ich den Olli schnellstens sehen muss.«

»Ja, hau endlich ab und lass mich wieder schlafen, Idiot!«, schimpfte sie Hartinger hinterher, als er die Suite verließ.

Kapitel 48

Klammert zu folgen war kein Problem. Auch nach einer Stunde waren seine Spuren – und die seines Hundes – im frisch gefallenen Schnee zu sehen. Er joggte eine der Strecken, die Hartinger ihm ganz am Anfang gezeigt hatte. Er war hinauf zum Franziskanerkloster St. Anton gerannt, am Berggasthof Panorama seines frisch erkorenen Topmanagers Veit Gruber vorbei und dann, dessen Kletterwald links liegen lassend, weiter über die Forststraße in Richtung Esterbergalm. Vor dem steilen Stich, der zur Daxkapelle führte, war er links in einen schmalen Steig eingebogen, um schließlich auf dem Philosophenweg herauszukommen.

Klammert war offenbar auf dem Philosophenweg nach Farchant gelaufen und war auf dem Rückweg, als Hartinger seine Stirnlampe durch die Bäume blitzen sah. An dieser ehemals schönsten Stelle im Bergwald hatten sie die Doppelröhre des Farchanter Tunnels herauskommen lassen, was Hartinger nie hatte verwinden können. Hartinger drückte sich hinter einen Baum und hoffte, dass Bärli nicht seine Witterung aufnahm.

Da hielt Klammert inne, um ausgerechnet auf dem Stück Bergwiese, das über dem Tunnelausgang lag, Liegestütz zu machen. Er hörte die vom Schnee gedämpften Schritte des herantrabenden Hartinger nicht, da er die weißen Stöpsel des iPhones in den Ohren hatte, und Bärlis Gehör war wohl vom Lärm der Autos und Laster abgelenkt, der von der Tunnelaus- und -einfahrt zu ihnen heraufschwappte. Erst, als Hartinger neben dem am Boden turnenden Klammert stand, muckte Bärli kurz auf, dann erkannte er seinen Freund Hartinger und drückte sich an dessen Knie. Hartinger tätschelte den Kopf des Tiers und gab ihm aus der Tasche der Laufjacke einen Energieriegel, um sich seiner nachhaltigen Freundschaft zu versichern.

Klammert hatte immer noch nichts bemerkt. Mit dem Fuß stieß ihn Hartinger gegen die Hüfte und warf ihn auf den Rücken. Klammert riss sich die Stöpsel aus den Ohren und schrie: »Hey! Was soll das?«

»Showtime, Olli.«

»Bärli!«

Bärli schaute Hartinger an und drückte sich noch fester an seine Knie.

»Genau, der Bärli. Der ist mein Beweis, dass du den Kerl auf dem Dachboden des Sonnenbichl auf dem Gewissen hast.«

»Quatsch!«

»Nichts da, Quatsch. Aber zuerst: Was soll dieser Scheiß mit den falschen Nazis?«

»Was redest du da?«

»Deine Gespielin Lydia hat alles ausgeplaudert.«

»Meine … Woher kennst du …«

»Man kommt rum. Tut nichts zur Sache. Also: Wieso hast du diese rechten Deppen auf der Payroll und lässt deine Freundin deren Obermackerin spielen?«

»Ich musste sie in Schach halten. Sie wollten diese Bombe basteln. Eine schmutzige Bombe, verstehst du?«

»Aus altem spaltfähigen Uran.«

»Bei Uran gibt's kein Alt oder Jung.«

»Schon klar. Es gibt also noch mehr von dem Zeug hier.«

»Vielleicht. Sie haben zumindest danach gesucht. Es gibt fixe Ideen in den Hirnen von solchen Leuten.«

»Und ihr Anführer war der Typ, den wir zusammen auf dem Dachboden des Sonnenbichl-Hotels gefunden haben?«

»Ja. Der wollte in meine Partei eintreten. Eine Partei der

freiheitlich denkenden Europäer. Aber ich habe das alles abgeblasen. Als ich bei der Gründungsversammlung gemerkt habe, wen ich mit dieser Partei alles angezogen habe, hab ich es gelassen.«

»Im April im Grand Hotel Sonnenbichl, wie ich vermute.«

»Ich habe eine Anzeige in den Tageszeitungen aufgegeben. ›Raus aus dem Euro. DAD – Die Alternative Deutschlands.‹ Und dann sind lauter solche Typen – also nicht nur, aber auch – angelaufen gekommen. Waren alle sehr freundlich. Aber halt auch ein wenig plemplem.«

»Aber wieso hast du ihn dann umgebracht, diesen Obernazi?«

»Hab ich nicht.«

»Beim Toten wurden Haare vom Winterfell eines Hundes gefunden, der ganz eindeutig vom Genpool des Pyrenäen-Berghundes etwas abbekommen hat, nämlich das Winterfell. Wir waren im September dort oben. Da hatte er aber noch kein Winterfell. Das hat er jetzt, im Dezember.«

Klammert lag immer noch auf dem Rücken. Er sagte nichts.

»Und er trägt es bis April!«, schrie Hartinger. »Und da hast du den Mann umgebracht. Seitdem ist der Typ abgängig. Nach eurer Tagung verschwunden.«

»Schwachsinn. Warum sollte ich so was tun?«

»Das wird ein Gericht klären. Ich bring dich jetzt zu den Bullen.«

»Meine Anwälte werden mich in wenigen Stunden raushauen.«

»Vielleicht. Vielleicht auch nicht. Ich bring dich trotzdem jetzt da runter zur Polizeiinspektion. Steh auf!«

Klammert schüttelte den Kopf. Er drehte sich um, stemmte sich auf alle viere, und als er wie ein Sprinter beim Hundertmeterlauf dahockte, sprang er Hartinger an.

Hartinger fiel nach hinten um. Klammert kam auf seinem Brustkasten zum Sitzen. Bärli schaute sich das Spiel seiner Gefährten interessiert an.

»So, du meinst, dass du kleiner Schreiber mich zu den Bullen bringst?«, zischte Klammert. Hartinger bekam kaum noch Luft, denn Klammert würgte ihn mit beiden Händen. »Nichts wirst du, gar nichts. Ich bau mir hier mein eigenes Gebirgstal, gerade so, wie ich das immer wollte. Und du wirst mir nicht im Wege stehen. Ich verfüttere dich an meinen Hund!«

Hartinger presste »Die Allergie!« heraus. Dann wurde er ohnmächtig.

Kapitel 49

Dorothee Allgäuer steuerte ihren Mercedes-Sportwagen durch den Schneematsch, den die Pflüge der Autobahnmeisterei auf der A95 hinterlassen hatten. Natürlich war das kein Wetter für den SLK, aber das war ihr herzlich egal. Sollte doch das Streusalz das Auto unter ihr wegfressen, sie hatte Wichtigeres zu erhalten. Ihre Liebe zu diesem vierschrötigen Mann in den Bergen.

Zwei Wochen hatten sie nicht mehr miteinander gesprochen. In dieser Nacht hatte sie wieder einmal wach gelegen und hatte nur an den Hartinger denken können. Um sechs Uhr früh hatte sie dann den Wagen aus der Tiefgarage geholt, um nach Garmisch-Partenkirchen zu fahren.

Denn neben ihrer Liebe gab es noch etwas, was sie ihm dringend mitteilen musste: die Erkenntnis, dass ein Hundebiss den Mann auf dem Dachboden des Grand Hotels Sonnenbichl getötet haben könnte. Mit neunzigprozentiger Wahrscheinlichkeit. Doch wenn sie die letzten Wochen etwas gelehrt hatten, dann, dass man solche Informationen nur persönlich überbrachte.

Kompletter Wahnsinn, diese Aktion, mit den Sommerreifen. Mehr als achtzig Stundenkilometer waren da nicht drin, denn bereits am Höhenrain hatte es zu schneien begonnen. Zum Glück salzten die tapferen Autobahnmeister die Strecke immer bereits im Voraus.

Unendlich lang kam ihr die Fahrt vor, lang genug, um es sich noch einmal gründlich zu überlegen. Nein, sie war sicher, sie wollte diesen Mann, und sie würde jetzt hochstapfen zum Mittererhof und es ihm sagen. Ob da seine Ehemalige wohnte oder nicht, es war ihr egal. Sie würde nicht ihr Leben verschwenden mit irgendwelchen Liebschaften und One-Night-Stands, die sie aus den Kneipen und Klubs Münchens zerrte. Damit war Schluss. Und wenn sie beweisen konnte, dass der Mann auf dem Hoteldachboden von Klammerts Hund getötet worden war, dann konnte sie ihren Liebsten auch noch rehabilitieren. Zumindest ein Stück weit.

Endlich war die Autobahn zu Ende, und das Stückchen Landstraße, das in das Bergdorf führte, zeigte sich in weniger geräumtem Zustand. Es schneite immer stärker. Sie war froh, als sie Oberau passierte, ohne in den Graben gerutscht zu sein. Es ging auf breiter Straße weiter und gleich in den Farchanter Tunnel hinein, auf dessen anderer Seite Garmisch-Partenkirchen lag. Dann hätte sie es geschafft.

Zumindest die Fahrt. Die eigentliche Herausforderung lag dann noch vor ihr: das Gespräch mit Hartinger. Ihn zu überzeugen, dass es besser für beide wäre, wenn er wieder nach München käme, zu ihr. Besser für ihn, besser für sie, besser für seine Familie, besser für Garmisch-Partenkirchen.

Im Tunnel hatte sie trockenen Asphalt unter den Pneus und beschleunigte auf hundertvierzig, obwohl nur achtzig erlaubt waren. Sie konnte es nicht erwarten anzukommen.

Als sie nach kurzer Zeit durch das Südportal wieder ins Freie fuhr, war sie für den dort die Straße bedeckenden Schneematsch viel zu schnell. Der kleine rote Wagen rutschte in der Linkskurve nach rechts und prallte gegen den Erdwall, der an dieser Stelle von den Straßenplanern mit Bedacht angelegt worden war.

Der Mercedes glitt über die schneebedeckte Grasfläche des Walls wie ein schlecht gelenkter Viererbob im Eiskanal. Als die Rutschpartie zu Ende war, steckte Dorothees Auto im Graben fest. Sie gab zweimal Vollgas, aber die Hinterräder drehten durch.

Fluchend stemmte sie die Fahrertüre auf und stieg aus. Sie drehte sich zur Tunnelausfahrt um, ob da nicht ein Auto käme, dessen Fahrer ihr behilflich sein könnte.

Da sah sie es. Oben auf dem Tunnelportal befand sich ein Geländer, und ein Mann versuchte, einen anderen darüberzuhieven. Daneben stand ein Hund und bellte heiser.

Sie öffnete den Mund, um nach oben zu brüllen. Was, wusste sie noch nicht, wahrscheinlich ein »Halt!« oder »Stopp!«.

Bevor ihre Stimmbänder einsetzten, zog ein italienischer Milchlaster an ihr vorbei. Der *Trasporto Latte* bespritzte sie von oben bis unten mit salzig schmeckendem Schneematsch. Ihr Mund war voll davon. Sie musste sich beinahe übergeben. Als sie wieder nach oben blickte, waren die Männer verschwunden.

Kapitel 50

Hartinger kam zu Bewusstsein, als ihm ein stechender Schmerz in die Seite fuhr. Klammert hatte versucht, ihn über das Geländer zu werfen. Dabei drückte Hartingers massiger Körper auf die Stelle, an der ihn vor zwei Wochen der Stiefel des Nazis – oder Pseudonazis – gegen die Rippe getroffen hatte.

Reflexartig schlug Hartinger um sich und erwischte Klammerts Fortpflanzungsorgane. Nun ging Klammert zu Boden. Hartinger hatte keine Zeit, sich Gedanken zu machen, ob sein Kehlkopf eingedrückt war. Er musste den Widersacher ausschalten.

Der rappelte sich zum Gegenangriff auf und sprang Hartinger an, aber diesmal war dieser schneller und ließ Klammert mit einem Schritt zur Seite gegen das Geländer prallen.

Bärli hatte sich den Kampf bisher aus sicherer Entfernung angeschaut. Doch jetzt, als Klammert am Boden kniete, um sich das schmerzende Knie zu reiben, hielt er es für angebracht, seinem Herrchen durch Lecken des linken Ohres sein Mitgefühl auszudrücken. Klammert war so in Rage, dass er den Hund anbrüllte: »Hau ab, du dämliches Vieh! Du bist an alldem schuld!«

Hartinger achtete nicht auf die Unterhaltung zwischen Mensch und Tier. Er machte sich bereit, Klammert auszuknocken, doch dieser wechselte die Taktik und rannte, was das lädierte Knie hielt, den Spazierweg nach unten, rechts am Tunnelportal vorbei.

Du kannst rennen, aber dich nicht verstecken, dachte Hartinger. Er trabte mit bohrendem Schmerz in der Rippe nach unten. Der beleidigte Bärli tat es Hartinger nach.

Nach wenigen Hundert Metern erreichten sie die Loisach. Hartinger sah, dass Klammert versuchte, durch den Fluss zu entkommen. Er überwand sich und stieg ebenfalls in das eiskalte Wasser, das im Frühwinter nur bis an die Knie reichte.

Klammert überlegte es sich offenbar anders, denn anstatt an die andere Seite zu waten, ging er mitten im Flussbett stromaufwärts. Hartinger verfluchte sich, dass er auch ins Wasser gestiegen war. Vom Ufer aus hätte er den Mann leichter verfolgen können. Auch er befand sich mitten im Wasser und musste Klammert auf diesem Weg nach.

Nach fünfzig Metern drehte Klammert wieder nach links ab, stieg ans Ufer und rannte in Richtung Bundesstraße. Dort stand ein verunglücktes rotes Sportauto und daneben dessen Fahrerin.

Ein Polizeiwagen kam mit Blaulicht herangefahren. Als der Wagen neben der Frau hielt, zeigte sie auf die beiden Männer an der Bundesstraße. »Da drüben!«, rief sie. »Da sind die zwei!«

Der Polizist im Wagen sah nun ebenfalls die zwei Männer und einen Hund, die gerade die Bundesstraße überquerten. Er fuhr sofort wieder an und hielt auf die beiden zu.

Daraufhin schlug sich Klammert nach rechts in die Büsche. Er lief mitten in das Gewerbegebiet Loisachauen und suchte Deckung und Unterschlupf auf dem Gelände einer Mülltrennstation, die sich an dieser Stelle des Loisachufers pittoresk in die Landschaft einfügte.

Das Gelände mit seinen Hallen und überall gestapelten Containern war unübersichtlich. Abfalllaster standen überall herum. Einige von ihnen starteten gerade zur morgendlichen Schicht. Hartinger glaubte im Zwielicht des anbrechenden Tages immer wieder, Klammert zwischen den orangefarbenen Trucks zu erblicken. Dann musste er wieder zur Seite springen, um nicht von einem der Laster planiert zu werden. Die Fahrer sahen nicht ein, warum sie auf einen damischen Jogger Obacht geben sollten, der morgens um kurz vor sieben auf ihrem Gelände herumirrte.

Dann war sich Hartinger sicher, dass er Klammert hinter einer großen Müllpresse sah, in die tagsüber die Garmisch-Partenkirchner ihre Kartonagen entsorgen konnten. Er brüllte durch den Lärm der Dieselmotoren: »Bleib stehen!«

Im nächsten Moment wurde Klammert von den Scheinwerfern eines startenden Tiefladers erfasst. Er hörte den Ruf und drehte sich zu Hartinger um. Gleichzeitig startete der Dreißigtonner zehn Meter rechts neben ihm.

Hartinger mobilisierte die letzten Kraftreserven und rannte auf Klammert zu. Der wich nach links aus und spurtete los. Er übersah dabei den Gabelstapler, der auf ihn zurollte. In voller Fahrt traf der rechte Zinken der Hubgabel auf den Brustkorb des Läufers. Er durchstieß ihn wie ein heißer Schaschlikspieß ein halbes Pfund Butter. Als er auf der Rückseite des Mannes wieder austrat, hatte er in dessen Inneren das Herz in mehrere Teile zerrissen und die Wirbelsäule durchtrennt.

Klammerts Körper verrenkte alle vier Gliedmaßen in die unmöglichsten Richtungen, als die Nerven ein letztes Mal die Muskeln aktivierten und verkrampften. Die Kontraktionen waren so heftig, dass der linke Oberschenkelknochen brach und sich die rechte Schulter von allein auskugelte, wie die Pathologen in ihrem Bericht schreiben würden.

Der Gabelstaplerfahrer stieß die Tür seines Gefährts auf, erbrach sich und setzte sich neben seinem Arbeitsgerät auf den verschneiten Boden.

Hartinger blieb wie angewurzelt stehen und kam erst wieder zu Sinnen, als der Polizist ihn von der Seite ansprach. Er erkannte den jungen Mann. »Ach, Sie sind's, Buchheimer. Bitte schön, Ihr Sonnenbichl-Mörder«, sagte Hartinger und ging zum Staplerfahrer, um ihm seine Joggingjacke über die Schultern zu legen.

Als der Vorarbeiter der Mülltrennstation aus dem Büro gelaufen kam und seine Fahrer anwies, alles stehen und liegen zu lassen, wurde es totenstill auf dem Müllverladungsgelände. Es hörte auf zu schneien. Die Morgendämmerung kämpfte sich über das Estergebirge.

Nur ein großer, zottiger Hund stand vor einem roten Gabelstapler mit der weißen Aufschrift »Manitou« und heulte sein von der Forke baumelndes totes Herrchen an.

Kapitel 51

»Warum soll er den Mann umgebracht haben?« Bernd Schneider stellte diese Frage zum gefühlten hundertsten Mal.

»Na, das will ich von Ihnen wissen, Schneider. Um was geht's in der Nazi-Sache? Der Klammert bringt den doch nicht um, weil er mit ihm nicht handelseinig werden konnte.« Karl-Heinz Hartinger rückte auch beim hundertsten Mal nicht von seiner Ansicht ab. »Der eine hatte das Hotel. Der andere wollte es. Sie sind in Streit geraten. Besoffen. Und dann hat er ihn erschlagen. So ein Quatsch.«

»Darum sage ich ja: Der Zuleger hat sich selbst ins Jenseits befördert da oben auf dem Dachboden. Hartinger, wenn Sie weiter mit mir zusammenarbeiten wollen, dann brauche ich mehr Vertrauen«, beschwerte sich Schneider. »Der Typ hatte so viel Geld, der musste den Nazi nicht umbringen, weil er eine Vorkaufsoption auf dieses Hotel hatte.« Schneider blätterte in der Akte auf dem Besprechungstisch und nahm einen Schluck Kaffee. »Nun, wahr ist, dass dieser Österreicher in seinen kruden Gedanken den Garmischer Stieranger als Zentrum eines europäischen Kraftfeldes ansah. Von dort sollte die rassische Erneuerung der nordischen Menschen ausgehen. Das Hotel, das direkt an diesen Kraftort grenzt, sollte eine Zeugungs- und Geburtsstation werden.«

»So ein Lebensborn-Ding? Was für ein Schwachsinn.« Hartinger schüttelte sich am ganzen Körper.

»So sind die nun einmal, diese Nazis. Als er die Option ablaufen ließ und sich nicht meldete, hat der Immobilienentwickler Uanasso das Hotel eben an den Nächstbesten verkauft.«

»Klammert.«

»Richtig. Nur beweist das halt nicht, dass Klammert vorher den Zuleger umgebracht hat. Aus welchem Grund auch immer.«

»Mensch, Schneider, da gab es mal Uran, da gibt es Nazigold, da gibt es lauter Irre. In der Nähe von Stuttgart war ein Polizist Mitglied des Ku-Klux-Klan. Haben Sie das nicht in der Zeitung gelesen?«

»Und Ihre Freundin Dr. Allgäuer will am Skelett einen Hundebiss im Genick erkannt haben. Auch ein bisschen spät, wenn Sie mich fragen.«

»Ich weiß. Der arme Hund.«

»Der Österreicher?«

»Nein, der Hund. Was der alles mitmachen musste mit diesem Deppen.«

»Jedenfalls können wir ihn nicht dazu befragen, den Hund, was genau passiert ist.« Schneider deutete auf Bärli, der zu Hartingers Füßen saß. »Der wird nicht mit uns reden. Und außerdem«, kam er auf Hartinger zurück, »warum hat der Klammert, wenn er's war, Sie praktisch auf die Leiche gestoßen?«

»Das mit der Leichenauffindung hat er geschickt inszeniert, um sich selbst unverdächtig zu machen. Dass er da mit mir vorbeigejoggt ist und dass ausgerechnet sein Hund unter Zeugen die Leiche aufgestöbert hat. Sozusagen ein nachträgliches Alibi. So ein Spinner.« Hartinger schüttelte den Kopf.

»Der Spinner sind Sie, Hartinger.«

»Und das Uran? Schneider, Sie verheimlichen die große Story, das rieche ich zehn Meter gegen den Wind. Diese Nazis bauen hier irgendwo eine schmutzige Bombe.«

»Alles Phantasie und Schneegestöber. Internetgerüchte. Diese Internetarchäologen graben noch in hundert Jahren die Gegend wegen des Nazigoldes um. Und ab und zu finden sie ja ein altes Gewehr in einem Bach. Haben Sie die Geschichte mit diesem Holländer gelesen? Der hat eine Straße in Mittenwald aufgraben lassen ...«

»... wegen einer Textstelle in einem Marsch. Ja, ich weiß. Ich hab' den Holländer beim Buddeln fotografiert.«

»Stimmt. Sie arbeiten ja bei der Zeitung, ich vergaß.« Schneider kniff verschwörerisch ein Auge zu.

»Aber sogar der Frey glaubt ...«

»Mit dem guten Herrn Frey haben Sie sich da ganz schön in etwas verrannt, mein Lieber!«

»Ich hab' gesehen, wie der Polsterer Franz entführt wurde. Und ich habe ein brennendes Kreuz gesehen. Ich selbst wurde auch entführt. Da, schauen Sie«, Hartinger zog das Hemd seitlich nach oben, »ich bin getreten worden. Original Springerstiefel. Das sollen alles dem Klammert seine angeheuerten Nazis gewesen sein? Haben Sie diese Lydia ordentlich vernommen?«

»Welche Lydia?«

»Die bei Klammert im Zimmer gehaust hat. Die der Klammert als Sodomie-Pornodarstellerin und Obernazigöre bezahlt hat.«

»Hartinger, Hartinger ... Sodomie ... Nazigören ... Sie drehen ja ganz schön durch. Wollen Sie sich nicht wieder in regelmäßige Behandlung begeben?«

»Sie war nicht da?«

»Wer?«

»Na, Lydia, seine ... Freundin, Nazidarstellerin, Sexgespielin, was weiß ich?« Hartinger glaubte für einen Moment selbst, dass er einen an der Klatsche hatte.

»Das Hotelzimmer von Herrn Klammert war leer.«

»Abgehauen, schon klar. Aber Haare, DNA?«

»Die Suite ist doch kein Tatort. Die wurde aufgeräumt, geputzt und ist wahrscheinlich wieder vermietet. Bei dem frühen Schnee kommen viele Touristen ...«

»Aber … man muss doch … Spuren sichern!«

»Klammert ist in den Stapler gelaufen, das wissen Sie selbst am besten. Welche Spuren sollen wir also in seiner Suite sichern? Seinen Rechner haben wir sichergestellt. Aber sonst …«

»Da sind Mails drauf …« Hartinger biss sich auf die Zunge. Wegen Einbruchs in eine Suite wollte er nicht belangt werden. Sein Hirn raste. »Aber die Polizei hat mich gefunden. In dem Bunker hinter dem Sonnenbichl-Hotel.«

»Was auch immer Sie da gemacht haben, Hartinger. Bei einem wie Ihnen kann man da nicht sicher sein.«

»Sie sind ein Arsch, mit Verlaub. Ich inszeniere doch nicht meine eigene Entführung.«

»Der Klammert oder Sie: Einer hat das jedenfalls inszeniert. Es gibt keine marodierende Nazibande in Bayern. Punktum. Jetzt sehen Sie das halt ein, Hartinger. Er hat Sie benutzt.«

»Mich?«

»Ja, Sie. Was glauben Sie, warum der Sie als Joggingpartner wählt? Warum er dafür sorgt, dass eine Schauspieltruppe den Polsterer entführt, ausgerechnet dann, wenn Sie den besuchen wollen? Und Sie anschließend hochnimmt und angeblich entführt? Warum zwei Wochen vor seiner Ankunft im Ort ein Artikel über die Uranklötzchen in der Heimatzeitung steht, in der der Polsterer groß erwähnt wird?«

Hartinger stutzte. »Und der Polsterer hat mitgespielt?«, wunderte er sich.

Schneider nickte. »Für die tolle Kreuzfahrt. Und noch einen ganz schönen Batzen Geld oben drauf. Der hat sich gedacht, dass nach siebzig Jahren endlich Zahltag ist. Andere seiner Generation sind mit Nazigold reich geworden. Nur er hat nie etwas vom Naziuran gehabt. Nur nachweisen werden wir das nicht können.«

»Das ist Vortäuschung einer Straftat!«, erregte sich Hartinger. »Der Sauhund.«

Schneider zuckte mit den Schultern. »Glaube kaum, dass man das verfolgen wird. Die Staatsgewalt will sich ja nicht lächerlich machen.«

»Aber wofür das alles?«, grübelte Hartinger laut. »Klammert tötet einen Nazi – ich bleibe dabei – und inszeniert dann eine riesengroß angelegte Naziverschwörung inklusive Mord und Totschlag? Wieso?«

»Weil das alles in die Story passt. In die Story, die Sie ihm abgekauft haben. Und die sie dann brühwarm in die Welt hinausposaunt haben. Weil dann jeder glaubt, der Österreicher wäre einer Verschwörung oder internen Machtkämpfen innerhalb seiner eigenen Gruppe zum Opfer gefallen«, war Schneider überzeugt. »Darum hat er Sie ja zu der Leiche gelotst. Sie sollten sie finden, damit er zeitnah diese Nazi-Verschwörung inszenieren konnte. Dadurch sparte er sehr viel Geld, als er hier riesige Flächen erwerben wollte. Ich hab was von über hundert Millionen gehört. Hat der gute Exbürgermeister zu einem Bruchteil abgeben wollen, weil sein Landl wegen der angeblichen Naziuntriebe so in Verruf geraten war, dass keiner mehr nach Garmisch-Partenkirchen kommen wollte.«

Hartinger ging ein Licht auf. Nein, gleich ein ganzer Kronleuchter. Er kniff die Augen zusammen und dachte laut nach: »Doch wenn sich dann herausstellt, dass hier gar keine Naziverschwörung läuft, dass alles nur Fake ist, und jeder mit dem Finger auf den Gonzo Hartinger zeigt, der sich die Story nur ausgedacht hat, dann … dann sind die Flächen wieder diese über hundert Millionen wert.«

Schneider nickte. »Ein echtes Bombengeschäft. Und in der Tat ist das doch bald so weit. Warten Sie ein paar Jährchen. Die Leute vergessen schnell.«

Das hörte sich absolut verrückt an. So verrückt, wie Oliver Klammert gewesen war, dachte Hartinger. »Aber die Leiche vom Sonnenbichl-Hotel«, wandte er ein. »Die wäre ja kein Fake gewesen.«

»Aber niemand hätte sich mehr um die gekümmert, nachdem sogar ein Bürgermeister wegen dieses Naziunsinns hat abtreten müssen«, erklärte Schneider. »Die wäre sang- und klanglos untergegangen, und kein Staatsdiener hätte sich an der mehr die Finger verbrennen wollen.«

»Apropos Fingerverbrennen«, fiel Hartinger ein. »Die strahlt wie ein Elch nach Tschernobyl, die Leiche.«

»Wo haben Sie denn das her? Ein Hirngespinst.«

»Man hat die Leiche untersucht in der Münchner Gerichtsmedizin.«

»Wollen Sie, dass Ihre Freundin ihren Job verliert?«

»Der strahlt noch viele Jahrhunderte, das wird sich nachweisen lassen!«

»Zulegers sterbliche Überreste wurden vorige Woche kremiert, und die Asche auf Wunsch seiner Verwandtschaft in der Donau verstreut.«

»Die Leiche wurde freigegeben?« Hartingers Stimme überschlug sich. »Von wem?«

»Staatsanwaltschaft, wem sonst? Der Mann hat da oben Selbstmord begangen. So schreibe ich es wenigstens in meinen Bericht rein. Und was da drinsteht, ist die Wahrheit.«

»Aber … In der Wohnung meiner Freundin kam es zum Kampf mit der litauischen Putzfrau, die eine Pistole dabeihatte.«

»Lettischen Putzfrau. Hat sich geklärt. War in Kontakt mit einem baltischen Drogenkartell. Ecstasy-Schmuggler. Heutzutage ein Standardverbrechen.«

»Ich glaub Ihnen kein einziges Wort.«

Schneider zuckte mit den Schultern. »Sie haben sich da

reingesteigert, Hartinger. Der Nazikram ist Ihnen genauso in den Kopf gestiegen wie diesen Schatzsuchern im Internet.«

»Da steckt etwas anderes dahinter. Eine große Naziverschwörung. Ich weiß es.«

»Nun denn ...«

»Weil er ihm zu viel erzählt hat, hat ihn der Klammert umgebracht. Das ist doch sonnenklar. Ich will wissen, was die hier vorhaben. Mit der Bombe! Mit den Uranklötzerln!«

»Oder der Hund hat ihm ins Genick gebissen. Das ist doch der Befund Ihrer Freundin Dr. Allgäuer. Das ist Ihre Wahrheit, wenn Sie daran glauben. Aber den Bericht für das LKA schreibe ich. Und darin steht, dass es Selbstmord war. Das ist dann die *offizielle* Wahrheit. Und seien Sie froh, dass wir dem Hund nichts mehr nachweisen können. Denn sonst ...« Schneider zeigte mit dem Kinn auf Bärli und deutete mit zwei ausgestreckten Fingern der rechten Hand einen Schnitt an seinem Hals an.

Hartinger schwieg lange. Schließlich fasste er die Lage zusammen: »Für alle ist es also das Beste, dass die Asche eines Selbstmörders in der schönen blauen Donau schwimmt.«

»Na, wenn Sie das so sagen, Hartinger ...« Schneider summte eine Melodie. »Hmmm hmmm hhmmmmmm, Hmmm hmmm hhmmmmmm ...«

»Das ist ›Wiener Blut‹, und nicht ›An der schönen blauen Donau‹, Sie Banause.«

»Ja, wenn Sie das sagen, Herr Hartinger ...«

»Die Sache stinkt von vorn bis hinten.«

»Hartinger, lassen Sie's gut sein. Selbst wenn es Nazis gäbe – ich meine: wenn's die hier gäbe –, wir haben alles unter Kontrolle, verlassen Sie sich darauf.«

Hartinger schüttelte nur den Kopf.

»Apropos ›verlassen‹: Ich kann mich doch auch weiter

auf Sie verlassen? Sie verwenden doch die Speicherkarte, die ich Ihnen gegeben habe? Wir sind nun einmal auf die Mithilfe der Bevölkerung angewiesen.« Schneider grinste schief.

»Pahh! Wenn die mir beim Tagblatt jemals wieder einen Fotoauftrag geben ... Ich kann mich doch in der Gemeinde nicht mehr blicken lassen.«

»Lassen Sie das unsere Sorge sein. Ich bin ganz sicher, dass Herr Habersetzer Sie gern wieder beschäftigt.«

»Es stinkt. Das ganze Tal. Das Land. Überall stinkt es zum Himmel!«, schrie Hartinger und stand mit einem so heftigen Ruck auf, dass der Stuhl, auf dem er gesessen hatte, nach hinten umfiel.

In der Tat erfüllte mit einem Mal ein bestialischer Gestank den engen Vernehmungsraum der Garmisch-Partenkirchner Polizeiinspektion.

Bernd Schneider rümpfte die Nase. »Ihr Hund muss sowieso gerade raus, glaub ich. Wir sind fertig.«

Hartinger blickte nach unten. »Auf geht's, Bärli. Auch wir sind hier fertig. Gell, sind wir?«

Der Hund erhob sich.

»Wissen Sie was?«, sagte Hartinger noch. »Der Hund und ich, wir werden uns immer ähnlicher. Ich entwickle gerade auch eine Allergie. Auf Typen wie Sie.«

»Die ist bei Ihnen angeboren, Herr Hartinger. Da hilft nur Vermeidung oder Desensibilisierung.«

»Keine schwere Wahl.« Hartinger öffnete die Tür und verschwand grußlos aus dem muffigen Zimmer. Er schritt durch die Gänge der Polizeiinspektion, ohne einen der Beamten, die rechts und links in ihren Büros saßen, auch nur anzuschauen.

Bärli verabschiedete sich mit einem leise zischenden Furz.

Kapitel 52

Der Brief trug den Schriftzug einer großen Münchner Rechtsanwaltskanzlei mit drei aneinandergereihten amerikanischen Namen. Hartinger fand ihn, als er eines Abends im Januar den Briefkasten im Haus der Witwe Schnitzenbaumer leerte. Er stand auf der Dreitorspitzstraße und las im Schein einer Straßenlaterne:

Sehr geehrter Herr Hartinger,

wir nehmen Bezug auf Ihr an unseren Mandanten Herrn Prof. Geisler gerichtetes Schreiben vom 4. Oktober 2013.

Im Auftrag unseres Mandanten teilen wir Ihnen mit, dass Herr Prof. Geisler auf Besuch im Allgemeinen keinen Wert legt. Im speziellen Fall bittet er Sie freundlich, von weiteren Ersuchen, ihn in der Haftanstalt München-Stadelheim aufsuchen zu dürfen, Abstand zu nehmen. Eine Einladung durch ihn wird nicht erfolgen.

Ob Herr Prof. Geisler nach seiner frühestens im November 2024 erfolgenden Freilassung mit Ihnen in Kontakt treten möchte, wird er Sie wissen lassen.

Mit freundlichen Grüßen

gez. Obermüller
Rechtsanwalt

»Tja, Bärli, kein Strahlengutachten. Der Geisler will in Ruhe verschimmeln«, sagte Hartinger zu dem neben ihm stehenden Hund. »Gute Idee, an sich.« Er öffnete die hintere Seitentür des Volvos und ließ Bärli hineinspringen.

»Nur werden wir beide nicht in Stadelheim verschimmeln. Und schon gar nicht in Garmisch-Partenkirchen.«

Hartinger setzte sich ans Steuer, wendete den Wagen, ließ ihn über die schneebedeckte Dreitorspitzstraße rollen und fädelte an deren Ende auf die Hauptstraße ein, die ihn zur A95 bringen würde. Ob er den Abend mit Weißhaupt im Schumann's oder mit Dotti in der Schellingstraße verbringen würde, war ihm noch nicht klar, als er im Farchanter Tunnel verschwand.

Und dann nichts wie weg. Er würde am nächsten Tag ein gutes altes Reisebüro aufsuchen, um einen Flug zu buchen. Nix Internet. *Wenn* es Reisebüros noch gab.

Er würde drei Kriterien nennen: keinen Schnee, keine Berge, keine Nazis. Hartinger wusste schon, was sie ihm raussuchen würden: Tel Aviv war das Ziel der Wahl.

Dankeschön …

… sage ich wie immer an allererster Stelle meiner Familie, die es zulässt, dass ich zu den unmöglichsten Zeiten inklusive Urlauben und Wochenenden meinem Schreibdrang nachgeben darf.

Verlassen konnte ich mich wie so oft auf die vorzügliche Website www.gapgeschichte.de meines ehemaligen Lehrers Alois Schwarzmüller. Seine akribischen Forschungen sind immer wieder eine großartige Inspiration. Danke! Das gleiche gilt für die ausgezeichnete Lokalberichterstattung im Garmisch-Partenkirchner Tagblatt, der ich die Story mit den Uranklötzerln entnommen habe. Diese Geschichte ist wahr, wenn es auch keinen Franz Polsterer gibt, der als Garmischer Oberschaferer fungiert. Dem echten Finder der Uranklötzerl hoffe ich gefällt, was ich aus seinem Kindheitserlebnis gemacht habe.

Wahr ist auch die Geschichte des Nazigoldes vom Walchensee, die der Brite Ian Sayer in einem gleichnamigen Buch nacherzählt hat. Ebenfalls ist nicht erfunden, dass erst im Sommer 2013 ein Niederländer in Mittenwald eine Straße auf der Suche nach dem Schatz hat aufbaggern lassen. Auch hierüber hat das Garmisch-Partenkirchner Tagblatt ausführlich berichtet.

Vollkommen frei erfunden sind dagegen sämtliche in diesem Roman vorkommende Personen und deren Handlungen. Weder Lebende noch Tote sind damit gemeint und Ähnlichkeiten mit Lebenden oder Toten wären ausschließlich dem Zufall zu verdanken.

München, im Januar 2014 Marc Ritter